I0556820

2005 · 3

（总第 342-345 期）

合订本

上海文艺出版社

图书在版编目(CIP)数据

《故事会》2005 年合订本.3/《故事会》编辑部编.

上海: 上海文艺出版社，2005

ISBN 7-5321-2907-1

Ⅰ.故… Ⅱ.故… Ⅲ.故事－作品集－中国－当代 Ⅳ. I 247.8

中国版本图书馆 CIP 数据核字(2005)第 085133 号

责任编辑: 鲍 放

封面设计: 李宝强

故事会 2005 年合订本 3

(总第 342－345 期)

《故事会》编辑部 编

上海文艺出版社出版

地址: 上海绍兴路 74 号

电子信箱: gushihui@263.net

网址: www.slcm.com

中国图书进出口上海公司发行

地址: 上海市广中路88号

电话:36357888

字数 280,000

ISBN 7-5321-2907-1/I · 2235

342

2005
SEMIMONTHLY
上半月刊

5月

STORIES

故事会

2005年5月
上半月刊·红版

主 编：何承伟
副主编：吴 伦
社务委员会
何承伟 吴 伦 姚自豪
夏一鸣 冯 杰 张 凯
本期责任编辑：蔓 石
美术编辑：李宝强
发稿编辑：
姚自豪 鲍 放
夏一鸣 梁宁宁
马 峡
主管：上海市新闻出版局
主办：上海文艺出版总社
（上海市绍兴路74号）
邮政编码：200020
电话：021-64375030

督印 发行：张 凯
（上海市建国西路384弄11号甲）
邮政编码：200031
电话：021-64313938
广告总代理：上海文艺广告传播中心
上海市绍兴路74号（邮编：200020）
广告总监：张 淮
广告业务：021-34010383
广告投诉：021-64333738
广告经营许可证
沪工商广字3101034000029号
发行：中国图书进出口上海公司

本刊各栏目欢迎来稿。来稿寄上海市绍兴路74号《故事会》杂志社，邮编：200020；本刊E-mail地址：
gushihui@vip.sohu.net；本期责任编辑E-mail地址:manshi@vip.sohu.net

谁正常

医院里，一个病人正跟医生描述他的病情。

医生问："你是不是常听到一些声音，却不知道谁在讲话，也不知道声音从哪儿来？"

病人答："对啊！"

医生想了想，说"嗯……这是典型的幻听现象。你通常什么时候会发生这种情形？"

病人答："接电话的时候！"

（洛　洛）

（本栏插图：李 加 史 琦）

一忍再忍

有对老夫妻，一直很恩爱，有人向他们讨教和睦相处的秘诀。丈夫想了想，笑着说："我的秘诀是一个字——忍！"话音刚落，妻子马上抢答："我是四个字——一忍再忍！"

（杨关庆）

电报是什么

一天，小王和妻子聊起当年两人恋爱的时候，小王每周都给妻子寄情书，后来嫌寄信太慢，又改发电报。

儿子在一边听到了，插嘴问道"你们老说电报电报，这电报是什么东西呀？"小王笑着答道："现在很少有人用电报了，发电报得到邮局，把要说的话写在纸上，字数不能太多，一般都是几个、十几个字，写好后交给工作人员，他们用无线电的方式发给对方，这就是电报，明白了吗？"

儿子点着头说："我还以为电报多神秘呢，不就是让邮局代发一条短信嘛！"

（张　枫）

这个月谁会死

汤姆从医学院毕业后，到一家医院工作。第一天上班，主治医师对他说："116床的病人只能活六个月了，你去病房对他说一下病情。"

汤姆跑到病房，对着那个病人大声说："116床，你只能活六个月啦！"患者受不了打击，当场昏了过去。

主治医师狠狠地批评了汤姆，又对他说："114床的患者只能活一个月了，你再去通知一下，要记住不能大声叫喊，也不能直接对患者说出实情！"

于是，汤姆面带微笑地走进病房，扒着114床病人的耳朵，轻声说道："你猜猜这个月谁会死？"

（王丽春）

有备无患

有人问玛丽"听说你丈夫是搞杂技的？"

玛丽回答："是的。"

那人又问："那多危险，万一从空中摔下来怎么办？"

玛丽说："不是有保险绳吗？"

"万一它断了呢？"

玛丽凑到那人的耳朵边，小声说："不瞒你说，我早就准备了另一个丈夫。"

（郭　明）

踩　脚

在商店里，小明不小心踩着了一个外国留学生的脚。这个留学生刚学汉语不久，一时找不到合适的词，憋了半天才用中文说道："你的脚，放在我的脚上，而且还使劲！"

（王　菁）

变　化

半夜两点，妻子从别墅的二层走到一层客厅，看到丈夫还在跟一帮赌友玩牌，就对他们说："听着，能不能让我在自己的房子里安安静静地睡一会儿？"

丈夫说："轻点，亲爱的，现在这已经不是我们的房子了……"

（杨关庆）

·笑话·

最大遗憾

小丽因中耳炎住院治疗。手术当天，几个好朋友都到医院来为她鼓劲，手术进行了两个多小时还未结束，大家不禁担心起来：这么长时间，麻醉药效恐怕该过去了，那得多疼啊！

又过了一会儿，手术室的大门打开了，小丽被推了出来。果然，她两眼通红，满脸是泪，看来疼得不轻！大家围上去安慰她，没想到她哽咽着说："越想越伤心，忘了让医生在药劲儿没过的时候，顺便给我扎个耳朵眼儿了！" （张　枫）

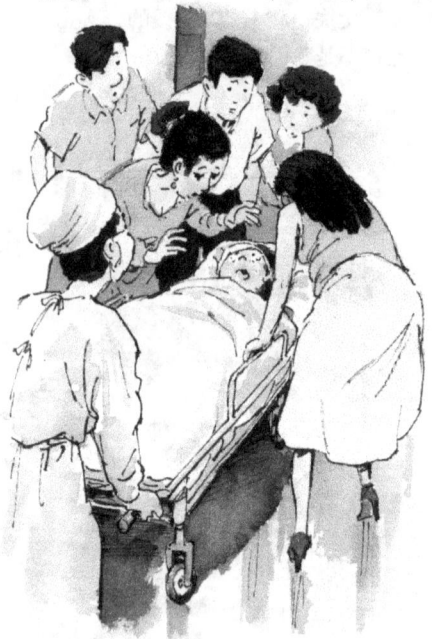

不够意思

一天上课时，老师见汤姆老是讲话，生气地说："汤姆，你要是再不老实，我就告诉你爸爸。"

汤姆十分冷静地说："老师，我对你也不满意，可我从来没有告诉过你爸爸。"

（郭　明）

志向不同

大学里，小张每天刻苦练习电脑打字，不多久便打得又快又准，而小杨只偶尔练练钢笔字。

小张好心地劝道："你太落伍了吧，如今找工作，钢笔字可派不上用场。"

小杨不以为然地说："我们志向不同！"

小张问："你想当书法家？"

小杨意味深长地说："你看到哪位领导签字时不用钢笔而用电脑打呢？"

（马　红）

虚心好学

小胖对爸爸说："我们的新老师真是虚心好学。"

爸爸问："你怎么知道的？"

小胖说："他在我的作业本上画了好多问号！" （张　枫）

有德则乐，乐则能久。──《左传》

速度为证

有个少体校，专门培养田径运动员，隔壁是一个梨园。少体校的学生每天刻苦训练，成绩喜人。梨园的主人是一位老农，每天辛苦劳作，梨树上也是硕果累累。

这天，老农突然气呼呼地找到少体校校长，说："你们学校的学生到我梨园里偷梨了！"校长吃惊地问："你能确定是我们学校的学生吗？"老农一跺脚："怎么不是！我放狗都追不上，不是你们的学生还会是谁？"

（张 枫）

急性子

老王肚子痛得厉害，便去医院看病。大夫检查一番后，开始写诊断书，老王上前一看，只见医生写了"胃癌"二字，他立刻就晕了过去。

医生连忙对老王进行抢救，折腾了半天，他总算醒了，绝望地问医生："我这个胃癌是早期还是晚期？"医生说："你也太着急了，我还没写完呢。"说着，拿出诊断书给老王看，只见上面写的是"胃癌可以排除"。

（陈 北）

呼叫转移

春节里，小丽的弟弟从国外留学回来。姐弟俩感情很深，加上久别重逢，晚上弟弟硬要跟小丽睡一屋。半夜里，突然响起一阵铃声，把小丽吵醒了。弟弟说："不好意思，是我的手机收到短信了。"

小丽生气地命令弟弟将手机关掉。可躺下没多久，弟弟打起了呼噜，一声比一声响，一声比一声高，吵得小丽更睡不着了，她不耐烦地将弟弟拉了起来："你这呼噜还让不让人睡觉啊？"

弟弟一脸的委屈，说"谁叫你让我把手机关掉的，这下可好，'呼叫转移'了吧！"

（徐伊丽）

□ 刘洪林

见面礼

俗话说，怕什么来什么。这不，在我最穷困的时候，准丈母娘的生日到了。

女朋友小娟跟天下所有的美女一样，也是很爱面子的，她早跟父母通报过了，准备在她母亲生日那天让我闪亮登场。唉，看来这份见面礼我是免不了了，不仅要送，还要送得轰轰烈烈皆大欢喜。

去她家的前一天，我把积蓄全翻了出来，可是，我正在发愤图强准备考研，能有多少钱？包括硬币在内，勉强凑齐了五百大元。早上一上班，小娟的电话雷打不动地来了，她一针见血地问："钱够不够？要不要我送点过来？"

小娟这姑娘什么都好，就是不懂男人的心，当着这么多同事送钱给我，这不是毁我的形象吗？我没有丝毫犹豫，立刻豪情满怀地提高嗓门："够了够了！放心吧，保你满意！"

中午，我来到一家不大的珠宝店，这里的老板是我小学同学，不太熟，但总算认识。我一眼扫过柜台，立刻发现了问题，有两只看似一样的翡翠玉镯并排放在一起，标价都是2800元，拿出来仔细一看，一只是天然的颜色，而另一只是经过后天染色的。懂行的人都知道，翡翠贵就贵在颜色上，这两只玉镯一真一假，看起来差不多，但实际上有天壤之别。

走进经理室，寒暄过后，我拍着

　爱情是两个相似的天性在无限感觉中和谐的快乐。——车尔尼雪夫斯基老同学的肩，把刚才的发现说了出来。老同学很惊讶，不知道我怎么有如此能耐。我哈哈一笑："知道我正在报考什么专业吗？珠宝鉴定！老同学，你柜台里有些东西太假了，稍微懂行的人就能看出来，你胆子也太大了吧。"一番话说得他哑口无言，冲我直竖大拇指。

从珠宝店出来时，我口袋里装着那只染色玉镯，本来，这位奸商同学是要送我的，但一来我不想欠他人情，二来价钱也不贵，就按进价买下了，才200元。我要了个精美的盒子装好，按照我的要求，售货单上一分不少，整整齐齐地填着2800元。

小娟看到玉镯的价格时，感动得一个劲地掐我胳膊，欢天喜地地领着我往她家走。说实话，我毕竟不是个职业骗子，带着假货上门，一路上惴惴不安，刚走了一半就心里发虚了。路过超市时，我忍不住对小娟说："再买点别的东西吧。"

小娟杏眼一瞪："还买，两千八了还不够？算了算了！"

可我还是再三坚持，花光了身上的钱，买了几大袋东西提在手上，才稍稍安心了一些。

由于心怀鬼胎，在小娟家里，我一直表现得谦逊谨慎彬彬有礼。小娟见我迟迟没有动静，便上前从我口袋里掏出见面礼，郑重其事地说："这可是他花了好几个月工资买的。"小娟

父母听了，都啧啧地说："太破费了！太破费了！"尤其是小娟妈，眼角眉梢里都是笑，把我从头到脚夸了个遍。

常言道乐极生悲，事情坏就坏在我身上了。不知是良心不安还是脑袋发昏，我竟然鬼使神差地脱口而出："听说现在的假玉器多得很，也不知道是不是真的。"

此言一出，小娟赶紧飞身补救："你不是学这个的吗，这还看不出来？肯定是真的！"

"对对，真的真的。"我如梦初醒，连忙闭上了这张臭嘴。

"面试"结束后，小娟小鸟依人地挽着我出门，显然，她的父母对我很满意。但是一路上我却乐不起来，初次行骗，我总感觉心里发慌，似乎随时都有被揭穿的可能。我拐弯抹角地提醒小娟，翡翠玉器很容易碰断，最好还是收起来别戴，另外不要给外人看，摸的人多了会影响光泽……

小娟笑嘻嘻地掐了我一把："怎么了，舍不得？放心吧，这么贵的东西我妈才不会戴呢，肯定收起来了。"

做贼心虚啊！我在心里暗暗祈祷，老天保佑！仅此一回，下次再也不敢了！

过了几天，我去找小娟，家里只有她一个人。我问她父母去哪了，小娟嘴一撇，说："都是你那句话闹的，

什么假玉器多得很呀，弄得我妈一直疑神疑鬼不放心，这不，今天一大早拖着我爸去做鉴定了，听说鉴定费要好几百呢，这不是浪费钱吗！"

完了！我像是挨了当头一棒，一屁股坐下来呆若木鸡。小娟不解地问："你怎么了？鉴定就鉴定呗，花钱买个放心。你是学这个的，不会上当吧？"

我苦笑着说："哦，这个……上当肯定不会，就是觉得鉴定费太高了。"

"这怕什么呀，我妈说了，如果是假的，她就去消协投诉，找老板退货！"

天哪！我怕的就是这个呀！真要闹腾起来，我还有脸活吗？事不宜迟，我得抢先赶到珠宝店去，只有求老同学替我背黑锅了，可是，听说卖假货要加倍赔偿，还要罚款，就算他肯，这钱都要我来掏呀，我哪来这么多钱……正胡思乱想的时候，门铃一响，小娟父母回来了。

小娟嘴快，刚开门就一连声地问："怎么才回来呀，鉴定了吗？真的假的？值多少钱呀？"

出乎意料，门口竟然响起她妈乐哈哈的声音："真的真的，鉴定师说是好东西呢，纯天然的。"

怎么回事？我脑袋一时间转不过弯来，直到小娟将一张鉴定书放在面前，我才确信真的度过了这场大难。我拿过玉镯细细一看，咦，这不是柜台里那只真的翡翠玉镯吗？怎么会到了我的手里？我想来想去，终于恍然大悟，一定是营业员当时拿错了。阿弥陀佛，老天保佑呀！

大难不死，必有后福。经过这件事，我充分得到了小娟父母的信任，也成了她家的座上客。事实证明小娟是有眼光的，两个月后，我考上了地质大学珠宝鉴定专业的研究生。临行前，小娟全家设宴为我送行。小娟和她妈在厨房里忙碌，我跟她爸在客厅里边喝酒边聊。她爸多喝了几杯，满脸通红，突然，他把酒杯往桌上一放，

老实人，敢讲真话的人，归根到底，对人民事业有利，于自己也不吃亏。——毛泽东

别幻想了 （文：秋　明；图：包丰一）

1. 儿子问爸爸："爸爸，再过20年，我也能长成跟你一样的大人吗？"

2. 爸爸说："是的。"

3. 儿子充满憧憬地问："到那时，我就能用不着什么事都先问妈妈，可以想干什么就干什么了？"

4. 爸爸悲伤地说："别说了儿子，连爸爸我还没长大到那份儿上呢。"

用手一拍我的肩膀，推心置腹地说："小伙子，要认真学习，有真本事才能有出息啊。"

我没有听出他的话外有话，只是点头如捣蒜："对，对，您说得对！"

小娟爸盯着我看了半天，看得我直发毛。他又压低声音道"别净买假货。知道吧，上次那玉镯是染色的，你上当了。我背着小娟她妈，另外又买了个真的换了。"

"啊！"我的脑袋嗡的一声，差点没从椅子上栽下来，嘴里喃喃地问，"您，您看出来了？"

他的脸上似笑非笑，喉咙里发出嗯的一声。

我愣了片刻，忽然想起小娟曾经说过，我这位岳父大人，早年曾是地质学院的高材生。老天，买镯子的时候我怎么就把这事给忘了呢，原来我一直都在班门弄斧啊！

老头像是看出了我的心思，苦笑一声，凑到我耳边说："不瞒你说，为了这个镯子，掏光了我几年的私房钱呢，记住，下次千万别再买假货了！"

这时，小娟端了一大盆剁椒鱼头上桌，招呼我们道："趁热吃呀！"

我被鱼的热气熏红了双眼，连汗带泪抹了把脸，重重地点了点头。

（本篇月月评短信代码：0901）

（题图、插图：箭　中）

给老师上课的学生

□ 胡小卫

刘玲玲刚从师范学校毕业，当上了一名小学老师。开学没多久，她就觉得班里有个学生很麻烦。

这个学生名叫姜天，年纪不大，胆子却很大，总爱在老师上课的时候提出不同意见，老师在上面说，他在下面说，把课堂纪律搞得一塌糊涂。为此，刘玲玲跟姜天的家长反映过好几次，但姜天依然我行我素。

这天，刘玲玲在课堂上绘声绘色地讲起了"曹冲称象"的故事，说曹冲先让大象站在船上，在船沿刻上吃水的印记，然后牵走大象，往船上装石头，等到吃水位置与大象在时一样，称一下石头的总重量，大象的重量也就知道了。

刘玲玲讲完故事后，特地加重了语气，问学生们："大家说，曹冲称象的办法聪明不聪明啊？"

"聪明！""很聪明！"……同学们七嘴八舌地应和着。刘玲玲心里暗喜，觉得教学效果达到了。

想不到，就在这时，一个声音突然冒了出来："不，老师，曹冲不聪明！"

刘玲玲一看，又是姜天，他这不是故意捣乱吗？刘玲玲很不高兴，装作没听见，把脸扭向其他同学，说："这一课讲完了，我接着讲下一课。"

＾層峦叠嶂 峰回路转＾

没想到，姜天竟然不肯罢休，继续大声说："老师，曹冲真的不聪明啊！"这下，教室里乱了，同学们"轰"的一声笑起来。

刘玲玲强压着心中的火，冲姜天一指："姜天同学，你说曹冲不聪明，我课后再听你谈，请你不要违反课堂纪律，好吗？"姜天听了，张了张嘴还想说什么，同桌拉了拉他的衣袖，他才不甘心地坐下来。

刘玲玲课后并没有跟姜天谈，而是向他的父亲告了一状。结果，姜天父亲回家狠狠揍了姜天一顿。第二天，姜天没来上学。刘玲玲从同学嘴中听到这个消息后，感到自己有点过分，于是买了水果，上门看望姜天。

姜天的手被父亲打得又红又肿，他看见刘玲玲，显得很激动，眼中闪着泪花，说："刘老师，我不是想捣乱，曹冲真是不聪明啊。"刘玲玲皱了皱眉头，问："为什么呢？"

"老师，曹冲为啥不用人来代替石头呢？石头搬来搬去多麻烦啊，而人走动就方便多了……"

刘玲玲的心一震，继而紧紧地搂住了姜天，喃喃地说："对不起，你是对的，老师应该向你学习。以后，请你多指点老师。"

从此以后，刘玲玲上课时，任何同学都可以提出疑问，因为她懂得了，鼓励孩子思考才是最好的教育方式……这一课，是姜天给她上的。

（题图：安玉民）

＾本刊信息传真＾

《青春读本》再次面向全社会征稿

《青春读本——感动中学生的100个故事》第一、第二辑出版后，在社会上引起了巨大的反响，被读者誉为"一本能真正打动中学生心灵的好书"，"一本能让中学生懂得许多道理的书面教材"。

根据广大读者的建议，编辑部决定继续编辑《青春读本——感动中学生的100个故事》第三辑。为此，再次面向全社会征稿，希望广大读者，特别是中学生们将你们在各类报纸、杂志、网络上读到的最感人的作品推荐给我们。

推荐稿要求：1、立意：清新隽永，富含真情至理，读之令人经久难忘；2、内容：以叙事为主，一篇作品中要有一个感人的故事情节或细节；3、字数：一般在2500字左右。

推荐稿请务必注明原作者、发表日期和出版单位以及推荐者的真实姓名、联系方式。所荐作品一旦入选，每篇即付推荐费50元。推荐稿请寄：上海市绍兴路74号《故事会》编辑部（邮编 200020），并在信封上注明"青春读本"。网上来稿请发以下信箱wulun54@163.com.征稿截止日期为2005年5月31日。推荐稿一律不退，请自留底稿。

生命的敌人

有个女孩子从小就喜欢戏剧,而且极具表演天赋,她的理想是当一名出色的戏剧演员。

18岁那年,她满怀信心地报名参加皇家戏剧学校的考试。进入考场后,她一丝不苟地表演着自己精心准备的小品,很快就进入了角色。

然而,当她无意中瞥了一眼评判席后,她一下失望了。因为她看到评委们交头接耳,说说笑笑,根本就没在意她的表演。她只觉得大脑一片空白,甚至忘记了后面的台词。她的表演还没结束,就听到评委主席说:"好了好了,谢谢你,小姐。下一位……"

走出考场,她万分沮丧,绝望地走到一条河边,想在那里结束自己的生命,只是河水太脏,臭气熏天,她动摇了。

然而,令她欣喜若狂的是,第二天,她收到了这家戏剧学校的录取通知书。

多年后,这个女孩成了一名演员。一次,她与那位评委主席邂逅,说起当年的情景,那位评判大人眼睛瞪得溜圆,说:"这真是天大的误会!那天你一上台,我们就一致认为你应该被录取,因为你太出色了。所以我和另外几个评委商量'好了,别浪费时间了,叫下一个吧!'"

仅仅是一念之差,让这个女孩多年后想起来还感到后怕。她发誓:在以后的日子里,无论经受多么大的创伤,遭遇多么大的失败,决不放弃自己的信念和努力,决不放弃自己的生命。

这个女孩,就是大名鼎鼎的英格丽·褒曼。

(推荐者:薛 坤)

(插图:箭 中)

百姓故事

(1)
(2)

　　书中所列的百姓话题有三十个之多，诸如话说"当官的"、话说"发财"、话说"球迷"、话说"妻子"、话说"打工"等等，每一个话题都以一种朴实亲切的叙述方式，通过一则则情节性强、生动有趣的小故事揭示问题，形象地道出老百姓要说的心里话。都是老百姓自己讲述的故事，都是讲述老百姓自己的故事。

名作故事

　　汇集了经过精心修改包括美、英、法、德、日、俄等国名家大师的作品，其情节或紧张奇特，或真切动情，或谐趣幽默，或荒唐却耐人寻味，既简练明朗，又保持了原作之精华。

笑话故事

　　是从《故事会》十几年来的作品中遴选出来的笑话精品，共600余则，全方位地折射了社会、艺术和人生，作品趣味盎然，回味无穷。

谜案故事

　　收入的90则作品都是世界著名谜案故事，主人公除了名侦探福尔摩斯外，还有怪盗英雄、强悍警察、著名律师等等，他们八仙过海，各显神通，是一本谜案故事的精萃之作。

当代传奇故事

　　优秀的传奇故事能给人以悲喜、惊恐、神秘等强烈而多变的阅读快感。本书每则故事无不以"奇"作为情节的核心，让人读来欲罢不能。作为"故事会爱好者丛书"中的一种，本集子相当具有代表性，故事的特点，《故事会》的风格，从此书可窥一斑。

发财故事

　　发财，自古以来人皆往之，因此发财故事也就在民间绵延不绝。本集36则发财故事分六大类：因财起祸、生财之道、天落横财、发财恶梦、飘忽财运、钱难通神等。故事生动，通俗可读。

旅途故事

　　46则旅途故事，让人在应接不暇的情节、人物中体验生活、体验社会、体验人生，从而拥抱生活，拥抱明天。作品充分运用了故事艺术的诸种表现手法：悬念、对比、误会、包袱……情节跌宕起伏，引人入胜。

喝酒故事

　　酒这东西，自古以来人们就对它褒贬不一，毁誉参半。本集古今中外64则喝酒故事，或喜或悲，或辛或酸，或啼笑皆非，按内容分为"因酒生事、借酒陈言、醉酒出丑、酒水糊涂、酗酒丧身、荒唐赛酒"等六类。

16

说大事、小事，普通人的身边事
讲闲话、实话，老百姓的心里话

百姓话题

老外在中国

　　1988年的一天，在湖北江陵市，一个外国人从长途汽车站走出来，他用夹生的中国话对一个三轮车夫说："我要找一个朋友，他在这里的学校做英语老师。"

　　三轮车夫说："我们这里有好几所学校，你说的是哪一个？"

　　"我不知道，我的朋友是美国人。"

　　三轮车夫恍然大悟："我知道，我知道！你这个老外一定是来找那个老外的！"于是，三轮车夫就用车把这个老外送到了荆州师专的门口，门房间的老大爷一看来了个外国人，立刻就说："我知道你准是来找他的！"

　　这个老外来找的那个美国人是荆州师专的外籍老师，也是江陵的名人，他最大的特征是：老外。

　　你们看，1988年那阵子，在江陵这样的城市里，找一个外国人竟是这样的容易，为什么，外国人少呀，不像现在，即使是在偏僻的小县城里，看到老外也没啥稀奇的。

　　有一项数据表明：在中国，长期居住的外国人有20多万，而每年入出境的外国人超过3000万人次。这些外国人来到中国，在他们身上到底发生了些什么事呢？今天，我们就来聊聊这个话题……

发生在一所大学里的故事

都市里的羊群

有一所大学要搞一项尖端的研究，于是决定不惜一切代价，聘请世界公认的权威荷兰人詹姆斯教授前来任教。学校向詹姆斯发出了邀请，可教授对中国不太了解，他问了一些情况，学校告诉他：中国是一个文明古国，又是礼仪之邦，也是最适合人类居住的地方，他来这里一切待遇从优。

詹姆斯不放心，他要实地考察，没过多久，他就来了，他先是独自一人在校里校外转了一天，然后拿着一张报纸，对校方派来的陪同人员说："我本来不想接受你们的邀请，可是今天的报纸让我改变了主意，你们五月一日以后等我的消息。"说完，他就回国了。

学校领导弄不明白这个老外葫芦里装了什么药，找来詹姆斯看过的报纸琢磨了半天，也没看出什么名堂，他们很奇怪：詹姆斯为什么一定要等到五月一日以后再决定？是担心气候还是别的什么？没办法，也只能耐心等了。

转眼过了五月一日，詹姆斯来了一封信，提出了一个让校方更加疑惑的要求，他请学校派一个人，从给他安排的住所走到学校的实验室，看一下需要多长时间。学校领导一头雾水，怀疑这个老外是不是脑子有问题，可也没办法，只得派人去走了一趟。一看，从住所到实验室需要三十分钟，詹姆斯接到回信后就说他不来了。

嗨，折腾了这么半天，他倒不来了？学校又给他去了信，再次真诚地邀请他，还答应如果生活方面有什么问题的话一定全力帮他解决。不久詹姆斯回信说，如果一定要他来，校方就得答应他一个条件：为他养一群羊！

学校的领导们一听全都傻了眼：这个老外来搞研究，要羊干什么？是想喝羊奶？那上街去买不就行了，干吗还得自己养羊？哦，也可能是想喝新鲜的！外国人毛病可真大！学校领导痛下决心，那就养吧！于是，学校专门找了一个牧羊人，养了十几只羊，虽然花费大了点，可比起詹姆斯带来的效益，还是划算。

一切准备停当，詹姆斯就从荷兰坐飞机过来了。那天，校方为了迎接他，几个学校领导在接待室等，突然，他们看到了奇怪的情景：詹姆斯竟然赶着一群羊走来了！双方见了面，寒

早眠早起，使人健康、富有而明智。 ——富兰克林

暄了几句，詹姆斯得意地说："我从住所来这里只用了五分钟！"学校领导没有在意他这话的意思，只是奇怪他怎么赶着羊来学校。谈完了工作，学校领导送詹姆斯出来，大家都想看看詹姆斯怎么对待这群羊，难道他连回家都等不及，就要在众人面前动手挤羊奶喝？

这时候，只见詹姆斯走出接待室，从等在一旁的牧羊人那里接过一根鞭子，两个人一起赶着羊出了校门，向他的住所走去。这里得说明一下：这所学校的校区和住宅区分布在外环路的两边，从宿舍到学校必须经过这条双向四车道的外环路，路的中间全用隔离栅拦着，只有学校门前留有一个口，这里是一条人行横道，但却没有红绿灯，也没有警察。这条道上两边来往的汽车川流不息，行人要从这里过马路得等好长时间，而且因为是双向道，等完一个方向的车还得等另一个方向的，所以不论什么时候，这里总是聚着一群等着过路的行人，有人计算过，来往车辆最多的时候得等半个小时。

而这个时候，詹

姆斯赶着羊群过马路了，羊群在马路上一出现，所有的车辆全都停住了，是呀，谁敢开着车让轮子往羊身上碾呀！就这样，詹姆斯和他的羊群一分钟也没等就穿过了马路，大家这才明白过来，嗨，这个老外的点子可真绝！不过，也只有老外才想得到、做得出！

第二天，校方为詹姆斯和学生们组织了一次见面会，有同学问詹姆斯怎么想起养羊的，詹姆斯笑着说："你们有一句话叫时间就是金钱，我不能把半个小时的金钱白白扔在上班的路上，我听说中国人保护动物的意识是世界一流的，我就出此下策。"

大家听了全都笑了，这时，一位学校领导问詹姆斯："您当初说要等

五月一日以后是怎么回事？"詹姆斯说"我第一次来的那天，看到报纸上有条消息，有个官员在新闻发布会上说从五月一日起新的道路交通法就实施了，到时候机动车就要避让行人了，可'五一'过了，车辆还是没有让行人，我让你们派人从我的住所走到实验室，还是需要三十分钟，对不起了，我只好请羊群来帮忙了！"

听到这里，那位学校领导说"詹姆斯先生，请您相信，用不了多久，您再从这里过马路的时候就不需要这些羊群了，那时候，这里的司机们不仅仅只是避让羊群，也会避让人群的！"

詹姆斯点了点头，说："我相信。"这时，台下爆发出了长时间的掌声，是的，大家都相信这都市里的羊群一定会消失的……

北京一个地下通道处看到的事

美国来的老外当乞丐

年志海在北京读大学，他近来比较忙，为什么？他要赶着写硕士毕业论文，三个月内交卷，起码得三万字，可现在连论文的题目还八字没一撇呢！最要命的是女朋友丽丽也要他代写一篇论文，双份啊，唉！年志海和丽丽学的都是市场经营，他们的论文也得围绕着这个内容写，中国的市场

虽然大得很，但落笔时却像熊瞎子啃玉米棒——不知咋掰，更要命的是丽丽一个月前就放出话来：这回要是过不了关，咱俩就"拜拜"！

年志海每天回家时都要经过一个地下通道，那里面灯光幽暗，挤满了卖小商品的，还有要钱的乞丐。平时，年志海对这些都懒得瞄上一眼，可今天他却突然来了灵感：这里是城市中不为人们注意的一个角落，何不从这里下手找找素材呢？于是，年志海放慢了脚步，留意观察起形形色色的人来，这一看，哈，他大受启发！

年志海的目光落在一个乞丐身上：这男子二十多岁，长得有点像维吾尔族人，他盘腿坐在地上，面前放着一个罐头盒，盒子里面有人们施舍的钱。

年志海心想：你年纪轻轻的，为什么不干点别的？你就是卖羊肉串也行呀！年志海走上前，用平时学来的维吾尔语问他，可那乞丐摇摇头，说了一个"no"字，年志海吃了一惊，怎么，这家伙把我当成外国人啦？我长得也不像日本人或是韩国人呀！现在真是不得了啦，连乞丐要钱都会说外语啦！年志海笑了笑，说："哥们儿，把舌头伸直了，好好说汉语！"谁知那乞丐耸耸肩，挤着眼睛笑笑，用英语说自己是美国人！

年志海大吃一惊，又仔细看了看他：一身牛仔服，一双旅游鞋，蓝眼

睛，黄头发，细细一看，倒是像个老外，不过，老外跑我们中国来当乞丐，这真是希罕！

那乞丐见年志海不相信，便从兜里掏出一本护照，年志海接过来一看，果不其然，奶奶的，真是老美，他名叫汉斯，还是什么耶鲁大学的学生呢！

年志海就用英语和汉斯攀谈起来，这才知道，汉斯的信用卡丢失了，他身上的现金不够他的开支，这才当了一名临时乞丐。年志海说："你可以通过你们大使馆寻求帮助，我听说你们只要向美国的银行报失，在24小时内就会得到一张免费返程机票和一笔钱的。"

汉斯点点头，说："但我不想这么做，我想利用这难得的机遇来锻炼一下自己的生存能力。"汉斯说，他原本想打工，可他的旅游护照是不可以打工的，他不能干违法的事，好在中国人心地善良，他一天能得到三十到五十块人民币。

年志海听到这里又说："哥们儿，这连你的旅馆费都不够呀！"

"我住车站。"

"警察不管？"

"我教他们英语，他们都对我很友好，说

2008年前他们都得会说英语的。"

"谁当翻译呀？"

汉斯说："我会说简单的汉语。"说着他就"呀呀"地说了起来。

年志海感到十分有趣，便掏出一张20元的钱递给汉斯，汉斯立即站起来，给年志海深深地鞠了一个躬，连声说着"谢谢"。

这以后，年志海天天路过地下通道时都会遇上汉斯，他就上去和汉斯聊上几句，有时他看到汉斯在啃老玉米，就笑着说："你真中国化了，连这东西也吃上了！"

一个月后，有一天下午，年志海走过那个地下通道时却没见汉斯，他感到有点失落，好像丢掉了一个老朋友似的，就在这时，有人重重地拍

了拍他的肩头，年志海回头一看，嗨，是汉斯，只见他穿得整整齐齐的，像是换了个人。

汉斯笑着对年志海说："哥们儿，我明天就要回国了，我想请你喝几杯，给个面子吧！"于是，两人来到了有名的"三里屯"酒吧街。酒过三巡，汉斯笑了起来，说："哥们儿，我其实是骗你的，我的信用卡根本没丢。"

"那你为什么要当乞丐？"

"我只是想深入北京的民间，考察一下民情和市场。我发现，在北京，到处是钱，就看你会不会去挣了；而且我发现，你们中国之所以劳动力廉价，就因为很多人不愿意去学习新的技术，只想在原来的旧圈子里不动，轻轻松松地生活，甚至像我一样当个乞丐……"汉斯说着，从怀里掏出一叠纸，"喏，这是我的毕业论文——《从中国一个地下人行道看中国劳动力市场的走向》，请提提意见。"

天哪，年志海不由倒吸了一口凉气：这一个月里，自己还在苦苦寻找论文的题目，可人家汉斯，一个老外，却写出了洋洋洒洒几十页的论文。他急急地翻看着，呀，有理有据，头头是道，真是一篇好文章！年志海看完了，不由站了起来，也对着汉斯深深地鞠了一个躬，诚心诚意地说："看来，我得向你学习！"

"怎么，也当一回乞丐？"

"不不不，我要沉下心来，认认真真地做学问。"正说着，年志海的手机响了，是丽丽打来的，年志海笑着说"丽丽，我保证按时交卷。"

那边丽丽说："不用了，我已经写好了。"

"啊，你——"

丽丽在电话里告诉年志海：她和班里的日本同学小美亚子去了一趟三亚，在那里的海鲜市场干了一个月，获得了大量生动的材料，写毕业论文没问题了。年志海一听，奇怪了："你不是说去探亲的吗？"

"傻瓜，不这么说，你不还得老缠着我呀，那就什么也干不成了！"

"好嘛，竟敢骗我，不过我也没闲着呀，我现在正进行国际交流呢，不骗你，骗你是小狗！"

不用说大家也知道，年志海的毕业论文当然是没问题的了！

一个非同寻常的旅游故事
千钧一发"一线天"

江南宾馆坐落在著名的旅游胜地，一天，宾馆里来了一个美国游客，他叫汤姆，是个大胖子，身体像个日本的相扑运动员。汤姆要求宾馆给他找一个会英语的导游，陪他在这里游览。这不是难事，导游很快找好了，是个女的，接着，汤姆就在女导游的陪伴下，三天里几乎游遍了这里的所有景点，这天下午，他们来到了最后一个景点："一线天"。

这"一线天"，两壁全是陡峭的岩石，好像是一把巨大的利剑从天空中劈了下来，把岩石一分为二，中间只露出一条窄窄的通道。汤姆到了这里显得十分开心，他要穿越"一线天"。女导游劝道："'一线天'这么狭窄，你的身体太……太丰满了，能走得过去吗？"女导游本想说汤姆太胖，但她不想伤害这位美国游客，所以说得很委婉，但是汤姆不领她的情，他急躁地说："我必须穿越'一线天'。"

"可是，如果你卡在'一线天'里谁负责？"

"我喜欢冒险。"

"旅游不是冒险！"

女导游和汤姆争了起来，她为了说服汤姆，还讲起了有关"一线天"的民间传说：在古代，有个大财主看上了一位美丽的绣花姑娘，要娶她。财主又老又胖，已经有了五房妻妾，姑娘不愿嫁给老财主，哭得昏天黑地。姑娘的遭遇感动了上天，就在老财主吹吹打打地迎娶姑娘的时候，突然狂风怒号，地动山摇，转眼间，姑娘家门前出现了"一线天"的奇观。老财主和迎亲的人来到姑娘的家门口，姑娘在"一线天"的另一头对着老财主笑。老财主对着美貌的姑娘垂涎三尺，他走进了"一线天"，可老财主忘了，他是个胖子呀，结果他肥胖的身

体卡死在"一线天"里，怎么也出不来，三天后就死了。

汤姆听罢故事，满脸不高兴，瞪着小眼睛问女导游："你这是什么意思？难道你也希望我卡死在那里？"

女导游连忙解释，幸亏汤姆也没有多追究，他开始自顾自地穿越"一线天"了。汤姆横着身子，在狭长的通道里慢慢地移动，女导游无法阻拦，她只有等汤姆知难而退，退回来就没事了，可哪里想到这个美国胖子就是不肯退，走着，走着，他的身体

终于嵌入了岩石之间，慢慢的，汤姆收住了笑容，试着往前去，可前面更狭窄；他想往后退，可又退不回去，汤姆进退两难，真的被"卡"住了！

女导游见此情景，吓得脸都白了，她喊来了附近的几位游客，大家用力想把汤姆拉出来，可是无能为力，太阳渐渐下山了，女导游更急了，她只得用手机把情况报告给了宾馆的总经理。

女导游打完电话，递了一瓶矿泉水给汤姆，对他说："您先喝水，总经理马上到，我们会想办法帮助您的。"

"导游小姐，真的很感谢您，我不该不听您的劝告。"

"汤姆先生，我想问一个问题，您为什么非要冒险穿越'一线天'呢？您难道不怕被卡住吗？"

汤姆尴尬地笑了，他说："因为我早就被卡住了。"汤姆讲起了他的故事：他在美国原本有一个稳定的工作，可是因为身体越来越胖，老板找一个借口解雇了他，以后他又找了很多工作，可都因为胖而没有成功。汤姆知道应该减肥，可减肥是困难的，他"减"了无数次，可每次都失败了，汤姆觉得迷茫，不知道该怎么办，于是他来中国旅游，想轻松轻松，排解一下心头的郁闷。汤姆有个固执的想法：只有穿越了"一线天"，自己才能走出生活的困境！

很快，总经理带着宾馆的四个小伙子开着车来到了现场，几个人推的推，拉的拉，想尽办法，汤姆还是卡在"一线天"里一动不动。时间一分一秒地过去，解救汤姆的行动毫无进展，汤姆绝望了，对女导游嚷道："我会像那个胖财主一样，死在这里的……"

女导游急得哭了起来："不，你不会死的……对不起，那个故事的结局是被我改的，老财主没有死，其实他根本没有进过'一线天'……"为了安慰汤姆，女导游只得撒谎了。

"可我进'一线天'了，所以我命中注定要死的……"

"不会的，不会的，你看，我们的总经理在打电话请求增援呢！"

果然，不一会儿，一辆消防车呼啸而来，顿时"一线天"热闹了，消防车的灯光把这里照得雪亮，随同而来的还有好几个摄影记者，解救外国游客，这绝对是抢手的好新闻！

这场解救行动十分困难，汤姆实在太胖了，卡在石缝里进不得，退不了，最后，靠着消防车上的云梯，才从上面把汤姆"吊"了起来，可是刚拉上一米，汤姆突然张大了嘴，吃力地喘着粗气，女导游着急地在下面喊："汤姆，你怎么啦？"

汤姆把手按在心脏处："我这里……也卡住了。"

女导游懂点医道，知道汤姆犯心

脏病了，她想起自己包里放着保心丸，这是她为游客预备的，于是两个消防战士蹲下身子，她颤颤巍巍地踩在他们肩膀上，把保心丸塞在汤姆的舌头底下，一旁的记者举起摄相机、照相机，拍下了这个动人的镜头。大约过了半个小时，汤姆总算脱离了险境。

汤姆回到宾馆后美美地睡了一觉，直到第二天中午才醒，服务员送来了当天的报纸，报上刊登了昨晚营救美国游客的消息，还登了女导游踩在两个战士的肩膀上、把保心丸塞进汤姆嘴巴的大照片。当天，省台和中央电视台的旅游节目也都播放了同样的消息，据说美国的电视台也转播了这个节目，汤姆一下子成了新闻人物，可汤姆一点不开心，自己是个失业者，"新闻人物"不是职业，他该到哪里去寻找到自己的工作岗位呢？

突然，汤姆的心头冒出了一个奇怪的想法：在美国，像他这样的大胖子为数不少，何不组织他们来这里穿越"一线天"？这样的旅游活动既冒险又有趣味，也许能受到大胖子们的欢迎，想到这里，汤姆立即拨通了美国一家旅行社的电话，接电话的是经理，汤姆介绍了自己在"一线天"的

经历，并说了他的想法，经理一听很感兴趣，只是他们旅行社抽不出人手，于是就委托汤姆负责这一条旅游线路，汤姆开心啊，他怎么也没想到自己的工作问题就这么轻轻松松地解决了！

汤姆要回国了，江南宾馆的总经理和那个女导游送他到了机场，在候机大厅里，有两个陌生的中国人急匆匆地来到汤姆面前，说："先生，您大概就是汤姆吧？我们刚从很远的地方赶来这里，事情是这样的——您卡在'一线天'的时候，吃的保心丸就是我们厂生产的，我们的保心丸刚刚打入北美和欧洲市场，想请您担任产品的形象代言人，当然，我们会给您丰厚的报酬的。"

保心丸救过汤姆的命，他哪能不答应？就这样，汤姆一下子有了两份工作，回到美国后，汤姆又接到一家生产减肥药的著名厂家的电话，请他担任他们厂产品的形象代言人，汤姆又有了第三份工作。

天哪，大胖子原来也能这么容易地找到工作，现在的汤姆充满了自信，当然，他知道，这一切机遇全来自于"一线天"，如果他不来中国，他就不会这么幸运了！

"都市里的羊群"作者：徐洋；"美国来的老外当乞丐"作者：范大宇；"千钧一发'一线天'"作者：巫为民。

下期话题：话说河南人 　　　　　　（题图、插图：箭　中）

厚信封
薄信封

□ 芦宏伟

张临和王丽丽是两口子，两人结婚八年了，手里还没多少积蓄，就计划去广州那边贩些服装过来卖，挣点钱。

正好，单位里有个车要到长沙去，张临就和王丽丽搭车，打算到长沙再坐火车去广州，这样可以省下一笔路费。

路上，张临告诉王丽丽："我在长沙还有个老朋友呢，这家伙叫大伟，小时候最爱耍小聪明，弄鬼把戏，他和我从小在一条胡同长大，关系铁得要命！他还来参加过咱们的婚礼呢。我已经跟大伟打过电话，让他先帮咱们订下去广州的火车票，我们在长沙也能好好聚聚。"

"你的朋友可真是遍天下呀！"王丽丽打趣道，她知道张临重感情，爱交朋友。

张临又向妻子聊起小时候跟大伟的种种趣事，说到兴起，他神秘地对王丽丽说："知道吗，咱们结婚前，大伟还问我借过六千块钱呢！"

听到钱，王丽丽精神一振，随口问道："他还了吗？"张临笑嘻嘻地说："没有，不还了！"

王丽丽愣住了："凭什么不还呀？咱们做生意正需要本钱呢。"

张临乐呵呵地解释说："这里面有一个故事，上初一的时候，一次我把别人的书包弄坏了，要赔呀！我怕父母知道了会揍我，就向大伟借五块

友谊的基础在于两个人的心肠和灵魂有着最大的相似。——贝多芬

钱，他二话没说就借给我了，那可是他一个星期的早点钱呀。后来我还他时他说什么也不要，我和大伟就发誓，这辈子彼此借对方的钱谁都不用还，谁违背誓言就绝交！"

"天哪！"王丽丽又好气又好笑，"你真是个傻帽儿，别人用五块钱就买通了你的心，骗了你六千块啊！"

张临的脸一沉"不要说什么'买通'、'骗'！这叫友情！"

王丽丽见丈夫有点生气了，忙转移话题："哦，那个大伟现在做什么呢？""做生意呀，当初他借我的钱就是到长沙做生意，听说这几年赚了不少钱……"

王丽丽听了，嘴上没说什么，心里却暗暗盘算，等见了那个大伟，有机会就要回这笔钱。

车子到了长沙，张临打电话给大伟。大伟的嗓门真大，王丽丽在旁边也能听到手机里传出的声音："哇！憨头张！你可来啦，真想死你啦……"王丽丽不解地问："什么憨头张？"张临指了指自己，悄声对王丽说："本人小时候的绰号是也！"王丽丽不由"扑哧"一声笑了："倒也名副其实！"

电话里，大伟告诉张临，他已经帮他们买好了去广州的票，不过先要留他们在长沙住一天，好好玩玩。大伟还开玩笑地说："我连招待费都准备好了，就在我包里呢！"

两个老朋友在电话里约好了见面的地点。谁知，这边张临刚放下手机，那边厂里来了电话，原来张临两口子搭的那辆车是厂里给长沙一家客户送货的，没想到那批设备出了问题，正好要张临这个技术员去解决。

这下，和大伟见面的计划泡汤了。张临摸着脑袋直犯愁，王丽丽灵机一动，说："你去办事，就由我代表你去跟你的老朋友见见面吧，顺便把人家替咱们买好的火车票拿走。"张临觉得也只有这样了，就点头答应。

王丽丽来到约定的地点，没多久，大伟开着车来了。离老远，他就从车窗里探出头来大叫道："大嫂好！"

王丽丽跟着大伟来到他的公司，大伟因为没见到老朋友张临，一迭声地说"遗憾"。王丽丽心里惦记着大伟"骗"走丈夫的六千块，总觉得这个大伟是虚情假义，怎么看怎么像个江湖骗子。

大伟给王丽丽倒上咖啡，问："现在家里怎么样了？"

"哦，情况也不是很好啦！"王丽丽打开了话匣子，故意诉苦道，"靠我们两口子的薪水，只能勉强维持生活，孩子读书的开销又大，所以就想做点小买卖，可手里又拿不出本钱，唉！"大伟听着王丽丽的诉苦，脸上的笑容僵了一下，却没说什么。

聊了一阵子，大伟始终没提借钱的事情。王丽丽忍不住了，装作突然想起什么似的："对了，好像我们结婚前，你借过我家张临六千块是吧？"大伟脸色稍稍一变，尴尬地一笑："这个……是有这么回事儿，不过……"

"我当然知道了！"王丽丽马上接口说，"你们有约定，说是借钱不用还！既然有约定，自然要遵守约定，就算、就算我们家里如今急着用钱，我家张临也不会开口要钱的……"

说是不要，这不是明摆着在要钱

吗？气氛有些不协调了，好一阵子两人没说话。还是大伟先打破沉默，他从公文包里拿出一个信封，放在桌子上，说："大嫂！这信封里是我为你们两位准备的招待费，本来想请你们在长沙好好玩一玩的，可惜张临没空了，这样吧，你们带到广州吃点好的吧，算是我当兄弟的一片心意……"

王丽丽瞄了一眼那只薄薄的信封，没好气地说："这你就见外了吧，我们吃顿饭的钱还是有的。"

大伟一愣，终于下了决心似的，站起身走进办公室里间，过了一会儿又拿出来一个信封。大伟把这个信封也放在王丽丽面前的桌子上，跟刚才的信封摆放在一起。王丽丽一看，这个信封比刚才那个厚多了。大伟笑着说："大嫂，左边这个厚信封里面是一万元，我借张临的钱加上利息，就算这个数吧；右边这个薄信封里面是两千元，是我准备的招待费。要不，你就自己选一个吧？"

说完，大伟站起来走到窗口，背对着王丽丽。

嘿，这个大伟，还钱还要搞花样！难怪张临说他小时候淘气着呢。王丽丽想：欠债还钱，也没有什么好客气的，谁叫我们现在正缺钱呢。想到这里，她伸手就去拿那个厚信封。

正在这时，王丽丽包里的手

机"滴"了两声，她忙缩回手，拿出手机一看，是丈夫发来的短信：忘了告诉你，千万不要提当初借钱的事情！切记！

唉！丈夫还在惦记这件事情，这个憨头张呀，就是太看重朋友了！别人把他卖了还不知道呢。王丽丽暗暗叹了口气，她知道，丈夫是个倔脾气，如果自己拿了那一万块钱，回去两个人肯定要闹翻。算了，一万块钱虽然诱人，但夫妻感情更重要呀！王丽丽摇摇头，掂起那个薄信封装进包里，一边自我安慰道：不管怎样，弄一笔招待费也算不虚此行呀！

这时，大伟也转过身来，他看到王丽丽取走了薄信封，脸上竟展现出孩子般的笑容。

王丽丽告别时，大伟取出两张飞机票，说："大嫂，我替你们订了去广州的机票。"王丽丽一听，这机票比火车票可得贵好几百呢，她尴尬地说："飞机票呀，我带的钱恐怕不够……"

大伟摆摆手："钱呀，张临早就给我了！'"

张临从客户那里赶回来的时候，已经来不及去和大伟告别了，他直接上了飞机。在飞机上，王丽丽一问，才知道张临根本没有让大伟买机票，也没有给过大伟机票钱，她的心里不免有些内疚，更不敢说两个信封的事了，只是拿出了那个薄信封，递给张临。

张临接过信封，笑哈哈地说："这是大伟给咱们准备的招待费，既然在长沙没享受，那么到广州以后，咱们就用这两千元吃点好吃的！"说着，张临打开了信封——两人不约而同地叫了起来，原来，信封里装着二十张一百元的美金。

忽然，王丽丽觉得眼角热乎乎的，她似乎开始明白什么是男人间的"友情"了。

（本篇月月评短信代码：0902）

（题图、插图：魏忠善）

· 本刊信息传真 ·

投 稿 指 南

本刊各栏目均欢迎来稿，对作品的基本要求为：1.情节精彩，并具有一定的新意；2.题材不限，特别欢迎贴近生活，有时代气息的爱情故事、校园故事、幽默故事和悬念故事；3.叙述口语化，平易浅显，生动活泼；4.故事主题积极健康、色调明亮；5."点击网络故事"、"3分钟典藏故事"、"情节聚焦"等栏目欢迎推荐作品，其余栏目需原创作品。6.欢迎最新的翻译故事。

本刊采取优稿优酬原则，原创作品平均稿酬为300-400元／千字。本期责任编辑电子信箱：manshi@vip.sohu.net。

深圳

警察

□ 岳勇

憨宝离开老家，随一个建筑队南下深圳打工已经三年了，这三年来，憨宝和他的工友们一起，不知为深圳人民建造了多少个温馨的家园，但他出门在外整整三年，却连一次家也没有回过。

这天下午，憨宝正在脚手架上忙活，忽听下面有人喊："憨宝，有人找你。"他扔下手里的砖头瓦刀跑下来一看，只见不远处羞羞答答地站着一个女人。他走近一瞧，差点惊喜得跳起来："桂花，你咋来了？"原来找他的那女人不是别人，正是他三年没见面的老婆。

桂花一头扑进他怀里，含羞带笑地说："你三年没回家，把我都想死了。刚好村里有人来深圳，我就跟着一起找你来了。妈说这回无论如何也得让俺给她怀上个孙子之后才回去。"

"没问题。"憨宝憨憨地笑着，忍不住一把抱住老婆，狠狠地亲了一口。桂花俏脸通红，急忙推开他说："别这样，好多人瞧着呢，等晚上再、再说不迟嘛……"

可真一到晚上，憨宝又犯愁了。为啥？因为建筑工地上都是男性，他平时跟十几个工友睡在一个大统铺上，根本没有一点私人空间。他若在宿舍里跟老婆亲热，那不全曝光了吗？坐在人来人往吵吵嚷嚷的宿舍里，憨宝看看老婆，老婆看看他，两人眼里都冒着火苗。这也难怪，人家小夫妻刚结婚没多久就过上了牛郎织女的生活，三年没见面，现在谁不想搂住对方亲热个够呢？再说桂花还是带着婆婆的伟大"使命"来深圳的呢。

最后，还是桂花脑瓜灵活，她说："憨宝哥，不如咱们去外面开个房吧。"

憨宝一想也对，于是夫妻俩就手拉手欢天喜地地上了街，来到一家宾馆，服务台的小姐声音甜甜地说："单人房一百八，双人房二百五，先生小姐想要单人房还是双人房？"憨宝捏捏口袋里仅有的一张五十元大钞，吓得落荒而逃。

桂花看出了他的难处，体贴地说："憨宝哥，别急，大宾馆住不起，咱住小旅店还不成吗？"夫妻俩又拐进一条小巷，找到一间旅社，老板娘用暧昧的目光瞟着他俩，操着一口半生不熟的普通话说："单间八十，双人房一百二，绝对安全，保证没人查房。"憨宝脸一红，只得又悻悻地退了出来。

既不能回宿舍，又开不起房间，憨宝心头郁闷，只好牵着桂花像夜游神一样在灯火通明的深圳街头来回逛着。

走啊走啊，憨宝忽然想到了一个

地方，心头的兴奋之火又重被点燃，脱口而出："有了！"说着，拉起老婆就跑。夫妻俩穿过热闹嘈杂的市区，一直往南，来到了少有人迹的深圳河边。憨宝指着一片连绵不绝的甘蔗地说："天当被地当床，今晚就让咱们在这免费旅社里怀上一个孩子吧。"

桂花听他说到"怀上一个孩子"，不由羞得满脸通红，两人一头钻进甘蔗地，嘻嘻笑闹着，憨宝搂住桂花，正要开始"行动"，突地一束手电光利剑般射了过来，随即有人大喝道："深更半夜，在这荒郊野地干什么？"

宛如晴天起霹雳，憨宝两口子吓了一大跳，急忙披上衣服爬起来一看，乖乖，只见三个大盖帽铁塔似的站在他们面前。为首一个四十来岁的大胡子警察用手电照着他们的脸，威严地说："你们知道卖淫嫖娼是违法行为吗？走，跟我们去一趟派出所。"

"不、不，我们不是卖淫嫖娼，我、我们是夫妻。"憨宝脸都吓白了，急忙把结婚证递上。大胡子翻开看了看，半信半疑地问："你们真是夫妻？没事跑到这荒郊野地来干什么？"

"我、我……"憨宝是个老实人，知道今天不说实话是脱不了身了，于是喘了口气，就把夫妻久别三年，老婆来深圳找他，夫妻俩没地方住，开房又太贵，只好来这野外凑合一夜的事一古脑儿全盘托出，羞得桂花直躲

在他身后抬不起头来。

大胡子听了，似乎还是不信，又查验了他们的身份证，说："不管怎么样，先跟我们走一趟再说吧。"憨宝一听他们真要抓人，立马跳了起来，叫道："我证件齐全，你们为啥抓我？"

大胡子脸一沉，道："废话少说，去了就知道了。"一挥手，两个年轻警察不由分说将憨宝夫妻俩带出了甘蔗地，带上了一辆停在路边的警车。

三个警察开着车往市区走，东转西转，走了半个多钟头才停下来。大胡子把憨宝夫妻带下车，说："到了。"憨宝浑身发抖，还没看清这是哪个派出所，就被大胡子警察推进了一间房。那房子极小，里面放着一张木板床、一张桌子和几条凳子。憨宝与老婆对望了一眼，心里想：大概这就是拘留所了。大胡子站在门口说："你俩今晚给我老老实实呆在这里，有什么事等明天再说。"说完，"叭"一声锁上房门，扬长而去。

桂花再也忍耐不住，一头扑进憨宝怀中，害怕地哭了起来，边哭边问："憨宝哥，怎么办？他们会不会抓咱们去坐牢呀？"憨宝在深圳呆了三年，毕竟有些见识，拍拍她的肩背安慰道："别怕，咱又没犯法，怎么会坐牢呢？深圳人有啥了不起，他们不就要钱么，明天我打电话把包工头叫来，让他先替咱们垫上几百元罚款，就完事了。"

"什么，在这小房子里住一晚，就得交几百块？"桂花心疼得直掉眼泪，"早知如此，还不如当初咬一咬牙住一间宾馆呢。""就是。"憨宝看了看屋里的那张床，虽然是一张硬梆梆的木板床，不过收拾得倒也干净，他心中一动，忽地乐了，说："反正是花钱，咱不如就把这房子当高价宾馆住一回吧。"

桂花脸色绯红，嗔了他一眼"你就不怕有人闯进来看见？"憨宝笑道："你放心，全深圳再也没有比这更安全的地方了。这是哪？这是派出所呀。"说着，一把拥住含羞带笑的桂花就往床上倒去……为了找到一个"私人空间"，夫妻俩跑了大半夜，没想到却在派出所里达成了心愿。

第二天早上，太阳升得老高了，还不见有人来开门。憨宝急了，走到门边一扭锁把，嘿，门锁不知什么时候已经打开，房门一拉就开了，一张小纸片从门缝里轻轻飘落下来。

憨宝拾起一看，只见上面写着一行字：离开时别忘了帮我把宿舍整理好。后面画着一个笑容可掬的大胡子警察。

憨宝忽地明白过来，忍不住心头一热，脱口说道："谁说深圳人都见钱眼开，没一个好人？"

（本篇月月评短信代码：0903）

（题图：魏忠善）

免费的午餐

□ 邵 健

蒙城有个名人，名叫陈醋。陈醋有个外号，叫大头。

陈醋的头其实并不大，大头是指他的"能"。他"能"的表现很多，比如他到街上吃早点喝油茶，从来不买一碗，而是对店主喊道："老板，来半碗油茶！"老板不敢怠慢，赶紧端了半碗上来。说是半碗，其实差不多有一满碗了。陈醋稀里呼噜几口喝完，对着店主喊："老板，再来半碗！"老板再端大半一碗。两次下来，就喝了一碗半还多，当然只需一碗的钱。

一来二去，陈醋就不叫陈醋了，叫大头。大头，是聪明的象征啊！

这天，陈醋和两个同事到外地出差。公事办完了，免不了游山玩水。小城里没有什么好玩的，几个人就转到了一个公园。这个公园是在烈士陵园的基础上建造的，规模不大，门票也就15块钱一张。

去公园的路上，一个同事逗陈醋说："大头，你不是有本事吗？能不能不买票就进去？"陈醋一听，笑了："老虎吃豆芽，小菜一碟！不但我不买票，还能让你们也免票！不过，你们两个一定要配合。"两个同事高兴

·中国新传说·

了，鸡啄米似的点着头"只要能免票，中午我们请你的客！"

眼看着就到公园门口了，陈醋身子突然大歪，倒在了地上，牙关紧咬，不省人事。同事吓坏了，赶紧上去搀扶他："大头，咋了？"又是揉胸捶背，又是掐人中。陈醋终于睁开了眼睛，突然间大放悲声："我那苦命的爷啊——"一边说，一边挣扎着站起来，跟跟跄跄地向公园入口处走去。同时，两只手分别暗中拧了两个同事一下，悄声说："搀紧我，跟着哭！"两个同事会意了，赶紧左右搀扶住他。他们的举动把检票员吓了一跳，刚准备阻拦，旁边的一个管理员拦住了，说："别拦，是烈士的亲属！"

进了公园，两个同事差一点哈哈大笑："哈……"可笑声还没出口，又被陈醋狠狠掐了一下"小心露馅！"同事回头一看，果然，远处的管理员踮着脚跟往这边张望呢。三人赶紧继续装假，表情冷峻地一直走到纪念碑跟前，一本正经地鞠躬，默哀，倒也感动了周围的人们。

装模作样的祭扫很快结束，三个人就在公园里游玩起来，同事对陈醋的"大头"更是佩服得五体投地。

游玩了一圈，三个人结伴往回走。走到大门口，被一个胖胖的中年人拦住了："先生，请留步！不知各位祭拜的是哪一位烈士？"

同事吓坏了，眼巴巴地望着陈醋。陈醋却处变不惊，不慌不忙地回答："在下姓陈名醋，陈阵烈士为在下祖父！"

中年人一听更加谦恭"呵，原来是陈师长的孙子，久仰久仰。既是如此，请到办公室一叙！"

两个同事心怀鬼胎，忙在后面拉陈醋的衣角，可陈醋微微一笑，就跟着中年人进了公园管理办公室。中年人端水敬烟，陈醋来者不拒，两个同事也只得硬着头皮撑下去。

中年人自我介绍说姓刘，是园长。刘园长仔细地询问了陈醋一些问题，陈醋对答如流，把两个同事都听得一愣一愣的：这小子，爷爷不是在家活得好好的吗？咋吹得比真的还像？他们不知道，陈醋进园的时候就留了一手，特地找了一个陈姓墓碑，把墓碑上烈士的生平事迹牢记于心，到这时候移花接木，派上了用场。

刘园长一边听，一边不住点头，说："陈师长的墓，从来没人祭扫过，想不到他还有你这样一个孝顺的孙子，也算是苍天有眼，陈师长九泉之下可以瞑目了。不知道陈公子这些年都在哪里发展呀？"

陈醋长叹一声，说"我多年来一直在海外做生意，很少回国内，所以连祖父的墓地也没有机会来扫，真是惭愧呀！"

刘园长笑着说："陈公子事业有

成不忘故土，真是让人敬佩！今天中午公园做东，在食堂略备薄酒，为三位远客接风洗尘。"

陈醋忙摆手说："刘园长公务繁忙，我们心领了，饭就不用吃了！"

可是刘园长一把拉住陈醋，说："哪里哪里，这顿饭我请定了，我这就通知食堂，准备饭菜！"

两个同事在一旁转惊为喜：嘻，谁说世上没有免费的午餐？这个大头真是有办法啊！陈醋冲他们一挤眼睛，顺水推舟地说："既然园长这么盛情，我们就恭敬不如从命啦。"

就这样，陈醋和两个同事由园长陪着，在公园食堂大吃一顿。酒足饭饱之后，陈醋抹抹嘴正要告辞，园长又请他们到办公室小坐。陈醋说声好，大大咧咧地跟在园长后面，进了办公室，往沙发上一坐。

这时，一个工作人员捧个大本子上来了。刘园长双手接过，恭恭敬敬地转交给了陈醋："陈公子，请您留下墨宝！"

两个同事凑上去一看，傻眼了，封皮上面写着三个遒劲的大字：募捐簿！

刘园长在一旁笑眯眯地说："陈公子您也看到了，我们公园经费比较困难，修葺烈士陵墓的资金都是靠烈士家属捐献的。陈师长威名远扬，陈公子又在海外做大生意，一看就是个豪爽人，您随便捐个一千两千就可以

了……"

再看陈醋，手就有些发抖了，他一边点着头，一边一页一页地向下翻去，每一页，都细细地看着，足足看上两三分钟。两个同事也在提心吊胆地看着，里面行行页页都写满了捐献者的姓名和捐献的金额。

陈醋终于翻到题名的最后一页，这时已经满头大汗，他抬起头看了看园长期待的目光，又转身望了望两个同事，最后，无可奈何地写下了一溜大字：

国民革命军中将师长陈阵之孙陈醋捐款人民币1000元整

同事大惊失色，园长笑逐颜开。陈醋从兜里掏出钱包，数出10张100元，递给了刘园长，嘴里还硬撑着门面，说："不成敬意，不成敬意！谢谢园长的盛宴招待！"

刘园长把三个人送出公园，还给他们叫了辆出租车。坐在车上，两个同事你一言我一语地抱怨道，这下可好，1000块钱能吃几顿饭，能买多少张门票呀，世上哪有免费的午餐！

两个人说着说着，一听，怎么陈醋没声音啦，扭头一看，只见陈醋坐在后座，耷拉着他的大头，早就打蔫啦。

（本篇月月评短信代码：0904）

（题图：魏忠善）

做人要厚道

□ 李 健

一．第一天就遇到下马威

陆小伟是个农村娃，经人介绍，进城到一家"客上来"酒楼打工学手艺。酒楼经理叫高明启，说话有些结巴。在办公室里，他上下打量了小伟一番，问："你对……厨房里的活儿熟悉吗？"

陆小伟老老实实地说："俺在家时也做过饭，大伙都说俺的手艺好……"

高明启歪歪嘴："你做的不过是乡下的大锅菜，和这里的做法完……完全不同。这样吧，你先干个杂工，我这就带你去厨……厨……"

"厨房。"小伟接着话茬说。

"啊对，去厨房看看。"高明启打了个愣神，沉下脸说，"谁让你接我茬了？以后不许接……茬，我自己会……会说。出来打工，最重要的是，做人要厚道，记住了没有？"

出了办公室，二人一前一后走进厨房。厨房地方不大，一个黑脸胖子站在中间吆五喝六的，看样子是个大厨。这时候，一个小伙计急匆匆地从小伟身边挤过去，小伟一挪身子，不小心碰倒了案板上的一个作料瓶子，那瓶子"啪"的一声摔了个粉碎，里面的红色液体溅得满地都是。黑脸胖子见状，脸上挂起怒色，哇哇大叫起来："哪里来的土包子，没长眼睛啊！"

高明启瞪了小伟一眼，责备道："你这么大个人了，行事毛毛糙糙。这瓶作料钱要从你这个月的工资里扣……扣掉的哦。还不快向吴师傅认……啊就认错啊！"说着，又向那个黑脸胖子打招呼，"吴师傅，这小伙子刚从乡下来，有什么不……不对的地方，您多担待。"

小伟心里觉得委屈，可还是朝那胖子点了点头。

高明启又叮嘱了小伟几句，就走了。

黑脸胖子余怒未消，走到灶台前，一边摆弄着作料，一边没好气地说："我叫吴德来，以后就叫我吴师傅。"

小伟说："俺叫陆小伟，以后您叫俺小伟就行。"

吴德来瞄了小伟一眼："这儿不比你们乡下，你要懂点规矩才行，规矩懂吗？"

小伟点了点头，接着又摇了摇头。

吴德来"嘿嘿"一笑："规矩就是要一切听从指挥，干好分内的活。"

"哦，俺懂了。"小伟抓了抓头皮，"那俺现在干些什么活啊？"

吴德来一指地上的一个大桶："先把这桶泔水倒了去。"

小伟一看那大桶，傻眼了，用手试了试，然后费力地提了起来，可刚刚迈出灶间，脚下一绊，就连人带桶趴在了地上，桶里的泔水"哗"地一下泼了出去，引来众人一阵狂笑。

小伟打工的第一天，打扫了一天卫生，挨了吴德来一顿训，当月工资减半。这天夜里，小伟伤心地哭了。

二. 这儿总算还有明白人

就这样，小伟起早贪黑，干了两个多月杂工，啥也没学会，看着别人制作出一道道菜肴，他心里直痒痒，可吴师傅连切葱的活也不给他做，更别说什么手艺了。最近厨房里又新来了一个伙计，没出几天就上墩实习了。小伟一打听，原来那伙计拜吴德来为师了。

这天饭时过后，小伟凑到吴德来身前，腼腆地笑了笑，说："吴师傅，我想拜您老为师，学点儿手艺。"

吴德来一愣，随即点点头，问："那你怎么个拜法啊？"

这一问可把小伟给难住了，他摸着头皮想了半天，参照以前看过的武侠电视剧，"扑通"一下跪在了地上。屋子里立刻安静下来，过了一会儿便是哄堂大笑。

吴德来也哈哈大笑，面带讥讽地摇摇头："起来吧，该干啥干啥去，这事儿以后再说。"然后扭过头对众人一努嘴，道，"高粱棒子……"屋子里

·中国新传说·

又是一片大笑声。

这件事对小伟的打击不小，后来，听一个同事说，那个新来的伙计光是拜师酒就花了好几百块，再加上拜师礼要上千的。小伟才明白过味儿来，原来是这样啊！就凭他这点可怜的工资，看来是没戏了。不过，这倒是刺激了小伟的学习欲望，他决定自己钻研厨艺，无论如何也要干出点名堂来，让吴德来看看。打这以后，小伟下了班便偷偷溜进厨房，劈下白菜叶子练习刀功，难得的休息天就往书店跑，拿个小本子抄菜谱，忙得不亦乐乎。

这天中午下了班，小伟偷偷带着自己买的一块牛肉溜进了厨房，他打算试着做个菜。牛肉切好，作料配齐，小伟选了一把平时没有人用的大炒勺，准备做一盘辣炒肉丝。小伟并没有照搬菜谱上的流程，而是按乡下大锅菜的做法精工细做了一番。菜看出勺，那浓厚的香辣味立刻扑鼻而来。小伟夹起一筷肉丝，刚要放入嘴里尝尝自己的钻研成果，只听灶间的门"吭当"一声被人推开了，一帮人拥了进来。小伟心里一惊，手一哆嗦，筷子上的肉丝也掉在了地板上。

走在最前头的是吴德来，只见他双手叉腰吼着："我说这些个日子厨房里怎么老是少东西呢？今天总算抓到你了！"

小伟赶忙解释"这些材料都是俺自己买的。"

吴德来冷笑一声："人证物证都在，还要嘴硬！"正嚷着，有人把老板高明启找来了。高明启说："小伟啊！我平时待你不薄，你怎……怎么能干出这样的事情来呢？最近饭店的生意是一天不如一天，我都快急……急死了！你还跟我这儿添乱。我跟你说过多少遍了，做人要厚……啊就厚道嘛？妖旁边的人也你一句我一句地数落开了，好像是开批斗大会。小伟低着头，牙齿咬得"咯咯"响，猛地，他火山爆发似的大吼一声："够了!"惊得众人一起都住了声儿。

"做人要厚道? 啥叫厚道? 俺就要说说清楚，"小伟一屁股坐到了案板上，"饭店生意不好，为什么? 材料有便宜的就不买好的，为了压缩成本，肉丸子里掺了一多半面粉，做菜都是三分主料七分副料。"他越说越激动，又用手一指高明启，"还有你，越是生意不好你就越是抠门，因为减工资，走了多少能干的人? 这叫厚道? 俺是个乡下人，不懂什么深奥的道理，可这是俺的心里话啊……"

小伟的一席话说得高明启直咽唾沫，半天没答上话来。一旁的吴德来火了，上前一把抓起了小伟"你小子说话要负责任，谁往肉丸子里掺一多半面粉了? 不要张着臭嘴乱咬，倒打一耙!"

小伟也不示弱，一下打开吴德来的手："谁掺的自己心里有数! 你不肯教我手艺，我一样能学会!"

这下吴德来真的急了，他拿起那盘辣炒肉丝，"啪"地一下扣到了案板上，厉声道："滚! 你给我滚出去，这里有你没我!"

小伟"哼"了一声："俺正好不想干了，这里没俺想学的!"说完，拨开人群就冲了出去。

高明启走到吴德来跟前，拍了拍他的肩膀："吴师傅别生气，我知道你是……是为饭店着想。不过，我仔细一琢磨，这小子说的话还有那么几分道……啊就道理。"

吴德来白了白眼睛，什么也没说出来。

这时，高明启吸了吸鼻子，顺着香味就瞅见了扣在案板上的那盘肉丝。他随手挑起几根掉在碟子上的肉丝放进嘴里，闭上眼睛咂摸了片刻，突然大声叫道："快……快……快把小伟给我拉回来，不能让他走了啊!"

小伟被高明启拉进了办公室。高明启把小伟上下打量了一番，好像刚刚认识一样："小伟啊! 那道菜……"

"俺都说过了，那是俺自己花钱买的材料啊!"

"这个我知道。我是说，你那道菜的味道很特……特别啊! 是从哪儿学的?"

"这是俺的家乡菜，俺再借鉴了菜谱上的加工方法，其实也没什么特别的，就是用真材料，味道实在，不骗人。"

高明启听得直点头："小伙子，有……有一手啊。这样吧，我给你安排几个人，你把你的家乡菜全部拿出来，另开一灶，你看好不好?"

呵，小伟乐了，自己这不是从杂

工一下升到厨师啦？他不假思索，马上就点头答应了。

三．厚道才能让人心服口服

几天后，客上来酒楼门前便放上了一块醒目的大牌子，上书"本店特推出乡菜系列，绝对实实在在的味道"。厨房另起了一套炉灶，由小伟掌勺，与对面的吴德来平起平坐了。

三个月后，奇迹出现了，客上来的生意逐渐火爆起来，而且客人们大多是冲着乡菜来的，而吴德来掌管的主灶只能接婚丧嫁娶的包桌了。更振奋人心的是，老板高明启破天荒地给

全体人员加了薪水，员工们士气大振，干活越加尽心了。

这天，高明启把小伟和吴德来一起叫到办公室。高明启开门见山："我把二位叫来，有件事情要说。吴……吴师傅，你也看到了，现在乡菜的上座率越来越高，小伟的那个副灶有些应付不来，我想把你的那个灶腾出来给他，你呢，就委……委屈一下，另开一灶吧！"

这话说完，吴德来没有响应，只是低头不语。小伟却"腾"地一下站了起来："这不成，太对不住吴师傅了啊！"

"好了，不要说了。我同意，一切都按老板的吩咐吧。"说完，吴德来面无表情地起身走出了房间。

又过了几日，晚上下班后，小伟照常闷在宿舍里看菜谱。这时候，吴德来走了进来，说要请他出去喝酒，这让小伟很是感动，就跟着去了，一直喝到后半夜才回来。谁知，第二天下午，出事情了，饭店里丢了一箱名贵酒，几个伙计说去小伟屋里借书，竟在他的床铺下发现了那箱子酒。这下饭店可炸开了锅，那几个伙计拧着小伟的胳膊就想往派出

养生之道，以不欺己，善加忍耐为要谛。——贝原益轩

所里送。小伟哪里肯，挣脱之间，脑袋上挨了一下，就昏了过去。

小伟醒来时，发现自己躺在医院的病床上，高明启与吴德来都坐在身边。

高明启见小伟醒了，握住他的手问："感觉怎……怎么样？"

"老板，我……"小伟想说什么，却觉得一阵头晕。

"不要说了，我清楚得很。"高明启瞟了一眼吴德来，接着又说，"我以前对农村来的打工仔有偏见，可小伟你让我改变了看法。前些日子，我要给你加薪水，你不同意，说成绩是全体员工干出来的，宁愿你自己少拿钱，也要我给全体人员加薪，尤其是吴师傅，加得最多。像你这样的人怎么会偷东西呢？打死我也不会相信啊！"

吴德来听了，脸色不禁为之一变。躺在床上的小伟却一脸惊奇："老板您……您怎么不结巴了？"

"对啊！"高明启下意识地拧了拧嘴巴，"你要是不说，我还……还……还就不知道！瞧，又……又结巴了不是？"他话锋一转，"这件事情不能这样完了。不是想送你去公安局吗？好，咱就去，咱一定要查他个水落……啊就石出！"

高明启这番话把旁边坐着的吴德来惊出了一头冷汗，脸一阵白一阵红的，想说什么又张不开口。

小伟却抢在头里说："老板，俺想这事不能这么办呐！进入这个行当虽然不久，可俺知道，厨房里干活的人偷东西被抓住，那他今后在这个圈子里就没有了出路，这无疑是断了一个人的活路啊！您常说做人要厚道，我想，这个时候，咱就应该厚道一下，您说是不是这个理儿？"

高明启听了直点头。此时，病房里安静了下来，突然，吴德来站起身子，长长吐出一口气，说"小伟师傅，我彻底服了，所有事情都是……"

"不，吴师傅，别说了，事情已经过去了，就当是道苦菜，把它咽到肚子里吧。"

"好，不说了。"吴德来苦笑着说，"想当初，你给我下过一跪，要拜我为师，我还嘲笑你。如今，我要拜你为师，学的不止是厨艺，还有做人。那句话说得好啊，做人要厚道……"

说完，吴德来"扑通"一声跪在了病床边。

（本篇月月评短信代码：0905）

（题图、插图：王申生）

猜 谜

□ 徐 洋

王知叶的儿子在读中学，这一天他们的班主任老师上课后非常不高兴，在讲台上站了半天没说话，过了好久才长叹一声，然后在黑板上写了几个字："在外面一肚子气，进去后一脸的笑，出来时一紧裤腰带。"

同学们都不知这是什么意思，老师说："这是我给你们出的一个社会调查的谜面，谜底你们自己到生活中去找，谁答对了，今年的课外实践成绩就是满分。"

王知叶的儿子猜不出来，只好抄下来回家搬救兵。

王知叶一家三口晚上就研究开了，有的说这，有的说那，谁也拿不准，直到快睡觉了，还没有个满意的答案。王知叶不耐烦了，就对儿子说：

"干脆你写上厕所吧，你想嘛，哪个从厕所出来的人不紧紧自己的裤带？"儿子想了想，说："可哪个去厕所的人还一肚子气呀？"王知叶的老婆说："有呀，现在的社会，人多公厕少，在街上半天都找不到一个厕所，可不就有一肚子气吗？"父子两个觉得也能说过去，儿子又问："那进去后一脸的笑呢？"王知叶老婆说："她进去看到还有空位子，她不笑谁笑？"

一家人研究了一晚上，觉得这个谜底还有点贴边，就按照老师的要求，把它写在一张白纸上，叠成一个小方块，第二天由儿子交给了老师。可等老师评判的结果出来一看，全班没有一个猜对的。

王知叶的儿子是三好学生，学习

生活的智慧大概就在于遇事问个为什么。 ——巴尔扎克成绩全班第一，这一下脸上挂不住了，回家后缠住爸爸，非要他再想个谜底。王知叶一边骂儿子的班主任尽出新花样，一边绞尽脑汁想答案，正猜着呢，他的一个朋友突然打来电话，说有车在下面等着他，让他马上下来。王知叶不知什么事，一路紧跑下了楼，就见那个朋友急得什么似的，见面就说："快上车，身上带钱没？"王知叶一拍口袋，说："装着二十块钱呢！"朋友一瞪眼："二十块哪够？走吧，我先给你垫上，最少二百块！"王知叶一下直了眼，问："干什么这么多钱？"朋友说："都怨我，人家让我通知你，可我忘了。"说着，朋友把一个信封交给了他。王知叶从里边抽出一个东西看了看，说："哦，是刘师傅家的。"刘师傅是他们这个工段资格最老的师傅，德高望重，王知叶想说什么，没说出来。

不多时车子到了好望角大酒店，进去一看，里边已经是人山人海了，两个人溶入人群之中，一套规矩进行完，就入座开吃了，劝酒声说笑声在大厅里回荡。

吃过了饭，从酒店里出来，朋友说他还有点事儿，王知叶只好自己想办法回家，他本打算叫个出租车，可一摸口袋，改了主意，还是省着点儿吧，坐公交车得了！到了站牌前，车还没来，他又想想，干脆，走着回算了！

就这样他一直走回了家，老婆一见他就说："你可回来了，儿子还在那里等着你给他想那个谜底呢。"这时，儿子拿一张纸过来让他写，王知叶正烦着呢，拿起纸没加思索地胡乱写了几个字就扔给了儿子，儿子见爸爸脸色难看，也不敢多问，就把纸叠起来放进了书包里。

第二天，儿子放学进门……

A．很沮丧（短信代码GA）　　B.很高兴（短信代码：GB）　　C.很生气（短信代码：GC）

（题图：杨宏富）

猜情节，赢大奖

开动脑筋，猜想正确的情节！请选择你认为正确的情节发展，将其短信代码发送到200056（中国移动）或900056（中国联通）。我们将在本月下半月的刊物上刊登这个故事的结尾，并从竞猜正确的读者中抽取优胜奖20名，赠送价值100元的纪念品；从参加竞猜的全部读者中抽取参与奖500名，赠送价值10元的纪念品。

参加全年情节ABC活动的3名读者更将获得特等奖彩信手机一部！本期活动截止日期为5月5日。

得奖读者在评选结果揭晓后将得到短信通知。本活动每条短信收取0.50元。

吃了
豹子胆

□ 黄廷洪

俗话说，老子英雄儿好汉，这事也有例外。在皖南大青山下的石桥镇上，有个猎户名叫丁火旺，是个响当当的汉子，当年他一个人除掉了危害村子的野猪和恶狼，为此丢了一只眼睛，还瘸了一条腿。大家提起他，没有不挑大拇指的。

火旺四十多岁才得了个儿子，取名丁好汉。可这丁好汉，哪点都不像他的老子丁火旺，不仅人长得矮小，体弱多病，而且特别胆小，八岁不肯断奶，十五岁的半大小伙晚上睡觉还要搂着母亲。这个胆小的儿子成了丁火旺的一块心病。

转眼之间，丁好汉十八岁了。那年，朝鲜战争爆发，血气方刚的年轻人都雄赳赳气昂昂跨过鸭绿江。丁火旺想把儿子送到部队去练练胆子，他找到民兵营长，把这事一说，营长咧着门牙大笑起来，说要是他丁火旺报

名参军，部队上肯定欢迎，可就凭他那胆小鬼儿子也能去打仗？大炮一响、子弹一飞，不当逃兵才怪呢。

营长的一番话，把丁火旺羞得满脸通红，但他不死心，说："营长，我那不争气的儿子胆小这不假，但看在他爷爷的份上，你给报个名吧。"

说起丁好汉的爷爷，也就是丁火旺的父亲丁大胆，在当地可是没人不知道。他当年参加了八路军，在一次战斗中，用刺刀拼杀了四个日本鬼子，最后拉响了身上的手榴弹，和敌人同归于尽，如今县城的烈士陵园里还有他的画像，鹰一般的眼睛，又黑又长的眉毛，铁骨铮铮的好汉一个。

民兵营长被说动了，终于答应给

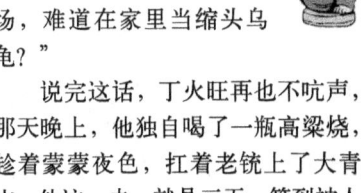

丁好汉报了名，不过他对丁火旺说："我把丑话说到前头，丁好汉到战场上要是当了逃兵，不光我们村丢人，你们老丁家也脸上无光啊！"

"这个自然，这个自然。"丁火旺一连声地感谢民兵营长。

两天以后，丁火旺领着儿子到县城去体检。丁好汉一听说要去当志愿军，说什么也不干。丁火旺火了，"啪"地丢给儿子一根绳子，瞪着眼珠子说："你不想当兵也行，拿着这根绳子到大青山去给我套一只狼回来！"

丁好汉两腿直打哆嗦，只好答应去县上体检，没想到一切顺利。别人家的小伙子喜上眉梢，他却拉起了丝瓜脸，回到家里，一个劲地问父亲："子弹能打多远？听说打仗一天要跑几百里路啊，要是我刚到战场上就有一颗子弹飞来，打在腿上那么好！不伤性命，躺在医院里……"

丁火旺气得怒目圆睁，取下挂在墙上的老铳说："你这个贪生怕死的东西！不配当丁家人！不如老子一枪先毙了你，省得你当叛徒丢人现眼！"丁好汉吓得哇哇大叫，跑到伙房一头钻进母亲的怀里。妻子泪汪汪地对丁火旺说："我们老丁家出了一个烈士，政府没要求好汉去当兵，你为什么非要把儿子往战场上送？不知道他胆小吗？"

"你给我住口！"丁火旺豹子似的咆哮起来，指着儿子说，"他叫什么？丁好汉！好汉不上战场，难道在家里当缩头乌龟？"

说完这话，丁火旺再也不吭声，那天晚上，他独自喝了一瓶高粱烧，趁着蒙蒙夜色，扛着老铳上了大青山。他这一去，就是三天。等到被人发现的时候，丁火旺气息奄奄地躺在山洼里，他的一条胳膊没有了，浑身血迹斑斑，身边倒着一只梅花豹。

村里人赶紧把丁火旺送到医院，那天晚上，丁火旺醒了过来，看见床边泪水涟涟的妻子，第一句话就是："去，把好汉叫来！"妻子不敢怠慢，忙跑了十几里山路，把丁好汉领到病床前。丁好汉一看父亲空荡荡的膀子，就吓哭了。丁火旺一皱眉头，又吩咐妻子："去买一瓶烧酒来！"妻子也不敢多问，只得照他的话做。

不一会儿，烧酒买来了。丁火旺点了点头，用剩下的一只手从怀里掏出一颗亮晶晶的东西，说："放在酒里，让好汉喝下去！"丁好汉吓得一激灵："爹，这……这是什么？"

"天哪，梅花豹子胆？"丁火旺的妻子出生在一个老中医世家，一眼就认出了那翡翠一般碧绿、玉石一般剔透的珍宝。

大青山特有一种豹子，名叫梅花豹，凶猛、刚烈，梅花豹子胆更是稀世珍品，它不仅能滋阴壮阳、延年益寿，更为奇特的是，当地有一种传说，

 ·中国新传说·

吃了豹子胆的男人，一生胆气豪壮，雄姿勃发。当年，慈禧太后就曾经专门派人到大青山来猎获梅花豹，豹子打了好几只，却没有得到一只豹子胆，原来梅花豹在临死之前都要积聚全身的力量发出一声惊天动地的吼叫，体内的豹子胆随着这一声吼叫便会爆裂，所以自古以来，还没有人得到过大青山的梅花豹子胆。

丁火旺是怎么得到梅花豹子胆的呢？他在大青山守了整整三天，那天下午，一只雄豹下山寻找食物，藏在草丛中的丁火旺放了一铳，梅花豹的天灵盖被击中了，瞪着两只血红的眼睛朝丁火旺冲过来。丁火旺凭着几十年打猎的经验，和豹子周旋着，几个回合之后，梅花豹知道自己难逃一死，正要发出最后一声仰天长啸，丁火旺一个箭步冲上去，把自己的一只胳膊伸进了豹子的嘴里，一下子堵住了豹子的喉咙。梅花豹没有叫出来，他的胳膊却被齐刷刷咬断了，人和豹子倒在一起。不知过了多久，一阵山雨将丁火旺浇醒，他取出身上的匕首，得到了一颗完好的豹子胆。

妻子听完，又要号啕大哭，却被丁火旺的一只大巴掌捂住了嘴。丁好汉在一边呆住了，好半天没有说一句话。丁火旺拿过一只搪瓷杯，亲手倒了半杯烧酒，然后把那只梅花豹子胆放在里面，冲丁好汉大喝一声："过来，把它喝下去！"

丁火旺的妻子在一边哭着说："好汉，这是你爸用性命拼来的，你喝下去吧……"

丁好汉站在那里，半天没动，眼泪吧嗒吧嗒地往下掉，最后，他端起那个杯子，一口一口地喝了下去……

第二天，丁好汉要走了，穿着崭新的军装，披红戴花，显得十分精神。丁火旺用仅有的一只手掌拍着儿子的肩膀，说："儿子，别忘了你叫好汉，你是烈士的孙子！"

丁好汉点头，在乡亲们的锣鼓声中走了。

三个月后，民兵营长领着一班人来到丁家，他们捎来了一件血棉袄。丁火旺一见那棉袄，就猜到发生了什么事情。部队上的人说，丁好汉表现得十分英勇，每次战斗都冲在前面，在一次阻击战中，他们所在的连队接连打退了敌人的十几次冲锋，后来只剩下了三个人，丁好汉和两个战友拉响了最后一颗手榴弹，和敌人同归于尽……

"好儿子，和你爷爷当年一个样！"火旺忍了很久，两颗老泪还是滚落下来，他倒了满满一杯酒说，"当爹的敬你一杯！"

后来，烈士陵园里，丁大胆的名字后面又多了一个：丁好汉。

（本篇月月评短信代码：0906）

（题图：安玉民）

人生须有志向与目标，否则精力全属浪费。 ——彼得士

木盆村长

□ 聂牛生

师院美术系学生小陶，毕业前夕来到大山深处的石壁村写生。那儿山清水秀，但更吸引他的是那里的古朴风俗，一年四季男的戴小巧玲珑的草帽，女的扎着五光十色的头巾，这些都是他画画的好素材。

小陶借住在村主任饶叔家。第一天，他想请饶叔派一位小向导陪他进山写生，恰巧饶叔在接电话："是是是……我工作没做好，拖了全乡的后腿，我这就去催……"饶叔放下话筒，显出一脸无奈。一会儿，他从土墙上取下三顶小草帽，一个个套在头上。

小陶一见，不由纳闷，虽说这里有戴草帽的习俗，可也没见人一次扣三顶呀，他忍不住问道："饶叔，您这是……"饶叔苦笑了一下，说："你还

是个学生娃，不懂这些事。"随后，唤他小儿子给小画家带路。

这事在小陶心里留下了一个谜团。

第三天，小陶又进山选景点，出门时有心留意饶叔的举动。不瞧不知道，一瞧吓一跳：这日，艳阳高照，蓝天上没有一丝云彩，可饶叔出门时竟戴着一顶厚厚的竹斗笠。小陶忍不住打趣地问："饶叔，您求雨呀？"谁知饶叔一点开玩笑的意思都没有，叹了一口气，照旧那句话："你是学生娃，不懂这些事理。"

七天后的一个中午，饶叔接完电话又一次匆匆出门。这次小陶见到他的样子，顿时笑得喘不过气来——只见饶叔头上戴着一只家里人洗脚用的

小木盆，盆板中间挖了两个圆洞，显然是方便眼睛看路。"饶叔，您这是演的哪一出啊？一村之长，这样子走出去像个啥？"看着小陶笑成一团，饶叔不但没有同感，反而一脸哭相。小陶搞不懂饶叔有什么难言之隐，但出于职业习惯，他悄悄画下了饶叔戴小木盆的速写。

十多天的假期结束了，小陶回到城里，作为这次写生的成果，他把那幅"石壁人戴木盆"的速写送去参加市里的美展。不久，他大学毕业，参加了工作，渐渐就把这事给忘了。

日月如梭，转眼一年过去了，这天，小陶陪同领导下基层考察，刚好又到了石壁村。一进村，他的眼睛就瞪得溜圆，哇，这里大变样了！不仅通了公路，小溪上还新建了石桥，人来车往十分热闹。

小陶在村委会见到了饶叔，刚想问个究竟，饶叔却抢先一把拉住他，向他千恩万谢起来，嘴里不停地说："大画家，多亏了你的一幅画，帮了我们村一个大忙呀！"

小陶被饶叔弄迷糊了："我的画？"

一旁的村支书插话道："陶画家，你的那幅饶叔头上戴木盆的画不是参加了市里的画展吗？咱村的好日子就是从那个画展来的。"村支书给小陶倒了杯水，接着说，"咱村是个有名的贫困村，可是这两年乡里各种收费特别多，收了老百姓的钱，却不给老百姓办实事。比如说是要为咱村建小石桥，向村民收了三年钱，可桥还没建成。咱这儿的人朴实，当面都不好意思说什么，山里石头多，久而久之形成一种习俗，村民为不伤和气，对不受欢迎的人就暗中丢小石子打头。饶叔人老实，乡里有指示他都一一执行，于是，出门去收一次钱，他就要被小石子打得青一块紫一块。一顶草帽不够，他戴三顶；三顶草帽都被打烂了，他便戴厚厚的竹斗笠；斗笠挡不住，他只得戴上自家的小木盆。他不怨乡亲们，村民们心头憋着一股火，难受哩！"

一旁的饶叔憨厚地笑着，接过话头："大画家，你那张速写画参加了市里的美术展，被一个市报的记者看到了，他采访以后，写了稿件在内参上刊登，很快引起了市县领导的重视，结果三年没办成的事，三个月就办成了……"

小陶听着听着，双眼亮了起来，以往的谜团也渐渐烟消云散。可是，看着饶叔和村支书感激的目光，他的心里又升起一个疑问：县里、省里还有多少个像饶叔一样的村主任，出门要戴上一个木盆呢？

想到这里，小陶的心变得很沉，很沉……

（本篇月月评短信代码：0907）

（题图：王申生）

· 阿P系列幽默故事 ·

阿P
□ 张东兴
买手机

阿P周围的人都有了手机，他们的手机铃声不停地响，他们的段子不断地发，他们不断来回走动着接电话，就连阿P9岁的小侄子，上学的时候，书包里都放一个手机。这使阿P深刻理解到自己的落伍。

于是阿P壮着胆子，鼓足勇气，向老婆小兰申请买部手机。

老婆听了，嘴一撇，说："你买手机做啥？家里安着电话，你办公室桌上也安着电话，还是公费的。"

阿P的声音轻得像蚊子："要是我在咱家到单位的路上呢？"

老婆不假思索地回答："那更省事，拉开窗户喊就成。"

阿P一想不错，家属楼和办公楼就隔30米，以老婆的嗓门，在窗口一叫，聋子也听得见。阿P想说买个手机用于平时逛街联络，可一转念，这个理由也免谈吧。因为老婆规定，两人一起出门的时候，阿P必须紧跟左右，距离不得超过两米，而且得时刻准备帮老婆提个包，拿个大衣什么的。

可是，阿P不死心，他满脸是笑地说："小兰，你看嘿嘿，我这嘿嘿，工作几十年嘿嘿……"老婆插了一句："行啦，不用喊号子我也听得懂。"阿P就来了个飞流直下，一口气往外说："你看我这工作几十年历来和群众打成一片，现在大家都有了手机为了不脱离群众搞特殊化，特申请购买手机一台。"

老婆听了微微点头："这个理由倒有点道理。不过打手机是双向收费

的，要和群众打成一片那得花多少钱啊！不行，成本太高，驳回！"

阿P努力失败，手机没申请下来，不过他不气不馁，大不了再生一计呗。

果然，阿P很快想出了新的计策，他向领导申请出差，因为一出差，手机的优越性就显示出来了。上回阿P出差，只带了个电话卡，可巧那次火车晚点8个小时，火车上没法打电话，急得他老婆一宿没睡。阿P估计以此为理由买手机，申请成功的可能性非常大。

可是在阿P单位里，出差这活儿就是公费旅游，属紧俏资源，轻易争取不到，更不用说为了买手机去公费旅游了。不过阿P有的是办法，他对领导说："要不咱们这么着，您准我几天假，对外宣称我出差去了，差旅费不让您报还不行吗？"

领导连连摇头："你请假躲出去了，报告、小结谁写呀？"

阿P胸有成竹地指着领导面前的电脑说："您这儿不是有电脑吗？这几天我就找一个网吧猫着，有事您给我发伊妹儿。我保证24小时恭候您的指示，绝对耽误不了工作，行了吧？"

领导这才勉强点头："本来这假是不能准的。可你是个老实人，轻易不开口，平时工作又比较卖力，我就违反一次原则，准你一星期假。但咱

们得统一口径，否则你老婆打上门来可不得了。对外说你上哪儿？"

阿P一想，我在网吧吃住一个星期，那得从家带件大衣呀，为了穿大衣方便，得上个冷点儿的地方，那就乌鲁木齐吧。

请假一成功，阿P就迫不及待地回家向老婆报信，打算趁此机会申请手机。谁知老婆听了一点儿也不焦虑，好像把上回一宿没睡的事忘了。她面无表情地说："出差又不是出疹子，你鬼叫什么？该收拾什么收拾什么呗。"阿P只说得半句："可是……"老婆已经扭身钻里屋去了。

正当阿P构思下一段说词时，老婆从里屋拿出一个包来，打开包，露出一部崭新的彩屏手机！

阿P的嘴巴张得老大，只见老婆淡淡地说："给你一个惊喜呀。上次你说的虽然没什么道理，但阿猫阿狗都有了，我家阿P也不能太落后，这不，我就给你买了一个回来。"

"老婆你……"阿P的眼泪都出来了，不过不是幸福的眼泪，而是后悔的眼泪：早知如此，就不必请假上乌鲁木齐了！可是事已至此，已容不得他后退，所以阿P只好装作感动，流着泪扑上去，抱住老婆狂吻了一阵子。

然后阿P就身穿大衣，怀揣手机，背着一大包方便面，雄赳赳地出发了。

不能制约自己的人，不能称之为自由的人。 ——毕达哥拉斯

出了门，阿P转过几条街，一头钻进一个网吧。他白天上网，给领导写报告，晚上就用手机向老婆报告当天的"出差行程"。一个星期后，阿P两眼深陷，胡子拉碴地出了网吧。他口袋里装着一打电脑合成的自己在乌鲁木齐景点的照片，手里提着一袋在本市土特产商场购买的新疆葡萄干，踏上了回家的路。

走到家门口，阿P又仔细地滤了一遍编好的细节，温习了一遍自己这两天在网上看到的乌鲁木齐风土人情，才深吸一口气，摁响了自家的门铃。

由于有手机联系，老婆早知阿P今天要回家，炒好菜等着。进门以后，老婆不看照片，不翻特产，不问细节，先要过手机查看短信。看着看着，脸就晴天转多云，多云转阴天，不一会儿就乌云密布了："你这几天都和谁来往了，为什么把短信都删了？"

阿P一听这话，不假思索地说："你忘了，我走得匆忙，说明书都没来得及看，还不会收发短信呢。"

老婆一听这话，脸上咔嚓闪过一道闪电，雷公爪一探，就揪住了阿P的耳朵，轰隆隆响了一阵闷雷："那你根本就没去乌鲁木齐。老实交待，你这两天去哪个小情人见面了？说！"

阿P愣住了，自己做了那么多准备工作，还没派上用场，怎么就穿帮了呢？老婆看出他的疑惑，嘿嘿一笑，道出了原委。原来，老婆为了与时俱进管好阿P，这一星期在家学了不少手机知识，其中有一条是：本地手机跑到外省去，外省网络就会自动发一条短信：欢迎入网，愿竭诚为您服务。

这下，阿P傻眼了，只能承认错误，深刻检讨，外加给老婆洗脚捶背。不过他的心里还是甜丝丝的——不管怎么样，自己终于有手机喽！

（本篇月月评短信代码：0908）

（题图：李 加 史 琦）

该死的备忘卡片

□ 桂忠阳

根据法国作家威尔伦的小说《卡片》改编

威尔和罗丝在一起生活了两年后离婚了，离婚的理由很简单，那就是威尔有健忘症。威尔的记性比一条鱼好不了多少，他老是忘记罗丝祖父的名字，忘记和罗丝的结婚纪念日，忘记每天要吻罗丝七次。结果，罗丝再也受不了啦，就和他离了婚。

离婚后，威尔很伤心。说实话，他的内心还是很爱罗丝的，他在日历上圈出了他们的结婚纪念日，他想，如果到时候罗丝没有和别人结婚的话，那就是说他们还有和好的希望。

一年很快过去了，威尔打听到罗丝还是一个人，连新的男朋友也没

有。于是，在他们结婚纪念日的前夕，威尔给罗丝打了一个电话："亲爱的罗丝，我是威尔。如果我没有记错的话，明天是我们结婚三周年纪念日，你能到我家来聊聊吗？"罗丝在电话那头想了想，说："威尔，很高兴你还记得这个日子，明天中午我要到一个朋友家赴宴，上午8点我会先到你那儿，坐到11点就走。"

挂了电话，威尔很兴奋，明天将是他向罗丝表白的大好时机。为了和该死的健忘症作斗争，不至于临场慌乱出现差错，威尔绞尽脑汁，把明天早上6点到11点之间要做的事和要说

的话，全部写在一张备忘卡片上。这张备忘卡片放在哪里呢？威尔想来想去，决定把它放在衣柜的顶上，为了不让罗丝看出破绽，他还特地在柜子旁挂了一面镜子，这样他就可以假装照镜子，偷偷看那张备忘卡片了。

第二天早上6点，两架闹钟准时地把威尔叫醒。他跳起来跑到柜子边一看，只见卡片上写的是："6点至7点，打扫房间卫生。"威尔花了一个小时，把房间打扫得干干净净。下一步干什么呢？他又去柜子边看了一下，卡片提醒他："7点到8点，到鲜花店买3朵罗丝喜欢的红玫瑰，插在窗前的白色花瓶里，到超市买3瓶她爱喝的奶汁。"威尔办完这两件事以后，正好8点。卡片上又告诉他下一步该做的事："8点，听到门铃响要去开门……"果然，这时门铃响了。威尔彬彬有礼地打开门，笑容可掬地对罗丝说："亲爱的，您尊敬的祖父安内特·瓦雷里先生近来身体可好？"

罗丝微微一笑，点了点头。威尔受到鼓舞，又去了柜子前装作照镜子，紧紧领带，顺便瞄了一眼卡片，回来以后接着说："下个月30日，是你26岁的生日，你是不是准备邀请你最好的朋友戴丽丝、梅丽尔和苏珊聚会一次？"罗丝吃惊地望着威尔说："天哪，你的记性怎么变得这么好？连我每个朋友的名字都记住了？如果她们都愿意来的话，我乐意和她们聚会一次。"

威尔倍受鼓舞，又从沙发上站起来向柜子走去，照照镜子，紧紧领带，顺便看一看备忘卡片上的下一件事。就这样，他在备忘卡片的提醒下，把每件事都做得井井有条，每句话都说得体贴到位，罗丝显得十分高兴。

时间过得真快，转眼，11点快到了。罗丝想不到威尔今天表现得这样出色，让她刮目相看。如果这时威尔大胆地拥抱她，她一定会投入威尔的怀抱。威尔也很得意，他感觉胜利就在眼前，准备到柜子前看看下面该发动什么攻势。可是他刚站起来，罗丝突然说："威尔，你今天不停地照镜子、整领带，难道有什么事吗？"

威尔大吃一惊，以为罗丝发现了他的破绽，连忙停下脚步，结结巴巴地解释说："我，我有点儿热。今年的春天来得真早，你说呢？"说着，他一把扯开紧了很多次、不能再紧的领带，喘了两口粗气。罗丝点着头说："是呀，我家花园里的几棵桃树都提前开花了。你要是觉得热，就把电扇打开吧。"

威尔见自己的瞎话蒙住了罗丝，不由得意起来，他擦了擦头上的冷汗，听话地打开了电风扇。威尔想起11点之前自己有一件至关重要的事必须做，罗丝也望着他，好像希望他说点什么，但是罗丝刚才的打岔把他吓坏了，他怎么也想不起那件事是什么

了。他看了一眼闹钟，天哪，离11点只有一分钟了！罗丝马上要走了，一定要在她走以前做完那件事！

这时，威尔什么都顾不上了，他从沙发上跳起来，摇摇晃晃地朝柜子走去。当他不顾一切地走到柜子前时，却发现柜子顶上那张备忘卡片不见了！威尔的脑袋"嗡"的一声就大了，该死的卡片不知被电风扇吹到哪儿去了！威尔东张西望，怎么也找不到那张卡片，他又露出一年前在罗丝面前的一副蠢像：张着嘴，挠着头，两眼糊糊涂涂地转圈，可是他什么也想

不起来，眼睁睁地看着闹钟指向了11点整！

罗丝从沙发上起身，流露出万分失望的神色，告辞走了。

罗丝走后，威尔像只没头苍蝇似的在房间里找开了，他搬开柜子，终于在地上发现了那张卡片。自己究竟忘记做什么事呢？威尔迫不及待地朝卡片上看去，只见最后一行写着："11点，如果罗丝对我的表现足够满意，我就要冲上去吻她七次，并跪下来向她求婚。"

威尔一屁股坐在了地上。

(题图：箭 中)

· 本刊信息传真 ·

搜索中国最有影响力的网络故事

——《故事会》、搜狐网和你一起讲故事！

网络正在改变我们的生活方式和阅读习惯。亲爱的读者，如果你是一个资深网民，一定在网络上读到过令你印象深刻、过目不忘的故事。这些故事，突破了口耳相传的局限，借助网络的手段，以光速传播。它们诞生于网络，成名于网络，人们往往在被它们深深打动的同时，却无从知晓它们的作者和出处。如果说，网络是一个海洋，这些故事就是蕴藏在大海中的珍珠，它们是一个时代的记录，也是无数网友智慧的结晶。

中国最老牌的故事刊物《故事会》和影响力最大的门户网站之一——搜狐网读书频道强强携手，与你共同搜索中国最有影响力的网络故事，让它们浮出海面，与更多读者亲密接触，并且寻找这些作品的真正作者。

请把你认为值得一读的网络故事推荐给我们，我们将在《故事会》"点击网络故事"栏目中择优刊登，另外将编辑出版《中国最有影响力的网络故事》一书。入围作品的推荐者将获得推荐费和赠书，所有参与者都将有机会获赠搜狐网提供的vip信箱、吉祥物和《故事会》提供的300份精美礼品。

来稿篇幅、数量不限，要求确实在网络上传播，具有网络故事特点，情节性强，内容健康，来稿请发送到 wlgs@vip.sohu.net，并请注明推荐者真实姓名、联系地址、邮编，原文如有出处和作者的，请一并注明。本次征稿截止期为2005年5月31日。

爱情的

□月　南　供稿

鬼脸

戴小军是个大三学生，不久前学校举行的一场校园歌手演唱会上，一个来自英语系的长头发女生唱了一首民歌，在打动评委的同时，也深深打动了戴小军。

这些日子以来，这个女生的影子一直在戴小军眼前晃来晃去。他发动一切关系，很快打听到了那个女生的名字，连她每天晚上在哪间自习教室学习也侦察得一清二楚，接下去就是怎么和这个女生友好地搭讪了。

在一个月色皎洁的晚上，戴小军找到了在自习室做功课的那个长头发女生。戴小军鼓足勇气，走上前问道

"嗨……你星期五的晚上有空吗？"长头发女生惊讶地抬起头，愣了一下，说："星期五晚上学校礼堂不是有个院士的讲座吗？"那神情很严肃。

戴小军涨红了脸，又问："那——周六呢？"长头发女生说："周六我有一个在南方上大学的同学要来北京。"

这不明摆着是找借口拒绝戴小军嘛！听了这个回答，戴小军再也没有勇气接着提星期日了，当时只剩下一个愿望，那就是从水泥地面上找个缝钻进去。他红着脸，逃也似的出了教室，把第一次单恋扔在了身后。

初战失利，戴小军沮丧极了。过了几天，学生会举办一场三八节晚会，压轴的是一个假面舞会，戴小军也参加了，想排解一下心中的郁闷。组织者规定只能女生戴面具，男生不戴。更有意思的是，舞会上所有男生必须端坐一旁，只有接到戴面具的女生邀请后，才可以起立与之一舞。戴

小军的舞跳得很好，所以邀请他跳舞的女生挺多，他一会儿起来，一会儿坐下，忙了个不亦乐乎。

当乐队奏起第五支曲子时，一个戴着鬼脸的女生向戴小军款款走来，并伸出了双手。在戴小军的手掌托住了她的手迈出第一步时，一种奇怪的感觉向他袭来，他的手竟然不争气地抖了起来！第六感告诉他，这个向自己发出邀请的女生肯定与他这几天的失魂落魄有关。虽然戴着面具，但戴小军感觉她就是那个会唱民歌的长发女孩，她一直坐在那里，直到第五首曲子响起，才向戴小军发出邀请。

戴小军的心怦怦乱跳，他一边跳舞，一边冲那戴着鬼脸的女生说："这很不公平，你能看见我的表情，我却看不到你的脸，不知道你是谁，也猜不透你在想什么。"

那个鬼脸什么话也没有说。戴小军只能自言自语下去："不过这样也好，只要你能看到我说最后四个字时的认真就行。你微笑还是嘲笑都无所谓，反正我看不到你面具后面的脸。"戴小军对着鬼脸面具说，面具一声不吭，也不知听见戴小军的话没有。戴小军很佩服自己在那一会儿能说出那么多的话。一曲终了的时候，他很认真地说了四个字："我喜欢你。"在他们分开的时候，戴小军感觉得出，那个女生的手也有一些抖。

舞会后，戴小军又不知该怎么办了，他几次鼓足勇气想去找长头发女孩，可是想到上次被无情地拒绝，又退缩了。说来也巧，几天后的一个下午，戴小军上街，迎面正碰见那个长头发女孩和她的几个室友走来。女孩看了戴小军一眼，戴小军连忙装出很随意的样子和她打了声招呼，就在他们要擦身而过的一刹那，女孩突然用自然得不能再自然的语气对他说："你有一封信不知怎么回事给发到我们女生宿舍楼了，在我那儿，有空你来拿吧。"

戴小军傻在那里，直到长头发女孩和她的室友们走得看不见了，才回过神来，自己的信怎么跑女生宿舍去了？又怎么会到那个女孩的手里？他想了半天，也没明白过来。

当天晚上，戴小军就去找那个女孩了。由于男生不可以进出女生宿舍楼，所以他呆在楼下，远远看着一封信从女生宿舍的窗户里缓缓地飘出，伴着一句"好好看"。

飘下来的那封信发信地址不详，倒是还贴着邮票，可仔细一看就知道是伪造的。因为邮戳根本不全，只有邮票上面有半拉邮戳，而信封上面的那半个邮戳却没有。也就是说，那封信根本不是寄错的，而是长头发女孩写给戴小军的！

那天，戴小军第一次晚自习到很晚，熄灯铃响过以后，他又找了一间

"掌上灵通杯"《故事会》优秀作品月月评

2005年,《故事会》继续与上海掌上灵通咨询有限公司联合举办"掌上灵通杯"《故事会》优秀作品月月评活动,形式更新,奖品更丰厚,全年共设价值48万元的奖金和奖品,等你来赢取!

今年的评选方式和奖品设置如下:

1. 本期初评委推荐以下10篇故事为候选作品,读者可挑选出你最喜欢的一篇,将其月月评短信代码(如0908,没有短信代码的作品不参加评选)发送到200056(移动用户)或900056(联通用户)。每次限选一篇,可多次投票。

篇名与短信代码

代码	篇名	代码	篇名
0901	见面礼 (P8)	0906	吃了豹子胆 (P44)
0902	厚信封,薄信封 (P26)	0907	木盆村长 (P47)
0903	深圳警察 (P30)	0908	阿P买手机 (P49)
0904	免费的午餐 (P33)	0909	诱人的荔枝 (P61)
0905	做人要厚道 (P36)	0910	小保安和大演员 (P85)

2. 作者奖:每期设"最受欢迎的故事"三篇,由得票最高的前三名作品获得。这三篇作品均将列入本刊今年举办的"中国最有影响力的故事"征文大赛候选名单。第一名的作者还将获赠上海文艺出版总社出版的大型历史图书《话说中国》一套(价值1000元)。

3. 读者奖:参加评选并选对当期"最受欢迎的故事"的读者均有机会获得现金奖,每期20人,各获现金500元;所有参加评选的读者均有机会获得参与奖,每期200人,各获精美礼品一份;参加全年20期以上评选的读者更有机会获得年终大奖,共12人,各获价值5000元的数码摄像机一台。

4. 本期活动截止期为:5月5日。得奖读者在评选结果揭晓后将得到短信通知,用户接收每条短信收费0.50元。

昼夜开放的大阶梯教室。那封信他一直没舍得拆开看,他想,无外乎有好坏两种结果,还是让坏消息和好消息都晚点来吧。就这样一直捱到了下半夜的三点,当睡意渐渐袭来时,戴小军决定拆开信,亲自揭晓他第一次恋爱的谜底。

信是这样写的:虽然我对你还不了解,但据说你这人不错,我会试着了解你的。顺便说一下,那个周六下午我的确有一个同学从南方过来。另外,这个周日你有空吗?

天哪,那天在自修教室,如果自己接着问下去多好,也不用牵肠挂肚苦闷那么多日子!想到这里,戴小军恨不得扇自己两个巴掌。

那个凌晨,戴小军在最美好的大学时光里,等来了最美好的爱情。狂喜之后是饥饿,他义无反顾地徒步走了二十多里地,找到了一家二十四小时营业的快餐店。在睡眼惺忪的服务员们惊愕的目光中,他一口气吞掉了三大碗牛肉面,每碗五块,半斤。

(题图:黄全昌)

·传闻逸事·

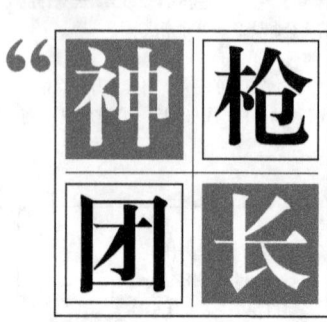

□ 肖建国

民国时期，惠州有个纨绔子弟，外号叫李大麻子，不学无术，仗着家里有两个钱，就花费几千大洋，当上了一支杂牌队伍的团长。

有了队伍，李大麻子还想打枪玩玩，于是辟出一块场地来练习射击。

走上靶场前，李大麻子很自信，他认为打靶就像他在村庄里屠猪宰羊那样简单，一枪就能撂倒一个动物。谁知，他离开靶子30米一站，举起那支"王八盒子"，"砰砰砰"一匣子子弹打完，全脱了靶。当报靶员报出一枪未中的时候，李大麻子脸上的麻坑就呈现出猪肝色，叫报靶员扛着靶子过来让他检查。李大麻子发现靶上原来有很多洞，都被一张白纸糊住了，便瞪

着眼睛问："这些洞是怎么回事？"报靶员连忙答道："这是以前打靶射的。"李大麻子哼了一声，又仔细看，最后发现一个小洞上面的白纸破了一点儿，就用手指着那个洞，厉声问道："那么这个洞呢？分明是我射中的，你为什么不报！"

"这个……"其实这个洞是报靶员搬动时不小心碰破的，可他没明白过来，愣在了那儿。

李大麻子一声怒喝："他奶奶的，你竟敢谎报军情！"掏出王八盒子对着报靶员就是一枪。这一枪贼准，报靶员连哼都没哼就一命呜呼了。

报靶员死后，老黑接了班。老黑长得瘦小，但嗓门出奇的大，一双眼

人不可像走兽那样活着，应该追求知识和美德。——但丁

睛更是滴溜溜有神。

老黑接班的第三天，李大麻子又过来练习射击，这次李大麻子一梭子子弹放完后，老黑钻出坑来报靶，乖乖，竟中了七枪，高兴得李大麻子满脸放光。

李大麻子问："真的是我射的？"老黑看了看李大麻子，擦了擦脸上淌下来的汗珠，很坚定地说："当然是团座射的！"李大麻子一高兴，奖了老黑两个银元，老黑激动得差点儿没给李大麻子跪下。

这以后，李大麻子的枪法"突飞猛进"。每次他都要带上左膀右臂们一起练枪，大家一字排开，一通噼哩叭啦的射击后，老黑开始报靶，每次李大麻子都是前几名。渐渐的，李大麻子竟得了一个"神枪团长"的外号，远近闻名。

这年冬天，湘粤联防军的一车军饷在路过李大麻子的地盘时，被人劫走了。押送的士兵抓住了一个劫匪，这劫匪经不住严刑拷打，就说幕后主使是李大麻子。这下可惹恼了湘粤联防军的总指挥俞汉谋。但俞汉谋做事十分谨慎，因为他知道李大麻子外号"神枪团长"，怕是硬来的话，自己这边不知要死伤多少个弟兄，所以不敢轻举妄动。俞汉谋眼珠一转，计上心来。他亲自书写了一个"神枪团长"的牌匾，用黄金镶边，带着一个旅的人马吹吹打打往李大麻子的团部而来。

李大麻子见联防军总指挥亲自给自己送贺匾，真是受宠若惊，忙让手下士兵杀猪宰羊，大摆筵席，酒肉招待俞汉谋的队伍。正当大家喝得酒酣耳热之际，俞汉谋一扔酒碗，"叭"的一声响，身边几个副官一跃而起，一下子把李大麻子按倒在地，第一件事，就是把他身上的王八盒子给卸了。李大麻子还没明白怎么回事，就被捆了起来。李大麻子的手下哪里见过这种阵势，个个都吓得呆若木鸡。

俞汉谋见李大麻子的王八盒子被缴了下来，心中长长吁了一口气，沉下脸来，问李大麻子为何要抢自己的军饷。

李大麻子一听，脑袋嗡的一声，赶紧跪倒在地，眼泪一把鼻涕一把地表清白："总指挥，我李大麻子对天发誓，我对总指挥是忠心耿耿，从没干过对不起联军的勾当，抢军饷一事，纯属冤枉啊！"李大麻子边说边向俞汉谋叩头，十几个响头下来，头皮磕得鲜血直流。

俞汉谋见此情景，也有点左右为难了，为了给自己找个台阶，他把口气缓和一下，说："李团长，劫匪说幕后的主谋是你，我也是不得已而为之啊。这样吧，只要你亲手处死这个劫匪，就能证明他不是你的手下，你的嫌疑也就洗清了。"

李大麻子一听，如获大赦，兴冲

冲地提起王八盒子直奔劫匪。俞汉谋拦住他，说："慢！李团长，早听说你是神枪手，这样杀一个绑住的匪徒多没意思，今天也让我们大家开开眼，把劫匪放了，你打活靶吧。"

李大麻子心想，凭自己打靶的好技术，杀死一个大活人还不是易如反掌，于是满口应承下来。

为了卖弄自己的枪法，李大麻子让劫匪跑出30米后再开枪。劫匪一听有这等好事，撒开脚步就跑。

旁边的老黑见劫匪一跑，就扯开嗓门对李大麻子喊："团长，开枪！快开枪！"

李大麻子不愿意了，把眼一瞪，骂道："你奶奶的熊！这小子还没跑出30米呢，老子在50米内不是一打一个准，嚷什么嚷！"

老黑被李大麻子一训，不敢吱声了，苦着一张脸，比哭还难看。

等劫匪又跑了十几步，李大麻子这才提起王八盒子，三点成一线地瞄准了劫匪，所有的士兵都看大戏般地把目光聚集在李大麻子身上。只听得"砰"地一声，子弹落在了劫匪的脚边，击起一串灰尘。士兵们还以为李大麻子在玩猫捉老鼠的游戏呢，有人竟拍起了巴掌。"砰"，第二枪打出去，子弹距离劫匪足有两三尺。这下，李大麻子心里发了慌，忙双手握枪，一扣扳机，子弹接连发出，"砰、砰、砰"……枪放得越紧，那劫匪蹿得越欢，等李大麻子打光了子弹，那劫匪也跑了个无影无踪。

这一下所有的人都呆住了，李大麻子脑子里更是一片空白。俞汉谋在一旁气得脸上的青筋直蹦，喝道："好你个李大麻子，竟敢放走劫匪！军饷分明就是你派人劫的！来呀，把他给我拉下去毙了！"一声令下，左右将李大麻子五花大绑拉下去了。

李大麻子被拉到靶场上，他知道自己活不了啦，哀求临死前跟老黑说说话。老黑怯怯

□ 小 芦

诱人的荔枝

这天黄昏，张健穿着T恤、短裤，带儿子东东去中山广场散步。东东用小手拉着张健，扬着小脸说："爸爸，今天我们幼儿园老师说有一种水果叫荔枝，荔枝好吃吗？"张健说："好吃呀，荔枝很甜很甜，比蜜还甜呢。"东东露出向往的神情："爸爸，那我们家为什么不吃荔枝呢？"张健笑着说："傻孩子，荔枝是南方产的，而且很容易坏，咱这个北方小城是买不到的。"东东失望地哦了一声，跟在张健的身后往前走。

走了没多远，刚好撞上单位的马局长。张健忙让东东叫"爷爷好"，东东很乖，甜甜地叫了声"爷爷好。"马局长和气地摸着东东的头，问："多大

地来到李大麻子跟前，李大麻子冷不防飞起一脚，踢在了老黑的裆部，痛得老黑"扑通"一声坐在地上，哎哟连天。李大麻子破口大骂："都是你小子害了我啊！"

老黑大哭着说："团长，我、我也是没办法呀！我若不在报靶时报你多中几枪，早就被你搞死了，是、是你自己害了自己啊——"

（题图：黄全昌）

啦？"东东说："4岁。"马局长笑了："哟，比我小孙子还小两岁。"张健看见马局长，想起单位最近要搞货币分房，自己家住房困难，正好趁这机会和局长说说。他就吞吞吐吐地说："局长，我有点事……想和您说。"局长点点头，说："那上我家说吧，"又低下头问东东，"东东，去爷爷家玩儿好吗？"东东见马局长笑眯眯的，就点点头。张健还想推辞，马局长说："没事，去我家坐坐吧。"

于是，张健带着东东，跟局长一路走到他家里。

到了局长家，张健还没说上几句，门一开，局长的小孙子胖胖从外面跑回来，手里举着一个塑料包，兴奋地大叫："爷爷，姑妈从海南岛回来，给我带来了荔枝！可好吃啦！"说着，胖胖剥了一个荔枝，塞进爷爷的嘴里。马局长搂了搂胖胖："乖，胖胖去玩吧，爷爷有客人。"忽然，局长看到东东眼巴巴地瞅着胖胖手里的荔枝，就说："胖胖，去给弟弟几个荔枝吃。"

胖胖斜了东东一眼，嚷道"这是姑妈给我的荔枝，我不给他吃！"局长朝张健尴尬地笑笑，摇着头说："这孩子……"看得出，胖胖是家里的小皇帝，连马局长也奈何不了他。

张健忙说"不用不用，我家东东不喜欢吃荔枝。""我……我想吃荔枝！"东东偎在张健怀里，小声地说。

张健有点尴尬，暗暗捏了东东一把。局长又说："胖胖乖，给弟弟吃几个嘛！""不！"胖胖把头摇得像拨浪鼓一样，"就不给！"

张健朝东东板下了脸"东东，别不听话。"东东见爸爸生气，只好垂下头，眼泪在眼眶里打转。

胖胖把荔枝拿到客厅另一头，剥开几个吃了，把剩下的往茶几上一放，就回自己屋去玩了。东东呆在爸爸身边，眼馋地瞅着茶几上的荔枝。

电话铃响了，局长起身接电话。东东的眼睛一眨不眨地望着那些荔枝，嘴巴一瘪一瘪的。过了一会儿，他又伏在爸爸耳边说"爸爸，我想吃荔枝。"张健也伏在东东耳边，悄声说："你听话，不要闹，爸爸答应让你吃到荔枝。""好的。"东东高兴地点点头。

局长这个电话真长，聊起来没完没了，张健和东东都坐着发呆，最后，张健干脆站起身，在客厅里转开了，观赏局长家陈列的小摆设。又过了好久，局长的电话才打完，他连连向张健说对不起。张健见该说的都说了，就起身告辞。局长安慰张健说："你放心吧，局里会考虑你家的具体情况的。"说着，就往外送张健。东东被爸爸拉着走到门口，一步三回头，恋恋不舍地望着远处茶几上的荔枝，他知道一走出这个门就再吃不到荔枝了，终于，东东一把挣脱爸爸的手，大

不朽之名誉,独存于德。 ——彼得拉克

声说:"爸爸你骗人!我要吃荔枝!"张健一呆,想去拉东东,但东东倔脾气发作了,朝地上一坐,委屈地大哭起来:"我要吃荔枝,我就要吃荔枝,你答应了我的!"

马局长一愣,说:"好好,爷爷给你拿荔枝。"回身去拿荔枝,谁知胖胖听到东东的哭声,从自己房间里跑了出来,狡猾地拿起茶几上的荔枝,飞快地跑回房间,"咣——"地锁上门。局长慢了一步,手抓了个空。

东东一看荔枝没有了,闹得更凶,站起身跑前几步,一不小心,踢碎了茶几下面的暖瓶,只听"砰"的一声巨响,顿时水流了一地。

张健的脑子里嗡地一响,暗道:完了,一切都完了!

稍稍清醒一下,张健便大步走过去,左手一把抓住了东东的脖子,把东东摁在地上,右手高高扬起,一巴掌打在东东的屁股上,随后一巴掌接着一巴掌,一巴掌比一巴掌狠。东东像杀猪似的大哭起来,声音都哭哑了。

局长忙走过来拉住张健的手,连声说:"小张,你这是干什么!快别打了!"张健停下手,一句话不说,脸色铁青。局长叹着气道:"现在的孩子呀,都了不得,没事,小张,你带东东走吧,这里我来收拾。"张健想赔笑,脸上的肌肉抽搐一下,却怎么也笑不出来。他犹豫了一下,抱起东东,大步朝外走去。

天已经黑透了,昏黄的路灯照在街上。东东哭累了,在爸爸怀里开始昏昏欲睡起来。忽然,东东感到有一滴温暖的水珠掉落在自己的脸上。东东醒了,想挣脱爸爸的手。爸爸放下东东,在路灯下把东东搂在怀里,伏在东东耳边,小声说:"东东,还疼不疼?"东东搂着爸爸的脖子,在爸爸的耳边说:"只有一点点疼了。"

"乖,爸爸让你吃荔枝好不好?"

东东吃惊地看着爸爸,只见爸爸变戏法儿似的,从手里变出了一颗荔枝,然后,爸爸看着东东笑了,东东也笑了,拿着荔枝去啃。爸爸说:"荔枝要剥皮吃的。"东东想起刚才胖胖吃荔枝的样子,也用嘴先咬开一个小缝,又用手一点点剥着。东东不知道,爸爸为了让他吃到这个荔枝,平生第一次做了小偷,刚才在客厅里参观小摆设的时候,偷偷藏了一个荔枝在手心里带出来的。直到现在,张健的心里还感觉到一阵阵内疚呢。

东东懂事地把荔枝递给爸爸,说:"爸爸,你先吃。"张健说:"乖,爸爸以前吃过的,不吃。"

东东这才剥开荔枝,咬了一口,感觉荔枝真的很甜很甜,比蜜还甜呢……

(本篇月月评短信代码:0909)

(题图:黄全昌)

炼狱18小时

□ 方冠晴

1. 地狱约会

腾飞集团是以柯正腾、柯正飞兄弟俩的名字命名的。哥哥柯正腾任董事长，弟弟柯正飞任总经理。

柯正腾四十岁时患上了糖尿病，富人命贵，柯正腾患病之后，就在城西30公里的白云山风景区盖了一座别墅。这座二层楼别墅，宽敞坚固，造型别致，隐没在绿树丛中，柯正腾就整天住在山上安心静养，集团里的大小事务，都交由弟弟柯正飞打理。

这一天下班时，柯正飞突然接到集团里另一名外号杨铁嘴的董事打来的电话，说是董事长要在白云山召开董事会，有紧急事情要磋商，请所有的董事务必在6点半钟以前到会。

放下电话，柯正飞颇感奇怪，这几年哥哥很少过问集团里的事，即使要开董事会，也会事先与自己商量，今天怎么招呼都没打一个，就让人通知开会。柯正飞隐隐觉得这个会非同寻常，所以晚饭也顾不上吃，当即开车回家，接了自己的妻子，也是集团股东的白娜娜，直奔白云山而来。

柯正飞和白娜娜赶到哥哥的腾飞山庄时，其他董事还没有到。柯正腾

一见到他俩，就诧异地问："你俩怎么有时间到这里来？"柯正飞愣住了，说："不是你要开董事会吗？"柯正腾一脸茫然："谁要开董事会？谁通知你们的？"柯正飞说："杨铁嘴通知的。"

三个人正在愣神儿，柯正腾的司机阿冬领着一位年轻漂亮的女子走进来。这个女孩子叫赵南，是腾飞集团最年轻的股东。她进来后，也说是接到杨铁嘴的电话，通知她来开董事会的。

柯正腾不高兴地说："这个杨铁嘴，搞什么鬼？我什么时候说要开董事会了？"正嘟哝间，杨铁嘴进来了。

杨铁嘴大名叫杨新，原来是一名律师，因为打官司能说会道，铁嘴铜牙，所以人们送了他"铁嘴"的外号。

柯正腾一见杨铁嘴，就生气地问他："怎么回事？我没说要开董事会呀，你怎么将大家都召来了？"杨铁嘴一愣，说："是你的私人保镖大头打电话给我，说你让我通知大家开会的。"

"胡说！"柯正腾火了，"大头的母亲去世了，他两天前就回老家奔丧去了，他怎么会打电话通知你们开会呢？"

杨铁嘴见柯正腾不相信，掏出手机，翻出了来电记录，那号码的确是大头的手机号。柯正飞便说："拨过去，问问大头，到底是怎么回事？"

杨铁嘴反拨了过去，但语音提示说："对方已关机。"

这就怪了，远在老家的大头怎么会假借董事长的名义胡乱发通知？大家都觉得这事不可思议。柯正腾也糊涂了："大头跟了我好几年，一向中规中矩的呀。"柯正飞不无担心地说："这里面会不会有什么阴谋？"

这时，小保姆走进来，轻声问大家吃过晚饭了没有。大家这才记起来，晚饭还没来得及吃呢。

柯正腾说："只怕大家都饿了，有多少饭菜，大家先将就吃一点吧。"

于是大家便到隔壁饭厅就餐，一边吃一边聊这件蹊跷事。聊着聊着，大家的话渐渐少了，柯正飞只感到眼睛发涩，头脑发沉。他努力打起精神，只见赵南和自己的妻子白娜娜已经歪倒在饭桌上了，杨铁嘴和柯正腾也在摇摇晃晃，快要睡着的样子。他顿时意识到不妙，张嘴想喊点什么，舌头却不听使唤。他本能地去腰间掏手机，却感觉手机有千斤重，怎么也提不起来。接着，"哐当"一声，手机掉到了地上，他也一头栽倒在饭桌上。

柯正飞醒过来的时候，饭厅里的灯光耀眼，而窗外已经黑咕隆咚。再看眼前，哥哥、妻子，还有赵南、杨铁嘴，仍伏在桌上沉沉睡着。再看看饭厅的门口，司机阿冬也歪在那里，睡得像死猪似的。

柯正飞摇摇发沉的头,渐渐意识到一定是有人在饭菜里下了迷魂药了。他本能地伸手去腰间掏手机报警,但没掏着。他这才依稀记起,在自己快要晕倒的时候,手机掉在了地上。他艰难地弯下腰去找自己的手机,但地上啥也没有。

他忙去拿妻子的手机,但摸遍了白娜娜全身,也没摸到手机。他用力把白娜娜摇醒,又急着去赵南身上找手机。

他在赵南身上摸了一遍,也没摸到手机,倒把赵南给弄醒了,她发现柯正飞摸自己的身子,顿时又羞又怒地叫起来:"你,你,干嘛?"白娜娜见了,软绵绵地伸手来揪柯正飞的耳朵,斥道:"你,你色胆包天!"

柯正飞也顾不得解释,只是冲她俩叫了起来:"你们快醒醒,睁开眼睛,看看发生了什么!"他这一喊,赵南和白娜娜同时一震,一看眼前的情景,彻底清醒了,慌忙站起来,去推仍在沉睡的柯正腾和杨铁嘴。

柯正腾和杨铁嘴被摇醒了,迷迷糊糊地问发生了什么事。柯正飞叫起来:"我们被下了毒!快,找找你们的手机,快报警。"

大家摸遍了自己全身,谁也没摸到手机。很显然,有人乘他们昏睡的时候拿走了他们的手机,目的就是想阻止他们报警。柯正腾叫道:"我卧室里有电话,打电话报警。"柯正飞听了,忙奔上楼,到哥哥的卧室里打电话,可提起电话,他不由愣住了,电话线被人掐断了。

柯正飞正在发愣,猛地听到楼下传来一声尖叫,这叫声,在这寂静的夜晚,听起来非常恐怖。他吓得扔下话筒,往楼下跑。跑回饭厅,只见白娜娜和赵南都紧张地用双手按着胸口,而哥哥和杨铁嘴正在看一张纸条。

这时,柯正腾和杨铁嘴看完了纸条,也是一脸紧张的表情。柯正飞从他俩手中接过纸条一看,只见上面歪歪扭扭地写着:

"我是索命的魔鬼,我将你们召集到这里来,就是要取你们的性命!这里就是你们的炼狱!从你们看到纸条的时候起,炼狱正式向你们启动,谁走出这幢别墅,我就杀死谁。我就在别墅的周围徘徊,等着你们送命来!"

柯正飞看了纸条,也不由得感到心惊。赵南告诉他,纸条刚才就压在饭桌上的一个菜盘底下。

柯正飞将这张纸条与前面的事一联系,不由不寒而栗。他们莫名其妙地被召到这里来,接着是中毒昏睡,再接着是这张纸条,可见这是事先设计好了的圈套。他像是问自己,又像

人的一生是短的,但如果卑劣地过这短的一生,就太长了。 ——莎士比亚

问大家:"这是谁干的?为什么要这么干?"

柯正飞嘴里说着,目光在每个人的脸上扫来扫去,突然,他叫了起来:"小保姆哪里去了?"

人们这才发现,自他们苏醒过来,就一直没发现小保姆的身影。对,小保姆!这桌饭菜是小保姆准备的,只有她有机会在饭菜里下毒,然后趁大家香睡的时候拿走手机,割断电话线,让他们不能报案。

2. 血雨腥风

几个人几乎是异口同声地大叫起来:"小保姆!"这一叫,把躺在饭厅门口的司机阿冬惊醒了。他迷迷糊糊地坐了起来,揉揉眼睛,看看众人,又看看自己坐的地方,一脸的迷茫。

柯正腾见阿冬醒了,就厉声问道:"保姆在哪?"阿冬吃惊地瞪大眼睛,结结巴巴地说:"她,她不在厨房里吗?"杨铁嘴听了,忙去厨房,但很快就跑回来冲大家摇了摇头。

柯正腾气呼呼地冲大家叫道:"这丫头跑哪

去了?大家去找找!我绝对饶不了她!"就在他叫嚷的时候,从隔壁房间里传来了"啊啊啊"的叫唤声。大家走过去一看,那是小保姆的房间,声音正是从里面传出来的。

柯正飞上去敲了敲门,门内回应他的仍是"啊啊"声。柯正飞推了推门,门反锁着。他返身到饭厅拿来一把椅子,抡起椅子"砰砰"几下把门砸开了。

大家一看,只见小保姆蜷缩在房间的地板上,她的脸上、脖子上,全是殷红的血,她的手脚被绳子绑着。柯正飞扔下椅子,奔了进去,连声问:"谁干的?告诉我,谁干的?"

小保姆像哑巴似的只是"呜呜啊啊"发出含糊不清的声音,接着一张

嘴，嘴里就涌出了大量的鲜血。柯正飞一边手忙脚乱地给小保姆松绑，一边追问："谁把你绑在这里的？"

松了绑，小保姆哭着用手往自己的嘴里一掏，血顿时汩汩直冒，她的手上，拿着一块血肉模糊的东西。

柯正飞一看，惊骇地叫道："她，她的舌头，被人割了！"

一听这话，大家只觉得头皮发麻，门外的白娜娜和赵南吓得"哇哇"直叫，赵南更是背过身去干呕起来。

这时，小保姆抬起头来，痛苦地看了大家一眼，哪知这不经意的一眼，她的瞳孔突然紧缩，脸上露出了极端惊恐的表情。她"啊"地一声怪叫，猛地从地上爬起来，一把推开柯正飞，就没命地从房间里跑了出来。

大家被这突然的变故惊呆了，眼睁睁地看着小保姆跑出别墅的大门，跑向黑漆漆的门外。眨眼间，她的人影就被黑暗吞没了，只听见她惊恐而含糊的叫声。

最先反应过来的是柯正腾，他冲众人叫了起来："快，快把她追回来，她一定看到了绑她的人！"

一句话将大家从呆愣中惊醒了，阿冬最先明白了老板的意图，他率先追了出去，接着，杨铁嘴和柯正飞也追了出去。

柯正飞跑到门外，外面一片漆黑，几乎是伸手不见五指。好在小保姆的叫声一直从前面传过来，引导着他，循着声音高一脚低一脚地往前追赶。

追了不到两分钟，柯正飞突然想起前面不远处是一片树林，小保姆的叫声正在往树林处跑。柯正飞觉得必须在小保姆跑进树林前抓住她，就在他加快速度时，猛地听到前面小保姆"啊"地一声惨叫，那声音尖锐凄惨、恐惧绝望。这一声叫，刺得柯正飞心惊胆战，骇得他一下子站住了。

就在这时，前面传来了一阵低沉

嘶哑，缓慢却极凶狠的男人说话声："本来，我只想割了你的舌头，不让你说出事情的真相，但既然你认出我了，我只有杀了你！"这声音一停，就传来小保姆的第二声让人心怵的惨叫。

叫声过后，四周再没有动静。柯正飞吓得双腿发软，他哪敢再向前挪步，当即转身就往回跑。

柯正飞跑到别墅前，拼命拍门、叫喊："开门，快开门！"这时，杨铁嘴和阿冬也跑了回来。待门一开，三人冲进门内，转身"咚"地将门关了个严严实实。

大家围着沙发坐下，一时间，谁都不言语。过了好一会儿，杨铁嘴开口道："要不，我们跑出去，下山，去市内，这样……"哪知，他的话还没说完，突然，客厅里的所有灯光熄灭了，原本亮如白昼的客厅，眨眼间一片漆黑。

灯一熄，只听到赵南和白娜娜的尖叫声。白娜娜吓得钻到柯正飞怀里，将柯正飞抱得铁紧。其他人也紧张得大气都不敢出。

黑暗持续了约三分钟，所有的灯又莫名其妙地亮了。

这时，赵南惊呼起来："你们看！"她的手颤抖地指着沙发前的茶几。大家望过去，只见茶几上放着一张纸条。

柯正飞拿过那张纸条，只见上面仍是歪歪扭扭地写着："索命魔鬼再次警告：别想逃跑！别想走出别墅大门，否则，小保姆的下场，就是你们的下场！"

看了纸条，柯正飞结结巴巴地问大家"这纸条，是，是谁放这里的？"大家都茫然地摇头。赵南说："我记得，刚才这茶几上还啥东西也没有，看来这张纸条是我们屋内的人趁熄灯的时候偷偷放上去的。那个索命魔鬼，就是我们之中的一个！"

此言一出，大家都惊恐地从沙发上弹跳起来，本能地与他人拉开了距离，戒备地打量身边的每一个人。

3. 谁是魔鬼

柯正腾环视众人，厉声喝道："谁是那该死的索命魔鬼？我柯正腾待你们不薄，你为什么装神弄鬼地吓唬人？"大家你看看我，我看看你，没人吭声。

柯正飞凑过去对柯正腾耳语道："哥，要不，我俩上楼到你的卧室，商量一下。"

柯正腾想了想，点了点头，尔后招呼一声白娜娜，三人上了楼，来到柯正腾的卧室，关好门窗。柯正腾单刀直入，问弟弟和弟媳："你们说，那放纸条的人会是谁？"

白娜娜说："除了咱们一家人，楼下的，我都怀疑。"

柯正腾点了点头，说："在这样的

时候，我也只能相信你俩了。但楼下的三个，到底是谁呢？我们与他无冤无仇，他为什么要这样对待我们呢？"

白娜娜想了想，说："说到冤仇，我觉得，那个索命魔鬼就是赵南。大哥不要忘了，咱们的腾飞集团以前可是叫龙跃集团，大股是赵南父亲的，我们不但将集团改了名，还瓜分了赵南父亲的股份。她一定是知道了内幕，所以找我们寻仇。"

柯正飞听了，默不吱声。他觉得妻子说得不错，腾飞集团的前身的确是龙跃集团，董事长就是赵南的父亲赵龙跃。当时，赵龙跃占了集团百分之六十五的股份，而柯正飞和他哥哥柯正腾加起来也只占了百分之三十五。

八年前，赵龙跃因脑溢血中风住进了医院，丧失了说话的能力，集团里的事只得交给柯正腾打理。赵龙跃除了一个独苗女儿赵南在国外求学，别无亲人。对董事长的位子垂涎已久的柯正腾觉得机会难得，于是对赵南封锁了她父亲住院的消息，并找柯正飞商量，怎样才能将董事长的位子弄到手。

要将董事长的位置弄到手，首先就要让自己成为最大的股东，兄弟俩经多次密谋，决定吃掉赵龙跃的股份。当时，龙跃集团的财务总监叫占晓云，是个长得丑陋，性情也古怪的

老姑娘。柯正腾便去向她求婚，占晓云自然是大喜过望，对柯正腾百依百顺。柯正腾便让占晓云修改集团里的账目，吞吃赵龙跃的财产。

仅仅这些还不够，要想让赵龙跃的财产名正言顺地成为自己的财产，必须要有正规的法律手续。当时杨铁嘴是集团里的法律顾问，而柯正飞的女朋友白娜娜，是市公证处的一名公证员。柯正飞便向哥哥献计，让杨铁嘴和白娜娜帮忙，伪造法律手续。

但帮忙不能白帮，柯正腾许诺凡参与这件事的人，都可以分到赵龙跃的一笔财产。就这样，柯正腾、柯正飞、占晓云、杨铁嘴、白娜娜，五个人联手，不但修改了集团的账目，还伪造了集团的财产公证，伪造了赵龙跃的遗嘱。

后来，赵龙跃死了，他们每个人得到了集团百分之十的股份，只留了百分之十五给赵龙跃的女儿赵南。柯正腾如愿以偿地登上了董事长的宝座。柯正腾与占晓云结婚两年后，占晓云怀孕难产，大人小孩都没保住性命，占晓云名下的股份自然也归了柯正腾。

想起这些事，柯正飞自然明白妻子话里的意思。但是，他却认为，那个索命魔鬼不会是赵南。因为在他看来，赵南只是个涉世不深的女孩，而且这么多年，她对她父亲留给她的财产，从来没有过怀疑。于是他摇了摇

头，说："我觉得不是赵南。当年我们瓜分她父亲的财产的事，做得天衣无缝，她不会怀疑。更何况，刚才在野外，我听到杀小保姆的人的说话声，是个男的。你俩想一想，去追小保姆的，只有三个人，我、杨铁嘴、阿冬，都是男的。"

白娜娜问："你的意思是说，去追小保姆的人杀了小保姆？"

柯正飞点点头，说："你想想，那个人能在门窗都关严的情况下，短短的三分钟内将纸条放在茶几上，这个人只能是我们六个人中的一个，而小保姆是在外面被杀的，也只可能是追出去的人干的。"

柯正腾一拍大腿，说"对！你们注意到没有，当时小保姆看人的眼神是那样惊恐害怕，她所以向外跑，一定是发现了割她舌头的人。而凶手见她认出了自己，必定要追出去杀人灭口。这个人，不是杨铁嘴，就是阿冬！"

最终，三个人一致将疑点放在阿冬的身上。

他们是这样分析的：追赶小保姆时，阿冬是第一个跑出去的，又是最后一个跑回来，这么长时间他完全有可能杀死小保姆。而更重要的一点，大家吃晚饭的时候，因为饭菜不够，只有几个董事吃，阿冬和小保姆作为下人，都没吃。大家是吃了饭菜中毒的，阿冬根本没吃东西，怎么也会晕

倒呢？唯一的解释，他是装的。既然认定阿冬有可能是凶手，那该怎么办呢？他们最后统一意见是，为了不激起阿冬狗急跳墙，稳妥的办法是支开他，然后大家趁机逃跑。

三人回到楼下客厅里，柯正腾往沙发上坐下后便对阿冬说："小保姆死了，凶手是谁我们也不知道，报警吧又没个电话，你跑一趟，下山，去公安局，让他们来人。"阿冬面有难色地说："纸条上不是说，谁走出别墅就杀了谁吗？我……"柯正腾安慰说："你和杨董事他们刚才不也跑到外面追小保姆了吗？结果怎么样，你不还是好好地回来了？那纸条上写的字是吓唬人的。再说，我们分析，那个索命魔鬼就是我们屋内的这些人中的一个，只要我们不让屋内的人出去，谁还能到外面拦你？"

阿冬毕竟是柯正腾的司机，老板下令了，还能不同意？他去房间拿了车钥匙，然后苦着脸，磨磨蹭蹭走出别墅大门，登上了他平时开的小车，发动了车子，开亮了车灯，呼地开走了。

眼瞧着阿冬的车上路了，柯正飞立即对大伙儿说："我们分析，那个索命魔鬼就是阿冬。现在我们支开了他，大家立即上自己的车子，逃下山去。"

赵南担心地问："要是阿冬在前

面用车子拦住我们怎么办？"柯正飞大手一挥"撞他！我就不信他拦得住我们三辆车。只要有一辆车逃出去了，就可以报案呀！"

大家一窝蜂地跑出别墅的大门，跑向自己的车子。就在大家纷纷拉开了自己的车门，准备上车时，不远处突然升起了一团火光，接着，"轰"一声巨大的爆炸声传了过来。

大家被这声巨大的爆炸声惊呆了。那团火光，正在盘山公路上，在别墅前面的第一个拐弯处，也就是阿冬的车刚刚开到的地方。

第一个从惊愕中反应过来的是杨铁嘴，他变声变调地冲大伙儿怪叫起来："有炸弹！阿冬的车被炸了！大

家别上车！别上车！"

他这一叫，大家的手像被烫了似的，纷纷将扶着车门的手缩了回来。然后，一窝蜂地跑回了别墅。

4. 草木皆兵

回到别墅，大家都像惊弓之鸟。阿冬的车被炸了，无疑，其他的车也有被炸的可能，很可能歹徒在每辆车上都安上了炸弹。没有车，几十里的山路，怎么下山？路上歹徒会放过你？逃跑，现在他们是想也不敢想了。

阿冬的车被炸了，不用问，阿冬必死无疑。阿冬是索命魔鬼的可能性也排除了，那么，索命魔鬼只会是屋内这五个人之中的某人了。

此时，五个人分成了三方，柯氏兄弟和白娜娜为一方，而赵南和杨铁嘴各自为政。三方人分开站着，形成三足鼎立，他们都不言不语，神经绷紧，虎视眈眈地盯着另外两方的人。

正当三方人处于僵持时刻，突然别墅内的灯

72 毫无理想而又优柔寡断是一种可悲的心理。——培根

光再一次熄灭，眨眼间又陷入了深不见底的黑暗之中。

三方人都同时惊叫起来，本能地往后退，生怕在黑暗中遭到暗算。大约过了一分多钟，所有的灯又亮了起来。

灯亮了，大家发现，三方人中间的空地上又出现了一张让人胆战心惊的纸条。

柯正飞上前捡起了纸条，只见上面写着："你们已经看到了，逃跑是什么下场。我也不与你们打哑谜了，实话告诉你们吧，我要你们所有人的股份。只要你们愿意放弃在腾飞集团拥有的股份，我可以放你们一条生路。"

柯正飞看完纸条，心情沉重地死死盯着赵南和杨铁嘴，现在，他真的拿不准，放纸条的人，到底是赵南，还是杨铁嘴。他将纸条交给哥哥和妻子看了，然后又放回了原处。

接着，杨铁嘴拿过纸条看了，也是一脸的惊诧。

最后，赵南看了纸条。看完纸条，她像是被蝎子蜇了一下，猛地将纸条扔了，一脸的紧张恐怖，接着歇斯底里地叫起来："谁？你们中到底谁？为什么这么卑鄙？用这样的手段来夺我的财产！"

白娜娜冷冷地接了腔："谁？我看就是你！你装模作样地在这里演戏！是你，想要我们的股份！"

"我？"赵南怪叫起来，"我干嘛要你们的股份？我自己有股份！是，是你，你们……"她将屋内的人一个一个地看了之后，像疯了一样，双手抱头，痛苦地大喊大叫起来。

赵南喊叫了一阵，见没有人接腔，就停了下来，嘤嘤啜泣。屋内的人只是戒备地你看我我看你，相互猜疑，相互提防。

僵持中，天，一点一点地亮了。让人恐惧的黑暗终于逝去，太阳，从白云山的山坳里，露出了小半张红脸，而屋内的紧张气氛丝毫没有改变。

最先忍受不了的是赵南，她不时地望望窗外。窗外已有阳光，一草一木在阳光中显得鲜艳清新。也许是阳光壮了她的胆，也许是她心中的弦已经绷断，精神已接近崩溃，她猛地跳起来，歇斯底里地大叫："我不能在这里待下去了，我不能在这里送死，我得走，我得下山！"她喊着，开始往门口走去。

柯正飞不由自主地向前迈了几步。此时，他的心里很矛盾：他还弄不清楚赵南是不是凶手，不想让她就这样走了。但同时，他又希望她走，由她为自己打头阵，看能不能闯出一条生路。

赵南走到门口，拉开大门，她蓦地回过身来，有些神经质地冲屋内的人大叫大嚷："谁都不许跟上来！你们看好了，谁跟上来，谁就是索命魔鬼！只要索命魔鬼不跟上来，我一定能逃出去，一定，一定……"赵南像疯子似的，不断地重复着最后的两个字，然后，快步冲了出去。跑到停车的地方，拉开了自己小车的车门，但她略一犹豫，没有上车，而是沿着盘山公路向前跑去。

屋内没人跟出去，只是个个目不转睛地盯着赵南的背影渐跑渐远，眼看就要拐过盘山公路的第一道弯了。不料就在这时，只见弯道一边猛地冲出一个人，面戴狰狞可怖的面具，手

握着一把寒光闪闪的尖刀，拦住了赵南的去路。就听赵南"哇"地一声惊叫，转身便往回跑。可是没跑几步，又见弯道的另一边也冲出一个头戴魔鬼面具的人，两个"魔鬼"一前一后堵死了赵南的去路。

赵南无处可逃，只得跑进了路边的树林。她一边跑，一边拼命喊救命。两个"魔鬼"也追进了树林。

赵南的呼救声越来越弱，最后，传来的是两声凄厉的惨叫。惨叫过后，外面是死一般的沉寂。过了一会儿，只见两个戴魔鬼面具的人，又从树林里冒了出来，上了盘山公路，隐身在弯道的那边。

屋内的人此时终于明白，原来，"索命魔鬼"不止一个人，他还有同伙守在别墅外面，看来，除了按纸条上说的交出股份，是没办法活着离开这幢别墅了。但交出股份权，就能活着离开吗？谁能保证索命魔鬼不杀人灭口？

就在大家心惊胆战、不知所措时，柯正飞突然扑向杨铁嘴。他觉得赵南是索命魔鬼的可能性已经排除，现在就剩下杨铁嘴了。只有抓住杨铁嘴，自己才有活着的希望。

但杨铁嘴早有提防，没等柯正飞扑到跟前，他一闪身躲开，然后飞快地跑进厨房。柯正飞冲哥哥和妻子大叫："快抓住他，他是魔鬼！只有抓住他，他的同伙才不敢向我们下手，我

们拿他当人质，才可以活命！"

一句话惊醒了柯正腾和白娜娜，三个人一步一步地向厨房包抄过去。没等他们来到厨房门口，杨铁嘴已手拿菜刀从厨房里出来，冲三个人怪叫道："来呀，来抓我呀，谁上来我就砍死谁！"

面对菜刀，三个人都情不自禁地后退了一步。杨铁嘴也不敢贸然上前，双方僵持着。眼看这样僵持下去不是办法，柯正腾只得改变策略，对杨铁嘴说："杨铁嘴，你先将刀放下来，咱们有话好好说。"

"说个屁！"杨铁嘴激动地叫起来，"放下刀我就没命了，你们不仅想要我的股份，还想要我的命！我真傻，一直还蒙在鼓里。我早应该想到，这场阴谋是你们策划的，你们一直就想独吞集团的财产。当年，你们用卑鄙的手段对付赵龙跃，现在又用阴险的手段对付我和赵南。"

柯正飞气坏了，咬着牙骂起来："你他妈的还倒打一耙，明明想独吞股份的是你！你就是那个索命魔鬼！""你放屁，你贼喊捉贼！"

就在柯正飞与杨铁嘴互相谩骂、互相揭短时，柯正腾突然神色紧张地轻声对柯正飞说："正飞，窗户外面好像有人。"

柯正飞一听，也慌了。他想窗外有人，一定是那两个戴魔鬼面具的歹徒赶来了，如果不能及时拿下杨铁嘴

做人质，就真的危险了。

情况紧急，柯正飞豁出去了，他抓起身后的一把椅子，就向杨铁嘴冲了过去。杨铁嘴挥舞着菜刀抵挡。但柯正飞冲得猛，杨铁嘴被椅子顶到了墙上，椅子的四只腿刚好叉在杨铁嘴的双肩和身体两侧，他一下子动弹不得。说时迟那时快，柯正腾和白娜娜一拥而上，夺下了杨铁嘴手中的菜刀。三人合力，将杨铁嘴按倒在地上，将他的双手别到背后。柯正飞想找绳子绑他，但别墅内没绳子，柯正飞就叫白娜娜上楼将被单撕成条当绳子。

白娜娜上楼去了。柯正飞怕杨铁嘴反抗，就解下了自己的领带，先将杨铁嘴的双手绑牢，然后两个人按着杨铁嘴，等白娜娜拿被单下来。

5. 亲人反目

过了半天，白娜娜才神色慌张，双手空空地跑下楼来。柯正飞不满地问："被单呢？"白娜娜眼神异样地看看柯正飞，又看看柯正腾，然后对柯正飞说："你来一下。"

柯正飞看妻子表情怪异，猜测必定有要紧的事，就交待哥哥，按住杨铁嘴，自己站了起来。白娜娜将他领到二楼柯正腾的卧室内，关上门，才紧张地说："我们抓错人了，那个索命魔鬼不是杨铁嘴，是你哥！"

"我哥？"柯正飞大吃一惊，"这

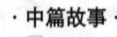

怎么可能？"

白娜娜指着床头的电话机，说："我刚才上来拿被单，这电话突然响了。我当时也吓了一跳，你不是说这电话被人掐断了吗，怎么还会响？我拿起来一听，就听一个男子在说：'董事长，我是大头，他们愿交出股份权了吗？我看还是让我进去，将他们杀了吧。你的弟弟和弟媳本来就是你家里人，他们一死，财产名正言顺地到了你名下，至于杨铁嘴，我们再……'他的话还没说完，电话就断了。"

柯正飞一听，只觉得脑袋"嗡"地一响，整个人几乎傻了，他不敢相信哥哥会是索命魔鬼，但这话是从妻子嘴里说出来的，他又不得不对哥哥有所怀疑。他觉得，论亲情，哥哥是不应该对弟弟下手的，但论人品，这样的事，他这位哥哥是做得出来的，他想到当年哥哥侵吞赵龙跃的股份用的手段，想到当时将赵龙跃的股份分给杨铁嘴和白娜娜时，哥哥那不乐意的态度，觉得哥哥这次完全可能施展出阴谋来夺取所有人的股份。

白娜娜劝柯正飞将杨铁嘴放了，去将柯正腾绑了。柯正飞经过痛苦的左思右想，最后还是决定，将哥哥也绑起来，但不能放了杨铁嘴。说实话，平时处事果断、诡计多端的柯正飞，此时也方寸大乱，他不知道应该相信谁，甚至连妻子，他都无法完全相信。

于是，他和白娜娜将床上的被单撕了拧成绳子。两人拿了绳子下楼，见柯正腾还在按着杨铁嘴。柯正飞走过去，假装绑杨铁嘴，趁柯正腾不备，猛一下就将柯正腾的双手绑了起来。

柯正腾惊得大嚷起来"正飞，你干什么？"

柯正飞一边绑一边说："对不起，哥，娜娜刚刚接了个电话，她说你才是真正的索命魔鬼，我不得不将你绑起来。"

柯正腾一听，双眼瞪着白娜娜，怒气冲冲地骂她造谣污蔑。白娜娜也不示弱，回骂道："你黑心，卑鄙，我刚刚接到了大头打来的电话，他是打给你的，问你要不要杀掉我们。你也太狠了，竟然对自己的弟弟和弟媳下毒手！"

这时，躺在地上的杨铁嘴也大叫起来："这一下我算是明白了，就是他！这事一开始就是由他策划的，他让大头打电话给我，召集人们来开会，然后由大头在外面守着，他在里面，里应外合。"

柯正腾叫屈说："我为什么要这么做？"

"为什么？为了股份呗！"杨铁嘴说，"为了股份，你什么事做不出来？当年，你不就是让大家修改账目，伪造遗嘱，伪造公证，才将赵龙跃的股份夺了过来，你现在又想将我们手中的股份夺过去，所以……"

应该让别人的生活因为有了你的生存而更加美好。——茨巴尔

"放你妈的屁！"柯正腾骂起来，"当初赵龙跃的股份，你不也分了一份吗？你有什么资格说别人？"杨铁嘴反唇相讥："我是分了一份，所以你不甘心，你现在又想将这一份夺过去。"

两个人对骂着，都说对方是索命魔鬼，都叫柯正飞放了自己。柯正飞不但不放，还给他们加了一道绳子。

柯正腾满脸痛苦，绝望地望着柯正飞，问："弟弟，我可是你的亲哥哥呀，你就这样待我？这样狠心？"柯正飞咬牙说："不是我狠心，是你狠心！"

柯正飞说罢，再也不理他们，他让妻子去找吃的，吃饱了，等他们的同伙进来，好有力气与他们拼。

白娜娜去厨房转了一圈，出来说没现成的东西吃，冰箱里的东西都是生的，要做起来，二楼会客厅里有水果，可以先上去拿一点充饥。

柯正飞从昨晚一直折腾到现在，的确感到饿了。反正哥哥和杨铁嘴都被绑得严严实实，别墅的门窗也关得死死的，他就放心地上二楼去拿水果了。

他拿了水果，刚要下楼，突然听到隔壁"叮铃铃"响起了电话铃声。柯正飞先是一惊，他循声走进隔壁哥哥的卧室，是床头的电话在响。他跑过去，拿起了话筒，耳机里传来一个男人低沉的声音："白老板吗？屋内的那些人搞定了没有？要不要我们进来帮忙？"

"白老板？"柯正飞浑身一震："是她？白娜娜！"

也许是柯正飞一直没说话，引起了对方的怀疑，电话很快就断了。柯正飞这才醒悟过来，慌忙拨打110，但电话机却无声无息了。显然，电话线再一次被人掐断了。

柯正飞三步并作两步，冲下楼，见白娜娜在厨房里弄吃的，他二话没说，抡圆了胳膊，"啪"一巴掌掴在白娜娜脸上，白娜娜被打得倒在地上。

白娜娜被打懵了，好半天，才抚着脸问："你干嘛？你疯了吗？"

柯正飞上前一把揪住了白娜娜的头发，将她从厨房里拖了出来，一边拖一边大叫："我是疯了，居然一直没认清你的嘴脸，原来，想要我们命的，是你！"

白娜娜终于明白是怎么回事了，她冲柯正飞骂起来："你真的是疯了，你居然怀疑我，我是你老婆呀，你连我都信不过？"

柯正飞捡起地上剩下的绳子，将白娜娜的双手绑了，一边绑一边恶狠狠地骂道："你还装？人家电话里已经说得清清楚楚了。"

这时，一旁的柯正腾大叫了起来："怪不得她栽赃到我头上呢，原来是转移目标，借弟弟你的手将我绑起来。弟弟，快，你现在可以将我放了，

我们一致对付她！"杨铁嘴也叫起来"现在事情清楚了，快将我的绳子解开！"

白娜娜急得在一旁大叫起来："千万别放了他们，老公，你听我的，相信我的话，我是你老婆呀，我是冤枉的。"

柯正飞这边看看，那边看看，一时间，他不知道该怎么办才好。他不知道该相信谁才好！他真的快疯了，捂着耳朵歇斯底里地大叫道："你们都别说了，我谁也不放！我谁都不信！我只相信我自己！你们都不是什么好人！"

杨铁嘴望着柯正飞，撇了撇嘴，冷冷地哼了两声，说："你是什么好人？当初，夺取赵龙跃股份的时候，不就是你出的主意？要我说，最歹毒的就是你，你才是真正的索命魔鬼，你现在将我们三个人都绑起来，不就说明问题了吗？"

6. 走出炼狱

正在这时，外面突然响起了敲门声。屋内的人顿时一惊，吓得都不敢出声。

柯正飞慌忙跑到厨房门口，捡起地上的菜刀，一会儿将刀架在白娜娜的脖子上，一会儿又将刀架在哥哥脖子上，再一会儿又将刀架在杨铁嘴的脖子上，他不知道，拿谁来当人质才是合适的。

门再度响起来，并有人大声叫喊："开门！开门！"

柯正飞吓得疯了一般叫起来："别进来！不然的话，我杀死他们！"

窗口出现了一个穿着制服举着枪的警察，冲着柯正飞喝道："放下刀，我们是警察！"柯正飞战战兢兢地问："你真的是警察？"窗户外又出现了几个穿警服的人，说："我们真的是警察，快把门打开。"

柯正飞终于看清了，是警察！他"哐当"一声扔了菜刀，跑过去将门打开了，几名警察同时冲了进来。

终于得救了！柯正飞做梦也没想到，警察会来，他喜极而泣，哽咽着说："你们来得太好了。你们知道吗？有人要杀我，就是他，他……"他用手指着被绑的三个人。

一个警察笑了笑，说"他们要杀你吗？我只看见你拿着刀要杀他们呢。"说着话，"咔嚓"一声给柯正飞戴上了手铐。接着，几名警察过去，给柯正腾、白娜娜、杨铁嘴三个人松了绑。一松绑，几个警察都掏出手铐，也"咔嚓""咔嚓"将他们三个人铐了起来。

几个人都愣住了，同时惊叫起来："你们怎么铐我？我是被害人呀，是有人要杀我。"

警察还是笑笑，问："谁要杀你们？是她吗？"他用手指指身后。只见门口进来一个年轻漂亮婀娜多姿的女孩。四个人一见那女子，同时惊叫起来："赵南？你，你不是被人杀了吗？你没死？"

赵南微微一笑，说"我怎么会死呢？追杀我的是我的男朋友，他怎么会让我死？"说着话，她朝外面招了招手，外面并排走进来一男一女，那男的，是柯正腾的司机阿冬，那女的，就是小保姆。

柯正飞他们吃惊得瞪大了眼睛，怪叫起来："你们是人是鬼？你们不是死了吗？"

赵南仍是微笑着，说"你们亲眼见到他们死了吗？我介绍一下吧，阿冬，是我的男朋友，我俩在国外留学时就相爱了。小保姆呢，是阿冬的妹妹。我们只是演了一场戏给你们看。"小保姆调皮地扮了个鬼脸，说"我演戏还不错吧？只含了点鸡血和一小块牛肉在嘴里，就让你们以为我被人割了舌头，嘻嘻。"

柯正飞、柯正腾兄弟俩恍然大悟，异口同声地问："索命魔鬼，

就是你们？你们为什么要装神弄鬼地吓唬我们？"

"为什么？"赵南脸上的笑容眨眼间变成了悲愤，她冷冷地说，"为什么，你们自己应该很清楚。你们侵吞了我父亲的股份，还将我父亲的集团改了名，据为己有。你以为我是傻瓜？相信我父亲在龙跃集团只拥有百分之十五的股份？一个董事长，一个连集团的名字都是以他的名字命名的董事长，会只是一个小股东？我再年轻，再不清楚集团的底细，这点常识还是懂的。所以，我只有不露声色，来弄清楚我父亲的股份去了哪里。但是，你们联手，将事情做得不露一点痕迹，我没法查。三年前，你，柯董事长，要造别墅休养，我才有了机会，让阿冬和他妹妹混进去给你当了司机

和保姆,想从你们的言谈中觅到蛛丝马迹,但阿冬他们并没有得到什么有价值的线索。这次,保镖大头回家奔丧,因为他的手机卡号是本市的,他不想回到家乡打电话多花钱,所以将卡号留了下来。我们才真正逮到了机会,用大头的手机卡号通知你们开会,然后一步一步地给你们制造恐惧和猜疑,让你们精神崩溃,让你们相互怀疑,这样,你们就会狗咬狗,抖出你们见不得人的东西。顺便告诉你们,那些纸条就是我放的,而电线和电话线,是由阿冬的妹妹在外面控制的。"说到这,她举起了手中的一个录音机,"你们狗咬狗,终于说出了当初侵吞我父亲财产的内幕,我们都在窗外录了下来。其实,我一离开别墅,就通知了警察。我怕录音不能作为证据,就让在场的警察亲耳听到了你们当初的阴谋,你们就认罪吧。"

柯正腾、柯正飞、白娜娜、杨铁嘴四个人听了,脸色由白变灰,冷汗直冒。

警察将他们四个人带了出来,押上了通往山下的路。此时,太阳正好当顶,柯正飞他们自从进入腾飞山庄到现在离开,整整18个小时,这18个小时,他们如在炼狱,受尽了煎熬。而18个小时以后,等待他们的,又将是什么呢?

(题图、插图:杨宏富)

私人侦探第一案

本书系《故事会》金栏目"中篇故事"精选,共收9则作品,都是与歹徒、罪犯作斗争的故事。公安人员追捕逃犯,历尽艰险,血洒战场;罪犯遥控杀妻,扑塑迷离;村霸设置黑洞,为非作歹;小偷擒获白色恶魔,仗义可嘉偷盗贪官财物,枪杀情敌后代……作品内容曲折惊险,具有震撼人心的艺术魅力。

妻子要跳交谊舞

本书系《故事会》金栏目"中篇故事"精选,共收9则作品,皆系情爱故事。虽属情爱,却非都是甜甜蜜蜜,卿卿我我,而是充满了喜怒哀乐,恩怨情仇。看这些年轻的男女主人公,既有历经悲欢离合终成眷属,也有历经磨难依然遗恨终生;既有由爱变恨,愤而断情,也有化恨为爱,喜结良缘……

充满着欢乐与斗争精神的人们,永远带着欢乐,欢迎雷霆与阳光。 ——赫胥黎

政府大院养老虎

本书系《故事会》金栏目"中篇故事"精选,共收9则传奇色彩浓郁的精品。大老虎走进政府大院,还被委以"保卫"重任,它果然尽职尽责,抓到了坏人,真叫新奇荒唐。两头公牛一碰面就眼红气粗,斗得天昏地暗,当它俩遭遇群狼围攻时,竟捐弃前嫌,配合默契,脚蹬角挑,杀得饿狼嗥嗥惨叫,可谓奇妙。还有鹰猴各为其主,舍命拼斗;小黄牛为救女主人,居然初生牛犊不怕狼;民兵营长独闯野猪沟,杀死红野猪;汽车班长迷路斗公狼,血战沙尘……

"黑色"人物在行动

本书系《故事会》金栏目"中篇故事"精选,共收9则该栏目之精品,主要围绕金钱这一主题多侧面地拓展故事情节。其中有因钱而污染灵魂,导致亲情泯灭,好友成仇;有见财起意,不择手段冒领他人钱财;有为钱所逼,做了违心之事;更有为发横财,行骗作恶等。这些作品的特点是故事情节曲折生动,令人回味无穷。

密访曲家屯

本书系《故事会》金栏目"中篇故事"精选,共收9则有关形形色色的"官"故事精品。或是颂扬清官开官心系民众,为民请命,惩治土顽,巧妙拒贿,秉公施政;或是批评某些干部为创政绩大搞形式主义,弄虚作假,蒙骗上级,苦了百姓;更有一部分作品对那些贪官污吏们以权谋私,仗势欺人,坑害民众,甚至为逃避罪责杀人灭口、销毁罪证等不法行为进行了无情的揭露与抨击。

高原守护神

本书系《故事会》金栏目"中篇故事"精选,共收其9则故事精品,说的是怎么做人的故事。作品通过对人物举手投足的精心设计,形象地描绘做人的道德、原则与气质,展示了人与人之间相互关爱、恪守诚信以及见义勇为的精神。面丑心善的火化工关爱弱女,可歌可泣;好邻里关心失足青年,以情动人;男女青年历尽坎坷,体现了大海可以作证的为人美德,等等。

外国悬念故事

　　该书汇集的是《故事会》"外国文学故事鉴赏"专栏中的35则精品,其中包括美、英、法、意、俄、日等国的当代有影响的作家的作品,尤以美、日居多,按内容分为"机智过人、如此情爱、自食其果、历尽惊险、光怪陆离、荒唐滑稽"等六类。

历险故事

　　36则历险故事场面刺激,气氛紧张,情节惊心动魄,人物性格鲜明,叙述过程常常给人以身临其境的感觉。作品通过对主人公聪明才智的展示和坚韧不拔精神的刻划,形象地展现了历险故事特有的魅力。

荒诞故事

　　50余则故事用啼笑皆非的荒诞手法来鞭挞生活中的假恶丑,用荒诞不经的人物形象来呼唤人世间的真善美,在荒诞的外衣下,包藏着极为深刻的社会内容,长久以来一直活跃在人们中间,口耳相传,历久不衰。

诙谐故事

　　本书汇集外国诙谐故事精品100则,按内容分为"莫名其妙、洋相百出、针锋相对、随机应变、难言之隐、弄巧成拙、井底之蛙、强词夺理"等八大类,每大类前均有短小幽默引言,从不同角度折射社会面貌。

打不碎的鸡蛋

□（意）马莱巴 原作 常 坤 供稿

有一只母鸡，在一所小农庄里出生长大，它有个毛病：生出的鸡蛋壳很容易碎。为什么呢？原来其他的母鸡都吃小石子和碎石灰，所以它们生下的鸡蛋壳很结实；而这只母鸡从来不吃这些东西，它只吃小麦、高粱和玉米粒，或者吃小虫子，所以它生的鸡蛋壳很容易破碎。

一天，一位商人来农庄收购鸡蛋，他对农庄的女主人抱怨说，有一只母鸡生的蛋太容易破了，每次运输途中都得碎。他的话刚好被这只母鸡

听到了，它十分担心，它知道，一旦女主人发现了那些蛋壳容易破碎的鸡蛋都是它生的话，一定会把它宰了。母鸡打算让自己的蛋壳坚硬起来。农庄附近有一家大理石匠铺，这天，母鸡偷偷跑到那里，尝了点大理石粉末。石粉既不好吃也不难吃，跟小石子和碎石灰一样难消化。第二天，它生下的鸡蛋壳有了大理石的颜色，外表十分好看，但还是很容易打碎。

怎么回事呢？第二天，母鸡又跑到石匠铺，这次它看到有一桶罐子打

开着，上面写有"硬化剂"，那是石匠用来粘大理石的粘胶。母鸡在那白色的糊状物上啄了两三下，随后马上跑回到鸡舍去。它怕那东西有毒，要是吃了会死的话，它情愿死在自己的窝里也不能死在马路上。它就这么睁着眼睛等着肚子疼，可是肚子一点儿也没事，最后它睡着了。

这只母鸡一夜睡到大天亮，醒来后生了个蛋。这次，它不像往常那样马上咯咯叫，通知女主人来取蛋，而是拿着鸡蛋跑到一片树丛后面，它想看一看自己的蛋壳变硬了没有。母鸡先用嘴小心翼翼地啄了一下，蛋壳没破，它又拿一块石子敲，蛋壳还是没事！这下好啦，它生的蛋真的变硬了，怎么弄都不会破了。母鸡于是放心地把鸡蛋放回鸡舍去。

母鸡生下的蛋被那个商人收购了，这次，在运输途中没有破碎，这只鸡蛋来到市场的货摊上，被一位工人的妻子买了回去。女人回到家，准备用这只鸡蛋做菜。她拿起鸡蛋，在碗边一敲，鸡蛋没有打碎，碗却打碎了。"咦，真怪！"女人自言自语，她拿起鸡蛋，在大理石的桌子角上一敲，"啪"，大理石被敲掉了一角。女人吃惊地看着这个鸡蛋，又拿来了锤子，试着用锤子敲鸡蛋，还是敲不碎！最后，她把那只蛋悄悄放在一边，因为她不好意思对丈夫和儿子说自己连一只鸡蛋也敲不碎。

这时，女人的儿子来到厨房，刚好看到了这只鸡蛋，他把鸡蛋和几只烂西红柿放进了自己的包里。原来，第二天有个部长要来参观他们学校。那个部长作恶多端，却总是想表现出一副亲切的形象。他想与大学生们见面，让他们鼓掌欢迎。大学生们商议好，用西红柿和臭鸡蛋来"欢迎"他。

第二天，当那位部长一出现在学校门口时，烂西红柿和臭鸡蛋朝他劈头盖脑地扔过去，那个工人的儿子瞄准了部长，把那只敲不碎的鸡蛋朝他的前额扔过去。只听见"啊"的一声惨叫，部长像是被一块石头击中似的，应声倒地。随从赶紧把他抬出去，用冰水袋敷在他的额头上，部长的前额正中长出一个大鼓包。尽管用冰水敷，他那个肿包还是越来越大，活像一只犀牛的角。

打从那天以后，部长再也不接见大学生了，也不再去参观什么开幕式了，因为不管怎么冷敷和治疗，部长额头上的那块包怎么也消不下去了。

(题图：箭　中)

人的大脑和肢体一样，多用则灵，不用则废。——茅以升

小保安和大演员

□ 范大宇

牛虎上北京打工，当了一名保安，经过一个月的培训后，被分配到了一家文艺团体。一进办公楼大厅，牛虎就乐得合不上嘴了，怎么呢？墙上挂的全是国内有名的大明星。这些天天在电视电影里看过千百遍的明星的照片，自己今后竟能经常和他们见面，好酷呀！

第二天，牛虎就跑去买了一个烫金的日记本，他要让那些个大明星给自己签字，日后回村时好在乡亲面前炫耀炫耀，当然，要是未婚妻桂花想看的话，起码得亲自己一口，唉，太爽了！

明星就是明星，他们不是天天都

到单位来的，而且他们来的时候大都是中午吃饭的钟点儿。为了完成心中的目标，牛虎就主动要求饿着肚子站中午班。当明星一出现，牛虎就笑着上前，"啪"地一个敬礼，然后递上日记本和一支笔，笑着说："老师，请您给我题个字好吗？"那些大明星往往会看看牛虎，说："新来的吧？"然后就接过笔给牛虎签字，有的还会写点别的，比如："向保安同志敬礼，你的朋友。""祝你事事如意！"一个月下来，已经有二十多个人给牛虎签了字。晚上睡觉前，牛虎都要把日记本拿出来，细细地欣赏。

这天中午，已经快一点了，牛虎

要下班时，突然，门一开，一个三十多岁的女人走进来。牛虎就觉得眼前一亮，呼吸也急促了，怎么呢，原来，这女人不是别人，是他最最崇拜的大明星果果。在牛虎家里，四面墙上都挂满了果果的大剧照，牛虎有时还会偷偷地在那照片上"啵"地亲上一口呢。

看到自己朝思暮想的明星出现在面前，牛虎忙整整制服，正了正帽子，走上前，对果果"啪"地一个敬礼，然后说："我是保安牛虎，向果果小姐问好！"

果果一愣，旋即"咯咯咯"地笑了，说："有意思，从哪儿学来的？"

牛虎沉住气，双手把日记本端端正正地递上前，说："果果小姐，我是您的崇拜者，今天有幸能为您服务，是我的福气。我想请您给我题个字，行吗？"

那果果一听，眉头皱了皱，脸上一下子晴转多云，多云变阴，冷冷地说："烦不烦呀？"说罢就要走。

牛虎赔着笑脸说"果果小姐，麻烦您了，谢谢！"

果果"哼"了一声，说："没教养！讨厌！"然后"噔噔噔"上楼了。

牛虎吃了个闭门羹，来了个大窝脖，还正好被接岗的保安看到了，他脸上红红的，心说："你不就是个演员吗，牛什么呀？"

虽然心中有气，但牛虎就是牛虎，他不拿工作撒气。

半个月后，牛虎值岗时，又遇上了果果。正当牛虎要向她问好时，果果却将脸一扭，径自上楼了。半个多小时后，果果出来了，她边走边嗑瓜子，将瓜子皮吐到了地上。牛虎上前一步，指指地上，礼貌地说："果果小姐，您……"

果果横了牛虎一眼，说："怎么啦，怎么啦？小小年纪，别的没学会，倒学会报复人了。"

牛虎感到自己的自尊受到了侮辱，但是他忍了忍，没吱声，眼看着果果走出大门，在他面前留下一阵香风。

不到十分钟的光景，果果又风风火火地跑了回来，她张望了一下，然后迈着猫步走到牛虎面前，满面春风地说："哎，小保安，帮个忙。"

牛虎看看果果，心说：咦，太阳从西边出来啦？你怎么也会在我这个没教养的人面前有笑脸了？可他没动声色。

果果走上前，一把扯住牛虎的衣袖，带点撒娇的口气说："哎，我的车打不着火了，你找几个人帮我推推嘛，啊？"

牛虎本不想管果果的事儿，可不知怎么的，他突然想起自己前年春节赶集回家时遇到一件事儿。那天，下着鹅毛大雪，可是汽车却在山顶上坏了，一修就是仨小时，旅客冻得一个

让人搞不清的歌词

◇ 小时候，听《信天游》："我低头，向山沟"总觉得是"我的头像山沟"。

◇ 当年综艺大观的结束曲："再见，再见，相会在彩屏前……"怎么听都像"相会在太平间……"后来估计是观众意见太大，改成"相会在掌声里"了。

◇ 《济公》那首主题歌："哪里有不平哪有我"，我一直觉得太对了，地上哪里不平，当然会有"窝"了。

◇ 《龙的传人》那句"永永远远地擦亮眼"，当初无论如何也听不懂，总听成"永永远远地差两年"，还纳闷为什么差两年呢。

◇ 孟庭苇的《你究竟有几个好妹妹》，里面有一句"为何每个妹妹都嫁给眼泪"，我怎么听怎么是"为何每个妹妹都嫁给人类"。

◇ 把《最浪漫的事》里那句"我能想到最浪漫的事，就是和你一起慢慢变老"听成"我能想到最浪漫的事，就是和你一起卖卖电脑"。

◇ 《花心》里的"黑夜又白昼，黑夜又白昼"，总是听成"嘿呦呦白走，嘿呦呦白走"，害得我困惑了很久。

(添 龄 推荐)

劲打哆嗦。当他回到村里时，看到未婚妻桂花哭得像个泪人，一问才知，有人打电话说，汽车出事儿了，桂花还以为牛虎遇难了呢。

汽车坏了，人得多着急啊。想到这儿，牛虎将对果果的一腔怨气全放掉了。他对果果说："你等等！"说罢跑到宿舍叫来几个人，帮果果推车。

汽车推了几十米，一别火，"轰"地着了。牛虎和伙伴们就往回走，这时，果果摇开车窗，冲牛虎叫道："哎，那新来的小保安。"

牛虎站住了。他看看果果，问："还有事儿？"

果果将手往外一伸，说："拿来呀！"

"什么呀？"

"你不是要我签字吗，拿本子来，我给你签！"

牛虎的日记本就在他的怀里，他也多么想拥有果果的亲笔签字，可此时，他不知怎的，提高了八度嗓音，大声地说："对不起，不！"

果果的脸僵住了，她没有想到，一个小小的保安竟会对她这个大明星说不。但是牛虎确实说了，说完后，他没有走，站在那儿，带着一脸的自信，笑着。

(本篇月月评短信代码：0910)

(题图：安玉民)

新式锻炼法

□ 季娴芳

老王住的小区中央有块绿地，每天早上，都有不少居民在那里锻炼身体。老王退休在家没事干，也去那里做运动，但他既不会做操，也不会打拳，只能跟在一群跳健身舞的大妈后面比划比划。

这天早晨，老王去得晚，跳健身舞的大妈们已经练完走了。老王在鹅卵石上踩了几圈，便退了出来，刚出门口，只见一个穿着运动装的年轻女孩趴在地上，一会儿撅起屁股，一会儿上身前倾，身子还不停地在原地打转。

老王心想：年轻人就是年轻人，连做的运动都是那样稀奇古怪。看这小姑娘的动作挺像电视里常介绍的那个什么瑜伽功夫，说不准还能治治我的腰疼病呢。反正大妈们也不在，今天干脆就跟这女孩学，咱也练回新潮的！

想到这里，老王也双手撑地，撅起屁股趴了下来。女孩左边转转，右边转转，老王也跟着左右转动；女孩两只手在地上东摸摸，西摸摸，老王也跟着来回摸索。就这样趴了一会儿，老王已是气喘吁吁了，心想这个锻炼方法真有效啊。

这时，女孩转过头来，发现了老王，她一屁股坐在地上，擦了擦脸上的汗，朝着老王问道："大爷，您也把隐形眼镜弄丢了吗？"

远亲不如近邻

□ 徐 瑾

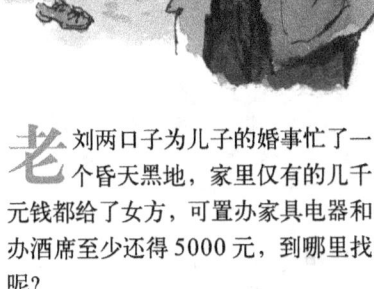

老刘两口子为儿子的婚事忙了一个昏天黑地，家里仅有的几千元钱都给了女方，可置办家具电器和办酒席至少还得 5000 元，到哪里找呢？

老刘两口子今天又起了一个大早，准备去 40 里外的亲戚家借钱。老刘嫂心疼老伴，特意给老刘多煮了一个鸡蛋，给他加点营养。可老刘哪里吃得下啊？万一还借不够钱，儿子的婚事怎么办啊，他嘴上都急出了几个大泡。

正在这时，院里突然有人高声喊老刘，老刘一看，是邻居老赵，他在自家门口开了个小店，不过老赵是个铁公鸡，两家很少来往。

老刘颇感意外，连忙把老赵让到屋里。老赵今天倒是格外热情，看着满脸愁容的老刘说："看你这几天这着急上火的样子，有什么想不开的？"老刘见人家主动问自己，就把借钱办喜事的事情讲了。老赵说"这有什么，咱们街坊邻居住着，你有这事情怎么不和我说，看你急得嘴上都起泡了，这事就给我了。"老刘一听这话简直是喜出望外，可一想这老赵是远近闻名的铁公鸡，只进不出的人物，人家会不会只是客套一下呢？于是老刘说："不太好吧，还要麻烦您……"

老赵倒很爽快说："一个村里住着，这算什么？一会到我那去拿。俗话说得好，远亲不如近邻嘛！"

送走了老赵，老刘两口子激动了好半天。想不到这天大的难题就这样解决了，有了钱，儿子的婚事就有了

调虎离山

□ 温　泉

今年"五一"前，小陈和老李到北京出差。车厢很挤，连过道里都站满了人。火车开动后，老李去倒开水。他刚离座，就有一个五大三粗的壮汉抢着坐了上去。小陈忙说："老兄，这位子有人，我们买了票的。"

壮汉粗声粗气地说："他来了我再让不就得了！"

一会儿老李回来了，小陈对壮汉说："老兄，人回来了，请你让一下吧。"可那壮汉闭上眼睛，不理不睬。

老李一愣，叹了口气，转头对小陈说："这下可完了，我得一直站到广州啦！"

"什么？"壮汉一听"广州"二字，瞪大眼睛，腾的一下站了起来，"这车不是到北京的？""不是啊，这是到广州的特快！"壮汉求助似的瞅了瞅四周，周围的人纷纷点头，似笑非笑地看着他。

"坏了坏了，坐错车了！"那壮汉边嚷边拎起包，直奔列车员而去。

老李朝小陈眨眨眼，重新入座。

着落。老两口简单地收拾了一下，一起到了老赵的小商店。

一进门，老赵就迎了过来，说："老刘啊！你看你这两天急的，我都看在眼里了，你早说我早就给你解决了。"

说着老赵从柜台下面拿出两个大盒子，老刘连忙走过去，仔细一看，原来是两盒营养品。

老赵笑容满面地说："我看你着急上火，给你准备了两盒西洋参，好好调剂一下身体，说实话这是人家送给我儿子的，他每年都收不少，收了

也没用，就拿到我这来卖，正好给你。"

原来是这样啊！老刘两口子挺失望的，但也没说什么，人家也是为自己着想，是自己求钱心切，把事情想歪了。

老刘两口子拿着东西刚要走，老赵连忙说："这两盒西洋参，虽然时间有点长了，盒也有点坏了，但东西还好，它的市场价格是200元，咱们街坊邻居的给你便宜些，你就给150吧，俗话讲远亲不如近邻嘛！不就得互相照应嘛！"

最快乐的事莫过于无拘无束。——培根

消防演习

□ 苑广阔

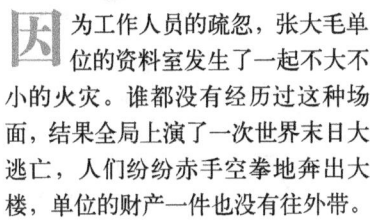

因为工作人员的疏忽，张大毛单位的资料室发生了一起不大不小的火灾。谁都没有经历过这种场面，结果全局上演了一次世界末日大逃亡，人们纷纷赤手空拳地奔出大楼，单位的财产一件也没有往外带。

这让分管领导很不满意，他在大会上说："生命诚可贵，但国家的财产也不是不值钱啊，我们怎么能为了逃命而不顾国家的财产呢？"

最后，单位请来消防队员给大家上了消防课，还说会进行一次突击消防模拟演习，要给每个人打分，分数直接和年终奖金挂钩，基本精神是既要保证生命的安全，也要尽量保护国家财产。

张大毛的科长是个很通情达理的人，为了避免大家到时候"争夺财产"造成贫富不均或者伤了和气，就提前把办公室的财产承包到户了。到时候谁扛电脑，谁搬传真机，谁拿重要文件……都一一规定好了。

这天上午，大家正在工作，忽然楼道里冒出一股浓烟。马上有人反应过来，大叫："演习开始了，大家快跑啊！"

为了奖金，于是全楼又上演了一次大逃亡。张大毛和小唐以最快的速度把电脑分开，张大毛抱显示器，小唐抱主机箱，夺门而逃。楼道里，人们早已挤作一团，一片混乱。

等到了楼底的空地上，领导早已等候多时了。没想到领导的脸色比上次还难看，他看看人们抱着的东西，

太委屈

□李柏荣　供稿

有个姑娘叫小容，住在广场旁边的居民楼上。不知从什么时间开始，她被一位在广场上巡逻的年轻警察吸引住了，有空就在窗前凝望那个穿警服的身影，但是她没有勇气上去表白。

一个朋友知道了她的心事，给她出了个主意"小容，你带一些丝手帕迎着他走过去，到他面前的时候，假装把手帕落在地上，如果他弯腰去捡，你可以乘机送他一块。他若是对你有意，一定会把手帕带在身边，你们就能成就一段手帕为媒的佳话啦！"

小容觉得这个办法不错，欣然采纳。这天下班，她用一块大方巾包了几条丝手帕，捧在手里，在广场上来来回回踱了五圈，终于，那位年轻警察的身影出现了，而且向她走了过来。

小容的心像小鹿乱撞，眼看着警察离她的距离越来越近，5、4、3、2……她算准时机，不动声色地轻拉机关，顿时，方巾和手帕一起飘落在了地上。

那位年轻的警察走到小容面前，看看她，又看看地上的丝巾，然后严肃地说："小姐，我注意你很久了，请不要在这里摆摊儿！"

说道："我们是在演习，不是在演戏啊！你们每个人都从那堆火旁经过了，结果就没有一个人想到去把那堆火扑灭，我还故意把灭火器放在旁边了……你们抢救出来的东西，难道会比这栋大楼还值钱吗？"

大家都愣住了，你看着我，我看着你，哦——原来还要救火啊？

爱情原如树叶一样，在人忽视里绿了，在忍耐里露出蓓蕾。——何其芳

档 次

□张 诚

张科长平时公务很忙，整天都要陪局长干这干那，在科里工作那么多年，大伙还真没跟他一块吃过饭。一天，不知是谁顺口提起了这件事，科长当时就爽快地表示，晚上要和大伙儿撮一顿。

下班后，大伙儿拉着科长来到了一家中等大小的饭店，选这家饭店大伙儿是经过商量的，这儿的菜味道不错，价格适中。在这里吃，一方面照顾了科长的钱包，另外一方面也不会让科长觉得太丢脸。谁知进了饭店后，科长并没有大家想象的那样高兴，仿佛对饭店不太满意。点菜的时候，他不顾大伙儿的阻拦，点了一大

桌子的菜，还总挑贵的点。

大伙儿很快悟出了科长的意思，科长是在怨他们看不起他，挑的饭店档次太低。科长的脸直到两杯酒下肚后，才见了笑容。

吃完饭，一看账单，科长面有愁色，他在服务员耳边嘀咕了几句，才拿出信用卡付账，这让大伙儿很是不解，难道科长又嫌饭菜贵了，跟服务员还价？

等服务员提着十几只烤鸭进来时，大伙才知道科长是要送大伙烤鸭，"科长，我们又吃又拿怎么行啊！""对！说什么咱们也不能要，不能让您太破费了！"一时间，大伙都客气起来。

科长看拗不过大家，涨红着脸说了一句："各位，告诉你们实话吧，这钱不是我自己掏的。咱们吃的档次太低了，不再凑点儿，我回去怎么以咱局长的名义报销呀？谁会相信局长一顿饭只花这点钱？"

科长这话一出，席间顿时安静了下来。

（本栏题图：李 加 史 琦）

我的故事

　　《故事会》自1995年开辟"我的故事"栏目以来，日益受到广大读者的认可和欢迎，如今成为保留栏目。它的特点是"真情流露"，作品多是作者的亲历或见闻，并以第一人称叙述故事。本书汇集了该栏目的41则作品，读来备感自然亲切。

外国幽默故事

　　此书选取了《故事会》"幽默世界"中的近百则外国幽默故事，并按内容分为"奇闻趣事、巧言妙计、戏谑嘲笑、鞭挞讽刺、荒诞不经、意味深长"等六类。

武侠故事

　　39则武侠故事，形象地描述了侠义之士扶弱抑强、除暴安良、布善施德、匡扶正义的豪情生活，作品情节设计跌宕起伏，人物形象栩栩如生，每一则故事都是一首武林豪杰的正气歌!

男子汉故事

　　本书共收10则中篇故事，刻画了一群性格各异的青年男子，作品情节性强，极富文学色彩，不仅显示了男性的健壮刚强美，更突出他们面对权势、金钱、爱情以及生与死所表现出来的气质、智慧和英勇。

343 2005
SEMIMONTHLY
下半月刊

5月
STORIES

故事会
2005 年 5 月
下半月刊·绿版

主编：何承伟
副主编：吴 伦

社务委员会

何承伟 吴 伦 姚自豪
夏一鸣 冯 杰 张 凯

本期责任编辑：夏一鸣
美术编辑：李宝强

发稿编辑：

姚自豪 蔓 石
鲍 放 梁宁宁
马 峡

主管：上海市新闻出版局
主办：上海文艺出版总社
（上海市绍兴路 74 号）
邮政编码：200020
电话：021-64375030

督印 发行：张 凯
（上海市建国西路 384 弄 11 号甲）
邮政编码：200031
电话：021-64313938

广告总代理：上海文艺广告传播中心
上海市绍兴路 74 号（邮编：200020）
广告总监：张 淮
广告业务：021-34010383
广告投诉：021-64333738
广告经营许可证
沪工商广字 3101034000029 号
发行：中国图书进出口上海公司

本刊各栏目欢迎来稿。来稿寄上海市绍兴路 74 号《故事会》杂志社，邮编：200020，请在信封上注明"×
×栏目"收；本期责任编辑 E-mail 地址：xiayiming@vip.sohu.net

专业对口

玛丽妈妈在电信部门工作，凡事工作第一，她甚至要女儿谈朋友，也要和电信有联系。这天，玛丽带回一个叫彼得的男朋友，妈妈刚要问话，玛丽就赶紧说："彼得对电信业贡献特别大，如果大家都和他一样，保证你们的利润能翻两番！"

"是吗？那太好了！"妈妈一听来了兴趣，"这么说，他有扩大电信业务的发明？"彼得连连摇头，涨红了脸说："没什么发……发明，我就……就是说……说话不……不利索。他们都说……说就是电……电信部门喜……喜欢我。别人打……打五分钟电话，我……得打……打半小时！"

（刘六良 编译）

（本栏插图：李 加 史 琦）

足智多谋

汤姆问他的女朋友"这么说，你是不愿意嫁给我了？"

"是的。因为我未来的丈夫，一要勇敢，二要足智多谋。"

汤姆："这些条件我都符合呀！"

女朋友："怎么符合？"

汤姆："你难道忘了？上次你落水的时候，就是我把你救起来的。"

女朋友："你确实勇敢，不过这并不意味着你足智多谋。"

汤姆"好吧，那你知道是谁弄翻了那条船？"（郑 瑾）

哈佛的

五岁的儿子是个小人精，各种知识懂得不少。一天，表哥、表姐来家里玩，儿子指着表哥说："表哥是哈日的。"然后又指指表姐说，"表姐是哈韩的。"妈妈逗他说："那你说说看，奶奶是哈什么的？"

儿子瞅了瞅在佛龛前敬香的奶奶说："奶奶吗？奶奶是哈佛的。"

（张永进）

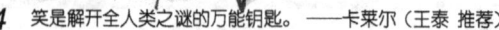

新秤与老秤

小明的作文中有这样一句话"半斤五两一个样。"语文老师改作文时，在"半斤五两"下面打了一条杠，批注道："只有半斤八两，哪有半斤五两？如今少了三两，怎能说是一样？"作文发下来后，小明知道错了，暗暗记在心里。

第二天，碰巧有一道数学题也问："半斤等于几两？"小明不假思索就写上："八两"。试卷发下来了，上面打了一个大叉，数学老师批道："一斤等于十两，半斤怎么会等于八两呢？"

这下小明弄糊涂了，拿着数学卷去问语文老师，老师一看，笑了："记住，算数学用新秤，算语文才用老秤。"

（吴浩君）

聪明的骡子

一天，希特带着骡子去市场，有个朋友正好开车经过，叫希特上车搭一段路，骡子就跟在车后面。开了一段路，车速开始提高，骡子仍旧紧跟。朋友见此，有些担心地说："不好了，骡子舌头都吐出来啦。"希特问："你看看它的舌头朝哪边吐？""朝左。""好的，我知道了，保持方向，它要超车了！"

（毛海波）

煮粽子

端午节那天，丈夫提出要煮粽子给妻子吃。刚下厨房，电话就一个接一个打来，约他出去打牌。过了一会，丈夫在厨房间实在呆不住了，就冲妻子叫道："老婆，粽子我煮好了。"

妻子听说粽子好了，就捞起一只，剥开来咬了一口，发现外面熟了，里面还是生的，非常生气，对丈夫说："你看你煮的什么粽子，就外面熟了，里面都是生的。"

丈夫正在换衣服，狡辩道："老婆，自古以来都是男煮（主）外女煮（主）内，外面我煮熟了，里面你就自己煮吧。"

（张永进）

老奸巨猾

乔治亚州有个老农场主非常喜欢休闲生活，他在农宅后院建了个大池塘，为了便于游泳，还特地安了个上下扶梯。

这天傍晚，老农场主打算下池塘洗个澡。可还没到池塘，就听到一阵欢笑声从那儿传来。走近一看，池塘里有一群年轻的女人在裸泳。她们发现有人来了，都将身子沉下水去，还有一位向他喊道："你不走的话，我们是不会上来的。"

老农场主笑了，说："我不是来看你们游泳的，更不是要看你们光着身子从水里出来，我是来这喂鳄鱼的。"

（王贵明　编译）

公转一圈

某电视知识竞赛中，主持人问："地球自转一圈是一天，那么公转一圈多少天？"

甲抢答道："两天。"主持人说不对，叫乙回答。乙说："一星期。"主持人断然说道："也不对。在我未公布正确答案之前，请台下观众说一下，是多少天？"

有个观众举起手来说："应该是随便转，没有时间和地点限制。"主持人感到很新鲜，就问："此话怎讲？"观众解释道："你想啊，拿公家钱出去旅游，还不是随便转吗？"

（李新红）

汽车故障

有个汽车修理师接到一份修理通知单，上面写道："检查该汽车为什么会在转弯时发出'咔哒'声。"

他对这辆汽车进行常规检查，很长时间过去了，也没有找到毛病。他想了想，便开着汽车，到街道上进行行驶测试，向右转弯时，果然听到一声"咔哒"声；接着，他又向左转了一个弯，又听到一声"咔哒"声。

回到修理店，他打开汽车的后备厢，恍然大悟。他将那张修理单退回去，服务部经理一看，忍不住笑了，单子上写着："把保龄球从后备厢拿走。"

（李荷卿）

传男不传女

双亲去世后，兄妹为争房产各执一词。

妹妹：我俩本是同根生，房产自有我一份。

哥哥：不对，这房产"传男不传女"。

妹妹：你有什么根据？

哥哥：当然有根据了。你看，大家都把这房子叫做"公寓"，而从来没有人叫它"母寓"。　　（张永章）

买 冰 箱

有个爱斯基摩人外出旅游，回家前在电器市场转悠，好不容易才拿定主意，要给家里买台冰箱。营业员说："你们那里长年天寒地冻，买这玩意有什么用？"

那人回答道："这你就不知道了，冬天取暖呀。想想那会有多么惬意吧，外面零下40度，而冰箱冷藏室是零上4度！"　　（王　皖）

迟到的原因

某职员上班迟到了，经理问他迟到的原因。职员解释说："都怪我刷牙时间用得太多了。"经理不解，就问："不会吧，你用了多长时间？""一小时零三分钟。我一紧张，把牙膏多挤了十几厘米，等我把它再收回去，竟费了一个小时。"（毛海波）

孩子的反诘

有个男孩智商极高，上学不久就要跳级，老师说要考考他，并打定主意要难倒他。老师问男孩："我是问你10个容易的问题呢，还是只问一个难度较大的？"男孩子想了想，就说"一个难题吧。"

老师高兴起来："好的！你听着：是白天先到，还是黑夜先到？"

男孩子面有难色，但过了一刻，就回答道："白天先到，老师。"

"为什么？"老师笑了，心想：我终于难住这孩子了。

"对不起，老师，我们不是已经达成协议，只问一个真正的难题吗？"

（王淮北）

聪明的 擦鞋童

□唐志峰

那次我在南方某市出差，正准备打道回府，忽然接到公司一个电话：马上坐飞机到上海，代表公司参加一个会议。

来到机场，我无意中发现皮鞋上有许多灰尘，心想，反正离登机还有一段时间，不如趁此机会，把皮鞋擦擦干净。来到一个擦鞋区，我看到有个擦鞋童正卖力地给一个人擦鞋，就在后面等着。顺便看了一眼标价，发现有五块的，也有两块的，不禁笑了：现在不但商品有各种价格，连擦鞋也分等次了！

擦鞋童为那个人擦完后，抬头打量了我一下，然后问："先生，您要擦鞋吗？"我点头说："是的。""您需要哪一类服务呢？""一般服务吧，"说完，我又补了一句，"就是两块钱的那一种。"

这时，那擦鞋童站了起来，装模作样地向后退几步，用一种很不可思议的眼神盯着我看……我做推销工作有四五年了，看擦鞋童这架势，就知道他是什么意思，心里想：这小家伙挺不简单的，但想在我面前玩花样，还嫩着呢！我决定不给他得逞的机会，故作镇静地对他说："怎么样，擦不擦？我知道你的手艺，你一定会比别人做得好。"擦鞋童脸上的表情始终没有发生变化，点了点头，坐下来说："那好吧，就按您说的办。"

这孩子手艺的确不错，很认真地为我擦完了一只鞋，接着准备擦另一只鞋，就在这时，他开口了："先生，您这双鞋值很多钱吧?"

我回答道:"是啊,是花了我不少钱,不过,我认为它物有所值,出门时最喜欢穿它了。"擦鞋童说:"是的,先生,穿双好鞋子,人的心情会好起来。"

擦鞋童一边擦鞋,一边小心地碰了一下我的裤脚,然后抬眼看看我,又埋头干活儿,说:"先生,您这条裤子的布料,属于上等货色。"没想到这小子懂得还挺多,我就点头说:"你还真有眼光!"擦鞋童咧开嘴说:"我干这行这么多年了,天天都碰到各式各样的人,眼里看到的,不是皮鞋,就是人们身上的这身行头,自然会比别人敏感一些嘛。"

还没等我再开口,他又用一种非常自信的口气对我说:"您这布料一定是国外的,它经久耐穿,至少可以让您穿到五年以上呢。"

我这下可是佩服到家了,就说:"没错,是英国货,这条裤子我已经穿了七年了,却没有任何磨损,以后还不知道能穿多久呢。"

他抬起头来,朝我笑了笑,又把目光落在了我的上衣上,说:"是在专卖店买来的,对吧?""是的,是豹牌的。"他发出一声惊叫:"哦,天哪,我最喜欢这个牌子的衣服了,不过,它太贵了,一般人买不起。"

我这时有点得意了:"不瞒你说,确实有点贵,哈哈……它比我的裤子还要贵。"

他用一种很羡慕的口气问:"那么这套衣服花去您多少钱啊?"

"二千块以上。"

他又发出一声惊叫:"哦,天哪,这么贵!"

两个人聊着聊着,他已经把活儿干完了,最后用布拍了拍我的鞋,我明白这是什么意思:一是卖弄一下自己的技术,二是告诉后面等着的人:"活儿快完了。"总的来说,这孩子技术不错,我感觉很满意。就在我准备掏钱走人时,只听擦鞋童说:"先生,您瞧,只要您再加点钱,我就可以把它擦得更亮,让它跟您体面的衣服完全协调起来。"

我环顾左右,好像大家都在看着我,我觉得有点儿难堪,就忙说:"好吧,好吧,就按你说的办!"……

坐在飞机上,我算了一笔账:从自己坐下来到站起来,短短的七八分钟内,他便赚去了五块钱,他一个小时可以拿到四十块钱,一天以八小时计算,就是三百二十块!

当然,他可能拿不了这么多钱,但他绝对不亚于专业的推销手!

由于公司业务的需要,两个月后,我又来到了同一个机场,决定再让那个擦鞋童为自己擦一次鞋。也许他也认出了我,所以,对我笑得坏坏的,一开口便问我:"先生,您需要哪

种服务？"我斩钉截铁地回答道："当然是最好的那种了。"他微笑着说："好。"

然后，又甩开袖子开始卖劲儿干活了，应该说上回我对他的印象还不错，心想如果再给小家伙一些鼓励，他会做得更出色。于是，就说："小伙子，你活儿干得相当好。"

他一听这话，心里乐开了花，嘴上一边说"谢谢"，一边动作麻利地干起活来，没多会儿，鞋已经擦得差不多了，可他还舍不得停下来，我笑呵呵地说："你这没完没了地擦，我可耽误不起时间啊，飞机可要起飞了。"擦

鞋童这才住了手，脸上也是一副兴奋和满足的笑容。我问："你很喜欢自己这份工作吗？"

他毫不犹豫地说："那当然，干这活儿，我可以跟世界上各种各样的人接触，可以跟他们聊天，从他们身上学到知识，每当我看到顾客脸上带着微笑走开，我的心情就像一只快活的小鸟一样。"

这话逗得我哈哈大笑："你技术很出色，我敢保证，你不但在这一行做得最专业，而且还是一个让人称赞的推销员和公关人员。"他听完这话，竟激动起来："是真的吗？先生，您这句话，我还是第一次听到。"

我不禁对他产生爱怜之意，打算说声"再见"就走，谁知这时，他却拦住了我，说："先生，我能问您一个问题吗？我知道您不会误机的，您放心。"

我奇怪地看着他，回答说："当然可以，你问吧。"

"您拎这么大的行李箱，是打算旅行的吧。"

"是啊。"我故意逗他。

"那您的箱子里一定有很多东西，比如西装、领带、帽子等，当然，还包括备用的鞋，对吗？"

"是的，不错啊，有什么不对的地方吗？"

他清了清嗓子说："您有没有想过，现在您脚上有一双光亮干净的皮

聪明人宁愿看到人们需要他而不是感谢他。——格拉西安（商涣 推荐）

恶性竞争

□ 金舜炫

下？"大曹一听，二话没说，就让女儿小玲带路上厕所。

一会儿，小玲指着一处有矮墙遮掩的角落，说："过去吧，那就是。"三个女孩子谢过小姑娘，然后一个女孩子先走过去，突然，只听一声惊叫，这个女孩子跑了出来，同伴见了忙问她："怎么啦，怎么啦？"

那女孩子惊魂未定，说："吓死我了，地上爬满了蛆！"……

小泰山一到春天，漫山遍野开满了桃花，每年都有很多人特地来这里看春景，今年也不例外。

这天，有三个女孩子急匆匆来到一家农家大院，主人叫大曹，女孩们有礼貌地打了招呼，然后面露难色，说："能不能借你们家卫生间用一

鞋，可它明天很可能就脏了，而您明天就有一个重要的会议要参加，您能不穿干净的鞋子吗？否则，与您这体面的身份，是多么的不相配啊！"

我听了觉得有点道理，就说："那么，说说你的想法，我该怎么办呢？"

他立刻接过话头："请您给我几

分钟，我为您把箱子里的那双鞋擦得干干净净。"

我顿时恍然大悟。

擦鞋童从我这里赚去了十块钱，但这次只花了四分钟！

（本篇月月评短信代码：1001）

（题图、插图：安玉民）

回到家，小玲笑着把刚才的事，添油加醋地说了一遍，大曹听了却笑不起来，他对妻子说："孩他妈，每年都有许多人来这里，都说上厕所难。男人们还好说，找个僻静的地方就可以解决了。可女游客就不行了。依我看，我们如建个公共厕所，肯定能赚钱。当然根据我们家的经济情况，盖上一个简陋点的，多打扫打扫就可以了，你说呢？"这个问题让一屋子人一晚上没有睡好觉。

第二天，大曹买来了材料。第三天，自己动手盖了起来，到了晚上基本上就完工了。厕所很小，进去一关门只能容一人方便。第四天对外开放，每人二毛。钱自觉付，因为没有看厕所的人。

没想到，大曹盖的厕所还对上了路，每天上厕所的人进进出出，还有人说这个厕所虽然简陋，但有农家特色。就这样，许多来这旅游的人，宁愿排队也要来这间厕所体验一下农家生活……

看曹家盖厕所赚了钱，村里人都没说啥，可有一个人红了眼，谁？大严的老婆。大严就住在大曹的隔壁，从前大严老婆从不拿正眼看人，好像别人家都低她一等，现在看到大曹家盖厕所赚了钱，心里就不平衡了，每天骂骂咧咧的，这样就搞得丈夫大严很恼火：他大曹能干老子就不能干？

老子要弄个更好的，让游客都不去你大曹那！他和老婆一商量，刚好老婆也有这个心事，于是一拍即合。

第二天，严家厕所开工了。好家伙，建个厕所花了一个月。也别说，严家就是花了大价钱，男左女右，一边五个蹲位，蹲位旁有手纸卷，出了门还有洗手池。更有意思的是，满厕所墙壁上挂满了田园风光的画。用大严的话来说，这才是真正有浓郁农家文化的厕所。票价两元，严家厕所也正式开张了。

可奇怪的是，严家厕所开了一礼拜，就是没人来。大严看不懂了，便回家请教老婆，老婆用手指戳着他的脑瓜："你真是个笨蛋，咱家的厕所虽然比曹家的好，但咱们的名气可是没有他曹家的大，怎么说他家都算是老字号了。""那咋办呀？""咋办？现在不是流行做广告吗？明天你去人多的旅游景点上做广告去。"

大严听了一拍屁股，说："对呀，还是老婆你聪明。我再给咱家的厕所照张相，洗张大点的相片，做个大牌子揽人去。"

说动手就动手，第二天，大严做了个大牌子扛上了山。也别说，这一手还真吸引了不少人的目光，一串人跟着大严来到了严家厕所的门口。大严说："进去吧，这里才是高品位的农家厕所呢。""太贵了，要两元呢！市里也没有这么贵的厕所呢，算了，不

・三尺柜台 天下文章・

上了。"这样一说，跟大严来的人都有了退意。大严看到人都要走，急了："别走呀，还没有进去呢！你们怎么知道不值呀？"可他说的话没人听。人群散了，大严也蔫了。

大严扛着大牌子无精打采回了家，老婆着急地问："今天怎么样呀？"

"别提了，人家都嫌贵，没人去呀。可是不贵点的话，什么时候才能把本钱捞回来呢？都怪你，看人赚钱眼红，搬石头砸了自己的脚吧！"

两口子你怪我，我怪你，吵了一晚上。

次日一大早，大严两眼放光，对老婆说："我有主意了，你快点做饭，吃了饭后我出去揽人，你去厕所卖票去。"

"说说看，有什么好主意？"可大严一字不说。吃过饭，大严出去了，刚到门口又回来了："老婆再给我烙俩糖饼。""没吃饱呀你？""别问了。"很快糖饼烙好了，大严拿着走了，大严老婆去厕所卖票。

刚开始，严家厕所还是一个人也没有，弄得大严老婆唉声叹气。可没多长时间，奇迹出现了，只见打远处跑来一个女孩子，给了她两块钱，就进厕所去了。而且，从她开始，来上厕所的人就多了起来，竟然出现了排队现象。这下可把大严老婆乐坏了，高兴地哼起小曲来……

吃过中饭，她关上门就在饭桌上数钱，这时只听外面有人敲门："弟妹在家吗？"大严老婆应了一声愣住了，不用猜也知道是大曹，她有点后悔答了腔，只好硬着头皮推门出来："哟，这不是他大哥吗！有事呀……"忽然，她一声惊叫，人差点昏了过去。门前躺着她的丈夫，浑身湿漉漉的，紧闭着双眼一动不动。

原来大严一早起来就进了大曹的厕所，一直在里面蹲着。听到外边有人要进去，他就敲敲门，意思就是厕所有人。很快到中午了，大严准备站起来活动活动，吃他的两个糖饼，可他蹲得太久了，往上一站，腿发软，眼发花，人不由自主地往后倒去，掉进了粪池……

下午一点多钟，外边已经没有人了，大曹准备清洗厕所，一推，门关着，叫了两声，里边没人应答。他撞坏了门冲了进去，发现已经昏迷过去的大严。于是叫了两人，用水管冲干净了大严身上的粪便，把他抬了回来。

听完了经过，大严老婆紧紧搂着大严的脖子，大哭了起来："老天呀，这应该怪谁呀……"

（本篇月月评短信代码：1002）

（题图：安玉民）

（本栏目欢迎来稿。来稿可从邮局寄发，也可从网上传递。如为电子邮件，请发以下信箱：xiayiming@vip.sohu.net）

故事会2005年5月下半月刊·绿版 **13**

一步改变一生

这一天，偏僻的小山村突然开进了一辆汽车。这可是件新鲜事，全村人都围了过来。

从车上走下几个人，其中一个中年男子问大家："你们想不想演电影？谁想演，请站出来！"一连问了几遍，村民们都不敢吱声，好多人只顾和身边的人窃窃私语。

这时，一个十六七岁的女孩子站了出来："我想演。"她长得并不漂亮，单眼皮，脸蛋红扑扑的，透出一股山里孩子特有的倔强和淳朴。

"你会唱歌吗？"中年男子问。

"会。"女孩子大方地回答。

"那你现在就唱一个！"

"行！"女孩子开口就唱，一边唱还一边扭，"我们的祖国是花园，花园里的花朵真鲜艳……"

众人大笑。因为她的歌唱得实在不怎么好听，不但跑了调，而且唱到一半时还忘了词。没想到，中年男子却用手一指："好，就是你了！"

这个勇敢向前迈了一步的女孩子叫魏敏芝，她幸运地被大导演张艺谋选中，在电影《一个都不能少》中出任女主角，名字很快传遍了大江南北。

千万别轻视那小小的一步，就是它，可能会改变你的一生！

（推荐者：吴 奈）（插图：箭 中

舐犊情深

这是一个真实的故事。故事发生在西部的青海省，一个极度缺水的沙漠地区。这里，每人每天的用水量严格限定为三斤，这还得靠驻军从很远的地方运来。日常的饮用、洗漱、洗菜、洗衣包括喂牲口，全都依靠这三斤珍贵的水。

人缺水不行，牲畜也一样，渴啊！终于有一天，一头一直被人们认为憨厚、忠实的老牛渴极了，挣脱了缰绳，强行闯入运水车必经的公路。很久，运水

大量的才能失落在尘世间，只因为缺少一点儿勇气。 ——西德尼·史密斯（高桂 推荐）

的军用车来了，老牛以不可思议的识别力，迅速地冲上公路，军车一个急刹车戛然而止。老牛沉默地立在车前，任凭驾驶员呵斥、驱赶，不肯挪动半步。五分钟过去了，双方依然僵持着。运水的战士以前也碰到过牲口拦路索水的情形，但它们都不像这头牛这般倔强，人和牛就这样耗着，最后造成了堵车。后面的司机开始骂骂咧咧，一个劲地按车喇叭，可老牛不为所动。

后来，牛的主人寻来了，扬起长鞭狠狠地抽在瘦骨嶙峋的牛背上，牛被打得皮开肉绽、哀哀叫唤，但还是不肯让开。鲜血沁了出来，染红了鞭子，老牛凄厉的哞叫，和着沙漠中阴冷的酷风，显得分外悲壮。

一旁的运水战士哭了，骂骂咧咧的司机也哭了，最后，运水的战士说"就让我违反一次规定吧，我愿意接受一次处分。"他从车上取出半盆水——三斤左右，放在这头牛面前。出人意料的是，老牛没有喝这以死争来的水，而是对着夕阳，仰天长哞，似乎在呼唤什么。这时，不远的沙堆背后跑来一头小牛，受伤的老牛慈爱地看着小牛贪婪地喝完水，伸出舌头舔舔小牛的眼睛，小牛也舔舔老牛的眼睛，静默中，人们看到了母子眼中的泪水。没等主人吆喝，在一片寂静无语中，它们掉转头，慢慢往回走去……　　　**（推荐者：周　林）**

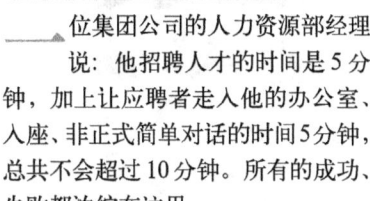

你有多少时间

一位集团公司的人力资源部经理说：他招聘人才的时间是5分钟，加上让应聘者走入他的办公室、入座、非正式简单对话的时间5分钟，总共不会超过10分钟。所有的成功、失败都浓缩在这里。

为此，他进一步解释道：70%以上的应聘者，步入他的办公室，不会首先打招呼说"你好"；50%以上的应聘者，衣冠不整洁 30%的应聘者，神态紧张；20%的应聘者，目光四处游移。还有什么好说的？让他们走吧！每个人只有10分钟，而他在前5分钟就已经输了。

有位公共关系学教授，在课堂上经常举出这样的例子："你们看过孔雀开屏吗？每个人都要学那孔雀，10分钟让整个世界记住自己的最美。"

每个人像孔雀那样，用10分钟展示自己的美，好像不符合中国人的审美传统，我们喜欢相信"日久见人心"和"细水长流"。但在现代工业以分秒计算的工作时间里，你没有更多的时间表现自己。

你很优秀，可是你要知道，你只有很少的时间，10分钟，或者更少。

（推荐者：王　哲）

（本栏目欢迎来稿。来稿可从邮局寄发，也可从网上传递。如为电子邮件，请发以下信箱：xiayiming@vip.sohu.net）

美德故事

　　本书汇集的是《故事会》相关故事之精品，所选45则作品分类为"见义勇为、扶危济困、真诚待人、洁身自律、亲情似金、夫妇同心、师生谊重、知过悔改"等八大类，生动形象地讴歌了中华民族传统美德。

生意经故事

　　故事形象地描述了生意人的思维方式和经商才能。他们或巧做广告而振兴企业，或施展其经营绝招而"妙笔生金"，或审时度势掌握顾客心理而销售产品，或运用《孙子兵法》中的战术而出奇制胜。

16岁故事

　　在人生漫长的旅途中，16岁是一个最展辉煌、最富朝气、最显青春的花季。本集收入的36则故事，是为16岁少年编织的一支支动人的歌谣，一个个扑朔迷离的美梦，一首首催人泪下的诗篇。

口才故事

　　口才即说话的才能，当今社会人们演讲、论辩、访谈、讲解、教学以至主持节目、说相声、讲故事等等，都十分讲究口才，口才好与不好，其效果大相径庭。此书收入103则故事，集中表现了千百年来中华民族一些帝王贤臣、文人名士和民间机智人物的智慧、幽默以及其思维的敏捷和即兴论辩的才能。

血染的

□黄胜

灵芝草

我都值了。"

恋恋不舍地放下电话后,灵芝的心情愉悦极了,她决定给自己放一天假。到哪里去玩呢,她想到了商场,对了,到商场给自己买件生日礼物吧。

来到商场门口,灵芝远远看见围了一小圈人,大家都在朝中间指指点点。她好奇地凑过去,就见人群中间有一大一小两个人跪在地上,看样子是父女。那小姑娘只有十岁左右,枯黄的头发,脸上挂着泪痕,细瘦的双手举在胸前,展示着一张纸,上面用稚嫩的笔迹写着:

叔叔阿姨帮帮忙,我家的房子塌了,娘砸瘫了,爹也瘸了,我想上学⋯⋯

原来是讨钱的,众人只是围观,却没有一个人掏钱。灵芝心想,八成

心有灵犀

二月十四是情人节,碰巧又是赵灵芝二十二岁的生日,一大早,她就跟男友志强通了一个电话。

志强在祝她生日快乐后,郑重地保证:明年我就毕业了,明年的生日我一定和你一起过。赵灵芝闻听,非常开心,含情脉脉地说:"志强,我等着那一天。对了,你的钱够花不?"志强说:"够了,你身体不好,别经常加班,别为了我把身体累垮了。"

灵芝眼窝一热,志强到现在还以为自己是在工厂做工呢,她满足地说:"志强,有你这句话,再苦再累,

又是骗钱的把戏。她抬脚就走，在转身的一刹那，她的眼光从小姑娘身前地上那几张奖状上扫过，依稀看见奖状上写着：奖给张灵芝同学。她心中一动："咦，这个小姑娘也叫灵芝？"她返身挤进人群，蹲下去拿起奖状来看。那跪着的汉子抬起头来，满怀希冀地看着灵芝，祈求道："帮帮俺闺女吧，她的天分很好，考试总是第一，年年是三好学生。"

灵芝问小姑娘："你叫灵芝？上几年级了？"

"三年级。"小姑娘扑闪着大眼睛，怯怯地看着她。霎时，灵芝从这

双清澈、稚嫩的眼睛里，依稀看到了童年的自己：因为家里穷，自己初中毕业后虽然考取了县里的重点高中，却不得不辍学了，后来就跟着同乡进城打工，在饭店里洗盘子刷碗、当服务员，在那里她又认识了暑假期间在饭店打工的穷学生刘志强……灵芝的眼眶里热热的，泪水在里面滚来滚去，当年自己哭着喊着要上学的情景历历在目，她心里升起一股冲动：帮帮这个跟自己一样名字的小姑娘，在生日这天做件好事，不是送给自己最好的生日礼物吗？

她默默地打开皮包，拿出了准备买生日礼物的五百元钱。顿时，围观的人群发出一片惊叹声。灵芝把钱交给那汉子："这是给你女儿上学用的，这些钱在乡下可以维持她读完小学。你赶快领着她回家吧。"

那汉子又惊又喜，看着灵芝递过来的钱竟愣了神，好一会儿才敢去接。当钱实实在在地到了他手中后，他才相信这是真的，欢喜得咧大嘴巴，不知说啥才好。他推了女儿一把，说："闺女，快给恩人磕头。"说着，他自己先"砰砰"磕起来。

灵芝伸手拦住他"行了，男儿膝下有黄金，一个大男人，不要随便给人下跪。"那汉子羞惭地垂下头。灵芝马上知道自己话说重了，想一想，不到万不得已，谁肯卑躬屈膝向人下跪讨钱呀？她从汉子愁苦无奈的脸上仿

佛看到自己父亲的影子，唉，贫穷与苦难已压弯了这个七尺汉子的腰杆，也夺去了他做人最宝贵的尊严。可是，自己又能比他好到哪里去？灵芝叹口气，伸手拉起小姑娘，为她拍干净膝上的土："记住姐姐的话，回去好好读书，将来做个有出息的人。"

小姑娘感激地看着她，乖巧地说："谢谢姐姐，我将来一定像姐姐一样，做个有出息的人。"

灵芝心中一颤，脸颊微微有些发热，慌忙说："你可千万别像姐姐。"

小姑娘天真地问："为什么？"

灵芝垂下头低声说："姐姐没出息。"说罢，她摸摸小姑娘的头，转身快步走了。

小姑娘不解地看着她的背影，不明白为什么这个姐姐这么有钱还说自己没出息。

灵芝走出没多远，忽听到后头那汉子喊："等一等。"她停下来，就见那汉子一瘸一拐地追上来，期期艾艾地说："恩人，您留个地址吧，以后我们好……"

灵芝说："算了吧，只要你能让你女儿读书就行了。"汉子郑重地保证说："您放心，这些钱俺保证都用在俺闺女上学上。不过，您一定要留下地址，俺全家忘不了您的。"

灵芝摇摇头，头也不回地走了。

汉子攥着厚厚的一把钱，冲着灵芝的背影发呆，在他的意识中，刚刚发生的一切就跟做梦一样。这时候，小姑娘跑到他身边，机灵地说："爹，我偷偷跟着她，看她住在哪里。"

灵芝来信

半个月后的一天，灵芝接到一封来信。起先她以为是邮差搞错了，因为这是她临时租住的一个单元房，住在这里近一年了，她没给别人寄过信，也从没接到过写给她的信。可是这封信的信封上清清楚楚地写着她的住址，收信人一栏写着"恩人收"，寄信人地址栏则是江城市凤凰镇山洼村小学。"恩人？谁是恩人呢？"灵芝翻来覆去地看这封信，信封上的字写得很稚嫩，猛地，她想起了前些天在商场门口遇到的那对父女，心想，难道是那个小姑娘写来的信？

灵芝撕开信，先看落款，署名灵芝，果然是小姑娘写来的。信中写道：好心的大姐，我终于能够上学了，重新回到了同学们中间，您是我的大恩人，也是我们家的大恩人，我娘天天念叨你的好……总之，通篇都是感激的话，灵芝从来没有被人如此"捧"过，看完以后，心情不错，高兴地想：这对父女果然不是骗子，不知小姑娘怎么知道了自己的地址。她想：要不要给她回一封信呢？反正闲着也没事，她马上找来纸笔，给小姑娘回了一封信，让她好好学习，珍惜来之不

易的学习机会，将来考上大学，报答父母。她在最后加了句：姐姐小时候因为家里穷，也没读过多少书，所以现在生活得很痛苦，将来你千万不要走姐姐这条路。

信寄出不久，她就收到了小姑娘的回信："姐姐，原来您也叫灵芝呀，您是大灵芝，我是小灵芝，我娘说，灵芝是我们大山里最珍贵、最美丽、最吉祥的草，能治百病呢。您在信中说您生活得很痛苦，是病了吗？要是我爹的腿没瘸就好了，他就能到鹰嘴崖上为您采来灵芝草，治好您的病……"

灵芝见小姑娘因为自己随手写的一句话竟为自己担起心来，又是好笑又是感动，赶紧回信说姐姐没病，姐姐的痛苦并不是肉体上的痛苦，你还小，长大了就会明白的。

一来二去，两人就这样开始通起信来。渐渐地，给小灵芝写信成了赵灵芝生活中一件快乐的事情，远方的小姑娘也成了她的一份牵挂。每次，当她屈辱地送走"客人"，心灵受到煎熬时，翻翻小姑娘的来信，想想小姑娘以后可能面对的美好人生，抑郁的心情往往就会变得开朗愉快起来。

转眼到了年底，小灵芝写信来向灵芝汇报自己的成绩，又是全班第一，不过，信的最后她写道："姐姐，明年不知还能不能上学了，因为我们

的老师受不了山里的苦，决定明年不回来教我们了，那样的话，我们就得到二十多里山路外的镇小学念书，没有时间帮家里干活了。我和许多同学都说好了，如果那样的话，我们就不读书了。姐姐，您要是老师该多好呀，您一定会来教我们的。"

灵芝看完这封信后，心就提了起来，怕来年孩子们没有学上。她也是从大山里出来的，知道山区教育的艰难。因为生活清苦，待遇又差，外地的老师不想到山里去，山里考出去的老师又不想回来，师资非常缺乏。整个春节，她都在为这事担心，直到过完了年，她收到小灵芝的下一封来信，听她说又来了位新老师，她的心才安定下来。

小灵芝在信中最后说："也不知这位新老师能教我们多长时间，如果她再走了，我们该怎么办呢？姐姐，将来我一定要考上师范学校，毕业后回来教书，那时候我们村就再也不会缺老师了。"

灵芝被深深震撼了：多好的孩子呀！如果我也能教书就好了。

这时候，距离志强大学毕业还有半年时间。灵芝决定金盆洗手，不再做"小姐"了，因为继续做这行的话，志强一定会发现的。这几年她为了供他读大学，拼死拼活，现在也有了一些积蓄，足够维持生活了。可是自己能干什么呢，在看了小灵芝的这封来

信后，灵芝突然萌生了一个念头：反正将来志强能养活我，干脆利用这段时间去实现那个在自己心中埋藏很久的渴望——读大学，将来跟志强有了孩子，教教孩子也好呀。

于是，交了一笔不菲的费用后，江城师范学校成人教育部就多了一个叫灵芝的学生。

灵魂重铸

转眼到了夏天。

志强回来了，却不是一个人，跟他在一起的还有一个高傲的姑娘。志强向灵芝介绍说，那是他的女朋友，他们俩已找到了很好的工作单位，并且马上就要结婚。

灵芝不敢相信自己的耳朵，她想不明白这是怎么回事。可是志强说得非常明白："灵芝，你这些年对我的帮助我非常感谢，你的恩情我会报答的，可是，我不能娶一个做过婊子的人，那会使我的家庭蒙羞。"

"婊子"二字就像一记千钧重拳，重重地击在灵芝的脸上、心上。她明白，志强已经知道了真相，她抓住志强的胳膊，哭诉道："可是……可是我是为了你才这样做的呀，不干坐台小姐，哪能供得起你念大学？志强，千万别……"可是，志强已经甩开她的手，携着女友扭头走了，临走，那个高傲的姑娘掏出一捆钱掷在桌子上，厌恶的目光在灵芝的脸上扫过，嘴里

吐出两个字："肮脏！"

灵芝眼前一黑，无力地瘫倒在地，晕了过去。

当她醒过来后，天已经黑了，灵芝扑向电话，拨打志强的手机，等了好久，终于有人接了，传来的却是那个姑娘冷冰冰的声音："我们现在已经补偿了你的损失，你还想干什么？"

灵芝泪如雨下，凄厉地叫道："补偿了我的损失？我的损失你们能补偿得了吗？你叫刘志强听电话！"

"志强是不会接的。你死了心吧。我告诉你，志强从来没有爱过你，他和我已经谈了三年恋爱了。我警告你，要是你再敢纠缠我老公，我们家

在江城可不是好惹的，我会跟你不客气！"

灵芝哀求道："求你让志强接电话吧。"

对方一声冷笑："你是不是想让我说实话呀？好吧，告诉你，其实志强早就知道你是怎样供他上学的，他不说破，只是在利用你！"

顿时，犹如一把凉飕飕的尖刀穿透心脏，灵芝浑身一凉，血液似乎凝固了，话筒从她手中滑落了下去……

灵芝彻底绝望了，她不知道自己活在这个世上还有什么意义，她想到了死，想到了离开这个令人厌恶的世界。她有条不紊地安排了自己的后事：钱分成了两份，一份寄给了自己远方的爹娘，剩下的她寄给了小灵芝，做她以后的学费。

她给小灵芝写了一封信：以后不要再给姐姐写信了，就是写了姐姐也不会收到，因为姐姐病了，要离开这个世界了。你以后好好学习，走好脚下的路，千万别再像姐姐一样做傻事，到头来害了自己，也对不起自己的爹娘……

将信、钱寄走后，灵芝反锁好房门，洗干净了身子，换上自己进城时穿的那件衣服——这是娘一针一线亲手做的，女儿今天要穿上它干干净净地走啦，灵芝流着泪，将一整瓶安眠药吞下，然后再一次拨刘志强的电话，对方依旧是不接。灵芝苦笑一下，

发过去一条短信：志强，你来给我收尸吧。

灵芝扔掉手机，平静地躺到床上，合上眼睛，眼前浮现出一张张熟悉的脸：爹、娘、奶奶，还有小灵芝。"再见了，我到那个世界等着你们。"蒙眬中，她似乎看到了天堂那富丽堂皇的大门……

也不知过了多长时间，灵芝重又醒了过来，恢复了意识后，她失望地发现自己并没有来到天堂，却是躺在医院的病床上。护士告诉她：你已经昏迷了五天五夜，是一位姓刘的先生把你送来的，他给你留下一笔钱和这张纸条就走了。灵芝接过纸条，上面是志强的笔迹：灵芝，我对不起你，我选择她是因为她能给我所需要的一切。你忘了我吧，我不值得你这样做。这个世上还有许多爱你的人，你应该为他们活着。

灵芝惨然一笑，心说："爱我的人？我的亲人还不知道我在出卖自己的身体和灵魂，知道了只会憎恨我，谁还会爱我？我还值得谁来爱？"

护士见多识广，开口劝慰说"小姐，你这么漂亮，还有什么想不开的呢？没什么，大不了从头再来嘛。其实，有些男人，你根本没必要对他们这么痴心。"

灵芝摇摇头，只是默默地垂泪。

这时候，病房的门被推开一条缝，一个乡下汉子小心翼翼地探进头

来，说："打听一下，灵芝是住在这里吗？"

灵芝一看，却不认识，"你是谁？"

那汉子仔仔细细看了一眼灵芝，高兴地叫起来："恩人，你真的病了呀？"边说边一瘸一拐地走了进来。

灵芝忽然记起来，这汉子是小灵芝的爹。她抹掉泪水，努力挤出一点笑意，问："大叔，你怎么来了？小灵芝呢？"

那汉子没有回答，从挎包里掏出一个布包，打开，露出一个紫红色的蘑菇样的东西，十分鲜艳。灵芝好奇地问："这是什么？"一旁的护士忙："这是灵芝草吧？怪了，这棵灵芝草怎么这样红，像血染过一样？"

那汉子点点头，对灵芝说："俺闺女接到你的信后，知道你得了重病，把她急坏了，一个人偷偷爬到鹰嘴崖上，为你采了这棵灵芝草。来，你快吃了它吧，吃了病就好了。"

一股暖意从心中升起，灵芝感动极了，她万万想不到有人会这么关心自己。其实，她不知道鹰嘴崖有多么险峻，一般人是根本不敢上去的，否则，这么珍贵的野生灵芝也轮不到她一个小姑娘去采呀。她连声说："谢谢，谢谢你们。对了，我寄的钱你们收到了？"

那汉子说："收到了、收到了。"说着，从腰里掏出一摞钱，"你看，全在

这里呢。"

那汉子把钱递给灵芝："还给你。"

灵芝不接，奇怪地问："这是我给你女儿上学的，你怎么又拿回来了？"

那汉子的眼圈红了，悲伤地摇摇头："用不上了，她再也不能上学了。"

灵芝惊道："为什么？学校撤了吗？是不是老师又走了？如果老师走了，我可以去给孩子们当老师。"

那汉子突然蹲下去，双手抱着脑袋，哽咽着说："俺闺女不让告诉你，为采这棵灵芝，她从鹰嘴崖上滚下来，两条腿全摔折了，再也站不起来了。"如闻晴天霹雳，灵芝怔在那里，好半天一动不动，木雕泥塑一样，渐渐地，泪水从她脸上一颗颗滚落下来，落在了她手里捧着的那棵被血染过的灵芝草上……

两天后，在开往凤凰山区的班车上，一位姑娘临窗而坐，她忧郁的眼睛看着车窗外绵延的群山，嘴里喃喃道："小灵芝，我来了，我会永远和你在一起的，你的腿断了，我就是你的腿，你没有老师，我来做你的老师……"

（本篇月月评短信代码：1003）

（题图、插图：魏忠善）

（本栏目欢迎来稿。来稿可从邮局寄发，也可从网上传递。如为电子邮件，请发以下信箱：xiayiming@vip.sohu.net）

一杯苦酒

□ 曲凡杰

这天下午，有个叫林家发的打工仔，下了班去街上闲逛，没想到竟碰上了恩人李成量，四目相对，林家发又惊又喜，上前握着李成量的手叫道："朋友，这是缘分哪！"

林家发是河南的农民，三年前南下广州打工。不料刚出火车站，钱包就被人扒了，一个大男人竟当场哭出了声。后来过来一个人问明情况，毫不犹豫地送了他五十元钱。就凭着那五十元钱，他来到了沿海的东江市，被一个老乡介绍进了西伦皮件厂。三年了，林家发无时不在想着报答恩人，没有想到会在这里相遇了。

林家发把李成量拉进一个小饭馆，两个人边吃边谈。李成量说他在广州打工的那家工厂倒闭了，听说东江这边工厂多，就过来找工作。谁料

找了三天还没有个着落，身上的钱不多，不敢住旅社，已经在候车室蹲了三个晚上了。现在呢，他最大的愿望就是美美睡一觉，明天继续找工。

这正是林家发报恩的时机，他拍着胸膛说："别的事情我不敢说，这个问题我来解决！"吃过晚饭，就把李成量领进了自己的宿舍。那宿舍不大，放着四张窄窄的铁床。李成量看着仅能容下一人的小铁床问："我睡在这儿，你怎么办？"林家发说："我正好上夜班。如果有人查铺，你只管蒙头睡觉，别露脸就行了。"

其实西伦皮件厂根本没有夜班，只是林家发宁愿自己露宿街头，也要让朋友睡个安稳觉。安顿好了李成量，他在街上闲转了一会儿，就进了一家录像厅。打工的日子辛苦又单

调,每个月他都会花上二十元,在这里看一个通宵的录像,借此宣泄一番。

第二天早晨,林家发走出录像厅,伸伸懒腰,打几个呵欠,准备回厂里带李成量吃早餐。突然,他发现街上那些晨练的本地人,正叽叽喳喳地传递着一个可怕的消息:昨天晚上,西伦皮件厂爆炸起火,死了不少人!林家发一听,只觉得自己的脑袋也爆炸了,李成量怎么样?可别让他做了替死鬼呀!正在惊恐不安,又见报童们满街乱跑,举着报纸高叫:晨报晨报,特大噩耗……林家发买了一张,急忙翻看,只见一版头条登了消防官兵灭火的大幅照片,正文写道:昨晚十点,我市西伦皮件厂因化工原料仓库爆炸引起厂区着火,离库房最近的一排宿舍被炸毁。至今晨一时,大火被消防官兵扑灭,有关方面正在清理现场,初步统计,伤亡三十余人。事故原因正在进一步调查中。

林家发眼睛一黑,急忙扶住面前的电线杆才没有栽倒。自己住的那一排宿舍被炸毁,李成量肯定完了!

街头上,人们的议论还在继续。有人说:这一次,皮件厂的老板算是完了,得赔多少钱呀!有人说:倒霉的还有保险公司,最少也得赔每个遇难者十万元!

听到这里,林家发心里稍稍有些安慰,一个打工仔二十年也挣不了十万元!如果真是这样,李成量也算没有白死了。一边想着,一边就往厂里走,他要赶回去申明,遇难者里有一个人是江西的李成量!走了两步又觉得不妥,江西何其大,李成量是哪县乡哪村人?自己一概不知道。只怕李成量得不到赔偿,自己私自留宿客人,还要被追究责任哩。如果我不去申明情况,厂方就会以为我遇难了,将来的巨额赔偿,就落在了我的头上!十万元啊,老婆翠花体弱多病,一双儿女上学要钱……

仅仅是一念之差,林家发就来了个向后转,在城乡结合部找了个小旅馆住下了。他要好好休息一下,清醒一下脑子,再来考虑如何处置这件事。等林家发一觉醒来,已经是第二天的上午了。旅馆里有电视机,正在播放本地新闻,第一条就是西伦皮件厂的事故报道:事故原因已经查明,是化工原料堆放过高造成的,责任在厂方。在事故中遇难人员共计二十名,已经通知他们的家属前来处理善后事宜。厂方与保险公司的理赔工作正在展开,每个遇难者将获十五万元的赔偿。接下来是遇难者的名单,林家发的名字也在其中。

林家发喃喃自语:"这么快就弄清了遇难者名单?"

旅馆老板就介绍了一些传闻:那些遇难者大都烧成焦糊的一团,根本

分不清谁是谁。厂方是按职工名单排查的，除活着的，其余的都算"遇难"，因为总人数正好吻合。

林家发的思路也逐渐明晰了，只要自己此刻不去声明，从现在起，就等于"死"了。那十五万赔偿金，就轻轻松松到手！自己辛辛苦苦出来打工，不就是为了让妻子儿女过上好日子吗？有了这十五万，翠花他们也就小康了！只是愧对了江西的恩人李成量，以后每年的今天，多给他烧些纸钱吧！

主意一定，林家发就搭上了夜行的客车，悄悄离开了东江市。然后转火车，再换汽车，一口气来到了中国的西部，毛乌素沙漠的边缘。也算是赶巧了，正好一个民营企业家承包了万亩沙丘，建立林场，造林封沙，急需大批劳动力。林家发身强力壮，马上就被留用了。这里的生活条件十分艰苦，但远离人群，不用担心被认出，正合了林家发的心意。因此，到这里打工的人像走马灯一样地你来他往，唯独林家发一干就是三年。

林家发不怕艰苦劳作，最怕过春节。在万家团圆的日子，外地人都回去和家人团聚，林家发也不能不走，因为他说过他是有妻子儿女的。可离开了林场又能去哪里？只好在当地的县城找一个小旅馆呆上半月，冷冷清清过春节。

到了第四个春节，林家发实在熬不下去了，对家人的思念几乎让他发疯。他手里又积下了一笔钱，加上翠花手里的"赔偿金"，全家人是能够过上好日子的。他打算把一家人接过来，在这里的县城或者林场安一个家，过上体面的生活。在这年的春节前夕，他悄悄回去了。在家乡的县城下了车，才是下午四点钟光景。毕竟是个"戴罪之身"，他不敢马上明目张胆地回村，只能等到天黑再说。他在鼻梁上架了个巴掌大的墨镜，找了个茶馆坐下来熬时间。

年近岁逼，茶馆里冷冷清清的。林家发喝了一阵茶，茶馆里才有了第二个客人。那个人显然是熟门熟路，进了门就对茶炉上的女老板说："我还怕你关门了呢。泡一壶好茶，我在这里等个客人。"

那个人吩咐以后就坐了下来。林家发不经意地扫了一眼，禁不住"妈呀"一声惊叫，急忙拿手捂眼睛，慌乱中竟然把墨镜碰了下来。

那人看了林家发一眼，也同样发出了惊叫："我的娘啊！"

又一次四目相对，林家发颤抖着问："李成量，你不是鬼吧？"

李成量的眼睛瞪得鸡蛋大："林家发，你还活着？"

大白天自然没有鬼。短暂的惊悸过后，一对异乡朋友坐到了一起。四只大手紧紧握在一起，有血有肉，不

生命不可能从谎言中开出灿烂的鲜花。 ——海涅（宋义 推荐）

是鬼，都是人！

林家发问："那次事故，没有烧着你？"

李成量叹口气："你上夜班走后，又进来个大个子，身后还领着一个人……"

林家发说："大个子是我们的班长，也是宿舍长，为人霸道，我们都怵他。"

李成量说："可不嘛，他一进屋就把我揪起来，恶声恶气地说，厂里有规定，宿舍里不准留客人，快走！看那架势，我知道你的日子也不好过，就没有去车间找你，又去候车室蹲了一夜。第二天就听说厂里出事了，后来见报纸上登了名单，有你的名字……"

林家发好像在听故事，可李成量活生生地坐在面前，又证明那天他没"遇难"。真正遇难的，恐怕是班长领的客人了。林家发少了一份内疚，介绍了自己那天晚上的情况，介绍了事故以后的念头，以及这几年的生活，最后不好意思地说："既然你没有死，那钱得给你分一半。兄弟，你怎么会在我们这个小县城里等什么客人？"

李成量突然就垂下了头，狠劲地捶自己的脑袋："这是什么事啊！"

林家发忙问："兄弟，咋了？"

李成量半天不说话，再一开口，却是石破天惊，差点没把林家发震死。李成量说："我，我和翠花结婚了！"

林家发死死盯着李成量："这怎么可能！"

世界上的事情，出乎意料的太多。李成量得知林家发"遇难"的噩耗，以朋友的身份去厂里吊唁，就碰上了翠花。翠花哭得死去活来，几次拿头撞墙寻死，李成量百般劝慰，还自愿护送翠花回家。翠花新寡，精神委靡，那个家几乎就要散了。李成量顾念朋友情谊，买了辆三轮车在县城

打工，农忙时则帮助翠花种地收庄稼。一来二去，两个人渐渐有了感情，在乡邻的撮合下就成了夫妻。婚后，翠花拿出那笔赔偿金，在县城开了个服装店，一家人都搬进了城里。经营这几年，发了点小财，也买了自己的房子。如今，林家发的儿子已经上了大学，女儿读中学，成绩也不错。一家人的日子，真正是小康了……

林家发如遭五雷轰顶，脑袋里嗡嗡地直叫唤。为了得到那十五万元的赔偿金，自己像老鼠一样躲在沙漠里不敢露面，到头来却落个鸡飞蛋打，人财两空！他呓语一般地问自己，也问李成量："我可怎么办？我可怎么办哪！"

李成量说："既然你还活着，我就不能鸠占鹊巢。正好两个孩子都放假在家，大家在一起商量商量吧。"李成量说着就拿出手机给翠花打电话，先行通报林家发还好端端地活着，别见了面疑神疑鬼地受惊吓。再介绍林家发这几年的状况，以及这次回来的目的，让她有个思想准备，何去何从自己拿主意。

关于手机，李成量就带林家发去了县城的新家。儿子闺女都在，还有一桌热腾腾的饭菜在等着他。因为事先得了"通报"，翠花和孩子们也没有显出多少惊惶失措。李成量挺识趣，说是要去陪客户，就不在家里吃饭了。

李成量出去以后，林家发先叫一声"翠花"，就左手搂了儿子，右手搂了闺女，再也说不出话来。一家人泪眼相望，哭声一片，却是谁也不知道说什么好。

这场面太令人伤心，也太令人尴尬。翠花沉不住气，先开了口，又爱又恨地说："林家发林家发，你好端端地活着，却叫我死了一回！一个拖儿带女的农村女人，顷刻间成了寡妇，你叫我怎么活！"

林家发说："不是有十五万元钱么？我也是为了这个家！"

翠花说："钱算什么？我只要人，只要我有丈夫，儿子闺女有亲爹！"

林家发说："我这不是回来了么？"

翠花说："我也是黄土围脖子奔五十岁的人了，因为你回来，就让我再嫁一回人？何况你敢公开露面吗？骗取抚恤金、保险金，你是个罪人呀！"

林家发拿手打自己的脸："我图的个啥、落了个啥呀！"

林家发的泪水滴进酒杯里，那酒就显得又苦又涩。自己被钱害了，再不能为此连累一对儿女。放下酒杯，他痛苦地摇摇头，走出了这个"家"。他的前面是公安局，他的身后是一对儿女，还有哭成泪人的翠花……

（本篇月月评短信代码：1004）

（题图、插图：刘斌昆）

玩狗

□孙晨琳

有个叫胡秋的木匠，方圆十里，小有名气，这天一早便赶到七里外的彭庄，给一个叫彭天祥的养牛专业户打造家具。

很快，一天时间就过去了。傍晚时分，彭天祥从养牛场回来，儿子小壮壮也下了学，便支起饭桌，彭天祥还拿出一瓶酒来，倒了满满两大杯，陪着胡秋喝起酒来。就在两人酒酣耳热之际，胡秋突然眼前一亮，见门外跑来一只狗，再细细一看，可傻眼了，只见这条狗身高足有二尺半，浑身雪白，不见一根杂毛，四爪乌黑，怎么看，怎么像一座冰雕玉琢的雕像，可真让胡秋眼馋死了。

彭天祥见胡秋对狗发生了兴趣，就介绍说："这条狗是半年前从宠物市场买的，花去不少钱，我给它取名叫'白狼'，与狼共舞嘛！"

胡秋听了彭天祥的介绍后，兴奋地对彭天祥说："好名字！不瞒大哥，我胡秋平时最大的嗜好，就是玩狗，我家也养了条黑狗，在我们村，那是没得比的，可今天，我算是开了眼界了！"

见胡秋也爱玩狗，彭天祥便来了兴致，就说："兄弟，我今天算是遇到知己了，你看我的狗训练得如何？"

只见彭天祥从口袋里掏出一串钥匙，随手扔到四米来高的房上，对白狼说声："上！"就见这白狼"噌"地一下，蹿上两米多高的厨房，又从厨

房蹿上房顶，转眼工夫便衔着钥匙，又跳了下来，把钥匙衔给彭天祥，彭天祥接过钥匙后，爱抚地拍了拍白狼的脑袋。

接着，彭天祥又对白狼说了声："关门去！"这白狼便跑到大门跟前，后爪立地，前爪推门，将两扇门弄到一块儿，用嘴拴好门，又摇头摆尾地回到彭天祥身边，彭天祥又一声："白狼，开门！"这白狼又跑到大门跟前，用嘴抽开门闩，将两扇门推到两边后，又回到彭天祥身边来。

胡秋看了白狼的这番表演，不禁惊呆了，对彭天祥说："大哥，你这狗训练得可真神了，我今天真是大饱眼福。"彭天祥听了胡秋的赞扬，心里舒坦极了，他狡黠地对胡秋小声道："兄弟，还有更神的，今天怕是看不到了。上星期三，我跟你嫂子斗嘴吵架，眼看着就要打到一块儿，这家伙站在我俩中间，来回汪汪大叫，硬是让我俩交不了手，最后我俩都给它逗乐了，免去一场争斗。"

吃过晚饭，彭天祥跟胡秋说："兄弟，这两天就睡在咱这里吧，啥时家具打好了，再回去。今晚上有小犊子出生，顾不上陪你了，就让白狼给你做伴吧！"说完，跨上摩托车就往养牛场去了。

胡秋躺在床上，一时也睡不着觉，他想：这彭天祥也真是，家里住着外人，又有个漂亮媳妇在家，也不怕出事，后来又想：唉，我想哪儿去了，人家对咱放心，是对咱的信任……

半夜时分，胡秋起来小解，推开门一看，院里亮着个昏暗的灯光，白狼就伏在他的门口，一动也不动，显得很温顺，胡秋往厕所里走，白狼就摇着尾巴跟在他的身后，胡秋小解后往回走，白狼依然温顺地跟着他寸步不离。当来到彭天祥媳妇住的北屋时，胡秋心里一时胡思乱想起来：大热的天，漂亮的媳妇……这么一想，步子不由地往北拐去。

胡秋刚向北迈出一步，耳边只听到"砰"的一声，两只有力的狗爪立刻像铁钳一样抓住他的两肩。胡秋知道是白狼，回头一看，吓了个半死，只见这白狼一改刚才温顺的模样，凶恶地张着大嘴，舌头伸出来有七八寸长，冒着热气贴在他的脖子上，呼哧呼哧，直喘粗气。胡秋见状，不由把腿又收了回来，拐到自己的房间，回头关门时，见这白狼又像先前一样温顺地卧在门口，一动也不动。

胡秋吸了口凉气，心想：乖乖，怪不得他彭天祥放心，这哪是条狗，分明是个"警察"！

五六天后，胡秋活已过半，看着这早晚护送小壮壮上学、回家的白狼，心里羡慕得不得了，就想：这白狼要是自己的，该多好哇！

胡秋在彭家做活儿，做到第八天

能聪明地充实闲暇时间是人类文明的最新成果。——伯·罗素（吴莱 推荐）

时，白狼突然得了病，食量锐减，狂叫不止。起先彭天祥也不当回事，又过了两天，白狼已是喊叫无力，卧地不起。胡秋赶紧建议彭天祥，请兽医给白狼诊断治疗，彭天祥这才着了急，从兽医站请来兽医，看过之后说是肠炎，打了针，灌了药，说是很快就会好的。

又是两天过去了，白狼的病仍不见轻。彭天祥这两天连养牛场也顾不上去了，天天守着白狼，见白狼已经骨瘦如柴，奄奄一息，情知白狼没有希望了，难过得掉下了眼泪。他也不愿看着自己心爱的宠物就这样死去，就对胡秋说："唉，兄弟，我看是没指望了，与其看着它痛苦地活受罪，还不如给它个痛快算了。"

胡秋的家具活儿，这天也刚好打造完，听了彭天祥的话，便对彭天祥说："天要下雨，娘要嫁人，也是没法子的事。我想，倒不如把它给我算了，我弄回去想想法子，说不定能出现奇迹。"

彭天祥听了胡秋的话，心想：也是，胡秋也是爱狗如命的人，给他弄走算了，自己也是眼不见心不烦，不如做个顺水人情吧。

于是，彭天祥就对胡秋说："兄弟，就依了你，你若能把它治好，就说明你和这狗有缘分，狗就是你的了；治不好，你务必找个地方把它埋了。"说着，彭天祥两眼又湿润起来。

他给胡秋算了工钱，帮他把白狼绑在自行车上，送他出门走了。

回家后，胡秋谢绝了所有的木匠活儿，连请了三个兽医给白狼治病，每天不分昼夜守在白狼身边，喂药、喂水、喂食，也算应了一句老古话，精诚所至，金石为开，白狼终于脱离了危险，病情慢慢好转，半月之后，白狼又恢复了原来的雄姿。

胡秋的心情好极了，从此，每天笑哈哈地伺弄着两条狗，虽说人累点儿，却也乐在其中。

日子一晃半年就过去了。

这一天，胡秋没活儿干，便在家逗白狼玩，突然白狼两耳一竖，硬是从胡秋手里挣扎了出来，像发了疯似的，跑出大门外。胡秋愣了一下，随后追去，一直追到村外，只见前面有个外地人拉着一辆拾荒的平板车，白狼冲上去一口咬住他的胳膊不放，外地人吓得脸色大变，使劲挣脱，落荒而逃，白狼朝他"汪汪"大叫几声，也没有追上去。

胡秋正感到奇怪，又见白狼跳上平板车，又是用嘴，又是用脚，翻腾起来，不一会儿，竟然翻出一条大麻袋来，胡秋上前用手一摸，像是个人，赶紧解开，仔细一看，不禁呆了，你道是谁？是彭天祥家的小壮壮！

胡秋心想：这白狼真是神了，离开彭家都半年了，依然能嗅到小主人的气味。

胡秋见小壮壮昏迷不醒，连忙把他送到村里的小诊所，医生看了对胡秋说："放心吧，没事儿，他吃了人家的迷药，一小时后就会醒来。"

果如医生所言，一个小时后，壮壮醒了过来。胡秋赶紧把壮壮抱回家中，给彭天祥家挂个电话，其时彭天祥正在家里为儿子失踪发愁呢，接到胡秋的电话，夫妻俩喜极而泣，备了份厚礼，来到纪家屯，找到胡秋家里。两口子见到儿子，忍不住又是一顿大哭。

胡秋两口子劝了这个劝那个，终于把两人劝住了。彭天祥问胡秋是咋找到壮壮的，胡秋便把白狼牵了出来，把经过一五一十说了一遍。

彭天祥听完，"扑通"一声跪了下来，抱住白狼说："白狼啊，白狼，你可是我彭家的恩人哪。"说着，又回过头来对胡秋说，"兄弟，大恩不言谢，你这个朋友我是交定了，你让我把白狼带回家，我要犒赏它，三天后准时送回。"

接着，彭天祥和胡秋到派出所报了案，说犯罪嫌疑人胳膊上有伤痕，是给狗咬的，公安人员根据这条线索，在全乡所有的诊所拉网侦察，很快便将这个人贩子抓获归案……

三天后，彭天祥果然把白狼送了回来，胡秋知道彭天祥和白狼的情感是扯不断的，所以，闲时也带着白狼上他家玩两天，时间长了，两个人处得比亲兄弟还要亲。

当人们知道他俩是因为一条狗成为朋友时，又因为他俩一个姓胡，一个姓彭，便戏称他们是一对"狐朋狗友"，两个人听了不但不恼，反而以此为荣。

（本篇月月评短信代码：1005）

（题图、插图：张　恢）

发自内心的话，就能深入人心。——内扎米（刘佳　推荐）

当青春剩下日记，乌丝染成白发，只有那爱情的歌在心中来回地吟唱……

手语爱情

大学生活是浪漫的，但随着学生时代的结束，一切海誓山盟似乎都了无踪影。我和女朋友林倩心里都明白，她心里有她的王子，我心中有我的公主，因此，毕业前，林倩对我说："阿姜，我们好聚好散吧。"我听了十分坦然，大方地和她握手，并祝她幸福。

其实我心中的人，不是公主，而是一个丫头，一个傻丫头。丫头是她的绰号，不过班里的男生似乎没有叫过她的真名，丫头平日寡言少语，从不在男生面前献殷勤，总爱一个人坐在教室里看书写东西。开头的一年，除了我，几乎没人注意到丫头。我承认，我是一个能疯能闹的男孩，事事爱出头，但心里喜欢的，是丫头那样沉稳的人。

丫头这个名字就是我给她起的，后来，大家都约定俗成，这样喊开了。丫头开始引人注意是在大二，那时她的一首诗在校刊上发表，简直让人刮目相看。我们几个朋友在一起闲聊，说别看这人不言不语的，心里不知爱着谁呢！但分析下来，又都觉得不太可能，因为她跟男生说话，没有超过三句的。后来，有意无意中，我和丫头的交往多了起来，文艺晚会的主持人索要台词，我主动跑去请求她帮忙；班上的活动安排，我又主动询问她。每次我找到她，她都只是点一点头，算是应了下来，但第二天，就不声不响地交给我。

同宿舍的哥儿们觉察出了味儿，他们为我和丫头安排了一场电影，那是部爱情片，丫头就呆呆地坐在我身边，散场后，我对她说"我送你吧！"本来回宿舍的林阴路很长，但那天却好像特别短，转眼就到了，我对她说"我走了。"她点点头，我尽可能慢地往回走，终于，她在背后说话了："阿姜！"

我回过头，丫头先是站着，随后做了一连串奇怪的动作：双手点太阳穴，然后双臂交叉抱在胸前，最后又伸向我，然后就跑开了，简直是落荒而逃。

回到寝室，室友们都问我怎么样，我没说话就睡下了，他们也就不吱声了。第二天，我悄悄委托一位女生，向丫头打听，那手势是什么意思，女生回来告诉我，丫头说，是"对不起"的意思。那一阵子，我心情很不好，一个丫头，居然……

就在这时，林倩出现了，她是系里有名的靓女，也很浪漫，她每天都约我一起在校园里散步，朋友们都说，她对你多好啊，也为我们安排了

一场电影，是部爱情片，散场后，林倩对我说："我爱你。"

我一听，泪都差点儿掉下来了，紧紧地抓住了她的手。

我注意到，丫头还是一个人，仿佛一个孤独的守望者。毕业前的一天，我在林阴路上和丫头走了个对面，像普通同学那样点了点头。擦肩而过时，我看到她的嘴动了一下，但什么也没说……

毕业后，我选择了一家酒店做公关企划，成了所谓的"白领"，每天忙碌的工作，复杂的人际关系，压得我气都喘不过来。一天，我刚刚忙完一个公益广告的文字企划，坐在座椅上休息，内线电话响了，是部门经理打来的，她也是我们大学毕业的，高我四届，电话里，她把我刚交给她的文稿批得体无完肤，最后，关照道："以后要注意啊，小师弟！"

挂了电话，我朝经理办公室看了看，百叶窗没关，经理在看着自己，连忙双手点太阳穴，然后双臂交叉抱在胸前，最后又朝我伸了伸手，做了个丫头式的"对不起"手语。我看到经理笑了，她马上给我打电话，说："好你个阿姜，不愧是学文科的，居然知道中文系女生的传统手语，不过，你干吗说'我爱你'，你应该说'对不起'才对啊？"

我脑子顿时一片空白。不知道当时，我是怎么回答经理的，只记得那

"掌上灵通杯"《故事会》优秀作品月月评

1. 本期由初评委推荐以下10篇故事为候选作品，读者可挑选出自己最喜欢的一篇，将其月月评短信代码（如1008，没有短信代码的作品不参加评选）发送到200056（移动用户）或900056（联通用户）。每次限选一篇，可多次投票。

2. 作者奖：每期设"最受欢迎的故事"3篇，由得票最高的前三名作品获得。这三篇作品均将列入本刊今年举办的《中国最有影响力的故事》征文大赛候选名单。第一名的作者还将获赠上海文艺出版社出版的大型历史图书《话说中国》一套（价值1000元）。

篇名与短信代码

代码	篇名	代码	篇名
1001	聪明的擦鞋童 (P8)	1006	三步倒 (P36)
1002	恶性竞争 (P11)	1007	一针打出的蹊跷 (P38)
1003	血染的灵芝草 (P17)	1008	半夜出车 (P43)
1004	一杯苦酒 (P24)	1009	挠痒痒 (P48)
1005	玩狗 (P29)	1010	局长的老朋友 (P88)

3. 读者奖：参加评选并选对当期"最受欢迎的故事"的读者均有机会获得现金奖，每期20人，各获现金500元；所有参加评选的读者均有机会获得参与奖，每期200人，各获精美礼品一份；参加全年24期评选的读者更有机会获得年终大奖，共12人，各获价值5000元的数码摄像机一台。

4. 本期活动截止期为：5月20日。得奖读者在评选结果揭晓后将得到短信通知，用户接收每条短信收费0.50元。

"掌上灵通杯优秀作品月月评" 2005年3月下半月刊评选揭晓

2005年3月下半月刊获得选票前三名的作品分别为：《不速之客》、《第一颗药丸》、《鞭策》。

天下午，全在回忆着丫头，回忆着丫头的手语：她在说"我爱你"，在说她爱我啊！

也许，六年前的一些女孩子，都像丫头那样表现深沉，只能用手语来表达自己的爱，而丫头的同龄人，如林倩和林倩们，却急不可待地用口舌来表白，于是传统手语失传了，丫头成了中文系最后一个使用手语表达爱情的人，而我也因此失去了爱丫头的机会。

丫头现在在哪里？我幻想着她的手语再次出现……

（题图：安玉民）

（作品《手语爱情》在网络上流传甚广，许多读者都不约而同推荐了这一作品。故事委婉动人，表现了人生特殊的情感体验。本期作品提供者：姜尚翁）

三步倒

□汪伟来

瞎老六生来就是个瞎子，因排行第六，大家都叫他瞎老六。为了谋生，瞎老六卖起了老鼠药。那几年鼠害猖獗，瞎老六每天都有些进项，日子还能对付得过去。

这天，隔壁丁婆婆跟儿媳吵架，儿媳找瞎老六买包"三步倒"吞了，倒在地上，丁婆婆呼天抢地，跑进小柴屋，一把抓住瞎老六的衣领，说："好你个瞎老六，明知我和儿媳吵架，竟卖老鼠药给她。如出了人命，你要垫棺材底！"

瞎老六身子瘦小，被丁婆婆提了起来，两只胳膊像鸡翅膀扇着，小声央求道："把我放下说话，把我放下说话。您儿媳怎么回事？"

丁婆婆恨不得扇瞎老六几耳光，把他往地上一摔，咬牙切齿骂道："你这个狗日的瞎老六，断子绝孙的瞎老六，我儿媳已人事不省啦！"

"是不是真的吞了我卖的'三步倒'？"

"怎么不是？这镇上只有你一家卖老鼠药。"

瞎老六用手把衣服掸掸，嘻嘻一笑，说："别急，别急，实话告诉你，那'三步倒'是一包砖头灰。"丁婆婆听罢，这才吐了一口长气，软软倒下。果然，儿媳有惊无险，干呕一阵后就没事了……

丁婆婆儿媳没事了，可瞎老六的老鼠药，从此身价大跌，他一开口叫卖，人家就戏谑他说："不是'三步倒'，是砖头灰吧？"

瞎老六翻动白眼珠，对天发誓："真正的'三步倒'，不信你买包回去试试！"

买的人将信将疑，可到头来十有八九要退给他，瞎老六很是丧气。

瞎老六的老鼠药卖不下去了，只好呆在家里晒太阳。他一不会排八字，二不会卖唱，生活日渐窘迫。可活人总不能被尿憋死呀，半年后，迫于生计，他只得重操旧业。

那天，他进了一批"三步倒"，摆在街头叫卖，人们不相信他，一连几天无人问津。瞎老六枯坐无望，真想自己吞一包"三步倒"死给别人看看。街上人来人往好不热闹，认得他的人驻足观望，打趣说："老六呀，你又卖砖头灰啦！"

瞎老六又气又恼，板着脸说"你们是长了眼睛的，是真是假还分辨不出来？"

"不过，人家都说鞋匠戚跛子卖的是真鼠药呢。"

瞎老六脸都白了，颤声问："他，他，他戚跛子改行卖老鼠药了？"

有人怂恿瞎老六："你应该找戚跛子评理，要不，这块地盘就全是他的啦！"

"我找他去！"瞎老六生意也不做了，收拾收拾赶往鞋匠铺，打老远就喊"戚跛子你听着，你狗日的老本行不干，为啥要抢我的饭碗？"

戚跛子听是瞎老六来了，知道来者不善，拔腿想溜，这时拥来不少看热闹的人，堵住了戚跛子的退路，他索性把心一横，把衣袖往上挽了挽，一只跛脚踏在矮凳上，摆开一副决斗的架势，回应说："你卖你的老鼠药，我卖我的老鼠药，政府允许竞争，你来跟我斗狠，这对吗？"

瞎老六气势汹汹，一只手撑腰，一只手拿着寻路棍，朝戚跛子说话的方向吼："政府允许竞争不假，但家有家法，行有行规，干啥事总得讲个先后，我为先，你在后，一山不容二虎！"

戚跛子一时语塞，嘴里结结巴巴好半天，没见他吐出半个字来，有人在戚跛子旁鼓劲，告诉他："揭他瞎老六的短。"

戚跛子幡然醒悟，好像拿到了尚方宝剑，伸长脖子嘲讽瞎老六说："你还有脸跟我说这些话，全镇上下，男女老少，谁不知道你卖砖头灰，是你自己砸了饭碗，活该！"

哄笑声响成一片，瞎老六脸上红一阵白一阵，整个身子像被卷进了漩涡，脑子里一片空白。

瞎老六哭了，哭得很伤心，过了一会儿，他把寻路棍一扔，解开口袋，伸手往里面摸了摸，掏出两包"三步倒"，往嘴里一倒，然后，跌跌撞撞向前走了两步，只听"扑通"一声栽倒在地……

哲学先生评曰：瞎老六的老鼠药为何身价大跌？究其原因，是因为他的"诚信"受到人们的质疑。诚信这东西，虽然看不见，摸不着，也没有价格，却是人的命根，关系着一个人的生存命脉。小而言之，一个人如此；大而言之，一个家庭、一个单位，甚至一个国家也概莫能外。

（本篇月月评短信代码：1006）

（题图：箭　中）

一针打出的

蹊跷

□ 申之珉

这天傍晚，青湖县人民医院"男性病防治科专家门诊"来了个年轻人，只见他瞅了眼四周，操着一口外地口音，说："大夫，我有点不舒服……"

值班坐诊的，正是全院赫赫有名的主任医师吴成大夫。他给年轻人仔细地检查一遍，脸色变得严峻起来，轻轻地摇了下头说："这病你可能心里也清楚了，对医生要讲实话，我好对症下药。"

那小青年显然没经过这样的场面，三问两审的，便将自己在打工期间经不起发廊小姐的诱惑，做了几次荒唐事的实情一五一十地倒了出来。

问清病因，吴大夫的脸色渐渐缓和下来，语重心长地责备道："年轻人要自爱呀，你这样做，对得起你远在家乡的父母吗？幸亏现在还是轻度感染，"说着开了个处方说，"交500元钱，打个进口针，吃上几片进口药，再回去用药膏涂几次就好了。"

"能，能除根吗？"

"什么话呀？"吴大夫有些生气地一指门上的牌子，"这是国营医院的专家门诊，知道不？按我的要求准时服药涂药膏，如果三天不见轻，半月不除根，你尽管再来找我好了！"

那年轻人千恩万谢地走了，那知第二天一早就又被人搀扶来了，一进门就捂着屁股哼唧起来："大夫，您打的什么针呀？疼死我了……"

吴大夫掀开他的内裤，只见臀部针眼处出现了一片红肿，有些不解：

真理还未来得及穿上靴子，谎言就已经走了半个世界。——詹姆士·卡拉汉（卢祥 推荐）

"昨天明明做了皮试，没有发现过敏呀？"他见病人疼得龇牙咧嘴的，便让护士又给他注射了一支脱敏止疼针，待病人疼痛稍感缓解，才让他走了。

事情远远没有像吴大夫想象的那样简单，当天夜里，吴大夫就被值班医生叫到了急诊室，那小青年这回是被人抬来的，针眼四周竟出现了一块块指甲盖大小的红斑。吴大夫见状不禁倒抽一口冷气，忙安排他住院观察治疗。

病人的情况越来越不妙，疼痛不断加剧，可怕的是，尽管动用了医院的所有仪器，仍然查不出病因来，吴大夫这下着了毛，只好向医院的一把手黄院长做了汇报。

黄院长闻听此事，连忙随他看了下病人，回到办公室就两眼一瞪追问道"他究竟得的什么病，你是怎么给人家治的？"

"其，其实他就是皮肤出了点湿疹，我给他开了盒药，药膏。"一向伶牙俐齿的吴大夫竟结巴起来。

黄院长仍紧追不舍"不是还给人家打了几百元一支的进口针吗？这针是从哪进来的，我怎么不知道？"

吴大夫见实在瞒不住了，便吭吭哧哧地说了实话："哪，

哪有什么进口针，我看他是个外地的，又干过那事，心想不宰白不宰，就骗他说是得了性病，让护士给他打了针庆大霉素……""你怎么能这样坑病人呢？怪不得来咱医院看病的越来越少了，都是让你们这些人搞走的！"

吴大夫不乐意了："黄院长，说话可得讲良心，你把租赁费定得这么高，我到年底交不够行吗？"

一句话将黄院长戗住了。自从他接了青湖县医院这副烂摊子，那可真是"王小二过年，一年不如一年"。就在眼瞅着有点小本事的人纷纷流失，全院几十口子朝自己伸手要饭吃的时候，经人介绍，结识这位出自名医世

家，曾在林山市人民医院工作多年的吴成大夫。吴大夫主动向他提出租赁承包医院皮肤科的要求，条件是打着县医院的旗号、利用县医院设备人员，将皮肤科改为"男性病防治科"，他除负责医务人员及一切费用的开支外，每年还向医院交纳租赁费。黄院长此时就像瞌睡时有人递个枕头，在吴成预付了租金后，便爽快地签下了合同，谁知还不到半年就出了这样的事。

黄院长思忖一下，觉得当务之急是抓紧将此风波平息下来，于是便道："废话少说，赶快把你们进的庆大霉素送去化验一下，我再出面请市医院的专家来会诊，先说好，这一切费用可得你出！"

药物化验和专家会诊的结果很快就下来了，基本排除了药物引起皮肤过敏的可能，但奇怪的是，患者的红斑范围却逐渐扩大，右腿还时常伴有抽搐痉挛现象发生，专家们认为：就目前县医院的医疗设备水平，如不能及时查清病因，控制病情发展，将很有可能导致病人右腿残废，一致建议送到省级以上的大医院诊治！

黄院长粗算了一下，到省城医院这趟下来，少说也得上万，治好还可，若还查不出病因，这钱岂不打了水漂？他想找吴成商议此事，却得知他回林山原单位筹钱去了，谁知两天过去，仍不见吴成的踪影。黄院长着

了急，便给林山市人民医院去了电话，一提吴成的名字，对方不禁哈哈大笑起来："吴成算哪门子医生？他只是我们医院的一位勤杂工，去年已经买断工龄回原籍了。他爸爸倒是我们医院皮肤科的老专家，不过早已去世多年了……"

黄院长一听，不禁吓得目瞪口呆！

真应了祸不单行这句话，黄院长这头刚放下电话，办公室主任就领着几个人过来了，急忙走过来小声说："病人家属来了……"

一位青年妇女抹着眼泪，一见黄院长就哭起来："你们医院把我男人害成这样，你说咋办吧？"

事已至此，黄院长反倒横下心来，他将那青年妇女一行人让进屋，许诺说："既然在我们医院出了问题，那我们一定会负责到底的，你尽管放心好了。"

那女子没有回答，仍然在低声哭泣。旁边一起来的一位中年男子自我介绍道："我是她哥哥，院长您是不晓得，他们家有老有小，生活困难得很呀！"

黄院长知道他们要开始狮子大开口了，便反问道："那你们说该怎么办才好呢？"

"你们是公家医院，总不能坑咱老百姓吧？俺同妹妹商量了，除了医疗费，你得每天再给她100元钱的误

工陪护费，不算多吧？"

黄院长连连摆手："不行，不行，我们医院也没开银行，哪给得起这么多钱？再说，这件事你妹夫本身也有责任，他若不去那种地方，会出现这事吗……"

话没说完，那青年妇女就又大声哭喊起来："话怎么能这样说？俺们是花钱来治病的，不是让你们治坏的，从现在起俺就不走了，你们要再治不好也不掏钱的话，俺就去法院告你们！"

说心里话，黄院长最怕的也就是这一手，一旦把事情闹大了，再将吴成讹病人多收费的事抖落出来，自己能有好果子吃吗？若依了对方条件，目前连患者的病因都没查清，谁知道这个无底洞究竟啥时才能填满？左思右想，一时没了主意，只好先将家属搪塞过去……

第二天上班，黄院长又来到住院部询问患者病情，听说仍无任何好转的迹象，不由得连声叹气。值班医生见院长愁成这样，就出主意道："院长，俗话说公了不如私了，咱干脆赔点钱，一次性了结算了。"

黄院长摇了摇头："净说梦话，这种人命关天的病，他们岂肯私了？连门都没有！"

"有，"值班医生说，"今天我去查房的时候，听到病人对他老婆说，他也不愿意再在这里耗下去了，只要能

给他两万块钱，他就出院回家医治……"

"真的？"黄院长仿佛溺水人捞住根稻草，他立即指示院办公室主任，拿出个方案来。经过讨价还价，双方立下协议：医院一次性支付一万元"医疗赔偿费"，双方从此两清，永不互找后账。

黄院长虽说是花钱消灾，避免了许多"后遗症"，可打心眼里恨死了吴成，发誓要和他算总账。可话又说回来了，中国这么大，想抓到吴成这个混混也并非是件易事，时间一长，黄院长也就慢慢泄劲了。

世上有的事就是怪，当黄院长继续在青湖医院惨淡经营、苦苦挣扎的时候，吴成却自动寻上门来了。黄院长一把揪住吴成的衣领，怒不可遏，大声吼道："好小子，你还敢来！"

相比之下，吴成却显得冷静多了，他不动声色地说："您先松手，冤有头债有主，我就是为这事来的，我只想问问我那件事最后是咋解决的？"

原来，吴成自从出了这档子事，吓得如丧家之犬，东躲西藏，惶惶不可终日。这天，他来到父亲徒弟的一家个体小诊所准备混口饭吃，谁知一见面，看到父亲的徒弟正在那里唉声叹气，一问方知是因为给一位拉肚子的外地民工打了一支消炎针，不料引起针眼处大面积红肿，感染却不发烧，白血球也不见减少，可就是查不出原因来。经人说合，对方提出"私了"，父亲的学生此时正为这笔赔偿金发愁……

天下竟有如此巧的事？吴成感到十分惊奇，问清了对方民工的口音长相，便跑来找黄院长询问。

黄院长听罢，也半信半疑起来，问道："你怎么不直接到公安局报案？"吴成不好意思地讪笑："嘿嘿，我的身份不是有点那个吗，还是您出面的好，如果查出是他们在搞鬼，就让他们加倍赔咱损失！"

黄院长随吴成来到他所说的诊所，问清事情的前因后果后，便借谈判之机，暗地观察起来，发现前不久让自己付一万块"医疗赔偿费"的那个小青年，这次竟成了谈判代表……

真相终于大白：这几个所谓"民工"不过是一个诈骗团伙，他们从药贩子口中偶然得知，云南有一种神奇的中草药，熬成汁后，只要朝刚注射过的针眼处涂上一点，就会立即出现红肿及红斑，伴随腿部痉挛等症状，更为神奇的是，一般的医疗仪器根本检查不出原因来。至于解除病状的方法，说出来也许谁都不会相信：只需注射一支葡萄糖便一了百了！他们听说后，便花高价买来草药，首先来到青湖医院，通过"踩点"，发现吴成是个根本不懂医术的江湖骗子，于是便有了先前的一幕。但令他们始料不及的是，又正是吴成这个江湖骗子，无意中发现了他们的行踪……

随着这一诈骗团伙的落网，黄院长也成了公众人物，为此也背上了个行政处分。同行们一见面，都拿假专家捉拿假病号的事跟他开玩笑。这日，黄院长正为这事堵心，只听门一响，吴成探头探脑地走了进来，谄媚道："黄院长，我的租赁期限还没完呢，我打算……"

话没说完，就听得黄院长一声大吼："你给我滚一边去！"

（本篇月月评短信代码：1007）

（题图、插图：魏忠善）

半夜出车

□ 胡秀欣

晚上9点多了,小车司机王鹏接到张局长的电话,让他马上到自己家来一趟,说有要紧的事情。

一进张局长的家,王鹏就感觉到气氛不对,忙问出什么事了,局长夫人叹口气说:"唉,还不是那孽子又出去惹事了。"王鹏明白,这个"孽子",是局长的宝贝儿子张小远。这个公子哥,成天和一帮狐朋狗友鬼混,吃喝嫖赌,已经弄出不少祸事了。

张局长告诉王鹏,刚才接到小远的电话,说他在河源镇上赌输了钱,被人家扣下,让他天亮之前带两万块钱去赎人,否则,后果自负。接到电话,张局长脸都气歪了,但话又说回来了,气归气,他又不能坐视不管!王鹏一听忙说:"局长您别急,我这就去提车。"

张局长摆了摆手说"王鹏,这么晚还折腾你,我也是实在没有别的办法了。但我不想用我那辆公车。你看能不能借辆车,最好是出租车。"王鹏略一思索,就点头答应了。临走时,张局长嘱咐他换穿套旧衣服,越普通越好。

时间太晚了,王鹏忙活了好半天,好歹借了一辆夏利车,张局长一看挺满意,急匆匆上了车。

王鹏开惯了高档车,冷不丁开这夏利觉得特别不顺手,他一点也不敢大意。大约走了有一多半的路程,王鹏一看,天亮之前赶到一点问题没有,他稍微放松了一下精神,随手拽了支烟含在嘴里,还没等着点上火,猛地觉得有什么东西将车轮垫了一下,车子往上一颠,车身顿时滑向路边。王鹏赶紧往回打方向盘,就在车子调过来的瞬间只听"噗"的一声,紧接着感觉到车子往下一沉。

王鹏叫了声"糟糕",赶紧将车停

住。他们下车一看，顿时傻眼了，只见左侧的一个轮胎瘪了。这前不着村后不着店的，深更半夜的上哪找人修车去？张局长围着车子急得直转磨磨，王鹏就出主意说："我看咱们推着车子走吧，我记得前面好像有住家的，到那儿再打听有没有修车的。"张局长一看，也只好如此了。

不久，前面散散落落地出现了几间房子，好像是个小山村。他们两人一看，别提有多兴奋了。王鹏快步跑到就近的一户人家门前，什么也顾不得了，"砰砰"敲起门来。

敲了一会儿，一个男人将门错开一条缝儿，很不高兴地问："你是哪的人？这么晚了还敲门？"王鹏满脸赔笑地向他解释，那人听了解释，语气才缓和了点，告诉王鹏，他们这村子没有专门修车店，村里人家的拖拉机坏了，都找村西头的赵哑巴修，赵哑巴住村西头道边第一家，让他去那里看看。那男人又告诉他，赵哑巴门框上有一个按钮，只要一按，屋里的灯就会闪，赵哑巴就知道了。

一看有希望，他们乐坏了，急忙推着车奔了村西头。走了约一公里远，终于看到了村西头第一家。远远地看去，屋子里透出蒙眬的灯光，好像里面的人还没有睡。来到房门前，王鹏用手摸到了门框上的按钮，使劲按了几下。不一会儿，屋里传来了脚步声。但没有立即开门，好像是在趴着门缝往外瞅。王鹏赶紧掏出打火机，点燃，为的是让里面人看清他们不是坏人。果然，里面的人把门打开了，走出了一个小伙子。看年纪，不到三十岁，个子不算太高但长得挺敦实。王鹏心想，这人大概就是赵哑巴了，他冲那小伙子一抱拳，用手朝车子指了指，意思是想修车胎。

赵哑巴明白了王鹏的意思，头立时摇得像拨浪鼓一样，一边比划着不给修，一边伸手就要关门。王鹏一看，急了，往前一抢身子，还没等门关上就先挤了进去，张局长也紧接着跟进屋里。

这是两间套房，外面这一间是厨房，堆放着柴草及工具等。里面那间也亮着灯，但门窗关得挺严实，大概是睡觉的地方了。

赵哑巴见他们强行进了屋，有点不高兴了，面沉似水，王鹏他们也豁出来了，抱拳拱手，点头哈腰，好一会儿，赵哑巴才无奈地指了指火炉旁边的板凳，示意他们坐下。然后转身进了里屋，不大一会，他穿了件好像是专门干活穿的破衣服走了出来，从墙角拿起了修车的工具，快步走了出去。

赵哑巴干活真是麻利，快得像抢命似的。看着他急三火四地忙活着，王鹏不由得对张局长说道："这人的性子真急！"他们看出，尽管赵哑巴性子急，但补轮胎他并不太熟练，动作也很笨拙，一个轮胎用了有一个多小时。终于，赵哑巴将补好的轮胎又牢牢地安装在车上了。他上好轮胎后，直起腰来，用脏手抹了把额头汗，朝着他们笑了笑，一扬手，那意思是告诉他们车子修好了。

王鹏刚想道谢掏钱，突然，不远处传来一阵汽车马达声，转眼间一辆小卡车停在了赵哑巴家门旁，从车上吵吵嚷嚷跳下来一伙人。赵哑巴一看，脸色大变，惊慌地跑到门口，用身子挡住门。

下来的七八个人中，为首的是一个四十多岁的男人，紧跟其后的是一个瘦老头，五十多岁，那男人长得横眉竖目的，气势汹汹来到赵哑巴跟前，用手将赵哑巴往旁边一扒拉，就势又踹一脚，然后第一个带头冲进了屋里。片刻，这帮人从里屋连扯带拽地拖出了一个女子。这女子长得挺标致，二十多岁，她连哭加比划，拼命地挣扎着。王鹏他们顿时

愣住了，这屋子里怎么还有一个哑巴？他们互相瞅了瞅，不解地看着这伙人。

这时，就见那个瘦老头一指赵哑巴，对那男子低眉顺眼，说道："四顺您瞅见了，这小子还在修车，说明我们来得正是时候，没让他捡了便宜。"

听了老头的话，这个被称为四顺的男人眉头一皱，眼皮往上翻了翻，然后死死地盯着那女子，阴阳怪气地说："她是不是大姑娘，现在还不好说，我要当场试一试！"他说着，猛地一把揪住那女哑巴胸前的衣服，就要往屋里拖。瘦老头忙伸手拦住，哀求道："四顺，他一个没过门的闺女，当着这么多人的面动粗，让她日后怎么有脸见人呀！"四顺把眼一瞪，抬

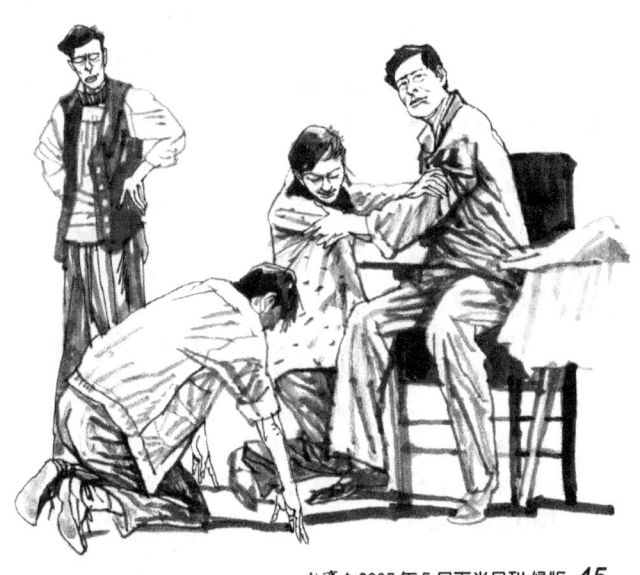

手照着那老头就推了一把，嘴里骂道："你用她顶了赌债，她就是我四顺的人了，你不给她好好看着，让她半夜会野汉子，还要什么脸面？"说着，手下用劲，将女子像小鸡一样提了起来，就往屋里拎。女子哭得满脸是泪，手脚乱蹬，无助地挣扎着。这时，只见赵哑巴突然"哇啦"地叫着，扑到四顺面前，照着四顺就打，想救那哑女。

四顺一看赵哑巴敢打他，顿时火了，凶相毕露，朝着他带来的那帮人喊道："还愣着干什么，打，给我往死里打！"那帮人一哄而上……

突然，只听张局长大吼一声"住手！"这一声，顿时镇住了所有的人，他们不约而同地将目光投向了张局长。

四顺一松手，放了女哑巴，晃动着肥胖的身子，来到王鹏和张局长面前，他眯缝着一只眼上下打量了他们一下，然后两眼一瞪，说道："四爷今天心情好，不跟你计较，哪里来哪里去吧！"说着晃着身子，走开了。

"慢，"张局长喝住了他，然后缓了口气说，"我们是路过的，刚在这修完车，看你们打架，想问一下这到底为什么？"见张局长这么问，四顺显得有点不耐烦了，还没等他再说话，那瘦老头挤上前来，急急地对他们说："两位弟兄，求你们帮着给证明一下，我闺女没跟那小子——"

从瘦老头那语无伦次的话语中，王鹏和张局长终于弄明白了事情的原委。

原来，那哑女是瘦老头的女儿，名叫李小晶，和赵哑巴青梅竹马，一直偷偷地恋爱着。可瘦老头特别好赌，前些日子因还不起赌债，就自作主张，将女儿抵押给了开地下赌场的老赌棍四顺。李小晶死活不肯，昨晚她趁瘦老头在外面赌博，逃到了赵哑巴这里，却被四顺发现了，领着一帮打手追了过来……

知道了事情真相，王鹏他们心里也酸酸的。张局长皱了皱眉，对四顺说："我也想和你赌一把！"

一听到"赌"字，这帮人马上来了兴致，纷纷插嘴说"老四，和他赌，不能让外人小瞧咱！"

四顺被这帮人一鼓动，赌瘾也上来了，说："赌什么？""就赌李小晶，你敢不敢？你出个价吧？"四顺上下打量了张局长几眼，嘴角一撇说："就你这个穷酸相，这样吧，如果你们能立马掏出两万块钱，这女哑巴就归你说了算。"

张局长看了王鹏一眼，显出挺为难的样子："能不能再少点？"

四顺把头一摇，吼道"一分不能少！"

"好吧，"张局长边从兜里往外掏钱嘴里边嘟囔着，"完了，这一年就挣了这么多钱，算是白干了……"四顺

猜　谜（结尾部分）

（5月号上半月刊中说到，王知叶从外面回来，给儿子写了一个答案……）

第二天，儿子放学进门就高兴地说："爸，你真伟大，全班就我一个得了满分！"老婆好奇地问："哟，你爸答对啦？他答的是什么呀？"要过那张纸一看，上面写着四个字：参加婚礼。

老婆不解地问："你怎么想起这个事来？"王知叶说："别提了，昨晚上我还欠人家二百块呢，昨天是刘师傅家儿子结婚，过几天还有一个主任嫁姑娘的，害得我昨晚连车钱都没舍得花，一路走回来的。你想呀，参加婚礼前，想到又要送礼金，谁心里都窝着一肚子火，可进了饭店，还得一脸的笑……"

儿子在一旁接嘴道"我们班主任也说了，他这个月一连参加了三个婚礼，后半个月只能勒紧裤腰带喝凉水了！"

　　所以，答案是B：很高兴。

劈手把钱夺过来，两眼顿时放光，他把李小晶往张局长面前一推，说："好了，归你了！"说完，打了个"上车"的手势，一溜烟跑了……

张局长拉着李小晶，将她的手递到赵哑巴手中，比划着说他们今后可以在一起了。王鹏一旁低声问道："局长，没有钱，张小远那儿怎么办？"

还没等张局长说话，瘦老头从一边凑了上来问："张小远？你们是不是去河源镇给张小远送钱的？"张局长疑惑地问："你怎么知道？"瘦老头面露感激地说："你们救了我闺女，我也就不瞒你了，这个张小远和四顺他们都是一伙的！"

瘦老头告诉张局长，张小远经常到河源镇上赌钱，赌窝就设在四顺家里，他们从张小远嘴里知道他有个当局长的爸爸，也知道他爸爸对他花钱管得很严，所以一帮人就想方设法帮他骗钱。他现在还在四顺家赌呢！

听了瘦老头的话，张局长气得脸色铁青，指着瘦老头气愤地说"你们这些赌徒，真是太可恶了！"

瘦老头被说得低下了头，满脸的悔意。张局长越说越气愤，最后，对王鹏说："马上报警，将赌窝端掉！"王鹏却犹豫地说："小远在那儿，也会被抓的。"

张局长眉头紧锁，一字一句地说："我宁可让他呆一辈子牢，也不想让他丧失人性！"

（本篇月月评短信代码：1008）

（题图、插图：杨宏富）

□ 魏柏林

挠痒痒

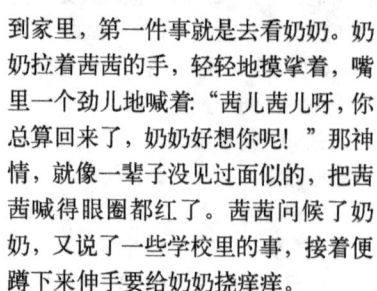

茜茜是个懂事的孩子，知道奶奶年纪大了，皮肤干燥，喜欢别人给她挠痒痒，所以，每当奶奶背上闹痒痒了，她就赶紧过来，把软乎乎的小手伸进奶奶的后背，轻轻地挠呀挠的，把奶奶挠得可舒服了！

可是好景不常，茜茜今年上高中，按要求住进了学校，周末才能回家。临走的那一天，茜茜专门给奶奶挠了好一阵痒痒，挠完，奶奶仍旧拉着茜茜的手，半天舍不得放，想说什么，又不好开口。茜茜突然明白了奶奶的意思：是呀，自己这一走，谁来给奶奶挠痒痒呢？她想到了妈妈，虽然妈妈也很忙，但给奶奶挠痒痒的时间应该是有的。于是，便把自己的请求告诉了妈妈，妈妈犹豫了一下，最后还是答应了。

一个星期很快就过去了，茜茜回到家里，第一件事就是去看奶奶。奶奶拉着茜茜的手，轻轻地摸挲着，嘴里一个劲儿地喊着："茜儿茜儿呀，你总算回来了，奶奶好想你呢！"那神情，就像一辈子没见过面似的，把茜茜喊得眼圈都红了。茜茜问候了奶奶，又说了一些学校里的事，接着便蹲下来伸手要给奶奶挠痒痒。

奶奶却拦住茜茜的手说："茜儿，别挠，奶奶背上不痒。"茜茜说："您不是喜欢我挠痒痒吗，就是不痒挠挠也舒服啊！"说着，便把手伸进奶奶的背后。刚刚触到奶奶背上的皮肤，就觉得不对劲，怎么背上疙疙瘩瘩的呢？她忍不住掀起奶奶的后襟，一看，呀，奶奶背上布满了伤痕，一条一条，像星条旗似的，有的伤痕结了痂，有的甚至轻微感染了。

茜茜心里好不舒服，她二话没说，转身冲进厨房，一把拽住正在下厨的妈妈，拖到奶奶身边，让她看看奶奶的后背，妈妈满脸惊讶地说："这，这是咋弄的？"

"咋弄的？还不都是您做的好事儿吗？"茜茜眼睛红红的，直瞪着妈妈，"天天教导我们要尊老爱幼，做个孝顺孩子，可您，您就是这样孝顺奶奶的吗？"茜茜说着说着，竟呜呜地哭了起来。

妈妈见茜茜这个样子，也不知说什么好，默默地找来一些消炎的药膏和棉签，准备给奶奶擦拭伤口。茜茜一把夺过妈妈手里的药物，嘴里仍旧不依不饶地说："早知道这样，当初真不该把奶奶交给你！"

奶奶见茜茜一个劲儿地埋怨妈妈，心里过意不去，就拦住茜茜说"茜儿，千万别怪你妈妈，这全都是我自己弄的。"

原来，妈妈接到挠痒痒的任务后，下班后就顺便从街边的一个摊头上，买回了一把塑料挠子，奶奶见有了挠子，认为自己也可以做，就没用妈妈来帮忙，妈妈呢也没再坚持。可没想到，奶奶对塑料挠子过敏，挠过之后，竟出现一串串的红疙瘩，这些疙瘩越挠越痒，越痒越挠，挠着挠着，就把皮肤给挠伤了。奶奶认为这件事没啥，

免得添麻烦，便一直忍着，没想到还是让茜茜发现了。

茜茜知道这些以后，心里的气不但没消，反而对妈妈的意见更大了！她不理解的是：挠痒痒也不是什么技术活，只要有一点点爱心，谁都会挠，凭什么要去买挠子？她又想，干脆把这事儿告诉爸爸，既然妈妈不愿亲自动手，爸爸应该责无旁贷吧！这个念头刚一冒头，她又连忙否定了，为什么呢？因为她老爸管着一家企业，一天到晚忙得不得了，别说给奶奶挠痒痒，就是每天打个照面都难。

这事怎么着才好呢？茜茜一时还真没了主意。

这个周末，茜茜一直陪着奶奶，为了逗奶奶开心，她还编故事给奶奶听，把奶奶逗得咯咯直笑。茜茜真想天天这样，一边给她挠痒痒，一边给她讲故事。就在这时，她突然想到自己每天下午不是还有空闲时间吗？对了，下午放学后就赶回家来给奶奶挠痒痒。

可是，这个计划刚刚实行了一次，就被妈妈制止了。妈妈几乎用乞求的口气向茜茜保证："茜茜呀，你就一心一意读你的书吧，不要天天跑来跑去的，耽误了学习可是大事啊！奶奶挠痒痒的事就包在妈身上！你放心，妈决不会让奶奶再吃亏了！"话说到这份上，茜茜也不好再坚持了，她半嗔半怪地对妈妈说："您要是

再不好好对待奶奶，可别怪我罢课闹革命啊！"

转眼又是周末，茜茜当然忘不了给奶奶挠痒痒的事，她就像老师检查学生作业一样，一回到家里，便掀起奶奶的后背看了个遍，见奶奶背上的伤全都好了，这才放心。她挨着奶奶坐了下来，一边嘘寒问暖，一边给奶奶挠开了痒痒。奶奶一高兴，忍不住夸开了孙女儿："茜儿呀，人常说真的假不了，假的真不了。这不，你挠痒痒就是和别人挠的不一样，不轻不重，仔仔细细，好像手指头上长了眼睛，哪里痒痒就往哪里挠，真让人舒服得要死！"

说者无心，听者有意，茜茜听奶奶话里有话，便说："您这么说可把妈妈见外了，她可是您的亲媳妇，咋是假的呢？"

奶奶说："你误会了，我说的不是你妈，是别人。"

茜茜更觉奇怪了："别人？哪还有谁给您挠痒痒呢？"

"是你妈请的一个钟点工，每天来给我挠一次痒痒。虽然是用手挠的，可不着儿，有时候还弄得浑身不自在。"说到这里，奶奶又宽厚地笑了笑，"咋说呢，人家也不容易，农村来的女孩子，比你大不了几岁，听说她兼做好几家的钟点工呢！"

茜茜问："那个女孩子呢？"

奶奶说："你妈说你今天回家，就

辞了她的工，叫她不用来了。"说到这里，奶奶突然想起什么似的，拍了一下脑门，"你瞧我这记性，你咋要我不跟你说这些，没想到一不留神，全给你说了，你可千万不要跟你妈提这些，免得她呀，说我不守信用！"

茜茜听罢，眉头不由皱起了大疙瘩，她真没想到妈妈会是这个样子，当自己的面说得好好的，背后却又变卦。为什么要这样做呢？她真想弄个明白。返校之前，她还是忍不住跟妈妈摊牌说："妈妈，您到底是咋的啦？为什么还要请人给奶奶挠痒痒呢？您真的就那么忙吗？"

妈妈见茜茜知道了底细，倒像个做错了事的孩子，脸不由红了，嗫嗫嚅嚅地说："噢，是这样，妈妈以前没有给人挠过痒痒，怕挠不好，反而弄得奶奶不自在。这几天就请别人顶替了一下，从下周开始，妈妈就会亲手给奶奶挠痒痒了。"

"下周？下周您就学会挠痒痒了？"茜茜揶揄地撇了撇嘴，"我真弄不明白，挠痒痒又不是什么高科技，还用得着去学吗？妈妈呀，您别绕圈子了，干脆就说给我句实话吧，挠还是不挠？"

"挠挠挠，从下周一开始，每天至少给奶奶挠一次！"妈妈鸡啄米似的直点头，生怕茜茜信不过自己，"你看，这几天我把指甲盖儿也剪得利利索索的，还专门在你爸身上练过好几回呢！"

茜茜见妈妈神乎其神的样子，暗自好笑，心想，本来举手之劳的事儿，到了妈妈这里，怎么就像登台演出似的，还练上了呢！当然这话不能说出来，她向妈妈扮了个鬼脸，就到学校去了。

回校的第二天下午，茜茜发现有份重要的学习资料落在家里，只好再回一趟家，她用自备的钥匙打开房门，发现家里静悄悄的。以往这个时候正是妈妈准备晚餐的时候，怎么现在没有一点动静呢？正自疑惑，突然听见奶奶房里传来了细细的鼾声，循声而去，发现奶奶侧卧在床上，正睡得香呢。不可思议的是，妈妈却背靠座椅，斜躺在地上。只见她脸色发青，双目紧闭，好像昏过去了的样子。她连忙跑过去，拉起妈妈的手，一试，呀，冰凉！茜茜吓得大叫起来"妈妈，妈妈，你怎么啦？"

茜茜的喊叫声把奶奶惊醒了，奶奶一看，也吓呆了，愣了一阵，才想起叫救护车。过了一会儿救护车来了，随后，爸爸也闻讯赶到。经过医生就地急救，妈妈终于醒过来了。在大家的再三询问下，妈妈终于说出了昏倒的原因。

妈妈小时候曾闯过一回大祸。那是邻居家的一位大爷请她挠痒痒，妈妈把大爷背上一块血痂给挠破了，没过多久，大爷突然病倒。经省医院专家确诊：大爷的病就是由这次挠痒痒引发的。大爷本来就有创伤性皮肤癌，这种癌细胞很早就潜伏在大爷体内，暴发期间，只要遇到一点点外伤就会急剧恶化，不久便去世了。虽然这并不是妈妈的过错，但它就像噩梦一样留在妈妈的心中，从此以后，她就有个心理障碍，再也不敢给人挠痒痒了。

半个月前，茜茜请她给奶奶挠痒痒，她才着急起来。当时，她就想把实情告诉女儿，可话到嘴边，却又咽了回去。可不是吗？自己迟不说早不

智力测验

最近，电视台搞了一次别开生面的智力测验，准备拍完之后向全国播放。他们带着摄像机和录音机，先到某个局，测验机关干部。

节目主持人先在黑板上用粉笔画了一个圆圈，问道："请大家回答，这是什么？"

这时高压水银灯已经开亮，摄像机也对着机关干部们的脸轻轻摇了起来，记者们举着好几个话筒，单等着谁一说话，就送到他的嘴边。

机关干部们看着黑板上的圆圈，

说，为什么偏偏在节骨眼儿上说自己害怕挠痒痒呢？这就是她买挠子、请钟点工的原因。

今天她是第一次给奶奶挠痒痒，她咬紧牙关，强忍着心慌，尽可能保持正常状态，好让奶奶安心享受，没想到，当奶奶挠得睡着了的时候，她也倒下了。幸亏茜茜及时回家，要不然，后果不堪设想！

茜茜得知这些，不由泪流满面，

她紧紧地搂住妈妈说："妈妈，真对不起，女儿错怪您了！"奶奶也连连抱怨自己，不该贪图这份享受，差点害了媳妇的性命。

只有爸爸一言不发，他默默地走到奶奶的身边，把手伸进了奶奶的后背，轻轻地挠了起来。大家见他一副乖孩子模样，忍不住笑了起来……

（本篇月月评短信代码：1009）

（题图、插图：安玉民）

不禁纳了闷：这究竟是什么意思呢？心中没底，不敢回答。摄像机可是不停地来回摇，谁也不能回答吗？那可太不像话了！科员开始以请示的眼光看着科长，科长以求教的眼光看着处长，处长以他那擅长领会意图的聪明的眼光盯着局长，局长用习惯的眼光向秘书求援，然而，美丽的女秘书今天可是彻底懵了。

过了一会，秘书走过来跟局长咬耳朵。她忘记了正在录像，局长听了，点点头，气呼呼地说："对不起！提前不打招呼，不经过研究，我怎么能随便解答你们的问题呢？"

随后，电视台的同志们来到智力测验的第二站——大学中文系的教室里。灯光亮了，摄像和录音开始了，节目主持人在黑板上画了个粉笔圆圈，说："请大家回答这是什么？"

冷场半分钟。骄傲的大学生们突然哄堂大笑，纷纷叫嚷起来：

"这算个啥问题呀？还要考我们大学生！"

"太瞧不起人啦！简直是开玩笑！"

"只有傻瓜才回答你们的问题！"

"别嚷啦，他们还在录音呐！"

初中学生是第三组。一个常考第一名的尖子学生，规规矩矩地带头举手，然后站起来指着黑板上的粉笔圆圈答道："这是一个零。"

节目主持人问："他答得对吗？"

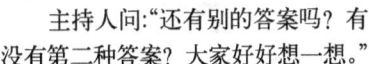

同学们齐声回答："对！"

主持人问："还有别的答案吗？有没有第二种答案？大家好好想一想。"

一个调皮的学生，没敢站起来，在座位上叫一声："欧——英文字母欧！"

班主任瞪了他一眼，节目主持人赶紧说："他说得对呀，回答得很好！"

第四组是小学一年级的孩子们。他们看了黑板上的粉笔圆圈之后，教室非常活跃，纷纷举起小手，抢着回答问题："是个月亮！"

"怎么是月亮呢？"节目主持人高兴地问。

"黑板是天，天黑了，月亮又白又圆！"

"是乒乓球！"

"是鸡蛋！"

"李谷一的嘴巴——她在唱歌呢！"

"不，这是老师的眼睛，发脾气啦！"

智力测验圆满结束。电视台正式播放这个节目的时候，给它加了个标题："人的想象力是怎么丧失的？"

（题图：安玉民）

（"情节聚焦"栏目欢迎广大读者推荐情节性强、立意清新的作品。本期作品提供者：张　军）

本故事根据美国著名作家布赖恩·罗宾逊的同名小说改编

天堂石

□ 詹冬华 编译

这天用完晚餐，杰姆习惯性地拿起一张报纸，突然，他的眼睛被一条新闻紧紧抓住了：

蒙面盗再次作案 警察局高额悬赏

昨晚午夜时分，刚参加完舞会的阿丽娜·克里斯蒂夫人，在回家途中遭遇蒙面盗持枪抢劫，身上的钱物被洗劫一空，所幸本人并未受到伤害。这是蒙面大盗五个月来在天堂谷犯下的第六宗抢劫案，且作案手法相同，对象都是晚归的单身女性。由于蒙面盗生性狡猾，至今尚未擒获归案，故警察局在此声明，凡提供线索者，最高悬赏10000美元，并警告单身女性，切莫单独外出……

旁边是一张蒙面盗的模拟画像：黑礼帽，黑风衣，黑布罩，手持一把左轮手枪，唯一能让人看清的是一双在帽檐阴影下闪亮的眼睛，犀利、冷酷，令人不寒而栗。

杰姆轻轻地放下报纸，双手抱头躺在沙发上，皱起了眉头，两眼紧紧地盯着天花板，若有所思。就在这时，电话铃"叮铃铃"响了起来，打断了他的思路，他第一个反应就是：是梅兹特太太玛莲安打来的，果然，电话那头传来一声美妙的呼唤："杰姆，亲爱的，今天老头子公司有笔大买卖，很晚才回家，你马上就赶过来，我好想你哟——"声音动听而又急切，充满了诱惑。

杰姆柔声说道："好的，亲爱的，

我这就过来。"他干笑一声,挂断了电话。

这个玛莲安,是杰姆在天堂谷勾搭上的一个贵妇人,杰姆之所以费尽心机将她追到手,可不是贪图男欢女爱,他的真正目标却是钱——梅兹特先生,一个成功汽车商的财富!

梅兹特先生是个商场上得意而情场上失意的人,他以前开了一家汽车销售公司,可谓财源滚滚,然而就在他的事业如日中天之时,妻子却卷走了他所有的财产,跟一个浪漫的意大利人跑了。任何人受此打击,都可能要崩溃,然而梅兹特先生却挺住了,他利用自己的名望和信誉向银行贷款,试图东山再起,结果他又成功了,不仅还清了所有的债务,还在天堂谷购置了一套高级别墅,娶了个年轻貌美的金发女郎——现在的梅兹特太太玛莲安。

可命运似乎总在和梅兹特先生开玩笑,杰姆现在又给他戴了一顶绿帽子,而且,这个杰姆还有一个更大的企图,那就是吞噬他的一切:豪宅、家财、公司。人们常说,谋财害命,而害命之后才能谋财,为此,他一边寻找下手的机会,一边不断地在玛莲安面前进行心理暗示,让梅兹特意外死去,他俩好做个长久夫妻。玛莲安终于心有所动……

"现在,"杰姆重新拿起报纸,紧紧盯着那个蒙面大盗,嘴里喃喃说道:"机会来了!"他马上给玛莲安打了个电话,说他有急事,不能过来。

玛莲安接到杰姆电话后,焦躁地在房间里踱着步,她爱杰姆爱得快要发疯了,望着窗外皎洁的月光,她忽然像下定了什么决心似的,毅然离开了别墅……

却说杰姆来到"天堂石"时,已过了午夜,玛莲安曾告诉他,梅兹特每月总有几天要处理公司的事情,直到凌晨一两点才回家,他提前赶到这里,就是为了让自己准备得更加充分,而"天堂石"就是他要制造意外的地方。

所谓"天堂石",说起来并不玄奥,它是开山修路时,工人们用多余的山石依山垒成的一堵一人多高的石墙,上面画了一个箭头,指着几个大字"通向天堂",梅兹特先生的豪宅就在风景宜人的山腰上,那里就是有名的"天堂庄园",是天堂谷富人们的理想家园。一条沿山而上的类似数字"3"的盘山公路上,可以让你直达山顶,"天堂石"就坐落在"3"中间尖角的转弯处,在明亮的路灯下,这里能清晰地看到进山的汽车。

在"天堂石"背后的阴影里,杰姆打开包,戴上黑礼帽,套上黑面罩,穿上黑风衣,手里紧握一根粗木棍,他的目光犀利、冷酷,像一个幽灵般注视着进山的路口,脑海里一遍遍地预演着他的谋杀计划：

梅兹特的汽车从路口开到这里需要三分钟，他要在三分钟内，把事先放在路边的一块石头撬到公路上。汽车如果开得太快，来不及刹车就会撞上石块，然后冲出公路坠入山谷；如果汽车能及时刹车，那么必定要下车挪开石头，这时，他就从背后来个突然袭击……

夜已经很深了，一辆白色跑车急驰而至，梅兹特终于来了！杰姆心中一阵狂跳，他以最快的速度将一块石头撬到路中央，然后，把木棍一扔，从口袋里掏出一把左轮手枪，躲在石墙后面。这时，汽车的声音越来越近，越来越近，杰姆终于听到了汽车撞上石头的声音……

"叮铃铃"，一阵急促的电话铃声响了，玛莲安吓了一跳，她惊恐地望着电话，好一会儿才使自己平静下来，她努力控制住颤抖的手，提起了话筒："您好，我是梅兹特太太，请问您找谁？""您好！我是亨利警长，刚才您丈夫出了车祸——""天哪，他怎么啦？""他现在就住在医院里，有话等您过来再说，我已经派人来接您了……"旁边传来嘈杂的脚步声，有个女人似乎在说："好像死了！"

玛莲安哭丧着脸来到医院，那个胖胖的亨利警长迎上前来，握住她的手说："您来了，梅兹特太太，您丈夫没事，只是肋骨受了点伤。"说到这里，亨利又兴冲冲地说，"而且，您丈夫还帮我们破了一个大案子，你猜怎么着？撞死了蒙面大盗，真是太意外了！来，您跟我去看看。"

玛莲安脑子里乱哄哄的，还没有听懂警长的话。刚才路过"天堂石"时，她看到很多警察在那里，丈夫的新跑车给砸得七荤八素的，她凭直觉意识到，丈夫死定了，可亨利警长为什么说他没死，这到底是怎么回事？她有点不知所措地跟在后面。这时，从急救室推出一张病床，上面的人已盖上了白布，白布上血迹斑斑，玛莲安心里一阵恐惧。

瘦小精干的梅兹特先生一见到玛莲安，立刻从床上坐起来，拉住她的手，亲吻着她的脸颊，激动地说："天哪，亲爱的，上帝保佑，我又能见到你了，你知道吗？我刚才差点死了，我在山路转弯时，突然发现刹车失灵了，又看见前面路上有块大石头，天哪，眼看着就要撞上去，我猛打方向盘，"梅兹特先生显得很亢奋，他在病床上做着开车的动作，把床弄得咯吱咯吱作响，"你知道，我不能向右，那是悬崖，我只能向左打，结果把天堂石撞倒了，真是幸运，车竟然停住了，我只受了点轻伤……"

他还想喋喋不休说下去，一个年轻警官提了个密码箱走了进来，梅兹特先生一见，立刻像个泄了气的皮球。年轻警官递上密码箱，道："梅兹

强烈渴望金钱结果使人得不到金钱。 ——孟德斯鸠（苏椿 推荐）

特先生，这是在您车上找到的，希望没少掉什么。"

梅兹特接过箱子，愣了足足两三秒钟，突然，他一把握住年轻警官的手，连连说："呵，谢谢，真是太感谢了，这里全是重要客户的资料，如果没了，我也就完了，谢谢！"

那边警长还在向玛莲安继续描述案情"我们在救出您丈夫时，发现天堂石下压着一个人，黑衣黑帽，脸上还蒙着黑罩，手里竟然捏着一把手枪，嘿嘿，原来他就是蒙面盗！你说奇不奇？我们把他送到医院时，医生说他早就被压死，这真是个离奇的案子。后来我终于弄明白了，我的推理是，"亨利警长得意地挥了挥手，演示了一番，"这个蒙面盗还想作案，但没想到梅兹特先生的刹车偏偏会突然失灵，又偏偏会撞到天堂石。您丈夫无意中为天堂谷除了一害，我回去要给梅兹特先生颁发奖金！"

梅兹特先生在一旁连忙摇手道："不必了，若不是你们来得及时，我恐怕早就困死在车里了，

玛莲安，我真幸运！"

玛莲安嘴角微微一翘，勉强说道："你没事就好，还是早点休息吧。"梅兹特先生拉住她的手，吻了一下说："你对我真好，亲爱的，你脸色不太好，你也回去吧，我没事了，亨利警长，您能送我太太回去吗？"亨利腆着个大肚子，优雅地点了一下头，说："不胜荣幸！"

玛莲安和亨利警长正要上车时，那个年轻警官赶了上来，道"报告警长，死者身份已查明，他叫杰姆，有前科，来天堂谷有一年了。"亨利警长正待说话，身旁的玛莲安已脸色苍白地倒了下去，口中喃喃说道："上帝啊，快送我回家吧！"说这话时，她的肠子都快悔青了：与杰姆通完电话后，她就找到丈夫的汽车，设法弄坏

了他的刹车系统，没想到阴错阳差，丈夫没死，却葬送了杰姆的性命！

可警察们哪里知道这些蹊跷，还以为她受刺激太大，连忙把她扶上了车子……

医院里又恢复了平静，仿佛一切都没发生过。梅兹特先生躺在病床上，安详地闭上眼睛。值班医生过来查完房，就悄悄地离开了，合上了门，等脚步声渐走渐远，梅兹特突然睁开眼睛，缓缓地坐了起来，取出密码箱，轻轻打开，脸上露出一丝诡异的笑容："如果那个倒霉蛋是蒙面盗，那么我是谁呢？"

皎洁的月光下，密码箱里赫然放着一件黑风衣，一顶黑面罩，旁边还有一枝左轮手枪！

原来，自从前妻把他的财产席卷而走，梅兹特就对女人恨之入骨，每个月总有那么一两天，借口在公司办公，将汽车停在公司门口，再把办公室的灯打开，造成深夜还在办公的假象，然后悄悄地从后门溜出去，伺机抢劫单身女子。其实他并不在乎能抢到多少钱，只不过这样做，至少让他那颗受伤的心，得到一点安慰。

现在，假面盗的出现，打乱了他的全盘计划，梅兹特想："我是该就此罢手，还是继续干下去，报复那些无情的女人？"

（题图、插图：箭　中）

·本刊信息传真·

搜索中国最有影响力的网络故事
——《故事会》、搜狐网和你一起讲故事！

网络正在改变我们的生活方式和阅读习惯。亲爱的读者，如果你是一个资深网民，一定在网络上读到过令你印象深刻、过目不忘的故事。这些故事，突破了口耳相传的局限，借助网络的手段，以光速传播。它们诞生于网络，成名于网络，人们往往在被它们深深打动的同时，却无从知晓它们的作者和出处。如果说，网络是一个海洋，这些故事就是蕴藏在大海中的珍珠，它们是一个时代的记录，也是无数网友智慧的结晶。

中国最老牌的故事刊物《故事会》和影响力最大的门户网站之一——搜狐网读书频道强强携手，与你共同搜索中国最有影响力的网络故事，让它们浮出海面，与更多读者亲密接触，寻找这些作品的真正作者。

请把你认为值得一读的网络故事推荐给我们，我们将在《故事会》"点击网络故事"栏目中择优刊登，另外将编辑出版《中国最有影响力的网络故事》一书。入围作品的推荐者将获得推荐费和赠书，所有参与者均有机会获赠搜狐网提供的 vip 信箱、吉祥物和《故事会》提供的 300 份精美礼品。

来稿篇幅、数量不限，要求确实在网络上传播，具有网络故事特点，情节性强，内容健康，来稿请发送到 wlgs@vip.sohu.net，并请注明推荐者真实姓名、联系地址、邮编，原文如有出处和作者的，请一并注明。本次征稿截止期为 2005 年 5 月 31 日。

莎士比亚的伟大多半要归功于他那个伟大而雄强的时代。——歌德

病人与杀手

□ 默 默 编译

这天晚上，比恩来到一所别墅门前，看到屋里有灯光，还隐约听见电视机开着的声音，就上前敲了敲门，然而没有人开门。他稍等了一会，再耐着心敲门。

"有人在家吗？我是比恩，麦克先生派我来借一些工具。"这次话音刚落，就听见有人轻轻走来，过了一会，里面的门打开，一位黑发、身材娇小的妇人向外窥视，问道："请问你找谁？"

"很抱歉，默迪太太，这么晚还来打扰您。"他看见默迪太太在皱眉头，露出不高兴的表情，忙说："我是今天才上工的，我要借一套带全部螺旋钳的工具，默迪先生知道在哪。"

"你找我先生——他现在不在家。"

比恩搓搓下巴："我最好等他回来，他是不是很快就回家？"

"不知道，我劝你最好明天早上再来，那时候他会在家的。"说完，默迪太太打算闭门谢客。

"那么，默迪太太，能给我喝口水吗？"

"当然可以，我去给你拿。"

默迪太太一转身，比恩立刻随后进了屋，悄悄地来到客厅。默迪太太拿了杯水走过来，见到他吓了一跳，差点儿把水都洒了，责怪道："你怎么能私闯民宅？"

"请不要生气，太太，我不会伤害

您。"

"好吧，喝水吧，喝完之后，请马上离开。"

比恩接过杯子，像很久没喝过水一样，一口喝干。就在这时，电视上正在播出一则重要新闻：

"……警方正在全力寻找今天下午从州立精神病医院逃出来的病人，那个病人是在杀死医院的一位职员之后逃走的。我们再次重复先前的警告，虽然这个病人外表显得柔弱无害，但病一发作，就会造成伤害，对此稍后我们将作更详尽的报道。另外，据一位目击者说，一位金发女子在一家偏僻的加油站进行抢劫，这件重要消息之后——"

默迪太太过去"啪"地关掉，然后过来拿茶杯，可比恩没有还给她，而是说："刚才电视上说，有一个病人从'精神病院'逃出来，那地方离这里不远，唉，这种人有时候很可怕，一旦发现您一个人单独在家的时候，你想想，他会做什么事？"

"我相信我可以照顾自己，谢谢你，现在你可以走了，我要关门了。"

比恩摇着大脑袋："默迪太太，您根本不了解，当那种人决心做什么事，门窗都挡不住他。发作起来，力大无比，见什么，杀什么，但从外表上，您什么也看不出。"说到这里，比恩咧开嘴笑了。

默迪太太盯着他，脸上惨无人色，过了很久，才说："你对——对精神病院里的人，似乎知道得很多。"

"我在那儿呆了两年。"

默迪太太大吃一惊，退后两步："哦，不！"

比恩听出她声音中的惊恐，赶紧说："我不是病人，太太，我是那里的园丁，大约三年前，我辞去了那里的工作。"

默迪太太这才松了口气，说："你差点儿把我吓死了。"

比恩又咧开嘴笑了："我长相不好，见人要矮三分。不过，我告诉您，人不可貌相，在那儿，我看到有许多女士，外表和您一样，长得很甜，一点儿也没有要伤害人的样子。"

"是的，"她说，"我可以理解，不过，我向你保证，比恩先生，我不会让任何陌生人进入房间的，你放心好了。"说完，再次伸手要水杯，比恩把水杯还给了她，说："太太，感谢您有耐心听我说话，许多人，尤其是太太小姐们，看到我长得丑，就不愿搭理我，每当我想和她们谈话时，她们不是掉头就走，就是尖声喊'救命'。不让我有一点机会。我只不过想和她们聊一聊，您知道，单是站在这儿，和您聊聊天，就是一件多么美好的事！"默迪太太笑笑，说："哦，那就欢迎你再来。"

就在这时，门外突然响起一阵急促的敲门声，默迪太太呆住了，两眼

罪恶等待着伺机干坏事的人，就好像狮子等待着猎物一样。 ——《遗经》（志念 推荐）

露出惊慌之色，大张着嘴，发出一声尖叫。比恩冲向前，用手掌捂住了她的嘴。

默迪太太试图挣脱，但哪里有比恩力气大，一下子就被推到冰箱旁，不能动弹。外面再次响起敲门声。比恩轻轻地对默迪太太说："默迪太太，我不能让您尖叫，您这一叫，人家还以为我在伤害您，那么一来，我的饭碗肯定给砸了。敲门的人可能是您的邻居，您平静下来，我就让您去开门。"

他感觉到手掌下的嘴巴要说话，而且在用力扭动，想挣脱开自己。

"别那样，默迪太太，全身放松，您现在这样，我不能让您去开门。要是熟人来了，我们就像是在聊天；假如是一位陌生人，您也不必担心，一切由我来对付。"

说完，他把手缓缓移开，然后抓住她的手臂，再温柔地将她推向前，两人一起走近前门。

透过纱门，他看见来者是一位身材苗条、披着一头金发的女郎。默迪太太惊恐地问道："你是谁？""打

扰你了，太太，我的汽车坏了，需要人帮忙。""那，进来吧！"

比恩一声不响地站着，眼睛紧盯着那金发女子。这女子很年轻，穿着时尚，只是外面披着的风衣，污渍斑斑，而且皱巴巴的，前面没有系扣，显得大而不合身。

女子笑道："我的车在一公里处抛了锚，不晓得怎么换轮胎。"

"这是我的先生，"默迪太太介绍说，"也许他可以帮你的忙。"比恩愣了一下，很快就明白默迪太太的用意：默迪太太要自己出头露面与这个陌生人打交道。

女子对比恩微微一笑，说"那太好了，你真漂亮。"

"当然，他非常漂亮。"

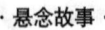

比恩的脸"腾"地红起来，年轻女子说这话，实在有点口是心非。在女人的眼里，他比恩从来没漂亮过。想到此，他气呼呼地说："你们女人怎么都一样，有事的时候，就花好稻好？小姐，恕我不能从命，你还是找别人换那个轮胎吧！"

"好的，老兄，你听着！"女子说着，"刷"地从风衣里掏出一把手枪，指着比恩的胸部，"假如你有那种感觉的话，我也没办法，现在，我要用用你的车，你太太也一起走。"

"哦！别那样！"默迪太太轻声说。

比恩突然想起刚才的电视新闻，他忽然明白，不好，眼前金发女郎，就是电视中所说的那位女劫匪！

"快！"金发女子说，"赶快走，该死的东西。"

比恩心中怒不可遏，他板着脸，向前门走去，突然，他眼疾手快，"啪"地打在金发女子持枪的手腕上，手枪应声落地，滑过地板，飞到了墙角。

比恩向她冲过去，一拳打在她的下巴上，金发女子倒了下来，就在这时，背后"砰"地响起枪声，墙上的泥灰溅到他的脑袋上。比恩大吼一声，快速冲进房间。默迪太太正想再打一枪，比恩猛地向她撞了过去，只听一声尖叫，默迪太太软绵绵地倒在地板上……

过了好久，比恩才平静下来，拿起电话先报了警，然后把默迪太太抱起来，打算把她放到床上去，让她静静地躺一会。

卧室黑漆漆的，比恩摸索着开了灯，灯亮了，却不禁倒吸了口气，他看到床上躺着一个女人，红头发，胸口插了一把刀，人已香消玉殒。

就在这时，比恩看见梳妆台上有一张彩色的结婚照，他的眼睛落在穿白婚纱的新娘上，她有一头火红的头发，不错，就是躺在床上的那个女子。

比恩打量抱在怀中的女人，终于明白过来：天哪，竟有这种事，她才是从精神病院里逃出来的病人！

（题图、插图：箭　中）

□吴宏庆

真正的朋友

徽州城的永康医馆，有个郎中叫李照，平生医人无数，技术高超，晚年收了两个徒弟，一个叫马析然，另一个叫许天方。

这两个徒弟虽然年纪相仿，但悟性不一，马析然聪明机灵，又能举一反三，如今已经能单独出诊了，只是许天方不是学医的料，至今连汤头歌也都背得磕磕巴巴的。

这天夜深人静，大家都进入了梦乡，突然，有人使劲地叩击医馆的门环，许天方爬起来开门一看，原来是城东郭家的管家，只见他一脸焦急："李郎中在吗？快快，我家主人有请！"管家说他家小姐白天还是好好的，没想到晚饭还没吃完，就突然大

叫一声，昏厥了过去，怎么也唤不醒。

许天方为难地道："师傅正在休息，这……"马析然听见动静走出来，便说："师傅年事已高，我随你走一趟，如何？"管家见事已如此，便点头答应了。马析然是李郎中的高足，管家自然是知道的。许天方自告奋勇，也一同前往。

马析然师兄弟来到郭家，此时郭家小姐已是进的气少，出的气多了，她的父母见是李郎中的徒弟来，也来不及责怪管家，忙问马析然："马郎中，快看看小女这是怎么了？"马析然没有应答，望闻问切一番后，紧皱眉头道："奇怪，怎么不见半点病症？"然后，他再次察看小姐的脸色，

突然眼前一亮，将手指放在小姐的咽喉处轻轻地按了按，笑道："原来如此。"他让郭老爷请个女佣人来，如此这般地说了一下，女佣人照着做了，又吩咐道："你再使劲地跳一跳。"

佣人一跳，只听见小姐"咯"的一声，一块带着血丝的肉骨头从嘴里吐将出来，小姐长长地吐了口气，忽悠悠醒转过来……

第二天，马析然的大名就传开了，一时间，徽州城里的人都知道他的医术非同小可，有疑难杂症的，不远千里，前来求治。不久，马析然即托人说媒，娶了郭家小姐为妻。

俗话说，人有旦夕祸福。几个月后，平时身体还挺硬朗的李郎中，突然一病不起，使什么方子都没有效果。这天，他命许天方把大家都叫来，说有最重要的话要交代。

见大家都来齐了，李郎中道："我是熬不过今天了。想我平生治好了无数人，却有两个人我没办法治好，一个是我自己。"顺了几口气后，他又说道，"怕只怕我这一走，这医馆就会从此没落。家有千口，主事一人……"大家都把目光一齐看向了马析然，李郎中没有子女，继承医馆的必然是他。马析然一阵感动，正要感激师傅，不想李郎中却道："我立许天方为主事人，你们以后一定要听他的话……"说着就两脚一蹬，走了。

众人几乎不敢相信自己的耳朵，师傅别是说错了吧，许天方医术平平，怎么可能是他？但师傅的话，就是圣旨，不听也得听啊。

常言道：县官不如现管。处理完师傅后事，许天方就以主事的身份，发布第一号令，叫人将临街的那一排房子拆了，改做店铺。

那排房子原是李师傅住的地方，如今师傅尸骨未寒，许天方就要把它拆掉，大家肺都气炸了。马析然更是火气冲天，质问道："你这是什么意思？难道我们缺钱用吗？你有没有想过，你这么做，别人会怎么看我们？"

许天方听了，不为所动，冷漠而傲慢地道："如今我是主事，师傅死前让你们要听我的话，难道你忘了？"

"可你这样做，对得起他老人家吗？"

"哈哈，"许天方得意地笑道，"我明白了，师傅没有把医馆传给你，你是为此而耿耿于怀的吧？实话告诉你，师傅他早就知道你跟郭家小姐之间的秘密了！"

"啊——"马析然头"嗡"的一声，身子晃了晃，差点儿倒了下来。

说起这事，他也是被逼无奈的，在徽州城，师傅的名气太响，大家眼里只有李郎中，他马析然虽然也是一个英雄，却没有半点用武之地，因此，心里很是郁闷。一次，他随师傅去郭家看病，结识了郭小姐，两人竟一见钟情。在一次约会中，他谈起了此事，为了成全心上人，郭小姐设计了一出"苦肉计"……

当时谁也没想到，天资愚钝的许天方，这天竟灵光一现，他发现了那块骨头的蹊跷，趁人没注意把它拿了回来，一查，发现那上面的血不是人的血，就问了马析然。马析然一来迫于无奈，二来也把他当作好朋友看待，于是就以实情相告。当时许天方还对天发誓，说死守秘密，没想到最后还是他给卖了……

马析然气得七窍生烟，失去了理智，一下子扑了过去，把许天方打得鼻青脸肿。

这下，马析然闯了大祸，许天方马上就去官府把他告了。最后，马析然彻底输了官司，还赔了不少银子。他心灰意冷，带着妻子离开了徽州。

数月过去，马析然夫妻身上的盘缠渐已耗尽，却仍然没找到个落脚点。无奈之下，马析然只好做了个江湖郎中，走街串巷，看病卖药。这天，他来到新州的界面上，走到一家富贵人家的门口，一个人正好从里面走出来，看到他扛着"包治百病"的招牌，忙过来喊道："你这位郎中，内人这病，你能看吗？"

马析然随了此人，来到家中，那女人躺在床上，苍白无力，马析然使出全身的本领进行诊治，最后露出了笑脸，道："不难，不难。"他看出，这女人所得的不过是普通的风寒，只不过因为女人体弱，染病在床。他开好方子，叫人去抓药，只一服药下去，那女人就回过神来了。那人大喜，拿出了一百两银子谢他。

马析然只收下几两银子，那人见

他不是贪财之人，就跟他聊了起来，听到他的处境后很是同情，便道："不如由我牵头开个医馆，你来坐诊，也好让你的医术造福当地。"马析然非常高兴，连连点头。

这个人姓刘，是新州地面有头有脸的员外。由他出面，医馆很快就开出来了。由于马析然有真本事，这医馆的生意很是兴旺。几年后刘员外去世，马析然动了回家的念头，便把医馆交给了徒弟，自己回到了徽州。

到了永康医馆一看，马析然大吃一惊，一打听才知道，医馆去年医死了人，不但赔了一大笔钱，而且名声扫地，现在已是门可罗雀了。维持医馆里生活的来源全靠那一排店铺。眼见师傅惨淡经营的医馆，如今毁于一旦，他气不打一处来，找到许天方，开口便说要买下医馆。许天方乐呵呵地道："我知道你回来就是想得到医馆，我正好也不想当这主事的了。就这破地方还买个啥，你想要，拿去好了。"

就这样，马析然如愿以偿，当上了永康医馆的主人。昔日医馆里的人听说他主事了，个个都来投奔他，在他苦心经营下，没多久，医馆又红火起来。

却说许天方不像马析然还有一技之长，离开永康医馆后，日子过得很艰难。好在郭氏为人善良，时常瞒着丈夫周济他。这天她又给了许天方一百两银子。许天方见了，吃惊地问道

"这么多银子你是从哪来的？"郭氏道："是马析然的，我偷着拿出来，你用它去做点小生意吧！"

"不，"许天方推辞道，"我已经受了你很多的恩了，不能再领受。如果析然知道了，不定会怎么想。"

郭氏道："你们过去是好朋友，如今你落难了，他不帮你谁帮你？"

推辞不下，许天方只好收下了，他感激地道："大嫂，言不尽意，来日我再来报答你！"

许天方用了这一百两银子开始做起生意来，也算是时来运转，几年间，银子似滚雪球般翻了好几番，他竟成了徽州城里有名的大富翁。

这天许天方上街去，无意中跟马析然撞了个满面，两人互相看了好一会儿，突然笑了起来。马析然拉着许天方的手道："走，到我那里去坐坐。"

郭氏见师兄弟重归于好，立即杀鸡宰羊庆祝。几杯酒下肚后，许天方从怀里掏出了一百两银子来，对郭氏说："大嫂，这几年我一直把银子带在身上，就是等机会还给你。"又对马析然说，"你别怪罪大嫂，如果不是她，我哪有今天？"郭氏笑道"我的傻兄弟，要不是你师兄的主意，我能把这么多钱偷出来给你吗？"原来当年马析然看许天方日子过得惨淡，对他又恨又怜，有心要帮他一把，自己又不好出面，于是就让妻子时常周济他。

许天方感激得说不出话来，只是

香椿树上的

□ 任永东

土匪

太行山四方岭来了一支抗日小分队，他们一边抗日，一边发动群众，建立根据地。据当地老百姓反映，山上有一伙土匪，以郭大麻子为首，经常祸害百姓，刘队长决定歼灭

握着他的手，泪水涟涟的，兄弟俩喝了个一醉方休。等马析然醒来后，许天方已经走了，留下了一封信。马析然一看那字迹，却是再熟悉不过的师傅的字迹，心里一震，忙打开一看：

析然贤徒：

　　你心里一定痛恨天方。但我要告诉你，他是你最好的朋友。你肯定会记得那块血骨头的事。告诉你，天方带回那块血骨头，只是想帮你证明，你有很好的医术，但我却看出，骨头上染的不是人血。联想到你近期之表现，就不难猜出你的用意了。析然，你很有天资，但为了成名，连师傅也骗，

未免不太诚实，而学医之人，首先要学的就是做人。如果我把医馆交给了你，只怕害了医馆，也害了你自己。我把难处对天方讲了，他虽然不是学医的材料，但脑子并不笨。他帮我设计了这个计划，将你逼到外面历练一番，然后，在你最困难的时候请人出手帮你，最后回医馆正式主事。

　　这个计划的最大牺牲者是天方，但愿你看了这封信后，能体谅他对你的一番兄弟苦心。

　　马析然看完信，呆了半天，叫声"我的好兄弟"，一头冲出门外……

（题图、插图：黄全昌）

这股匪徒。

但刘队长也有难处。论人数，敌我双方相差不大，但论武器，差别可就大了，小分队除了一支"勃郎宁"手枪外，啥也没有。再说土匪窝在山上，上山的路只有一条，可说是一夫当关，万夫莫开。所以，强攻不行，只能智取。

这天，刘队长与通讯员带了"勃郎宁"上了山。郭大麻子见上山的只有两人，也不害怕，还破例招待两人喝茶、喝酒。谁知谈兴正浓时，刘队长却一把掏出了"勃郎宁"手枪。

在场的土匪全都吓傻了。有几个麻利的又是抽刀，又是端枪的，郭大麻子则"哧溜"一声钻到了桌底下。

刘队长见了，微微一笑，把手枪在手上一转，往桌上一放，推给了郭大麻子："请！这是我上山的一份礼物，不成敬意。"

郭大麻子一听，从桌底爬出来，一张大麻子脸笑开了花。他知道：这"勃郎宁"可是正宗的"洋"货，立即称兄道弟的，与刘队长热乎起来。走时两人一抱拳：山上山下多关照，人来人往好兄弟。

从此，手榴弹、子弹时不时地送

点上山，过年了，刘队长还送上来两坛酒。老百姓听了都摇摇头：这可坏了，怎么共产党的队伍也和土匪尿一块了？

一转眼春天到了，山上传下话来，想要点粮食，刘队长亲自带人抬着粮食上了山，郭大麻子要宰羊请客，刘队长拦住说："甭搞那个，山下缺菜，让我们掰点香椿就成。"郭大麻子听了，就说："那就听你的。满山满院都是，随便掰。"

刘队长一招呼，队员们都去抱香椿树，可笨手笨脚的一个也爬不上去。郭大麻子笑了，说："你们到底是山下的，这上树的活儿还是让咱们来吧。弟兄们，上！"土匪们为了表现自己，脱了鞋，就"呼啦、呼啦"往树上蹿。小分队的队员们看谁上得慢了，就又抬屁股、扛脚的往上送。

一班长见站岗的土匪没上树，就过去替了站岗，那土匪三下两下也上了树。

这时，刘队长一声令下，战士们迅速端起了土匪们的枪，郭大麻子与香椿树上的土匪，就全都成了俘虏……

（题图：李加史 琦）

大公狼蹲坐着沉默了好久，终于一扬头发出"嗷"的一声长嚎，这还是它来到平原的第一声低沉的号令，狼群听了浑身一震，随即悄悄溜出了玉米地，沿着乡间小路，向一公里外的黄花镇缓慢移动……

□ 刘金涛

平原来了九只狼

1. 狼落平原

在黄淮平原，有一个古老的小镇，名叫黄花镇，四周都是平坦的庄稼地。这年秋天，一群来自西北的狼，突然闯进了这个宁静的小镇。

这群狼一共九只，为首的是一只麻灰色的大公狼，其次是一只即将分娩的大母狼，其余七只都是体格一般的小狼。这群喜爱生活在偏远山区或辽阔草原的西北狼，怎么会来到人口稠密的大平原呢？

说起来，这九只狼就有一肚子苦楚。

原来，几天前，这群西北狼误食了猎人下了麻醉药的诱饵被活捉，尔后被卖给了一个动物贩子，接着，动物贩子又把它们装进汽车，运到了千里之外的黄花镇，以高价卖给了一家动物饲养场。

这是一家刚开办的动物饲养场，

场主名叫马运喜。饲养场建在离村子不远的一片砂石地上，设施简单，只盖了几间简易平房，四周拉了一丈多高的铁丝网。马运喜虽说是个青年农民，却颇具经济头脑，他看到现在社会上有钱人越来越多，盖起了许多漂亮的独家小院，急需凶猛的看家狗看门护院，弄得看家狗的价格一路攀升，这可是千载难逢的好机会呀！于是，他决定从外地高价购买良种狗饲养。但他怎么也没料到，供货方竟然是个狗骗子，用九只西北狼充数，骗过了缺乏辨别狼狗经验的马运喜。等他发现它们是狼而不是狗时，得了钱的狗骗子

早已逃之夭夭。他是又悔，又恼，又害怕，然而，更让他感到可怕的是，在一个漆黑的夜晚，九只狼居然咬破铁丝网，逃出了饲养场。

马运喜知道，狼是一种残忍而贪婪的动物，饿极了是要吃人的，倘若这群狼窜进村庄，闯进小镇，伤了家畜事小，要是闹出了人命，那后果将不堪设想……想到此，马运喜惊出了一身冷汗，最后决定：有关狼群的秘密只能藏在心里。

马运喜还担心，逃跑的狼群万一夜里返回饲养场怎么办？为了有备无患，他去了趟县城，向一个朋友借了杆猎枪。在回家的路上，马运喜暗自祈祷：狼啊狼，但愿你们快快离开黄花镇，返回你们的故乡吧！

读者可能要问，这群狼到底在哪里呢？这群狼此时并没有走远，而是躲藏在离饲养场不远的玉米地里。

眼下地里的玉米已长到一人来高，放眼望去，一派郁郁葱葱的田园风光。这群狼，在玉米地里已经躲了整整一天，既没找到可以填肚的小牲畜，也没遇到在庄稼地干活的人，它们没吃没喝，在饥渴中痛苦地煎熬着，惊恐地观察着这片奇异的新天地。

当又一个夜幕降临的时候，饥饿的狼群开始骚动起来，然而，在大公狼威严的目光下，它们只得怯生生地紧紧护卫在怀孕的母狼身边，顽强地

狼到死也不会改变它的本性。——威·布莱克（费淳 推荐）

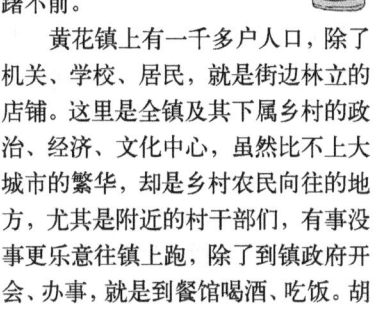

忍受着离开故土的痛苦。此时，风刮起来，把田野里的玉米叶子吹得"哗哗"作响，对狼群来说，尽管叶子发出的很像小溪的潺潺流水声，可是，灵敏的嗅觉告诉它们，这声音是多么陌生，甚至连田间昆虫的鸣叫也与西北草原迥然不同。

淡淡的星光下，大母狼可怜巴巴地望着大公狼，眼光闪着晶莹的泪光，腹中的狼崽消耗着它大量的体力和营养，它急切期望能尽快补充食物，否则，它，还有它腹中的小生命将无法生存！

大公狼像尊塑像蹲坐着，它似乎早已觉察到了大母狼饥饿的身躯在微微颤抖。作为头狼，它肩负着让这支狼群生存下去的责任；而作为丈夫，它必须为大母狼寻找延续生命的食物。可是，从误食诱饵的那天起，它已领教了人类的厉害，眼下身处人烟稠密的平原，它更感到危机重重，不敢贸然行动。

大公狼蹲坐着沉默了好久，终于一扬头发出"嗷"的一声长嗥，这还是它来到平原的第一声低沉的号令，狼群听了浑身一震，随即悄悄溜出了玉米地，沿着乡间小路，向一公里外的黄花镇缓慢移动。

2. 田野"幽灵"

小镇的夜晚十分寂静，狼群在离小镇二百米远的田埂边潜伏下来，镇上偶尔闪亮的灯光令它们踟蹰不前。

黄花镇上有一千多户人口，除了机关、学校、居民，就是街边林立的店铺。这里是全镇及其下属乡村的政治、经济、文化中心，虽然比不上大城市的繁华，却是乡村农民向往的地方，尤其是附近的村干部们，有事没事更乐意往镇上跑，除了到镇政府开会、办事，就是到餐馆喝酒、吃饭。胡家村的村主任胡大民就是小镇餐馆的常客。

这天下午，他到镇上买了两只良种长毛兔，正巧碰上几个乡干部，几个人就有说有笑地来到餐馆喝酒，一直喝到晚上十点多钟，胡大民才醉醺醺骑上自行车往村里赶，临出餐馆的时候，还特地给馋嘴的老婆捎上了一只烧鸡。

出了小镇，胡大民拐上了一条羊肠小道。胡大民酒量不浅，今晚喝了一斤多，人正在兴头上，一路上腾云驾雾般骑着自行车，嘴里不停地哼着小曲，打着酒嗝，向前蹬着。蹬着蹬着，忽然他醉眼蒙胧地看到前方闪起几点幽幽绿光，就像传说的鬼火，胡大民不信邪，振作起精神，照旧骑着车子，瞪着双眼，直朝前冲去，不料一走神，自行车前轮陷进路边一个小坑，他身子一歪，连车带人摔倒在路边，车把上的烧鸡甩到路中央。

"他奶奶的！"胡大民翻身坐起，

嘴里骂骂咧咧道，"谁家抗旱挖的坑，干完活也不填上，留在路上害人！"就在他嘟嘟囔囔骂人的时候，那几点绿光悄悄朝他逼近，在离他两三米的地方停了下来。

这就是以大公狼为首的那群西北狼，被酒精烧昏头的胡大民哪里知道，他成了狼群闯入黄花镇之后盯住的第一个目标。

大公狼蹲在路中央，迟迟没有发出进攻信号。它还在观望、沉思。在大公狼的记忆里，独行的人类遇到狼群，往往会惊惶失措、仓皇逃命，而眼前这个人却一点不慌，不怕，似乎表明这里的人类有对付狼群的"法宝"。在这种情况下，大公狼为了对同类的安全负责，强按饥渴难耐的欲望，静静地观察猎物下一步的动作。

时间在一秒一秒过去，就在这时，一阵风吹过，烧鸡的香味传了过来，大公狼终于按捺不住，悄悄地向同类发出第一个信号，几只狼迅速来到胡大民身后，形成包围之势，等待下一个进攻信号。

就在这时，胡大民从地上站起来，一只手拍拍屁股上的尘土，另一只手掏出一支香烟叼在嘴上，接着，摸出打火机"啪"地点亮。这突然出现的火光把大公狼吓了一跳，它本能地后退几步，尖利的长嘴伸向天空，"嗷"地叫了一声，那意思好像是告诉

同伴要加倍小心，其他狼听到叫声后，不约而同地往后退了几步。

这"嗷"的一声叫唤，胡大民这才发现，自己已经被几团黑乎乎的影子包围，四周闪动着幽幽绿光。胡大民浑身一激灵，打了个冷颤，天啊，这是什么东西？难道野地里真的有鬼？

就在他吃惊的一刹那，一条黑影从背后猛窜上来。这是一条小狼，它实在受不了饥饿的煎熬，提前发动攻击，只听"哧啦"一声，胡大民的上衣被撕下一片。当那条小狼想再度发动攻击时，大公狼愠怒地瞪了它一眼，"嗷"的一声令下，狼群顿时冲向自行车后座上的麻袋，扑倒里面装着的两只良种长毛兔。

"我的妈呀，有鬼！"胡大民吓傻了，这时酒也醒了，一边喊着，一边撒腿就往小镇方向拼命跑去……

半小时后，一帮打着手电筒的小镇居民朝出事的地点奔来。到了现场，只见地上一摊鲜血，两只长毛兔和一只甩在路上的烧鸡早没了踪影。"有鬼、有鬼！"胡大民语无伦次，战战兢兢地说着，身子像筛糠一样抖个不停。

这一夜，胡大民没敢回家，在大伙的帮助下，他推起自行车，在小镇上度过了一个难熬的夜晚。

第二天，胡大民遇"鬼"的消息不胫而走，全镇顿时人心惶惶，再没有人敢走夜路。连小镇上一所寄宿制

中学的学生，晚上也不敢随便溜出学校，去镇外聊天散步了。

当消息传到马运喜耳朵里时，他吓得"扑通"一声从床上滚到地上。他清楚，胡大民遇到的根本不是"鬼"，而是逃走的狼群。他暗暗惊呼：我的妈啊，这群狼真的现身了，真要闹出人命，我马运喜就成了黄花镇的罪人了呀！怎么办？他想了一个晚上，决定在饲养场四周设下诱饵，引狼上钩，再用借来的猎枪消灭狼群。

然而，一连三天，狼群始终没有再出现，害得马运喜白搭了好几只兔子。

原来，狼群的第一次出击虽然没能吃饱肚皮，但收获的两只长毛兔和一只烧鸡却给它们带来了一丝生存的希望。它们白天隐身在远离村庄、人迹罕至的野地里，到了夜里才在大公狼的带领下四处觅食。平原上除了有少量的野兔，实在没什么野物，九只饿狼，没几天，就把附近的野兔消灭殆尽。

食物又开始短缺。这时，它们虽然嗅到了马运喜饲养场飘来的

食物味儿，但大公狼却不肯让狼群朝饲养场迈动一步，它无法忘记自己被关在铁丝网里的经历，现在好不容易逃出了铁丝网，就不能轻易接近那块是非之地。它认定那铁丝网的背后，一定还藏着什么要它们命的阴谋。

不过，这里不是莽莽草原，过不了半个月，玉米就成熟了，等农民收获之后，清翠的田野就会变成光秃秃的平地，别说是九只狼，就是一只野兔也会暴露在光天化日之下，到那时，人人喊打，它们的结局只有一个：死路一条！

夜深了，大公狼似乎意识到即将来临的结局，它烦躁地在母狼身边走来走去，不时冲着天空凉意四射的弯月，发出一声声"嗷嗷"的哀鸣。

3. 残酷厮杀

却说胡大民遇"鬼"受惊之后，一连几天没敢出门。可是，酒虫的诱惑，使他心痒难熬，老想到小镇上溜达溜达，跟老朋友们喝几杯。这天下午，他决定冒险到镇上去一次。为了安全起见，出门时，他特地带上家里喂养的一条大狼狗。

这条大狼狗名叫"黑豹"，据说身上流淌着正宗德国犬的贵族血液，是一年前，胡大民花了一千多元从县城买来的。自从村主任家里有了"黑豹"，村民们见了它就远远避开。村上养狗的人家也不少，可那些狗只要一见"黑豹"，立即头一耷拉，夹着尾巴就逃。

这时，胡大民骑着自行车，沿着田间小道朝小镇方向蹬去。身后，"黑豹"吐着猩红的舌头，晃着脖子上"叮当"作响的铃铛，豪气十足地跟着自行车奔跑。

走了一段路，"黑豹"突然停了下来，冲着路边的玉米地"汪汪"狂叫起来。

胡大民纳闷地停下车子，朝"黑豹"喝道："叫什么叫，快走！"一贯听话的"黑豹"却纹丝不动，高高竖起的耳朵不停地摆动。胡大民跳下自行车，从车座兜里摸出铁链子想要给"黑豹"套上，"黑豹"却一闪身钻进玉米地里，任凭胡大民大呼小叫，也没有出来。

"黑豹"不愧是犬中贵族，它在田野飘荡的空气中嗅到了同族异类的气息，潜藏在心底的斗志立刻被激发起来，它窜进玉米地开始寻找它们的踪迹。

到了夕阳西下的时候，"黑豹"终于和狼群相遇了，一场同族之间的激战已经不可避免。

论实力，"黑豹"肯定不是狼群的对手，但是，在村中独一无二的优越感养就了它目空一切的霸气，它趾高气扬地逼视着个头最大的大公狼，似乎想不战就迫使对方俯首称臣。

大公狼面对从天而降的挑衅者，在没有判断清楚对手的实力之前，一直采取以守为攻的策略。它知道，在草原上，如果有像"黑豹"这样的牧羊犬出现，附近一定有一个或几个手执猎枪的猎人。奇怪的是，大公狼却没有嗅出附近人类的气息，它疑惑地盯着"黑豹"，仿佛在说："你小子，想来送死吗？我们正缺少一顿丰盛的晚餐呢！"

"黑豹"被大公狼揶揄的神情激怒了，它掉头跑出玉米地，站在一条小河旁朝狼群的方向"汪汪"直叫，好像在说："你们快出来，我们决斗！"

大公狼的眼里终于喷射出凶光，也许，它实在不愿再忍受"狼落平原被犬欺"的耻辱，"嗷"一声嗥叫，狼群终于走出玉米地，在落日的余晖下与"黑豹"对峙在小河沟旁。

中了圈套的猫比狮子还要凶猛。 ——塞·帕尔默（袁喜 推荐）

高傲的"黑豹"率先出击，旋风一样扑向大公狼。可是，不等大公狼应战，两只小狼迎头拦住"黑豹"，展开厮杀，另外几只小狼守在母狼身边，紧张地注视着战况。

大公狼眼睛微闭，似乎在欣赏"黑豹"的演技，当"黑豹"把一只小狼的大腿咬伤时，大公狼再也按捺不住了，突然腾空而起，与"黑豹"展开搏杀，一时间，田野里打斗声震耳欲聋，黑影翻飞，来自平原和草原的两大高手，就像人间比武的侠客，把宁静的田野闹得天翻地覆。

"黑豹"果真不是大公狼的对手，没几个回合，身上就多了几处血淋淋的伤口，而大公狼仅被抓下几撮狼毛，元气一点没有受到损伤。"黑豹"知道碰上了对手，正要撤退，可已经来不及了，九只狼把它团团围住，一个个露出白森森的尖牙，它们的目的只有一个，就是要把"黑豹"吃掉！

"黑豹"环视四周，打算进行最后的突围，它把突围缺口锁定在那只受伤的小狼身上，拼足力气朝小狼扑去，哪知，没等"黑豹"扑向小狼，只见一道黑影闪电一样向它射来，大公狼张大口紧紧咬住"黑豹"的脖颈，顿时鲜血喷射而出，"黑豹"失去了抵抗力，大公狼狠狠地把它甩进干枯的小河沟。狼群一拥而上，正要撕食"黑豹"时，突然，田野里响起猛烈的马达声，几辆喷着黑烟的摩托车飞驰而来。

大公狼恋恋不舍地看了看正在河沟里挣扎的"黑豹"，"嗷"地叫了一声，率领狼群消失在浓密的玉米地里……

几辆摩托车在河沟边停了下来，为首的正是"黑豹"的主人胡大民。原来，胡大民发现"黑豹"丢失，急忙回村叫了几个小伙子帮助寻找，听人说田野深处有狗叫声，就骑着几辆摩托车赶来。等他们赶到现场，伤痕累累的"黑豹"已经奄奄一息。

胡大民流着眼泪，用手抚摸着爱犬说"老天，什么怪物比我的'黑豹'

还厉害哟！"

"黑豹"的眼皮无力地翻动几下，勉强低鸣两声，似乎想告诉主人什么，可是，没等胡大民把它带到家，"黑豹"就永远地闭上了眼睛。

胡大民把爱犬埋在屋后的梧桐树下，眼睛哭得通红："'黑豹'呀，你死得太屈了，我一定要找到那个害死你的怪物，亲手为你报仇！"

从"黑豹"死去的第二天开始，胡大民就开始组织村民到田野里巡逻，试图发现"怪物"的踪迹。可是，忙活了几天，也没见"怪物"的影子。有人劝胡大民说："别伤心了，或许是人家的狗比你的狗还厉害，这就叫强中自有强中手，干脆再掏钱买一条得了！"

胡大民想起那夜遇"鬼"的事儿，心中的疙瘩更大了，他相信那夜遇到的怪物就是咬死"黑豹"的凶手，这个凶手如今一定还藏在玉米地里，可是，各村的玉米地彼此相连，足足有上万亩，自己究竟到哪一块地里去找啊？他在心里恨恨地说：哼，等收了秋，大平原上无遮无拦，看你这个怪物能藏到哪里！

就在胡大民一心想秋后算账的时候，黄花镇突然发生了一件大事，提前给了他一个揭开谜底的机会。

这天，三名蒙面歹徒持枪抢劫了县城一家珠宝店，得手之后夺路而逃。公安干警紧急追捕，一个歹徒被击毙，另一个被生擒，最后一个歹徒被干警开枪击伤了小腿，而他竟拦截了一辆出租车往黄花镇逃去，躲进了玉米地。当天晚上，大批增援的武警官兵封锁了黄花镇的所有路口，并紧急动员各村民兵配合公安干警搜捕逃犯。胡大民接到通知，"腾"地从床上坐起来，吼了一声："哼，逃犯和那个怪物，一个也跑不了！"

4. 惊心围捕

逃犯拖着受伤的小腿钻进了玉米地，强忍着疼痛，一瘸一拐地往深处走。他想自己与其坐以待毙，不如负隅顽抗，说不定还有一条生路。

逃犯不知走了多长时间，走得又累又饿，就停下来歇息。他一手握着子弹上膛的手枪，顺手掰了一穗嫩玉米，拨开包皮，狼吞虎咽啃起来。可他怎么也没想到，离他几十米的地方，九双绿莹莹的狼眼正虎视眈眈地盯着他。

群狼见逃犯吃完一穗嫩玉米，仍旧一动不动，大公狼仍然没有发出进攻的信号。

大公狼不愧是一只出色的头狼，当夜幕刚刚降临的时候，它就从小镇方向传来的警车声中判断出潜在的危险，一车车荷枪实弹的武警战士正向黄花镇集结，上万名民兵也已经奉命开始下田围捕，好像还有警犬的叫

声，在这个节骨眼上捕食送上门的猎物，无疑是往猎人的枪口上撞。

逃犯歇了一会儿，起身继续前行，就在这时，一直被狼群保护的大母狼突然发动了攻击。它腾空跃起，直取猎物的咽喉。但是，这一跃并没有成功，尖锐的利爪只是抓破了逃犯的半张脸，受惊的逃犯突然遭袭，惊慌地冲着前面的黑影扣动了扳机。

田野里"砰、砰"响起两声清脆的枪声，惊得狼群四处逃窜。

枪声也惊动了围捕的武警和民兵，他们纷纷举着手电筒朝枪声响起的地方奔来。

逃犯知道枪声暴露了目标，忙猫起腰拼命向前逃窜，忽然，前方出现一道铁丝网，里面是一排亮着灯的简易房。再细看，发现铁丝网门口，有一个端着猎枪的人影正打着手电四处照射，这个人就是饲养场场主马运喜。逃犯心中暗喜，他悄悄绕到马运喜身后，猛地勒住他的脖子，冰冷的枪口顶在他的太阳穴上，低声喝道："别动，往屋里走，否则，

要你的命！"

马运喜做梦也想不到，狼没抓到一只，反被逃犯抓了当人质，吓得他差点尿湿了裤子。

饲养场里，一只拴在木桩上的看家狗见主人遭欺，"汪汪"大叫起来，狗叫声弄得逃犯心慌意乱，恨不得一枪结果了狗命。但他怕枪声再度暴露目标，便拉着马运喜钻进屋里。他想只要老子手上有人质，看你们警察能奈我何！

一个小时之后，在警犬的引路下，饲养场被全副武装的警察包围，几十束强烈的手电光照向屋里，一个带队的警官举着喇叭朝里面喊话："逃犯听着，你已经被我们包围了，快点放下武器，从里面走出来，争取宽大处理……"

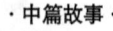

院子里的看家狗哪里见过这阵势，吓得一边连声狂叫，一边又蹦又跳，简直要把木桩上的铁链子挣断。就在这时，突然，"砰"的一声枪响，院中的看家狗应声倒地。

屋子里传来歇斯底里的嚎叫："你们听着，我手里有人质，如果把我逼急了，那条狗就是人质的下场！"

警官知道歹徒一旦狗急跳墙，什么事都做得出来，为了人质的安全，立刻停止喊话，另行研究对策。胡大民被武警挡在警戒线的外围，听着歹徒嚎叫，他气哼哼地说："奶奶的，如果那个咬死'黑豹'的怪物能冲进去抓住罪犯，我跟它的冤仇就一笔勾销！"

武警不知道他的话是什么意思，就小声询问起来，胡大民就给几个站岗的武警讲起了那晚遇到"鬼"和"黑豹"被咬死的事，一个年轻武警听了，"嘿嘿"一笑说，"连我们的警犬也没有这么厉害，你说的那个怪物除非是一只狼。"

胡大民连连摇头说："我们这里是平原，哪里会有狼？"

就在这时，饲养场里"砰"地传来一声枪响，胡大民心里一沉："不好，一定是人质被害了！"可是，却见一队武警旋风般地冲进饲养场，猛地踹开屋门，将逃犯活捉。原来，武警部队派了一个有名的神枪手瞄准逃

犯射击，一枪击中逃犯拿枪的手腕。

马运喜得救了，警察却给他戴上了手铐，原因是在他的饲养场发现了一支猎枪，按照有关法律，未经政府批准，任何公民是不准私自拥有、使用枪支的。一队警察把逃犯押走之后，留下的几个警察对马运喜就地进行审问，死里逃生的马运喜，就一五一十地交待了借枪的前后经过。

"什么？有九只狼？"负责审讯的警察几乎不相信自己的耳朵了，半信半疑地把马运喜带回了当地派出所。

常言说：没有不透风的墙。第二天一大早，马运喜"借枪打狼"的奇闻，顷刻间传遍黄花镇，联想起胡大民遇"鬼"和"黑豹"之死，人们一下子对平原跑来九只狼的说法深信不疑，这一来，黄花镇村村寨寨、家家户户，人人自危，连出门串亲戚都要找一帮人助威壮胆。

胡大民弄清了怪物的来历，气得直咬牙，领着一帮人闯进镇政府，对镇长说："我是村民推荐的代表，强烈要求政府像抓逃犯一样，派武警战士消灭狼群。否则，就是满地的玉米烂在庄稼地里，我们也不愿意下地喂狼。"

农业生产是全镇的头等大事，如果真的因为狼的问题误了农时，上级肯定要怪罪。镇长见九只狼闹得人们惶恐不安，唯恐大家不下地收玉

米，当即答应了村民的要求，连夜向上级起草了报告。

只隔了一天，上级就给了答复，为了保护农民秋收，派一个武警小分队到黄花镇打狼。

5. 悲壮狼群

平原上一年一度的秋收开始了，黄花镇范围的庄稼地里机器轰鸣，人来人往，一派繁忙景象。由于急于抓到九只狼的缘故，人们不约而同加快了生产进度，没几天，上万亩土地变成了光秃秃的一片。然而，人们却没有发现那九只狼的踪迹。

可是，人们的心理压力并没有因此而减轻，反而认为狼群可能转移到了村庄附近，伺机向村民发动袭击。然而，大伙提心吊胆防了几天，却没有一个村庄遭遇狼祸。那么，到底有没有狼呢？人们弄得头昏脑胀，惶惶不安。不久，就有人编造出了狼神显灵，要吃童男童女的迷信说法。

为了弄清问题，派出所再次传讯了马运喜。

马运喜上次借的猎枪是朋友合法拥有的，不过，私自借枪的行为也是不对的，派出所罚了他一笔款，批评教育一番就放了回去。这天他见派出所又询问九只狼的事情，他把胸脯拍得"咚咚"作响说："如果我说谎，政府枪毙我都行！"胡大民也一口咬定害死"黑豹"的，肯定是群狼。可是，

为什么九只狼这么多天却没了影子呢？

为了稳定人心，上级派来了一位研究动物习性的专家，向大家宣传动物知识。专家解释说，人类遇到生存环境改变的时候，往往会移地而居。狼很聪明，也像人一样，平原地区不适应它们生活时，也会转移到更适合它们生存的地方，也就是说，九只狼已经离开了平原地区。

这个结论做出以后，负责打狼的武警小分队当天就结束了行动，撤离黄花镇。马运喜和胡大民都是吃了狼的苦头，他们不相信专家那一套，仍

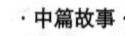

继续寻找狼群的下落。

一转眼十多天过去了，九只狼仍是杳无踪迹。

这天上午，镇政府的一支修桥队来到一座废弃的小桥旁，要拆掉废墟，修一座新桥。

这孔桥是附近几个村子共用的，镇长叫来了几个村主任商量集资办法，胡大民也在其中。就在这时，一个工人在桥下惊叫起来："快来看啊，桥下有一窝刚出生的小狗！"

镇长和几个村主任全都跑到桥下看稀罕，只见桥拱下面有一个很深的洞，几只毛茸茸的小狗从里面爬出来，发现小狗的工人探身进洞，打亮打火机观看，忽然扔掉打火机，大叫一声："妈呀，有鬼！"撒腿就跑。

镇长捡起打火机，壮着胆子往里面探望，鬼倒没有，却有一具母狗的尸体，他用手摸了摸，已经没了体温，更可怜的是一只小狗还在使劲地拱着母狗僵硬的奶头。在母狗的另一侧，是一堆堆白森森的骨头。胡大民凑上前，仔细看了看几只毛茸茸的小狗，眉头一皱说："奶奶的，我养了这么多年的狗，咋从来没见过这样古怪的小狗？瞧它们那模样，倒像是一窝狼崽子！"

正巧，马运喜从修桥工地路过，看了那只死狗，连连大叫道："天啊，这就是那只大母狼，卖狗的骗子还说它怀了崽，我占了他的大便宜呢！"

真相立刻大白。秋收时，狼群被迫转移到了不被人注意的废桥下面的洞中，没有食物，它们只有吃掉同类充饥。

马运喜数了数狼骨架，除了大母狼，刚好是八具，那支最大的骨架一定是大公狼的，看来，为了让母狼有体力产下幼崽，大公狼甘愿成为延续生命的腹中餐。就在九只狼生命耗尽的时刻，它们的后代降生到这个世界上。

胡大民想起惨死的"黑豹"，抬脚就要踩死小狼崽，镇长忙伸手阻止了他，长叹一声说："它们跟我们一样，毕竟也是这个世界上的生命啊！"当天中午，一辆汽车把嗷嗷待哺的小狼崽送往城里的动物园。

失踪的狼群终于找到了，九只狼的传奇故事又一次传遍了黄花镇，人们对九只狼的结局议论纷纷。

有人义正词严地说："天啊，狼真的太残忍了，为了生存，连自己的同类都能吃下去！"

然而，也有人动情地说："这狼，有情有义，为了哺育后代，宁肯自己吃自己，也不肯到村上祸害人，它们死得惨烈，死得悲壮！比起社会上某些人来，要强多了……"

（题图、插图：杨宏富）

（本栏目欢迎来稿。来稿可从邮局寄发，也可从网上传递。如为电子邮件，请发以下信箱：xiayiming@vip.sohu.net）

悲剧故事

　　本书所收10则故事是从《故事会》刊登的数千同类作品中精选出来的,主人公的遭遇构成了凄怆感人的故事情节,主人公的命运牵动人心,主人公悲惨的结局更令人心颤。

喜剧故事

　　从《故事会》"幽默世界"栏目中精心挑选成集,按内容分为:谐趣篇、巧计篇、戏谑篇、讽刺篇、荒诞篇、沉思篇。本书的特点是:(1)现代感强。作品均是反映当代生活的各类题材;(2)短小精悍。作品长不过千余字,短只有三四百字,言简意赅,内容丰富。

恩仇故事

　　构成恩仇的因素是多方面的:由爱变恨,由恨成仇;以怨报德,恩将仇报;忘恩负义,寻仇报复;亲人之间,恩怨仇杀……本书这9则中篇恩仇故事矛盾冲突尖锐复杂,有很强的可读性。

怨女故事

　　这是一本关于悲怨女人的故事书,54则作品分为"大祸从天降、魂系狼窝口、扭曲的灵魂、水火当有情、红颜怨恨天、情谊伴君行、三女抗争记、情歌绝唱对、亡灵的哭泣、山村血泪情"等10个篇章。

阿P故事

　　阿P是一个社会群体的缩影，他独特的对事对人的处理方式，使这些故事充满了情趣。不过洋相百出的阿P，他的内心世界又是复杂的，他的所作所为留给读者的思索是多层次多元化的。阿P故事不仅仅是消遣作品，还有着揭示社会矛盾、启迪人生和思考未来的认识和教育作用。

滑稽故事

　　滑稽是一门引人发笑的艺术，被称之为生活和艺术中一种特殊的"调味品"。本书所选故事均取材于社会生活，作者想象力丰富，倾向性鲜明，作品内容极具口传性，诙谐色彩浓郁，是人们茶余饭后上佳的精神伴侣。

芝麻官故事

　　芝麻官故事旨在全方位地展示这一特定社会角色的思想境界和人格境界。他们或两袖清风，为民请命；或贪赃枉法，假公济私；或昏庸糊涂，装腔作势；或廉洁奉公，兢兢业业。由于他们同老百姓的距离最为接近，因此他们的故事就更具现实意义。

打赌故事

　　古今中外73则打赌吹牛故事，按内容分为"逗趣、斗智、惹祸、戏丑"等四大类，多为表现人们的诙谐与机智，有的立意鲜明，寓有讽刺味，而较多的则是娱乐与逗笑。

注意女人

□ 张运来

小刘刚从乡下来到城里，觉得很新鲜，对什么事情都有点好奇。

那天，小刘准备上公共汽车时，看到车门上有四个红色不干胶字："注意女人"，字写得歪歪扭扭的，小刘吓了一大跳。他有点弄不明白：难道城里女人格外厉害，连坐公共汽车都得提防？或者，这个城市的女人们十分特别，需多加注意？

上车后，小刘打算向司机请教一下，这"注意女人"到底是什么意思。他走到汽车前门处，发现开车的是个女司机，没等小刘开口说话，女司机就伸手指了指贴在她前方的条幅：开车时乘客请勿与司机讲话。小刘只得在前排乖乖坐下，不敢吭声。

因为是起点站，乘客不多，车上只有四五个胡子拉碴的男人。小刘想：如果在这车上要"注意女人"的话，他就只好注意这位司机大姐了！于是，小刘一路上对这位司机大姐实行特别关注，像学生盯黑板似的盯着她，两只眼睛眨也不眨。大概司机大姐对此有所察觉，也时不时用眼睛的余光扫过来。

到了终点站，其他人都下车了，

· 幽默世界 ·

小刘实在憋不住胸中的疑惑，一个箭步冲到女司机面前，女司机吓坏了，双手护在胸前，喊道："你想干什么？"

小刘指着车门上的"注意女人"四个字，一本正经地问："你能不能告诉我，为什么要'注意女人'呀？"

"注意女人？"女司机先是一愣，忍不住又大笑起来，"这四个字本来是'注意安全'，贴在那里提醒乘客们，不要被车门夹伤。因为时间长了，'安'字上面的宝盖和'全'字下面的'王'字掉了，就成了'注意女人'，明白了吧？"

"原来是这样。"小刘挠着头皮，不好意思起来……

长远计划

□ 黄晓光

小王很会过日子，做什么事，都爱精打细算。

最近，小王打算与女友结婚。经过一段时间的筹办，可说万事俱备，然而，结婚日期却迟迟定不下来。

有同事问他："小王，什么时候举行婚礼呀？"

小王笑着说："你们说哪一天呢？"

同事们叽叽喳喳地给小王出主意，有的说"五一"，也有的说"十一"，因为都是些喜庆的日子。可小王摇了摇头。

过了几天，又有同事问起这件事。

小王回答说："我都想好了，婚礼就定在我女友生日那天。"

同事们听了，觉得不可思议，但仔细想想，又都觉得这个决定很有品位，把爱情的意义体现出来了。有些女同事还一个劲地夸小王，说他是个难得的好男人！果然，小王把这个决定告诉女友后，女友感动得差点掉下泪来。

婚礼很快就举行了，效果特好。既有排场，消费又不高。婚礼结束后，还有几个年轻人私底下向小王取经，问小王："你怎么想起在老婆生日这天结婚呢？"

小王笑了笑，说"这你们就不懂了。结婚不能凑热闹，一年当中，节日消费最高。还有一点更重要的，选在老婆的生日那天结婚，也是为了省钱，你们想：结婚纪念日和老婆的生日放在同一天，可以少买一份礼物。这可是几十年的事情啊！"

爱占便宜

□ 王贵明　编译

皮尔是个爱占便宜的男人，在家里妻子波莉都让他三分。

这天，波莉雇了个年轻的金发女仆，这女仆长得光彩照人，波莉一见，禁不住夸了几句，女仆就对皮尔太太说："非常感谢您的夸奖。不过，实话对您说，我这一头金发是假的，我打生下来就不长头发，而且身上连一点毛都不长。"说完，就从头上取下假发，把个波莉都看呆了。

当天夜里，波莉把漂亮女仆的奇特之处告诉了丈夫，皮尔说："我活这么大，从未见过有这样的人。明天，女仆来到家里，你请她到卧室脱给你看。"波莉显得有点为难，说："这好像不太好吧？"皮尔缠着太太说："有什么不好？我就躲在隔壁的储藏室，满足一下好奇心，没有人会知道的。"波莉只好答应了。

第二天，波莉请那女仆给她看身体，女仆执拗不过，便走进卧室，关上门，脱下衣服让主妇看了。

波莉转身要开门出去，女仆说声"慢"，然后说："我刚才让您看了，说

句老实话，我没看过一个正常女人的身体，您能脱去衣服也让我瞧瞧吗？"波莉想了想，就满足了女仆的要求……

晚上，波莉对丈夫说："你这下该满足了吧？不过，你这馊主意可把我整苦了，当女仆要我脱光衣服给她看的时候，我好不困窘！"

皮尔说："你困窘？我比你更窘——我想这个机会难得，就请了三个同事前来讨便宜，躲在储藏室，看那漂亮女仆脱衣服，好嘛，也没听清女仆跟你说什么，只见你三下五除二，把睡衣全脱了。"

新行业

□ 小 冰

张琳和赵雨两人都是中学老师，平时工作忙，没时间休息，这年暑假，终于可以放松放松了，两个年轻的女孩儿决定结伴去度假。

来到一个避暑山区，两个人疯狂地玩了几天，后来觉得人多，太闹，就在附近租了一间小木屋，住了下来。

两人爬山，钓鱼，画画，拍照，体验到了另外一种乐趣，可是到了晚上，她俩却犯了愁，提心吊胆起来。原来，她们住的小木屋就建在森林边，天一黑，外面黑乎乎的，看不到一星灯光，天哪！这要是坏人来了，怎么办？有没有野兽呢？

白天玩得很累，晚上又不敢睡，她们都有点受不了。赵雨就跟张琳说："你说怎么办啊？我不敢睡，你心眼儿多，想个办法吧。"

"我也不敢睡呀，"张琳歪着个脑袋，想了半天，最后说，"有了！"

第二天，她俩找到一位干杂工和卖鱼饵的老头子，说她们晚上有点怕，问老人晚上能不能睡到木屋外面的阳台上，她俩愿意出一些工钱。老头子见有利可图，便高兴地答应了。

就这样，接下来的日子里，她们便开心地玩，安心地睡了。

一个礼拜后，她们打算回家。临走之前，特地去老头子那儿道个别，没想到，老头家门口放着一块木牌子，木牌上用油漆新刷了一行字：

老李头商店——出售鱼饵，专干杂工，陪女人睡觉。

(本栏目欢迎来稿。来稿可从邮局寄发，也可从网上传递。如为电子邮件，请发以下信箱：xiayiming@vip.sohu.net)

一个老年人是第二次做婴孩。——莎士比亚（唐冶 推荐）

大器晚成

□ 相裕亭

老何头退休后，发挥余热，担起了教育下一代的重任。

他与老伴达成协议：老伴主内，他老何头主外。小孙子满四岁时，老何头的任务有所加重。什么任务？陪小孙子练电子琴。儿子、媳妇为开发孩子的智力，就计上心头，把孩子送到少年宫练琴。

一开始，老何头以为陪小孙子练练琴，自己还可偷空练练拳，没料到，小孙子年纪太小，手指按不准琴键不说，还对弹琴根本没兴趣，往往是一支曲子弹不了几下，就又哭又闹不想学了。

老何头这下着了急，怕小孙子落下当天的课程，只好硬着头皮，当起了"二传手"，把老师当天教的曲子学

下来，待回家以后，再一遍一遍反复教小孙子。

时间过得真快，一晃半年过去了，小孙子学琴没什么起色，倒是老何头的琴艺，有了相当的水平。老伴见了，就开玩笑地说："不错呀，老头子，你这是大器晚成呀！"

老何头觉得挺难为情，一把岁数的人了，跟个孩子似的学电子琴。老伴不以为然，在一旁鼓励道："老头子，你好好学，等明后年，老二家把孩子送来，咱就不用去少年宫了。"老何头一听有道理，勇气上来了，从此，左邻右舍也便常听到从老何头家传来优美的琴声。

第二年春节刚过，老二家果真就把孩子送了来。老何头胸有成竹，迎了上去，刚问完两句话，就退了下来。老伴忙问："老头子，怎么啦？"

他推了推胖老伴，说："这回，该轮到你出山了！"

"老头子，我瞎掺乎啥？"

"你那个宝贝孙女不学电子琴，要跳芭蕾舞啦！"

局长的
老朋友

□ 邹吉庆

这天晚上，房地产开发公司的钱老板，驾着宝马车往家里驶去，拐进一条幽暗的小巷，只见前面横着一辆桑塔纳，把大半边路给堵死了。

钱老板使劲按了几下喇叭，对方却没有一点动静。钱老板骂了声"活见鬼"，就打开车门下了车。走近一看，只见桑塔纳前挡板被撞得变了形，一只车灯也撞得粉碎。看样子，是先跟旁边的电线杆来了个"亲密接触"，尔后又转了个九十度大弯，最后横在了马路当中。活该倒霉，钱老板差点笑出声来。

借着暗淡的灯光，钱老板瞥了一眼桑塔纳的车牌号，又揉了揉眼睛，心里嘀咕道：咦，这不是国土局王局长的专座吗？怎么会停在这儿？他赶忙上前敲了敲车门，问："是王局长吗？要不要帮忙？"桑塔纳司机把车门打开，钱老板探身往里瞅了瞅，问："王局长不在呀？你这是咋回事？"

司机是个年轻的小伙子，警觉地问道："你认识王局长？""岂止是认识，我跟王局长是老朋友了！你这到底出了什么事？"

小伙子说："这鬼巷子连盏路灯都没有，这不，撞到电线杆上，打不着火了！""那让我试试！"钱老板开车有些年头了，他让司机挪到副座，自己上了车，鼓捣了一阵，说："毛病不大，还能对付开，"又问，"你这是上哪去呀？"

"上哪？接王局长呗！他在宾馆开会！"小伙子着急起来。

"路上再要熄火咋办？岂不是耽误了接王局长？"钱老板停顿了一下，说，"要不，你开我的车去接局长吧，反正我也快到家了！"

自私乃最大的谄媚。——伏尔泰（黄遵 推荐）

"这不行吧？"小伙子狐疑地看着钱老板。"有什么不行的？我跟你们王局长，可不是一两天的交情了！你只要跟王局长说，用的是我钱老板的车，他心里就清楚了。"

"那，我就替王局长谢谢你了！"小伙子接过钱老板的车钥匙，高兴地下了车。"明天我把车修好，再送到局里去！"钱老板探出头，交代道。

小伙子"哦"了一声，钻进汽车，宝马车倒退到马路上，开走了。

看着渐开渐远的宝马车，钱老板得意起来：自己已相中一块黄金地皮，就等局长拍板，明天送车时，自己借故拜访一下王局长，只要他高兴了，那还不是财源滚滚吗？这下该着

自己发财喽！

第二天，钱老板开着桑塔纳去修理厂，没想到才上大街就被警察拦住了。钱老板极不情愿地把车停下，说"我又没违章，拦什么车？""拦什么车？这车是你的吗？""不是，是……"钱老板一时竟口吃起来。

"是偷来的吧？告诉你，这车是国土局王局长的，我们已经找了一晚上，没想到在这儿碰着。你小子胆子可不小呀！"

钱老板这才搞清楚昨晚发生的事，敢情那小子不是王局长的司机，是贼啊，不禁喊出声来："天哪，我的宝马车呀！"

（本篇月月评短信代码：1010）

·本刊信息传真·

2005 年《中国最有影响力的故事》征文启事
6 大措施奖励优秀作品

《故事会》杂志社决定，2005 年举行《中国最有影响力的故事》征文大赛，并对优秀作品实行 6 大奖励措施：

1. 入选作品除在杂志上发表外，还将收入《中国最有影响力的故事》（2005 年年底出版）一书。2. 入选作品可得两笔稿酬：在《故事会》杂志发表的作品，首发稿酬每千字 400 元；入选《中国最有影响力的故事》一书，再追加每千字 1000 元。3. 入选作品的作者每人可得价值超 1000 元的《话说中国》一套（"月月评"的第一名获奖作者不重复这一奖励）。4. 入选作品均颁发奖励证书。5. 本刊将委托有关专家对入选作品进行精彩点评。6. 本刊将邀请有关作者参加优秀作品研讨活动，所有费用均由编辑部承担。

征稿范围：具有现实感、新鲜感且可读性强的中短篇原创作品，超短篇（如幽默故事）的字数一般在 1500 字以内，短篇（如中国新传说）的字数一般在 5000 字以内，中篇故事的字数一般在 15000 字以内。

第二次截稿日期：2005 年 6 月 30 日。

来稿方法：1. 从邮局寄发，请在信封上注明"征文大赛"字样，本刊地址：上海市绍兴路 74 号《故事会》杂志社，邮编：200020。2. 从网上传递，可寄以下信箱：wulun@vip.sohu.net，在主题上注明"征文大赛"字样，也可直接与本期责任编辑联系，信箱：xiayiming@vip.sohu.net。

好长的假期

□李 华 编译

弗雷德和比尔是城市流浪者，两人好逸恶劳，嫌每天晒太阳还不过瘾，一心想到别的城市度度假。

一天，弗雷德告诉比尔，他们可以搭免费车去爱丁堡。他注意到，北环路有个旅馆是个汽车集散地，每天都有很多车去爱丁堡。司机们一般都把车停在外面，然后到旅馆里吃饭、喝咖啡、休息。他们……如此这般，说了一通，比尔听了连声叫绝。

第二天，他俩一早便来到北环路，果然有很多卡车停在一家旅馆外面。不一会，他们就发现了目标：一辆标有"爱丁堡卡车公司"名称的卡车。只见司机打开驾驶室的门，跳了下来，然后甩着大手进了旅馆。他们见周围没有动静，于是就像老鼠一样，迅速钻进卡车后车厢……

没多久，他们便感觉到司机进了驾驶室，汽车离开了旅馆，在公路上飞驰起来。

弗雷德对比尔说："我们一会儿就到苏格兰了，这个司机的车开得够快的。"

"他开得太快了，"比尔说，"我可不适应，他怎么开这么快的车？"

弗雷德乐了："算了吧，我们睡觉吧。"

可比尔怎么也睡不着，忧心忡忡地说"这车好像在抄小路走，为什么要走小路？我真的想不通。"

弗雷德说"想不通就甭想，睡觉吧，没事的——"

就在这时，外面传来"呜——呜"的一阵阵尖叫声，而且声音越来越

好旅伴可以缩短旅途时间。——艾·沃尔顿（曹山 推荐）

初吻的代价 (文：陈立德；图：包丰一)

1. 为防止别的汽车追尾，张三在新车后面挂了个"别吻我"的牌子。

2. 可一上路就被别的车子撞上了，他气愤地向肇事司机索要五百元修理费。

3. 肇事司机说："擦破了一块油漆，就要五百元，你也太狠了吧？"

4. "太狠了？"张三指指那块牌子说，"这是'初吻'，收费当然要高了！"

响，越来越近。弗雷德一惊："不好，是警车来了！"

"警车！"比尔嚷道"不好了，我们有麻烦了。""别慌，没事，"弗雷德安慰比尔说，"也许是司机惹了祸，但与我们无关。请保持镇静，警察不会看到我们的。"

看样子是警车挡了路，他们乘的卡车停了下来。弗雷德和比尔只听到一阵嘈杂声，接着"咔嚓"一声，有个警察打开了卡车的后门，发现了他们，就大声喊道："出来，快出来！请你们不要惹麻烦！"

弗雷德辩解道："我们没有犯法，我们只是搭便车的。"

警察一笑："这是你们的说法，我不会相信你们的。据我观察，是你们合伙偷了这辆卡车。"

"偷车？"比尔哭喊着，"我们没偷车，我们根本不认识什么偷车贼！"

他们俩不停地向警察解释，但警察哪里听得进去。比尔差一点哭了："不信的话，你去问那个司机。"

警察说："你说我会相信他的话吗？还是老老实实跟我们走吧！"

好了，这下他们的愿望实现了。警察给了他们一个长长的假期，不过这地方并不大，是个小房子，而且只有一扇小窗户。

看你还要赖

□ 源河水　搜集整理

有个县官是个"大舌头"，吐字不清，闹过不少笑话。幸亏他夫人才识过人，经常替他出谋划策，要不，他早就干不下去了。

县官是在公堂里办案的，夫人当然不能抛头露面，那么，她是怎样指挥县官的呢？也真是用心良苦。夫人想出了好主意，在大堂后的屏风上挖了个小窟窿，每当升堂问案的时候，县官在前面审问，夫人就在屏风后面"遥控"。

一天，县官打坐公堂，衙役两边站定，堂下原告、被告跪下一大片，县官心里有些紧张，便习惯性地往后一瞅，糟糕，不知是谁把屏风上的窟窿眼糊住了，县官赶紧宣布退堂。

来到后堂，县官唤来班头，大发脾气，限一天之内，一定要将糊纸的人抓到，否则，革职问罪。班头心里很慌，耳边嗡嗡的，县官说"糊纸的

人"，他竟听成了"长胡子的人"，出门后就照本宣科，在衙役中做紧急传达。

有个老衙役听后可吓坏了，他就是一个"长胡子的人"，一脸长长的花白胡子，养了几十年了，可他也怕惹事，只好忍痛剃掉，可剃了之后又舍不得扔，就用绳子缠，偷偷揣在怀里。没想到他的这些举动，全被其他小衙役看在眼里，他们一哄而上，将老衙役绑住，交给了县官。

县官见"糊纸的人"已带到，像一头发怒的狮子，咆哮道："原来是你干的！你说，谁叫你糊纸？"老衙役吓得战战兢兢，连忙说"老爷，你看，

·快乐辞典·

换一只灯泡需要几个人

◇ 要是由电工换一只烧坏的灯泡，需要几个人？

答：需要一个人。可是当你找他的时候，却总是找不到。

◇ 要是由评论家更换呢？

答：需要两个人。一个换灯泡，另一个则在旁边指手画脚批评他。

◇ 要是由父亲来更换呢？

答：需要三个人。父亲换灯泡，妻子在下面扶凳子，儿子在一旁打手电筒。

◇ 要是由诗人更换呢？

答：需要四个人。一个在换灯泡，一个咒骂黑暗，一个点亮蜡烛，一个缅怀光明。

◇ 要是由警察更换呢？

答：需要五个人。一个更换灯泡，一个负责封锁、保护现场，并拉响警报，一个登记备案，至少两个追查谁弄坏了灯泡。

◇ 要是由官僚来更换呢？

答：需要n个人，确切人数不详。他们先是研究研究，然后，以文件形式下达，然后，层层落实精神……

◇ 那么，有没有多快好省换灯泡的人呢？

答：有，准女婿在未来丈母娘家的时候！

（推荐者：刘邓军）

（欢迎读者为本栏目推荐新鲜有趣的幽默格言、俏皮话和顺口溜，来稿请寄：上海市绍兴路74号《故事会》杂志社，邮编：200020。请写明姓名和联系方法，并请在信封上注明"快乐辞典"字样。电子邮件请发 xiayiming@vip.sohu.net）

我并没有胡子。"县官甩手就给了老衙役两个耳光，老衙役站立不稳，一头栽倒在地，藏在怀里的胡子也掉到地上了。县官眼疾手快，像发现了宝贝似的，一伸手就把一撮胡子拾了起来，看了半天，点点头说："哼，还说

没糊纸？"停了停，把一撮花白胡子递到老衙役眼前，责问道："没糊纸，你哪来这糨糊刷子？你看看，这上面白糨糊还在，我看你今天还怎么耍赖？"

（本栏题图、插图：李 加 史 琦）

故事会2005年5月下半月刊·绿版 **93**

哲理故事

　　生活中处处有哲学，57则作品无不通过曲折生动的故事情节与矛盾冲突，揭示丰富和深刻的哲理内涵，让你从中看到智慧的闪光与思想的火花，并由感情的激荡而升华为哲理的思索，从中悟出事物深层的蕴含与人生命运的真谛。

打官司故事

　　"打官司"这个词具有强烈的民间语言色彩，官司一打起来，各种矛盾冲突就无可回避，无法隐藏。本书共收集涉及法制的故事30则，分6大类，它们是：精彩个案，愚昧法盲，弄权枉法，道德法庭，回头是岸，法永道恒。

校园故事

　　一生最好是少年，一年最好是青春。这是一本充满活力的书，学生的时代，校园的生活，如花盛开般奔放，如火焰般热烈，全书34则故事，也许能唤起您少年时代最美好的回忆。

　　愿这本书能成为学生和老师的朋友！

打工故事

　　随着改革的不断深化，打工的观念将会成为社会普遍认同的一个观念。本书收编的24则故事，就是生活中打工仔、打工妹们打工生活的真实写照与缩影，它们是同类故事中的精品，相信能引起您的阅读兴趣。我们祝愿打工者们：明天会更好！

344

2005
SEMIMONTHLY
上半月刊

6月
STORIES

故事会

2005 年 6 月
上半月刊·红版

主编：何承伟
副主编：吴 伦
社务委员会
何承伟 吴 伦 姚自豪
夏一鸣 冯 杰 张凯
本期责任编辑：马 峡
美术编辑：李宝强
发稿编辑：
姚自豪 鲍 放
夏一鸣 蔓 石
梁宁宁
主管：上海市新闻出版局
主办：上海文艺出版总社
（上海市绍兴路 74 号）
邮政编码：200020
电话：021-64375030

督印 发行：张凯
（上海市建国西路 384 弄 11 号甲）
邮政编码：200031
电话：021-64313938
广告总代理：上海文艺广告传播中心
上海市绍兴路 74 号（邮编：200020）
广告总监：张 淮
广告业务：021-34010383
广告投诉：021-64333738
广告经营许可证
沪工商广字 3101034000029 号
发行：中国图书进出口上海公司

本刊各栏目欢迎来稿。来稿寄上海市绍兴路 74 号《故事会》杂志社，邮编：200020；本期责任编辑
E-mail 地址：maxia@vip.sohu.net

百姓话题

早做准备

一位男士随旅行团到欧洲旅游。在参观意大利的玻璃杯制作工艺时，导游告诉大家："这种红玻璃杯通常是用来送给母亲的，那种蓝玻璃杯通常是用来送给丈母娘的。"这位男士听后，便买了一只红玻璃杯，五只蓝玻璃杯。导游不解地问他买那么多蓝玻璃杯干什么。男士回答说："母亲只有一个，而丈母娘却是有可能要换的。"

（石玉民）

（本栏插图：李加史琦）

白担心

这天，学校给学生打疫苗。轮到王小明的时候，医生接连擦了几个棉球，就是迟迟不做关键动作。王小明心想莫不是自己得了大病，于是担心地问："医生，怎么了？"

医生扶了扶眼镜说："同学，该洗澡啦！"

（林 艳）

漂亮妈妈

放学回家，一对双胞胎兄弟兴奋地告诉母亲："妈妈，今天我们全班同学要选一位最美丽的妈妈，结果你当选了。"

母亲很高兴，问怎么会当选的。

双胞胎兄弟说："同学们都投自己妈妈的票，我们有两票，所以你当选了！"

（赵 鹏）

真正的快乐是内在的，它只有在人类的心灵里才能发现。——布雷默

大萝卜

一个美国人和一个巴西人在吹牛。

美国人：我们那里有一座很高很高的桥，有一个小孩去年从桥上掉下去，现在还没有落水。

巴西人：我们那里有一个很大很大的萝卜，它从十年前开始就从来没有停止过生长。

美国人：那我倒要去看一看。

巴西人：不用了，很快它就会长到这里来了。

（楚红梅）

教授与老公

杨教授长得很瘦，而且还驼背。

一天妻子买了很多补品回家，对杨教授说："多吃些，我可不想你这样瘦死！"

杨教授最怕吃补品了，便对妻子说："还是你自己补补吧，我没事，当'教授'时间久了，自然越教越'瘦'嘛。"

妻子不满地说："哼，我明白了，你这个做'老公'的怪不得背老是这么'弓'！"

（小公子）

减肥

一天，一个胖女人满面愁容地去看医生。

医生：上次你来看病，我跟你说过要健康必须减少饭量。你做到了吗？

胖女人：刚开始时，我一打开冰箱，就控制不住自己的食欲。后来我只好在冰箱内壁上贴了一张健美女郎的性感照片，来鼓励自己减肥。

医生：这个方法奏效吗？

胖女人：一个月后我的体重确实减少了5公斤，可是我丈夫的体重却增加了10公斤。

医生：为什么呢？

胖女人：因为他经常去开冰箱！

（朱书海）

·笑话·

节省靶纸

一个士兵入伍后已经打了三次靶。

第四次打靶，班长发给他靶纸时，他说："我不要了。"

班长奇怪地问："为什么？"

士兵说："你还是让我用原来的二号靶台就行了。"

班长说："那也得贴靶纸呀！"

士兵解释道："不用贴，原来那张靶纸一个洞也没有呢！"

（蒋　力）

退货

张小姐买了一包胡豆，回家一吃，觉得有股怪味，于是就回到商店去退货。刚走进商店，就看见一只老鼠在被卖的水果糖上爬，张小姐大叫起来："你看你们这卫生搞的！老鼠都在水果糖上爬！"营业员不慌不忙地说："我们卖的是'米老鼠牌水果糖'啊。"张小姐吼道："那你们卖给我的这胡豆又怎么说，一股怪味，根本就没法吃！"营业员微笑着说："小姐，我们这里卖的是'怪味胡豆'啊。"

（杨喜键）

害怕

阿三陪妻子散步，走累了，坐在公园的石凳上歇息。

不一会儿，走过来一对帅男靓女，坐在离他们不远的石凳子上旁若无人地拥抱接吻。

妻子见状，说："你看他们多浪漫，你想不想啊？"阿三吞吞吐吐地说："想是想，但我……我有点怕。"

妻子问："真老土，怕什么呀？"阿三耸耸肩说："我怕……怕那个女孩不愿意，更怕那个男的揍我一顿！"

（张金初）

6　牙齿痛的人想，世界上有一种人最快乐，那就是牙齿不痛的人。——萧伯纳

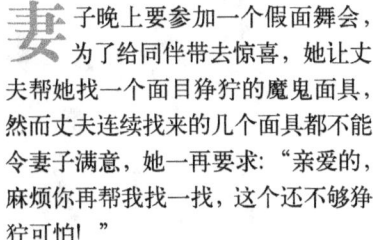

进 士

语文课上，老师问小明："你知道韩愈吗？"

小明回答："不知道，他怎么啦？"

老师说"他可了不起啦，25岁就是进士了！"

小明满不在乎地说："那有什么可大惊小怪的，你看我这眼镜是600度的，我今年才16岁就'近视'啦！"

（何 平）

戴 面 具

妻子晚上要参加一个假面舞会，为了给同伴带去惊喜，她让丈夫帮她找一个面目狰狞的魔鬼面具，然而丈夫连续找来的几个面具都不能令妻子满意，她一再要求："亲爱的，麻烦你再帮我找一找，这个还不够狰狞可怕！"

"亲爱的，"丈夫不耐烦地说，"如果你想达到那种最狰狞最可怕的效果，参加舞会时干脆就不要戴面具了。"

（竹 子）

我的也死了

一天，两个农夫在田间相遇。

农夫甲问农夫乙"老哥，跟你打听个事，上次你的驴病了，你给它吃了点啥？"

农夫乙说："我给它灌了半斤桐树油。"

说完两人就各自干活去了。

过了几天，两人又在田间相遇。

农夫甲拉住农夫乙问："老哥，你说你给你的病驴喂了点啥？"

农夫乙说："桐树油啊。"

农夫甲急了："可我的驴吃了桐树油就死了。"

农夫乙嘿嘿笑了两声，说道"那有啥呀，我的也死了。"

（谢智波）

□ 任瑞羾

相约五十年

清末年间，黔中某地住了一户姓吕的人家。这年，吕家生了个大胖小子，这小子一出生就啼哭不止，闹得全家和邻里们不得安宁。一位学识高深的老人说，此儿不同寻常，得把他过继给某个有灵气的东西，方能让他停止啼哭。

吕家依山面水，花草树木、清水秀石都透着丝丝清幽的灵气。孩子的父亲就抱着他四处寻找可以过继的灵物。说来也怪，无论把这孩子带到哪个地方，都无济于事，唯独来到后山一块大青石前，这孩子就立刻停止了哭闹，可一抱走，孩子又接着啼哭不止。孩子父亲一看他和这大青石有

缘，便在一个月朗星稀的夜晚，面朝大青石点烛焚香，把孩子过继给了这块大青石，并给孩子取名为"吕青石"。

自此以后，吕青石再也不哭不闹，长得壮实健康，就是脑子反应要比同龄的孩子迟钝一些。

吕青石长到八岁，父亲去世了，留下他与母亲相依为命。母亲一心想让青石出人头地、光宗耀祖，可他就是不爱读书，整天跑到大青石附近玩耍。母亲问他去后山玩些什么，他憨笑着冒出一句："我在后山和石头讲话。"母亲听了，摇头叹道："看你那傻样，长大了哪家姑娘会嫁给你当媳

妇哟！"

吕青石不管这些，仍然每天跑到后山和石头说话玩耍。十六岁那年，他在大青石旁遇见了一个和他年纪差不多的小姑娘。姑娘一看见吕青石，就眨巴着一双大眼睛痴痴地笑，青石也跟着憨憨地笑了起来。姑娘告诉青石她叫苏小小，以后会经常到山上来和他玩，把个青石乐得嘴都笑歪了。

一日三，三日九，一晃五六年过去了。吕青石和苏小小一个长成了腰圆体壮的大小伙，一个长成了丰满美丽的大姑娘。

这一天，苏小小红着脸轻声问道："青石哥，以后你有什么打算呀？"青石一向糊里糊涂，也不知小小是什么意思，就回了一句："天天陪你玩呀，好不？"

小小一听，脸更红了，说："你都老大不小的了，就没想过娶媳妇吗？"青石憨憨地笑道："我娘说过了，像我这样的憨人，哪家姑娘都不会嫁给我的，我就不想了。"

小小急道："谁说没姑娘肯嫁给你

呀？我就想……做你媳妇……"说罢，害羞地把头扭了过去。

青石说："娶媳妇干啥？我娘说娶媳妇要花很多钱的，我家穷，没钱娶你。你长得那么漂亮，还是嫁给那些有钱人吧！"

苏小小一听，"呜呜"地哭了起来，边哭边说："我们在一起五六年了，我已经把心都给你了，想不到你……"

青石见小小哭得伤心，急得抓耳挠腮："你别哭了，别哭了，这样吧，我回家跟我娘说一声，看她同不同意，好吗？"

小小一听，立刻破涕为笑"你答应就好，我今生今世非你不嫁！"

天还没黑尽，青石就飞奔回家，见到母亲，便把小小想嫁给他的事说

了。母亲一听，心里"咯噔"了一下。她问青石可知小小家里的情况，青石说，小小没提起过，他也没问。母亲就暗暗打听附近是否住有姓苏的人家，是不是有个叫苏小小的女孩。可是打听来，打听去，也没人听说过这方圆十里有姓苏的住户。

母亲急了，她怀疑憨儿子多半是撞见山上的妖精了。等青石来找她商量婚事的时候，母亲就把自己的想法告诉了青石，可青石不懂什么叫妖精，觉得很有趣。母亲见他那憨样，就说："儿啊，你什么都不要管了，你再见到小小的时候，照我说的做就行

了。"接着，便向青石如此这般地嘱咐了一番。

这天，青石上得山来，见小小早就在老地方等他了。小小见到青石，高兴地跑过来问长问短，当她得知青石母亲同意了这门婚事后，更是兴奋不已。就在她开心地拉着青石在山上转圈时，青石突然"哎哟"一声，捂着肚子喊起痛来，边喊边痛苦地摇着头说："是小时候的老毛病又犯了，我好难受呀！小小快帮帮我呀！"

小小一看青石痛成这个样子，也顾不得害羞，就用自己的嘴对着青石的嘴吹了起来。青石觉得有一股香甜的暖流顺着喉咙缓缓流向腹部，非常非常舒服。他想停止叫痛，但一想到母亲说的话，只得继续装痛下去。小小一看青石痛得不轻，非常心疼，轻轻叹了口气，一用力，从嘴里吐出一颗内丹，拿给青石，让他含在嘴里。

青石一见这内丹，心里嘀咕道：我娘怎么这么神呀！她怎么知道小小有这治病的内丹啊？这么一想，他就按照母亲说的，嘴用劲一咽，就把丹药吞进肚里去了。

小小见青石把自己的内丹吞进肚里，心一急就晕了过去，过了好一阵，她才苏醒过来，流着泪说道："青石哥，你可把我害苦了，你吞了我的内丹，我就活不成了！实话告诉你吧，我不是人，我是这后山大青石下修炼了千年的翡翠精。二十年前，我修行

人类的一切努力的目的在于获得幸福。——欧文

将满，眼看就要化为人形时，因一时心急，走火入魔，此时一定要有个新生男童与我结为千年姻缘，我才能修成正果，否则就会被打回原形，重修一千年。就在我危难的关口，你爹把你抱来过继给这大青石，实则是阴差阳错地让你和我拜了天地，十六年后，我又重修人形与你相见，为了报答你的救命之恩，我愿与你结为百年之好。没想到此时，你却误食了我的内丹，看来我们今世的缘分就要到此为止了！"说完又伤心地哭了起来。

吕青石一看苏小小哭成了个泪人，心中又悔又痛，悔不该听信母亲的话，害了小小的性命，毁了她千年的道行。想到此，他抱着小小哭道："是我害了你，是我害了你呀！你快把我的肚子剖开，把内丹拿回去吧。"

小小一听，感动得泪水滚滚，她深情地望着青石说："看来我没有跟错人，你对我一心一意，为了救我连自己的性命都可以不要，我已经心满意足了。这内丹一旦被凡人服用，就会融化在凡人的血肉之中，成为无形之物，就算剖开你的肚子，我也不可能重新得到它。看来这一切都是天意，我的内丹让你服了，我也死而无憾了。你若真心对我好，就把我埋在大青石下日月能照射到的地方，这样我可能会有重新得道的一天，而你得到我内丹相助，日后自会有远大的前程。"

吕青石听苏小小这么一说，早已哭得泪人一般。他轻轻地把小小抱起来，朝着大青石走去，小小万分留恋地看着青石，脸上带着浅浅的笑，慢慢化成了一块通体透明的翡翠。

青石用双手在大青石下刨着泥土，他的双手都刨出了血，终于刨出了一个小坑。他跪在松软的泥地上，把翡翠放在心口焐了好一会儿，才流着泪把它轻轻地放在坑内，然后用土覆盖好。做完这一切后，他一字一句地发誓道："我吕青石感谢苏小小的深情厚意，皇天后土作证，日后永世不相忘，如违誓言，天地不容，神鬼共诛。五十年后的今天，定当回来拜祭。"说完，一步一回头地走下山去。

说来也怪，吕青石自从吞下苏小小的内丹后，从一个目不识丁的憨小伙一下子变成了个见字就识、见书就读、过目不忘的奇人。后来，他在名师的指点下，中了秀才，考取了举人。

吕青石的奇人奇事渐渐在十里八县传开来，人们都十分好奇：这个过去呆呆憨憨的小子，怎么会一下子开了窍，变得如此聪明？青石的母亲也整天笑得合不拢嘴，一个劲地说："祖上积德，祖上积德。"

四年之后，吕青石进京赶考。他如有神相助一般，会试、殿试皆是头名。之后，他被皇上钦点为巡按，前往各地明察暗访世间冤情奇案，获得民间老百姓的拥护，也博得龙颜大悦。就这样，吕青石在不知不觉中度过了近五十个年头的审案生涯。

一天，年近古稀的吕青石在府邸花园赏花观鱼，忽见一条翡翠色的小鱼跃出水面，在池塘里激起了一汪水花，他心中不觉一动，想起了当年在家乡后山大青石旁对苏小小发过的誓言。

第二天早朝，吕青石奏明皇上，请求告老还乡，得到了皇上的恩准。

吕青石日夜兼程回到家乡，故土早已物是人非。他选了个月朗星稀的夜晚，一个人拄着拐杖，颤巍巍地来

到后山。那块大青石在月光的照耀下发出青幽幽的玄光。吕青石默默地坐在掩埋苏小小的地方，想着当年与苏小小见面时的情景，不禁老泪纵横。

他对着大青石下的土地轻声诉道："小小呀！我看你来了呀，我虽在外为官几十年，却一日未敢忘却当年赠丹之情，故至今仍独身未娶。我虽位高权重，但未做过半件损害百姓之事，现如今我两袖清风回归故里，信守当年之约，回来拜祭于你，不知你满意否？"说着说着，吕青石只觉一阵清风扑面而来，随后嗓子眼里一甜，"哇"地一声，居然从嘴里把当年形神已化的内丹吐了出来。吕青石随即晕了过去。

等他慢慢醒来，只见一位面若璎玉的书生正守候在他身旁，见他醒来，书生高兴地叫道："青石哥，还认得我吗？我就是五十年前形神俱灭的苏小小呀！你言而有信，今日正是五十年之约的最后一天。我俩这段旷世奇缘得到了上天眷顾，故我得以重修正果，与你相见，一来为了和你重叙前尘旧事，二来为了度你修仙悟道……"

当天晚上，吕青石老家的乡亲们都做了一个梦，梦见吕青石与一位白衣少年，踏着五彩祥云，向他们一一告别，尔后冉冉升空而去……

（本篇月月评短信代码：1101）

（题图、插图：箭　中）

赎回你的灵魂

有位妇女睡到半夜，感觉到屋里进了人，很显然，这个人不是丈夫，因为他去值夜班了。而且每次回来，丈夫都会先开门，然后静悄悄地走进来，抱一抱她，然后才睡去。

妇女看见来人手里拿着刀，在四处找东西，是贼！那一刻，她大睁着眼睛，内心出奇地镇定。这时候她知道自己绝对不能喊，隔壁就是儿子的房间，一喊，她和儿子都会有生命危险。她看到那贼的一只手伸向了她的首饰盒。她的心一下子收紧了，因为那里面有一对玉镯，是外婆出嫁时的陪嫁，一直传下来，如今传到了她的手中。那玉镯是用最好的鸡血玉做的，虽说不上价值连城，却也是她最珍爱的宝贝。但她一直沉默着，直到贼离开。

等贼一走，她马上冲到儿子的房间，抚摸着还在熟睡的儿子，她似乎更加肯定了刚才的决定。

然而，意想不到的事情发生了：那个贼出小区时，被看门的保安逮住了。两个保安押着贼来到她家。

灯光下，她终于看清了贼的长相：一张十分年轻的脸，脸上还有细细的绒毛，大概只有十五六岁的样子，眼神里满是恐惧。保安问她"女士，这是您的镯子吗？"她答道："是的。"保安说："刚才这个贼从您家偷走了这镯子。"

这个她当然知道。她抬头看了那少年一眼，这一眼让她呆住了：少年的眼里满是乞求的眼神，甚至有些绝望。那一刻，她的心忽然软下来，她有了新的决定。她说："你们放了他吧，他不是贼，那一对玉镯是我送给他的。"

保安大吃一惊，少年的眼里也全是惊讶。

"是我给他的！"她坚持说。

这时,她看到少年的眼里全是泪水。保安满腹疑虑地走了。保安一走,那个少年就"扑通"一声跪下了:"阿姨,您为什么救我?"

她笑了,淡淡地说:"孩子,因为你的青春比那两只镯子值钱,我只想用那两只镯子赎回你的灵魂。另外,告诉你,刚才我并没有睡着,而我之所以没有喊,也是为了我自己的儿子。"

那少年闻言,泪如雨下。

(推荐者: 孙美峰; 插图: 箭 中)

留个缺口给别人

一位著名的企业家在做报告,其间一位听众问"您在事业上取得了巨大的成功,请问,对您来说,最重要的是什么?"

企业家没有直接回答,他拿起粉笔在黑板上画了一个圈,但并没有画圆满,而是留下一个缺口。画完后,他反问道"这是什么?""零。""圈。""未完成的事业。""成功。"台下的听众七嘴八舌地答道。

企业家对这些回答未置可否,顿了一下,他说道:"其实,这只是一个未画完整的句号。你们问我为什么会取得如此辉煌的业绩,道理其实很简单:我不会把事情做得很圆满,就像画个句号,一定要留个缺口,让我的下属去填满它。"

留个缺口给他人,并不说明自己的能力不强,实际上这是一种管理的智慧,是一种更高层次上的圆满。给猴子一棵树,让它不停地攀登;给老虎一座山,让它自由纵横。也许这就是企业管理上用人的最高境界。

(推荐者: 付秀玲)

母亲的日记

灯下,女儿在做作业,母亲在一边纳鞋底。女儿的笔刷刷地响,母亲的针在灯光下一闪一闪。小闹钟的脚步声,让夜微微地抖动。女儿喜欢这种境界,喜欢这种静谧的温馨。母亲突然抬头看了女儿一眼说:"作业做完了吗?"女儿说:"做完了,我正写日记呢!"母亲奇怪地问:"啥叫日记啊?"女儿说:"娘,这都不懂?就是把你每天做的事记下来啊!"母亲笑笑说:"娘没上过学,可娘知道什么是日记了。"女儿为母亲的"天真"笑了起来。母亲说:"不信啊?你瞧,这是娘的日记本!"母亲放下活计,把两只手伸给女儿看。女儿看着母亲那双皱裂的布满厚茧的枯手,猛地明白了——这双记录了母亲辛劳岁月的手就是母亲的"日记"呀!灯光下,两行热泪爬在了女儿的脸上。

(推荐者: 胡明宝)

警匪故事

本书汇集五则中篇故事精品，描写公安人员深入虎穴，与潜伏的敌特土匪斗志斗勇，最后使之落入天罗地网。故事情节曲折复杂，悬念性特别强，敌我之间关系扑朔迷离，错综复杂，人物命运特别牵动人心。

红色间谍故事

7则中篇故事，描写一群置生死于度外，出生入死在敌巢魔窟中，机智勇敢地与敌特匪首周旋，进行地下斗争的革命者。故事情节曲折，人物形象鲜明，具有震撼人心的艺术魅力。

捣蛋鬼故事

本书收入的"捣蛋鬼"，是一批头上长角的油子、懦夫、贪者、莽夫、偷儿、怪徒，他们大多性格怪异，但在激变的环境中却展现出了人们意想不到的美丽人生。书中也描写了另一类罪错者，故事往往以轻喜剧的风格来处理人物之间的矛盾冲突，让你饱览社会生活的丰富多采。

怕老婆故事

怕老婆现象古今中外均不同程度存在，汇集出书这是第一本。作者均取材于实际生活，有古代代表性作品，更多的是描写当代人的这类夫妻关系。他们怕老婆的行为，离奇古怪；怕老婆的动机，五花八门。

家庭故事

　　家庭是一个舞台，千千万万个家庭演绎着万万千千的故事。这本故事书里的51则作品，艺术地再现了家庭中的矛盾纠葛、悲欢离合和儿女情长，内容亦庄亦谐，或耐人寻味，或令人捧腹，有较强的可读性和可传性。

情爱故事

　　集中所收38则故事，几乎覆盖人们情爱生活的各个环节，社会众生相在作品中得到了不同程度的映照和折射。这些故事不仅在情节设计上精于构思、巧于安排，而且在艺术风格上也各有所长。对看惯小说电影戏剧的诸位来说，浏览此书是一种全新的享受。

聪明人故事

　　本书犹如一叶风帆，引您在智慧之海遨游。故事中的主人公活跃在各自的人生舞台，凭着自己的聪明才智，斗强蛮，蔑权贵，助弱小，解万难，演绎着一出出绝妙无比的连台活剧，内容既有情节性又有趣味性。

傻子故事

　　傻子故事在民间流传极广。本书共收72则傻子故事，内容生动风趣，人物栩栩如生，一群言行可笑、可悲而又憨厚可爱的艺术形象，如一幅幅色彩奇特而又耐人寻味的漫画，让你目不暇接。

说大事、小事,普通人的身边事
讲闲话、实话,老百姓的心里话

话说

河南人

　　朋友,你有没有注意到,在你的生活中会时不时地听到一些有关河南人的顺口溜、笑话,说河南人怎么怎么了,于是就有人站出来为河南人说话,其中有两个作家,他们写了两本书,一本是《河南人惹谁了》,一本是《解读中原》,书出版后,有关河南人的话题就更令人瞩目了。

　　河南是中国第一人口大省,近一亿的人口,十几个人中就有一个是河南人;河南是中国的农业大省;河南是中国的经济大省,连续几年国内生产总值居全国第五位;河南是中国的文化大省,历史悠久,是中华文明的发祥地;河南的老百姓勤劳、善良、节俭、淳朴……我们不能因为少数几个人做了一点什么事就说河南人怎么怎么了。喜欢说别人,这是我们好多人的毛病,说别人"土",你好像就"洋"了;说别人"低贱",你好像就"高贵"了;说别人"愚昧",你好像就"文明"了;说别人"落后",你好像就"进步"了……其实,别人身上的这些毛病你全有呀,"他跟你说我,我跟你说他,我跟他说你",说来说去,耗掉了我们的精力,花掉了我们的时间,糟蹋了别人的名声,贬低了自己的形象,我们为什么不能少说别人几句?为什么不能把"说三道四"的时间和精力省下来,多做一点有益于别人和自己的事呢?

　　这天傍晚时分,从北京开往广州的特快列车正在千里京广线上奔驰着,在

一节车厢里，几个旅客正在聊天，不知怎的，说着说着，又说起了"河南人"……

一位陕西导游讲的故事

把我们的尊严买回来

我在西安一家旅行社当导游，也算是土生土长的陕西人。去年春天，一个河南的中学生旅游团到西安参观秦始皇兵马俑，领导派我为他们当导游。

那天，我们的旅游车开到一个农贸市场的入口处，偏巧前面交通堵塞，我们的车子只得停在那里。中学生们爱说好动，我就让司机打开车门，让他们到路边透透风。就在这时，

农贸市场的一个摊位上传来了激烈的争吵声，中学生们"哗啦"一下围了上去看热闹，我怕出意外，寸步不离地跟着他们。

到了那儿一看，我大吃一惊，只见一个卖鸡蛋的摊位旁，挂着一个醒目的牌子，上面写着："处理河南坏蛋！"一个三十来岁的民工模样的人正在同摊主争吵，那民工红着脖子说："你这个牌子是对我们河南人的侮辱，必须取下来，你不取下来，我跟你没完！"

摊主毫不退让，操着陕西方言大声回敬"你们河南人坏，我就是要处理河南坏蛋！要不，这样也可以——你只要肯把这些鸡蛋买回去，我就把牌子摘下来！"

那河南民工也不含糊，指着摊主说："你们陕西人才是坏蛋呢，我在这里给你们陕西老板打了半年工，才发了一个月工钱，找他讨工钱，就是躲着不给……"

河南来的中学生们一看牌子，又一听河南民工的诉说，早气得摩拳擦掌了。我知道这些血气方刚的青年学生一激动，什么事情都能做得出来，便急忙向摊主问情况，摊主恨恨地说："前几天有个河南人向我推销鸡蛋，我觉得价钱还可以，就要了二十

箱，哪知他们的鸡蛋只有上面几箱是新鲜的，下面的都有些变质，为了减少损失，我只有降价处理这些河南来的坏蛋！"

那个河南民工不依不饶地说："你处理鸡蛋可以，为什么非要写河南坏蛋？你就是有意欺负我们河南人！"

在自己地盘上，摊主哪里把一个河南民工放在眼里，他扯着嗓子吼道："你有本事，就掏钱把这些河南坏鸡蛋买回去，要是这样，从今以后，我就再也不叫你们河南坏蛋了！"

河南民工摸了摸空空的口袋，一脸的愤怒和无奈。就在这时，一个河南中学生突然掏出一张五十元的钞票，叫了一声："同学们，我们为这位民工叔叔捐款，让他把这些坏鸡蛋买回去，把我们河南人的尊严买回来！"

他这么一吆喝，几十个中学生纷纷掏出钞票往河南民工手里塞，那民工一见有这么多河南来的青年学生助威，一下子来了精神，不管三七二十一，把一箱箱鸡蛋砸个稀烂，砸完鸡蛋，摊主拿出计算器算了一番说："你一共买了十六箱鸡蛋，每箱鸡蛋二十五斤，每斤鸡蛋两元钱，一共是八百块钱，快掏钱吧！"

那位民工数了数手上的钞票，只有六百二十元，那个带头捐款的河南学生说："同学们，我们这一趟旅游宁

肯少买一点纪念品，也不能让他们看轻了我们河南人！来，我们把不足的钱补齐！"话音未落，中学生们一个个开始翻衣袋，有的连一元的硬币也捐了出来。

一百八十元很快凑齐了，摊主对河南民工说："你可以走了！"河南民工没吭声，走上前去，伸手一把将"处理河南坏蛋"的牌子摘下来，扔在地上，使劲踩了个粉碎，踩完了，长长地出了口气，对那个带头捐款的学生说："咱们河南人有了你们，我心里真高兴！"说完，跨着大步走了。

这时，路边响起了急促的汽车喇叭声，原来是交通堵塞疏通了，司机催我们赶快上车，我急忙用喇叭通知大家上车。车子驶出了市区，在通往秦始皇兵马俑方向的公路上奔驰。车厢里，河南的学生们一个个沉默寡言、一脸沉重，再没有了开始时的欢声笑语。

突然，一个学生大叫一声："快看，后面有人追我们——"

我急忙转身一看，车后果然有一个骑摩托车的男人在追赶我们的车子，我忙吩咐司机停车，摩托车很快拦在车子前面，骑摩托车的男子摘下头盔，我定睛一看，天啊，竟然是那个"处理河南坏蛋"的摊主！我走下车去，正要开口，那男人却递给我一叠钞票，说："这是河南的学生娃子们捐的钱，请你退还他们，因为那鸡蛋

的实际价格不是一斤两块钱，而是一块五，每箱的重量是二十斤不是二十五斤，这样一来，我就多收了他们三百二十块钱。你们走后，我很内疚，因为我这个陕西人没有说实话，你想想，他们河南的民工和学生娃子还知道维护河南人的声誉，我咋能一时糊涂坏了我们陕西人的名声？导游老乡，请你替我向河南的娃子们说声对不起吧！"

我听了，一时呆住了，而那个摊主却骑上摩托车一溜烟地消失了……

一位珠海老板讲的故事

肥水不流外人田

常言说：得中原者得天下。河南地处中原，历来是兵家必争之地，如今改革开放，河南成了众多商家激烈争夺的地盘。我的公司是从事药品进出口贸易的，几年前，为占领中原市场，我们打算和河南一家医药公司的秦总合作。

在我的印象里，江浙一带的商人比较精明，而河南做生意的大都比较憨厚，很容易"摆平"。秦总三十七八岁，是一家股份制企业的老总，那年春天，我邀请他和上海的乔总、沈阳的崔总一起到珠海进行商务考察，三人都高兴地答应了。为了表示我的诚意，我把他们安排在一家著名的五星级大酒店下榻。

那天上午，上海、沈阳的两位老总到达珠海机场，我亲自开车把他们接到了那家酒店，可是，一直没有河南秦总的消息。我正在房间里着急，他的电话打来了，说是已在酒店大厅等候多时了，我急忙来到大厅，发现睡眼蒙眬的秦总正靠在沙发上。

这个秦总中等身材，不胖不瘦，笑起来眼睛眯成一条线。初次见面，双方礼貌地交换完名片，我问他："秦总，你是乘飞机还是坐火车来的呀？为什么不通知我们去接你一下？"

秦总揉了揉惺忪的眼睛，不好意思地说："哦，我们河南一家公司有一辆大货车来珠海送货，驾驶室里刚好有一个空位，我给了司机一百块钱，就一路到了珠海。他们是河南人，我付了他们钱，这叫肥水不流外人田！"

"我的天啊！"我差点笑过气去，心里说：河南来的秦总怎么是这样的一个吝啬鬼？于是，我拍拍他的肩膀说："秦总，咱们都是搞医药的，一家人不说两家话，这次你们来珠海的所有花销都由我们公司负责。"

当天晚上，我为三位老总举行了丰盛的接风宴会，第二天上午带他们参观了我们的公司和产品，下午，我亲自和三位老总商谈合作事宜。他们对我们的医药产品很满意，上海的乔总是个非常精明的生意人，把我们已经拟好的合同文本修改了不少；沈阳

为了在生活中努力发挥自己的作用，热爱人生吧。——罗丹

来的崔总精通医药，把许多对产品的要求写到了合同上，唯独河南的秦总没有提出任何意见，只是说："你们公司对我们应该一视同仁，和他们签的合同就是和我们签的合同。"

嗨，这河南土老冒倒挺聪明的，一言不说，却坐享其成！可是，等乔总、崔总出了我的办公室，秦总突然对我说："我想问一句，如果我们超额一倍完成合同约定的销售额，贵公司对我们有什么奖励？"

我想了想，立刻表态说："如果能超额一倍，我将从我个人的分红收入中拿出一部分，奖励秦总个人一辆价值三十万元的小轿车！"秦总眼睛一亮，爽快地说："那好，我们的合同中就比他们多这一条，合同明天就签。我们是哥俩，这笔钱无论装进你的腰包还是我的腰包，仍旧是肥水不流外人田！"

我再次被秦总这句话逗乐了，当即领着三位老总共进晚餐。酒足饭饱之后，在业务经理的带领下，我们走进了夜总会，为三位老总各自安排了一个包厢。这家高规格的夜总会消费很高，汇集了许多来自全国各地的靓女，一个个能歌善舞、楚楚动人，我曾经在这里"摆平"了许多客户。二十分钟后，业务经理向我报告："乔总、崔总都已经找到了合适的舞伴，偏偏河南来的秦总太挑剔，连叫了几个舞伴都不满意。"

"什么？难道五星级大酒店的夜总会就找不出一个让他满意的舞伴？"我一下子来了火，立刻带着秦总来到大厅舞池，我们俩的目光像老鹰一样在每一个角落搜寻，忽然，我发现秦总的眼睛一亮，目光盯着一个正在座位上独自喝咖啡的黑衣女郎，我立刻走上去说道："小姐，我的朋友想请您去包厢跳舞可以吗？"

黑衣女郎看了看我手指的秦总，点了点头，秦总很兴奋，牵着黑衣女郎的手走进了包厢。我坐在大厅里，一身轻松，正喝着咖啡，业务经理走

来向我报告："老板，那个黑衣女郎要三千块小费，怎么办？"

我毫不犹豫地下令说："照单全付！"说完这话，我心里说道：这个黑衣女子，宰人真够黑的！这天晚上，三位老板都非常兴奋，特别是那个河南秦总，遇见那个黑衣女子，好像见到了久别重逢的红颜知己。第二天上午，三份协议顺利签订，三位老总各自打道回府。

一年后，河南的秦总竟然真的超额一倍多完成了销售任务，我说话算数，在业务经理的陪同下，亲自把一辆崭新的轿车送到了河南。秦总在一家大酒店为我举行答谢宴会，他公司的几个副总全部出席了，这时，一个身穿深红色旗袍的女子出现在宴席上，一个副总立刻向我介绍说："这就是秦总的爱人韩梅女士，也是全国著名的美容养颜专家——"介绍完毕，韩梅女士举杯向我致意说："谢谢您在珠海对我的照顾。"

我一愣，秦总哈哈大笑："你忘了？她就是那晚在夜总会陪我跳舞的黑衣女子。那一次，我们夫妻俩都去了珠海，她先在大酒店住了下来，一直悄悄照顾着我，我当然要找她跳舞了。不过，害得你花了三千块小费，真不好意思！"

韩梅女士的脸微微红了红，她举杯来到我的面前，轻声说："谢谢您的

三千块钱，我用它付了房费，来，我敬您一杯！"

"啊！"我惊呆了，在我的经商生涯里，还是头一次遇到这样的对手！来不及多想，我朝秦总夫妻俩举起酒杯，一阵大笑："你们河南人啊，真是肥水不流外人田啊！"

当晚，我大醉一场。从此以后，河南商人的新形象刻骨铭心地留在了我的脑海里……

一位河南妹子讲的故事

"花木兰"陪你来喝酒

河南豫剧在全国很有影响，一代豫剧大师常香玉主演的《花木兰》曾经风靡全国，"刘大哥讲话理太偏，谁说女子享清闲……"这一段唱词更是家喻户晓，大人小孩都能哼上几句。

我说的这事发生在北京：在一条不起眼的街道上，有一家不起眼的小饭馆，店名就叫"花木兰餐馆"，不用说，一看店名就知道是河南人开的。两年前，我和男朋友一起从河南来北京打工，男朋友以前在郑州当厨师，积攒了一些钱，本来想跟我一道在北京开个小餐馆，由于一时找不到合适的店面，就在"花木兰餐馆"当了厨师，我在店里当端盘子的打工妹。

店老板是个三十七八岁的河南女人，姓王，待人热情，我们都亲切地叫她"王姐"。听店里的姐妹介绍，王

姐曾经是河南一个县豫剧团的主演，后来戏剧不景气，剧团解散了，下了岗的王姐四处打工，跑到北京一个戏曲茶座卖艺，赚了一点钱后开了这家"花木兰餐馆"。

店里有一台录音机，一天到晚播放河南豫剧，放得最多的就是《花木兰》。店里的菜也是河南风味的，每到中午和晚上顾客多的时候，王姐便穿上戏装披挂上阵，用录音机播放的音乐伴奏，唱上几段原汁原味的河南豫剧，博得顾客满堂喝彩。在王姐的影响下，我们几个小姐妹干脆拜她为师，学起了河南戏。尽管王姐是开餐馆的，要应酬各种各样的客人，但为了保护嗓子从不喝酒。

一天夜里，餐馆正要打烊，忽然，几个凶神恶煞的彪形大汉闯进店里，点了一桌子鸡鸭鱼肉，接着，非要王姐陪他们喝酒。王姐不愧见多识广，她为客人沏上茶水，赔着笑解释说自己不会喝酒，并表示以茶代酒敬他们一杯。为首的一个汉子脸上带着刀疤，他一把夺过王姐手上的茶碗摔个粉碎，骂骂咧咧地偏要王姐陪他们喝酒。店里有一个年轻厨师，是王姐家乡的表弟，他看见刀疤脸欺负表姐，提着一把明晃晃的菜刀跑了出来，王姐一看要出事，急忙把表弟死死拦住，刀疤脸却伸手从衣袋里掏出一张纸摔在饭桌上，一阵冷笑，说道："这是你们店老板给我们签的转让合同，从明天起，

你们这个餐馆被我们接管了，明天天一亮，你们这些打工的愿意干的就留下，不愿意干的就给我卷铺盖滚蛋！"

王姐拿起那张纸一看，脸色顿时煞白，身子晃了几晃差一点摔倒，两个姐妹急忙上前把她搀扶到餐馆后面的宿舍里。王姐的表弟伸手拿起那张纸一看，气得大骂："不要脸的表姐夫，刚挣了点钱就在外面包女人，真给我们河南人丢脸——"他边骂边说，我们几个打工妹也慢慢弄明白了其中的来龙去脉。

事情是这样的：当年，王姐的丈夫范留根也在县剧团工作，是个手艺不错的美工。剧团解散后，夫妻两人

把孩子留在家乡老人那里，一同到北京闯荡。刚开始，王姐到戏曲茶座卖艺，范留根就跟着河南来的装修队打工，渐渐地，有美工基础的范留根就显露出与众不同的才能，不到一年，就拉了一支二十多人的装修队伍，两年后，他挂靠到一家装修公司，当起了包工头。

王姐开的这家餐馆，营业执照是用丈夫的名字办理的，本想夫妻俩共同经营餐饮生意，可范留根死活要做装修生意，原因是他悄悄跟一个外地女子过上了姘居生活，唯恐王姐的餐馆会把他死死拴住。王姐对丈夫在外面的事儿也有所耳闻，但是，绝对想不到丈夫会把她一个人苦苦经营起来的餐馆"转让"给一个外面的野女人！

也就在这时，一个浑身散发着香水味的妖艳女人走进了店里，她鼻子里"哼"了一声，煞有介事地说："告诉你们，我是受了那个姓范的骗，他告诉我说他是个大老板，骗我白陪他半年不说，还从我这里拿走了二十万元。几天前，他的装修工程搞砸了，赔了个一干二净，我的二十万元泡了汤，他只有拿这个不值钱的破餐馆抵账！从明天起，你们这些人都得听我的！"

那女人话音刚落，突然，王姐的丈夫范留根从外面闯了进来，他指着那个妖艳的女人叫道："你、你这个没良心的女人！是我一时鬼迷心窍，供你吃喝穿戴，我生意砸了不假，可我根本没有从你那里拿走什么二十万，全是你雇佣别人逼我签下这转让协议的！"

"哼！"妖艳女人把嘴一撇说，"说话要有证据，上法院打官司也得靠证据，这转让协议就是最有说服力的证据！我再说一遍，从明天起，这家餐馆就是我的！"

范留根据理力争，那个刀疤脸上前一把扭住他，随即另外两个大汉也一拥而上，抬起范留根就要往街上扔。就在这时，餐馆里忽然响起了急促的鼓点声，众人一看，只见王姐的表弟拿着两根筷子当鼓槌，用切肉的案子当鼓面，像舞台伴奏一样敲了起来。没等几个彪形大汉弄清楚怎么回事，只见王姐身穿花木兰的一身战袍，腰挎战刀，威风凛凛地出了场，一边走一边用戏曲腔调喊道："慢来，慢——来——"喊声落地，身子刚好把要被两个大汉扔出去的丈夫挡了下来，范留根挣脱开来，躲到了王姐的身后。

刀疤脸一惊，退后两步说："你、你这是干什么？"王姐把手一拱，朗声说道："在下花木兰，也是店老板，昔日战疆场，今朝开餐馆，来的都是客，陪客把酒干！上酒——"

范留根一听王姐吩咐上酒，急忙从柜台后搬出一箱北京二锅头，满满倒上了几大碗。王姐端起一碗酒来到那个妖艳的女人面前，说道"我卖艺来你卖身，我清白来你黑心，想我堂堂花木兰，岂容妖孽乱我军！"说完，猛一抬手，把满满一碗酒泼到了那女人的脸上。

"啊！"那女人尖叫一声，躲到刀疤脸身后。王姐又端起一碗酒迎向刀疤脸："几位大哥不是要喝酒吗？来，今天我花木兰舍命陪你们来喝酒，别看俺女扮男装，照样与你们一醉方休！"说完，端起酒碗一饮而尽。

刀疤脸愣了一下，吩咐几个弟兄端起酒碗，一口气喝了个底朝天。他放下酒碗说"花木兰大姐，你家男人已经把餐馆转让了，我看，你就赶快收拾收拾离开这里吧！"

"这位大哥，此言差矣！"王姐朝着刀疤脸双手一拱，王姐的表弟把录音机一按，餐馆里立刻响起《谁说女子不如男》那雄浑、铿锵的豫剧旋律，只见王姐战袍一抖，唱道"刘大哥讲话理太偏，谁说女子享清闲，男子在外搞装修，女子在家开餐馆，白天迎顾客，夜晚还加班，一家人才有这吃和穿，你要不相信哪，请往店里看，店里桌和椅，还有油和盐，大大小小都是我一人添！有许多女英雄，也把功劳建，为国杀敌代代出英贤，这女子们哪一点不如儿男——"

"把我们的尊严买回来"作者：郭选；"'花木兰'陪你来喝酒"作者：刘金涛。

下期话题：车祸发生后的故事

"好——"店里的厨师和打工妹一齐喝彩，那几个打上门来的大汉，不知道是因为也熟悉《花木兰》这出戏，还是被王姐说的唱的感染了，居然也借着酒兴叫起好来，其中有个汉子凑近刀疤脸说："大哥，花木兰是个女英雄，咱们为几个小钱跟女英雄过不去，值得吗？如果传扬出去，说不定道上的朋友会戳我们脊梁骨啊！"

"这——"刀疤脸也被"花木兰"的英雄气概镇住了，他挠了挠头皮，把桌子一拍，冲一旁那个妖艳的女人说道："奶奶的，今天没白来，看了一出好戏！你的事情我们管不了，要打官司上法院。弟兄们，我们走——"几个大汉跟着刀疤脸扬长而去，那个女人见没人撑腰，也灰溜溜地跑掉了。

想不到剑拔弩张的场面竟然会因为王姐的一段戏而戏剧性地收了场。第二天，我们都以为王姐这个女强人会跟范留根闹离婚，可是，我们想错了，她没有和丈夫吵闹，而是把"花木兰餐馆"转让给了我和男朋友，然后带着钱和丈夫离开北京，回到了那个河南小县城。

不久，王姐打电话告诉我说，她和丈夫恢复了县豫剧团，正在紧张地排演第一出戏——《花木兰新传》。

"肥水不流外人田"作者：刘金涛；

（题图、插图：安玉民）

□ 张鹰熊

咱们就要胜利了

小张入伍后，去了运输连。在他第一次独立执行任务时，带他的老司机叮嘱他："如果在石疙瘩山的拐弯处遇到个白发苍苍的老太太时，一定要冲她喊一声：'咱们就要胜利了！'"小张很好奇，问为什么，老司机说："这是咱们部队不成文的'军规'，我当新兵时老兵就是这样告诉我的，照办就是了。"

出发那天，天空飘着雪。小张记挂着老司机的叮嘱，一到石疙瘩山，就开始减速……

果然，前方出现了一个佝偻着身子的老太太，车开近了，小张看到老太太死死盯着自己的车，眼里充满了期望。小张探出头去，向她大声喊道："咱们就要胜利了！"这时，他看见老太太那双浑浊的眼睛立马一亮，然后还微笑着向自己招了招手。

小张很快完成了任务，返程时，天已经黑了，加上下着雪，车开得很慢。小张心里嘀咕：这么晚了，又是雪天，老太太恐怕不会在这路边了吧……他的目光在马路两边搜寻着，忽然，那个佝偻的身影又出现在他的视野里，虽然白发隐在漫天飞雪中看不分明，但小张确信这一定是那位神秘的老太太！

不过，让小张觉得奇怪的是，前面几辆车的司机都没喊什么"咱们就要胜利了"，老太太也并没任何阻拦的意思。小张犯了寻思：不是所有的司机都向她喊话啊，这回我也不喊，看她有啥反应。于是经过老太太身边时，他只是摁了两下喇叭而没有喊话。谁知，老太太擦了擦眼睛，探着身子仔细瞅他的车，接着就眼睛直勾勾地盯着他，好像就在等他的那句话，小张假装没看见她，驾车继续慢慢行驶……他从后视镜里看到：老太太向他的车挥动着胳膊，而且越来越用力，接着那瘦小、佝偻的身影竟向车子踉踉跄跄地跑了过来。小张赶紧回头大声喊"咱们就要胜利了！"这时，后视镜里已看不清老太太的表情，小张只能看见她猛地站住了，并挥手和自己再见。

小张实在按捺不住好奇心，把车往边上一停，索性下车问个明白。他走到老太太身边，一时却不知该说些什么，就傻笑着又喊了声："老奶奶，咱们就要胜利了！"老太太眼里一下子浮出了笑意，上下打量着小张说："好，咱们就要胜利了，同志们都这么说，胜利了，我家英俊就回来和我成亲了！对了，同志，你是从朝鲜前线回来的吧？"老太太兴奋极了，一口气说了许多，这可把小张弄懵了，他心里琢磨着：什么朝鲜战场呀？都是啥时候的事了，难道我们对她喊的"胜利了"就是指那场战争胜利了？

小张越想越好奇，决定今天一定

要弄个明白。正在他思忖如何回答老太太时，老太太哆哆嗦嗦地从怀里掏出一样东西，小张仔细一看，原来是张外面罩着塑料薄膜的黑白照片。这照片已经发黄而且很模糊，但依稀可以看出是一个穿着志愿军军装的年轻军人。

老太太轻轻抚摩着这张照片，像抚摩一个大宝贝似的，然后带着回忆的神色说："这就是我家英俊，那年他就是在这儿戴着大红花走的，坐的也是像你这样的绿色军车，我哭着不让他走啊，我俩都订亲了，"老太太忽然露出了少女般的娇羞，红了脸，低下头去，过了一会儿，才又缓缓地说，"他就劝我，说这是去保卫我们的胜利果实，等胜利了就回来成亲。车开动了，我一边跟着车跑一边哭着喊：'英俊，河里水干了，山上石头烂了，我也等你回来……'"说着说着，老太太哽咽起来，两行浑浊的泪水淌在她脸上深深浅浅的皱纹里。

小张赶紧掏出手绢给老太太。老太太抹着泪花儿继续说："英俊过了鸭绿江就给我邮了相片儿，还说他立了功，让我别着急，等胜利了，就回来娶我……后来，小根回来了，接着老贵也回来了，就是我家英俊没回来，我就哭着去问他俩，他俩说，仗还没打完呢，他俩是受伤才回来的，英俊没受伤，还得接着打仗，等咱们胜利了，英俊就回来了……"

老太太继续说着，她越往后说，小张的心被揪得越紧。他渐渐听明白了：这是一个当年志愿军的"准"烈属，她的英俊很可能已经长眠在那片战场上，但质朴而痴情的她如何能接受这个现实呢？也许，大家为了使她心中的期盼不沦为最后的绝望而共同缔造并维持着这个善意的"骗局"——告诉她战争还没有结束，要等胜利了，她的英俊才能回来……

雪越下越猛了。虽然小张很想多陪陪这位老太太，但他担心大雪封路，只能上车。他劝老太太早点回家歇息，但她却执意要再等等。老太太指着远处开来的一辆车，满怀期待地对小张说："你看，说不定还有绿军车来呢——英俊就是坐你们这绿军车走的，他一定快回来了。"说完，这个佝

偻着背的白发老人又一次专注而急切地死盯着渐渐开近的车，只是这一次，小张觉得，她的背弯得更厉害了，整个上半身仿佛都向着那个方向执著地飞奔着，只有那头白发在风雪中逆着那方向，尽情地飞舞。

此后，小张打听了很久，终于找到了老太太说的那个小根。小根告诉小张，英俊已在1952年的一次战斗中牺牲了。烈士牺牲的通知和证明当年就发到了当地的民政部门，当时还是小姑娘的老太太知道消息后，愣在那里不吃不喝整整两天，第三天一早，她忽然一声嚎哭，大辫子一甩，就冲出了家门。这一冲，就冲到当年英俊登车时的石疙瘩山拐弯处，就这么不哭也不闹地站着，见到绿色军车就拦截，打听消息，这一等就等了将近五十年。

小张噙着泪听完了老太太的故事。后来的一年里，他常常经过石疙瘩山，每次他不仅要喊上那句"咱们就要胜利了"，还总是给老太太捎上些吃的、用的。

第二年雨季，嫩江和松花江洪水泛滥，小张所在的部队奉命开赴抗洪前线，他们在夜幕下冒雨出

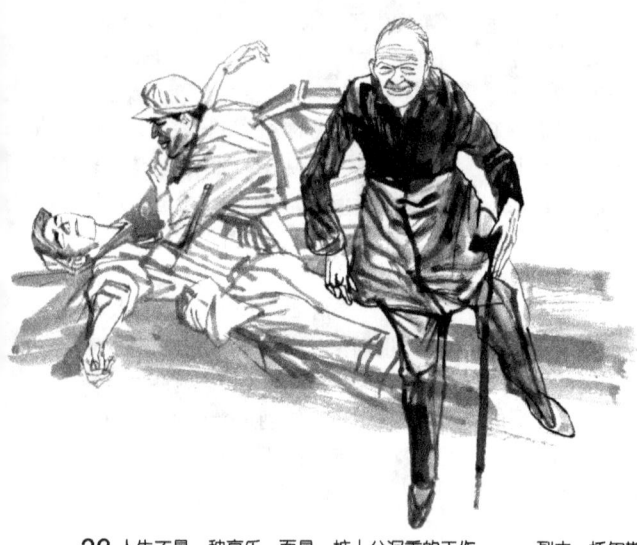

发了。

到了石疙瘩山拐弯处，在车灯的照射下，小张发现路中间有人，他心里一惊：不会是那老太太吧……走近一看，白发苍苍，佝偻着身躯，不是她是谁？可是，她怎么深夜也出来呢？而且，每次她都站在路边，今天怎么站到路中间了？

由于军务紧急，小张冲车窗外喊道："咱们就要胜利了！"他以为老太太听见喊声就会让开，可是老太太仰头看着他，竟然纹丝不动。小张又以为是雨声大，她没听见，就又喊了一声，可她还是不动，就像一尊塑像一样立在马路当中。

后面的驾驶员急得直摁喇叭，没办法，小张只好下车将老太太扶走。上车时，小张听到老太太嗫嚅着："咱们真的就要胜利了吗？英俊胜利了就回来娶我吗？"小张心头一阵酸楚，再次跳下车，走到老太太跟前，安慰道："真的就要胜利了，你和英俊马上就可以完婚了！"老太太木讷的脸猛然间焕发了生机，满脸的皱纹像朵菊花一样舒展开来，眼睛里闪烁着泪花，纯真地望着小张。小张被她望着，一颗心直往下沉，他仿佛见到了当年青春美丽的她，正深情款款地注视着她亲爱的英俊。

后面的车又按喇叭了，小张只得上车。车队又开始前进了，小张从后视镜里久久地注视着老太太的身影。终于越来越远了，她变成了雨中一个隐约的小点。

忽然，一声巨响，浓重的黑影铺天盖地倾泻下来，在瞬间吞没了那个小点。就在老太太站立的地方，山体滑坡了！

雨下得大极了，滑坡后的泥沙仍发出巨大的响声，没有人能听见小张的呼喊，也许只有老太太能听见。他向着车外大声呼喊着"咱们就要胜利了"，用尽了所有的力气，喊得泪流满面……

（本篇月月评短信代码：1102）

（题图、插图：杨宏富）

郑重声明

为严肃出版纪律，编辑部再次郑重声明：1.本刊拒绝重发稿、抄袭稿。一经发现，编辑部将视情节轻重，对其作出相应的处理，如通报有关部门、在刊物上公开曝光等，并保留向司法部门起诉、追究法律责任的权利。2.所有来稿务请注明：原创、翻译、改编、推荐、搜集整理以及需要说明的事项（包括该作品是否已投寄其他刊物）。3.来稿三个月内未接到任何通知，作者可另投他处，编辑部不再退稿。

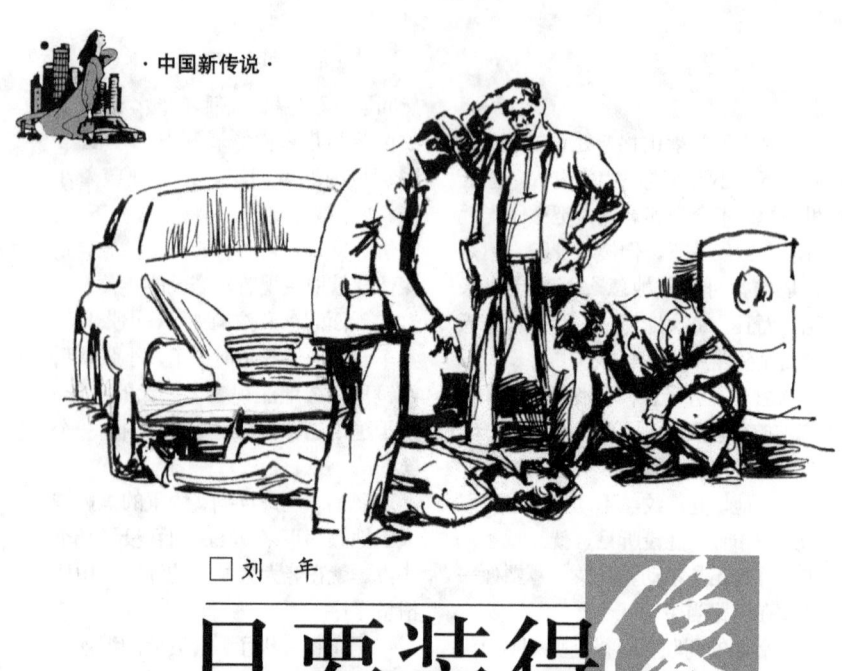

□刘 年

只要装得像

张二金一向不务正业，有时还爱干些坑蒙拐骗的勾当。前些天，报上登了一则社会新闻，大体是说一个人故意去撞汽车来勒索医药费，这一下子触动了张二金的神经。他心想：我何不也来试试？说不定这样还能赚大钱呢！

于是，张二金就试着干了几次，果然屡试不爽，每次都能弄个二三百块的。干得多了，经验自然是越来越丰富，野心也越来越大了。为了伪装得更像，多讹人家钱，他经常故意在倒地的一瞬间把鼻子弄破，制造血淋

淋的场面，这么一来可把那些司机唬得够呛，讹的钱要比以前多一倍。

有一天，他又在大街上瞎遛，找目标。在一个小丁字路口，他远远地看见一辆进口小轿车驶了过来，走近了，一瞧原来是辆外地车。他眼睛一亮，凭经验，开这种车的都是有钱人，又身处外乡，大多抱着破财消灾的想法，出起钱来肯定比在本地的主儿痛快得多。这可是个千载难逢的好机会啊！于是他骑着自行车就凑了上去，在接近那外地车的一刹那，他突然横着一拐蹿了过去。轿车司机一见，急

忙来了个急刹车，张二金借势往地上一倒，用手在自己的鼻子上狠狠地搂了一下，鼻血立时就涌了出来。过了好一会儿，汽车上也没人下来，张二金甚是得意，心想：那司机准是被吓傻了！直到路上的行人越聚越多，汽车门才一响，终于有人从里面下来了。张二金闭着眼睛，感觉到有两个人走到他跟前，其中一人俯下身，用手轻轻推了他一下，紧张地问："喂，哥们儿，怎么样，伤得重吗？"张二金缓缓地睁开眼睛，见问他话的是一个蓄着两片小胡子的男人，在他旁边的那个人是个光头。张二金不答话，只是不住地呻吟，显出一副痛苦不堪的样子来。光头说："看来还活着，怎么办？"小胡子说："能怎么办，还不赶紧送医院……"

张二金心中暗笑：送医院更好，即使检查出我没毛病，钱你们照样得掏。说话间这两人就把他抬到车上，围观的有一个人问他："哥们儿，你叫什么名字，你家电话是多少，我来通知你家属啊……"他就把名字和电话告诉了那人，心想：我这戏演得真是像，把这些人都给蒙了！不行，还得加把劲儿。想到这儿，他又假装晕了过去。

等车走出了一段路，他开始感到越来越不对劲，这车不是向医院的方向开，而是朝城外驶去。他正想坐起来看个究竟，忽然听小胡子埋怨光头

说："让你小心，你就是不听，这下好了，惹下麻烦了吧……"光头问："那你打算怎么处理这小子？"小胡子说："这还不容易，找个没人的地方，把这小子一扔，完事。"张二金一听，气得差点没背过气去，心说：好啊，怪不得你俩要往城外开，原来是想给我玩邪的，你们也太小看我张二金了！不行，得跟他们闹……想到这儿，他刚要喊叫，只听光头说："幸好咱俩跑得快，要是警察来了，咱们还得被通缉，到那时就全完了……"小胡子急忙制止说："你他妈胡说啥？小心让他听到。"光头也意识到失了口，连忙回头看看，张二金赶紧闭上眼，光头这才嘿嘿一笑："你放心，他跟死人一样，要是他听到，我立马做了他。"

张二金吓得一缩脖子，再也不敢乱叫了，心里直骂自己倒霉，论谁不行，咋就偏偏撞上俩通缉犯，这不要命吗？于是他一动不敢动，只盼着他们赶快把自己扔下车。又走了好一阵子，小胡子接了个手机，然后就拐上了一条凹凸不平的土路，接着又向前开了一段路，才停了下来。小胡子和光头四下看看没人，这才把张二金从车上扔下去，然后跳上车走了。直到他们跑得没影了，张二金才敢睁开眼睛，他站起来不由长吁了一口气：谢天谢地，这两个人总算没对自己下毒手啊！可再想想自己白折腾了一气，

啊都没捞着，不觉感到十分丧气。他辨认了一下方向，才发觉这儿离市区不是很远，于是蔫头耷脑地步行回家了。

到了家，张二金忽然想起来了：既然这两个家伙是通缉犯，那举报肯定有奖赏。可回头一想，自己没记那车牌号码啊。他恨不能扇自己俩嘴巴，正跟自己生闷气时，突然又想起来自己的那辆自行车还在出事地点呢。张二金正要出门去找车，不想与慌慌张张进门的老婆撞了个满怀。老婆看见他，打了个愣怔，随即疯了一样哭骂道："你这挨千刀的，咋没让汽车真的把你撞死呀……报应啊……一万块钱就这么被人骗了……"

张二金听了这话，有些丈二和尚摸不着头脑，半天才弄明白，原来一个多小时前，有一个自称是医院的工作人员给他老婆打电话，说他被一辆汽车撞成重伤，肇事车辆已经逃逸，让他老婆带一万块钱马上来医院交押金，准备手术，并说四十分钟后在大门口等她。他老婆闻听，连忙从银行把家里仅有的一万元提了来，迅速赶到医院。一进医院大门，一个穿着白大褂的自称是给她打电话的人，主动要求代她去交押金。他老婆就稀里糊涂把钱给了那人，可跑到急诊室一问，没那事儿。等返回来再找那人时，早没了人影，他老婆这才明白遇上骗子了……

张二金听完，差点儿没瘫在地上，半晌方回过味来：闹了半天我才被人玩了……甭问，那个和自己要家里电话号码的家伙，与那俩家伙是一伙的。他多半是趁自己"晕倒"时从车里下来假扮成围观者的。他们根本不是啥通缉犯，人家是冲我演戏呀……这手玩得真绝、真狠啊……张二金正一个人懊恼，老婆扑上前一个嘴巴扇了过来，骂道："你个缺德鬼，还愣着干吗，还不快跟老娘去公安局自首、报案……"

（本篇月月评短信代码：1103）

（题图、插图：王申生）

研究生活的人才能从生活中得到教训。——克柳切夫斯基

哭吧笑吧

□ 孙秀利

初慧在古城开了一个休闲娱乐的"欣欣聊吧",但是聊吧太多,生意惨淡。这晚,初慧又在吧台前冥思苦想怎样招揽生意时,一个服务生跑过来告诉她说二号包房里有个女人在哭。初慧急忙赶过去,看到一个年轻的女人用手绢捂着嘴,正哭得肩膀耸动,花容失色。初慧问她怎么回事,女人说最近失恋了,心里很难过,只想哭,在家里哭怕影响父母,在大街上哭又怕别人来围观,说不定还会招来警察,在僻静处哭又怕遇上坏人,于是在这里单独开了一个包房,点了一点红酒,酒入愁肠,化作相思泪,不禁痛哭起来。听女人说完,初慧灵机一动:自己何不开一家专供人们尽情

哭泣、宣泄情绪的"哭吧"呢?

说干就干,初慧让人把聊吧改装成若干个小包间,每个包间里酒水、纸巾、脸盆、润洁滴眼露、补妆品等哭泣所需用品一应俱全,包间小门一关,自成一体,任你在里面哭天喊地,鬼哭狼嚎。包间的名称也颇具特点,什么"英雄弹泪厅","雨打梨花阁","黯然销魂亭"等等。

哭吧开业,哭客盈门,各种身份、各色人等怀着各种必哭的原因,有失恋的,有工作不顺的,有和家里人吵架的,有生病的……纷至沓来,钻进小包房里一哭为快。在大堂里能够听到每个房间里隐隐约约传来高低不一、此起彼伏的哭泣声,恰似一个灵堂。每个人进来时愁眉紧锁,甚至不等进房间就眼泪直流,而出去的时候脸上都带着宣泄之后的满足。眼瞅着白花花的钞票伴着客人的泪水犹如滔滔江水一样涌进自己的腰包,初慧做梦都笑出了声。

然而意想不到的事发生了。这晚

生意很好，哭吧里正戚戚切切时，忽听大门口爆发出一阵惊天动地的哈哈大笑声，在凄凄惨惨的哭吧里显得怪异而刺耳。初慧赶过去一看，一个喝醉了酒的黑大汉正坐在楼梯口上，双手拍腿，大笑不止。已有好几个想进包间的哭客，被大汉一闹，都转身走了。初慧上前好言相劝："大哥，我这开的是哭吧，你要想笑，上别的地方去行不？"黑大汉眼一瞪，声若洪钟地说："呵呵嘿嘿！顾客就是上帝，兴别人哭，就不兴我笑？哈哈哈哈哈哈！"黑大汉又一顿狂笑，笑得蹲在地上几乎起不来，简直就像有一百条虫爬在他的胳肢窝里。半晌，他才好容易说："呵呵……老板娘你帮个忙，给我开个包……哈哈哈哈……包间……"黑大汉说完，又发出一阵刺耳的笑声，吓得进门的哭客纷纷避让，最终还是初慧好言相劝，外搭两条好烟一瓶好酒，才劝走黑大汉，临走时黑大汉说："明晚我还来笑，趁早安排地方，否则，这哭吧你就别开了。"初慧闻言头都大了。

第二天傍晚，黑大汉如期而至，后面还领着男男女女四五人，黑大汉对初慧说："哥儿姐儿上你这找笑来了，快给安排地方。"说完得意地瞅着初慧看她怎么办，没想到初慧笑吟吟地说："来的都是客，诸位往里请。"说完起身拉开了二道门，黑大汉一行随

即瞪大眼睛，愣住了，只见二门里走廊左边上挂"哭吧"牌，下有一联：哭吧，哭尽心中烦恼 走廊右边上挂"笑吧"牌，下面也有一联，上写：笑吧，看谁笑到最后。两牌上面是横批，上写：哭笑由你。初慧转身问黑大汉："各位是想哭还是想笑，请便。"黑大汉咧咧嘴，领着众人进了笑吧间。笑吧间的摆设与哭吧间基本相同，只是多了面哈哈镜。

初慧安排完黑大汉，刚喘了口气，门一响，进来位面无表情的漂亮姑娘，也看不出来是想哭还是想笑，初慧只好赔着小心问："小姐您是想哭还是想笑？"没想到姑娘嘴一撇"哭笑都想。"这下初慧倒是愣住了，看姑娘表情，又不像精神病人，可人怎么能在同一时间内，表达两种极端的感情呢？问又不敢问，只好由着姑娘先进了哭吧，半小时后姑娘从哭吧挂着泪花出来，又进了笑吧，等姑娘经历完感情上的大起大落，虽然已是头发散乱，可是满脸都是发泄后的满足和平静。在送姑娘离开时，初慧不解地问："来我这的客人非哭即笑，小姐您怎么能一次性发泄两种感情呢？"姑娘说了一句话，倒让初慧哭笑不得了，什么话呢？姑娘说："我报考了电影学院表演系，明天就要面试，今晚上你这热身来了！"

（本篇月月评短信代码：1104）

（题图：安玉民）

□李如有

捡个手机不想给

春 节前，曾老汉早早地买好了火车票，打算去青岛和女儿一起过年。

这天，曾老汉刚上车，就见车厢内早已人满为患，连过道上都站满了乘客。他原想，火车停几站，有人下去后就会有座位的，哪知道，每个过路站都是熙熙攘攘的人流，下的没有上的多，再加上自己年纪大了，根本抢不到座位。

半天下来，曾老汉腿肚子都快站抽筋了，他实在太累了，就从货架上扯下自己携带的黄挂包，放在过道上，将就着坐了下来。突然，他发现自己身边的地上竟躺着一部手机，便连忙拾起来大声问道："喂，这是谁的手机？谁的手机丢了？"

人们一下子围了过来，议论纷纷。见没有人应声，有人就说道："这丢手机的人该不会已经下车了吧，老爷子你运气好，就留着自个儿用吧！"

曾老汉呵呵一笑，说道："我倒是想留着，可惜我不会用啊！"

也有人说："老爷子，我给你二百，卖给我得了！"

曾老汉说："那怎么成？这又不是我的东西，万一失主找过来，我怎么向人家交待！"

又有人说："那就交给列车员吧，让列车员帮忙寻找失主，要不，再给新闻单位打个电话，让记者赶来写篇稿子，好好表扬表扬你这个'老雷锋'吧！"

正说话间，前三排座位上的一个小伙子突然睡醒了，只听他叫嚷道：

"我的手机不见了,谁看见我的手机了?有小偷,我的手机被人偷了!"

过道上围观的人们一听,连忙说道:"这位老爷子捡了一个手机,没准就是你丢的吧?"

那小伙子听说后,连忙挤过来,说道:"老头儿,你手上的手机是我的吧,快还给我!"

曾老汉把手机对他扬了扬,乐呵呵地问道:"小伙子,你可看准了,这就是你丢的那个手机吗?"

那年轻人看了一眼手机外形,连忙说道:"没错,肯定是我丢的。这手机我刚买还不到三个月,花了3000多块呢!"

曾老汉想了想,皱皱眉头,说:"不对呀,你离这过道这么远,手机怎么会跑到这儿呢?"

那年轻人瞟了曾老汉一眼,怪怪地说道:"是啊,我也奇怪呢,这手机怎么就稀里糊涂地跑到你的手里了呢!"

其实啊,这手机还真是小伙子丢的。这小伙子年轻力壮,上车不久就占到了一个座位,吃饱喝足后便开始打瞌睡,手机不小心滑落到地上,他也全然不知。由于车上人挤,身边的旅客碰到地上的手机还以为是别人的脚呢,就这样,这个一碰,那个一蹭,竟把手机踢到曾老汉的手边上了。

曾老汉刚想把拾到的手机还给小伙子,可转念一想,不对,万一他要是冒名顶替、混水摸鱼呢?我可不能这么随便地把手机交出去。想到这里,他将手机往怀里一藏,对小伙子说:"你说手机是你的,那你先报个号,让人家给拨一下,如果手机铃响了,就证明这手机是你的,我还给你,否则,我一定要把手机交给列车员的。"

丢手机的年轻人见曾老汉又把手机藏到了怀里,以为曾老汉想占为己有,便显得有些不耐烦了:"你捡的真是我的手机,难道我还会冒名顶替不成?我就纳闷儿了,这前后相隔着好几排座位,你又是怎么捡到我这手机的呢!"

曾老汉一听年轻人话中带刺,他的倔劲就上来了:"怎么着?你还怀疑是我老头子偷了你的手机不成?就冲你这态度,今天你说不对号码,这手机,我决不会还你的!"

年轻人也来气了,正要发作,旁边有人劝道:"既然是你的手机,你报个号码又有什么关系!"

小伙子无奈,只好对看热闹的人说道:"哪位有手机,快拨一下!"说着,就报出了一连串阿拉伯数字。

小伙子话音刚落,曾老汉手中就传出了"扑……咚,扑……咚"的响声,曾老汉吓了一跳:"嗬!这手机,它怎么放屁啦?"众人哄堂大笑。小伙子从鼻孔处"哧"了一声:"没见识过吧？这叫个性铃声！我说老头儿，这回你总该把手机还给我了吧！"

就在小伙子正准备伸手去接手机的时候，突然，曾老汉又猛地将手缩了回来，像玩猫抓老鼠的游戏一样，让小伙子的手抓了一个空。曾老汉偏着头，歪着脑袋，似笑非笑地问道："年轻人，你就这么把手机拿回去啦？"

小伙子不知道眼前这老头儿又要要什么花招，他大声说道："老头儿，就算手机是你捡到的，可你明明已经知道是我的手机了，为什么不还给我，你到底想怎么着！"

曾老汉不愠不火，慢条斯理地说："你自己好好想想嘛，你说，我为什么不想还你呢？"

这一下，过道上看热闹的人们又来了兴致。"嘿，这老爷子也真怪，知道是人家的手机了，却不想还给人家，莫不是想问人家要点回扣，要点奖金呢！"

小伙子一听，很爽快地从衣兜里掏出了50元人民币。"老头，你把手机还给我吧，我给你50块钱！"

曾老汉摇摇头"你刚才还说，这手机值3000多块呢，只掏50，怕是小气了点吧！"

小伙子又掏出100元，说"这下总可以了吧！"

曾老汉还是摇摇头。

小伙子犹豫了一下，又掏出100元加上。曾老汉笑着来了一句："我可不是二百五！"

小伙子恨得咬牙切齿，极不情愿地又掏出了50元，火气十足地说"给你300元，不少了吧？够你下馆子开一次洋荤的！"

曾老汉这才接过钱，将手机还给了小伙子。

小伙子愤愤地拿了手机刚要离开，曾老汉突然又冲他喊了一句"站住！"

小伙子一愣，转过身来，充满敌意地看着曾老汉，挑衅地说道"我说

搜索中国最有影响力的网络故事
——《故事会》、搜狐网和你一起讲故事!

网络正在改变我们的生活方式和阅读习惯。亲爱的读者,如果你是一个资深网民,一定在网络上读到过令你印象深刻、过目不忘的故事。这些故事,突破了口耳相传的局限,借助网络的手段,以光速传播。它们诞生于网络,成名于网络,人们往往在被它们深深打动的同时,却无从知晓它们的作者和出处。如果说,网络是一个海洋,这些故事就是蕴藏在大海中的珍珠,它们是一个时代的记录,也是无数网友智慧的结晶。

中国最老牌的故事刊物《故事会》和影响力最大的门户网站之一——搜狐网读书频道强强携手,与你共同搜索中国最有影响力的网络故事,让它们浮出海面,与更多读者亲密接触,寻找这些作品的真正作者。

请把你认为值得一读的网络故事推荐给我们,我们将在《故事会》"点击网络故事"栏目中择优刊登,另外将编辑出版《中国最有影响力的网络故事》一书。入围作品的推荐者将获得推荐费和赠书,所有参与者均有机会获赠搜狐网提供的vip信箱、吉祥物和《故事会》提供的300份精美礼品。

来稿篇幅、数量不限,要求确实在网络上传播,具有网络故事特点,情节性强,内容健康,来稿请发送到 wlgs@vip.sohu.net,并请注明推荐者真实姓名、联系地址、邮编,原文如有出处和作者的,请一并注明。本次征稿截止期为2005年5月31日。

老头儿,你还想讹诈我呀?没门儿!如今这手机可在我手里了,我要是再多给你一分钱,我就是你的孙子!"说完正要离开,不料曾老汉猛地又把300元钱塞进年轻人手里,说:"大爷我穷是穷了点,但还不至于穷到靠讹诈人吃饭的地步!"

小伙子不解了,捏着手里的300元钱,满脸疑惑地望着曾老汉:"那你刚才……"

"我刚才嘛,呵呵,把手机递给你的时候,是想等你从心里说出一句感谢我的话来!可你呢,说话的语气比我还冲,就像跟人讨债似的!再说了,就冲我这一大把年纪,你不叫声大爷,也该叫个大叔呀!怎么就一口

一个老头儿的,我看你也快到结婚生子的年龄了吧,可怎么连这做人最起码的东西都没有学会呢?"

小伙子顿时臊得满脸通红。过道上刚才还围着看热闹、起哄的那几个小青年,闻言后也都默不作声了。

过了一会儿,那小伙子向曾老汉恭恭敬敬地鞠了一个躬,一字一顿地说"大爷,我谢谢您,给您鞠躬了!"过道上立即响起了热烈的掌声。

曾老汉爽朗地一笑,转身正准备离开,却被那小伙子一把拉住了:"大爷您别走呀,您肯定站累了吧,来来来,到这边来,晚辈给您让座了!"

(本篇月月评短信代码:1105)

(题图、插图:魏忠善)

人的美德的荣誉比他的财富的荣誉不知大多少倍。 ——达·芬奇

牛仗人势

□ 李 冉

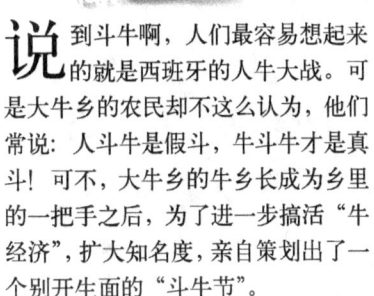

说到斗牛啊，人们最容易想起来的就是西班牙的人牛大战。可是大牛乡的农民却不这么认为，他们常说：人斗牛是假斗，牛斗牛才是真斗！可不，大牛乡的牛乡长成为乡里的一把手之后，为了进一步搞活"牛经济"，扩大知名度，亲自策划出了一个别开生面的"斗牛节"。

每年的秋冬季节，正当柿红橙黄、牛肥羊壮之际，乡政府就会适时下达一份通知，要求全乡20个自然村，各自从本村里挑选出一头膘肥体壮、能顶善斗的大公牛，赶往通知指定地点，去参加该乡一年一度的"斗牛节"。为了激发各村的参与热情，乡政府还在通知中明确指出，凡获得本年度牛冠军的村子，不但可以当场拿走5000元的奖金及烫金证书，同时，也将拥有全乡优化品种牛50%的指定配种权。这个附加条件可是一个相当诱人的土政策，谁都知道，谁一旦拥有了冠军种牛，就等于喂养着一只会屙金尿银的活财神！

这一年，斗牛节的赛场选择在距乡政府不远处的一片大河滩上，这里地势平坦，沙砾松软，非常适合强悍的公牛角逐奔跑，闪展腾挪。按照比赛惯例，获得上一届牛冠军的种牛必须上场充当擂主，接受其他种牛的挑

战，谁能战败擂主，谁就将成为当年的牛冠军。

最先上场的依然是伏牛村村长马立虎，他手里牵出的是已经连任了两届冠军的大种牛"黑旋风"。这"黑旋风"头上长着一对粗壮有力的开山角，身长9尺，身高6尺，前膀上长着一堆脸盆大小的肌肉坨，外透着一股无坚不摧的霸气！它的四只牛蹄看上去也足有小碗般大小，往沙滩上一站，稳如泰山！

马立虎拉着"黑旋风"在角逐场上刚刚站定，牛乡长就手握电动高音喇叭喊道："擂主伏牛村的'黑旋风'已经上场，有谁敢来挑战？"话音刚落，牛角村村民胡二刁便牵着一头毛色金黄的大公牛上阵了。

这大黄牛显然是初出茅庐，不知

两届擂主"黑旋风"的厉害。绳子一解开，它就不停地在沙滩上挠蹄、扒坑、扬沙、磨角，焦躁地向不远处的擂主"黑旋风"挑战示威。这"黑旋风"听见大黄牛发出的挑战信息之后，膀子处的"劲子肉"瞬间向上凸起，很快就摆好了蓄势待发、克敌制胜的斗势。

那大黄牛磨完角后，扬蹄抬腿，一遛小跑就向"黑旋风"正面发起了冲击。"黑旋风"见对手来战，不慌不忙、沉着稳重地迎着大黄牛的额头处顶撞上去。两头牛很快缠在了一起，相互顶撞着、推拉着，试探着对方的力量。

二者一推一拉，一来一往，两个回合下来，经历过专业斗牛训练的"黑旋风"很快摸清了对方有几斤几两的蛮力。第三个回合的时候，"黑旋风"开始转守为攻，顶得大黄牛节节败退。这大黄牛一看自己不是对手，刚想掉头逃跑，却不料"黑旋风"将脖颈一

转，一个狮子大摇头，用一只角对准大黄牛的脖子下面一摆、一掀，就听"哞"的一声惨叫，大黄牛一个仰八叉跌倒在沙滩上。

牛乡长一见，连忙吹响口哨，身边两名负责斗牛安全的年轻小伙子立即手舞火把冲上前来，迅速逼开了"黑旋风"。大黄牛的主人也连忙上前，将自己那头战败的种牛拴上绳索，牵着退出了斗牛场。

接下来，牛眼村、牛鼻村等参赛代表纷纷上前报名参战，都想趁热打铁，一鼓作气，战败擂主，岂料那"黑旋风"久战沙场，经验十足，且愈战愈勇，牛劲冲天！仅两个小时，就斗败了上午前来参赛的所有种牛，取得了上午比赛的全胜战绩。

下午3点，赛场上报名参赛的斗牛代表仅剩下最后一个名额。随着牛乡长的一声呼喊，牛尾村代表黄大山，牵着一头身材高大的大花牛，不紧不慢地上场了。

与别人不同的是，黄大山上场时，手里还提着一个精制的小拨浪鼓，他将大花牛赶进圈子之后，迅速退到旁边，并举起了手中的波浪鼓，轻轻一摇，"咚、咚、咚"，鼓点清脆急促地响了起来。

大花牛听见鼓点，立即昂首四盼，精神倍增。它一个斜冲，快似闪电、疾如劲风，猛地向"黑旋风"发起了攻击。不知是大花牛求胜心切，

还是"黑旋风"久斗后精疲力竭，这大花牛一出场，就锐不可当，一路向前狂顶，直逼得"黑旋风"节节败退，蹄下的沙滩都被刨出了两道深深的壕沟。

马立虎一见，不由得大惊失色！眼看着自己的"黑旋风"三连冠已经胜券在握，却不料最后竟杀出一个强敌来！瞧那大花牛的攻势，绝非等闲之辈，看来对方是蓄谋已久，专等"黑旋风"体力消耗殆尽之时，再来个以逸待劳，好轻轻松松地将这年牛冠军的位子拿下来。

为了挽回场上的败局，马立虎也迅速从身上拿出一个弯弯的牛角号，放在口中"呜呜呜"地紧吹起来。原来啊，这牛角号一共有三种吹法，分别代表三种含义：进攻、后退、全力搏杀。马立虎这一吹果然见效，赛场上的"黑旋风"听见主人发出进攻的号角声，立即全力反击，摆头刺角，不断向大花牛发出强劲的攻势，想迫使对方后退。这大花牛当然也不肯后退半步，两头公牛就在这空旷的沙滩上拼尽全力对抗着。

围观的村民们见"黑旋风"终于遇上了对手，便齐声呐喊着，高声叫嚣着，为两头势均力敌的猛牛助威。牛乡长一见，也连叫："好、好、好，有好戏看喽！"边说边聚会神地关注着比赛的进展情况。

俗话说"狭路相逢勇者胜"。为给

· 中国新传说 ·

自己的种牛助威，马立虎憋足劲儿猛吹进攻的号角，黄大山也拼命地摇动着手中的拨浪鼓。沙滩上，两头顶角的公牛已经斗红了眼，双方时而前推后拉，时而左顶右撞，牛角在交汇磕碰处不停地爆响，"噼啪"之声不绝于耳，牛鼻孔处汗水津津，白气四喷，八只大蹄下沙尘飞扬。转眼间一个多小时过去了，双方仍然未分输赢，打斗得难分难解！

牛乡长正伸长脖子、瞪大双眼看得有劲，突然一阵手机铃声响起，让

他大扫兴致。他掏出手机看了一下号码，便不耐烦地摁了一下，对着手机向自己的老婆吼了起来："我正在看斗牛呢，你打电话来添什么乱你！"

也许是赛场处人声鼎沸，根本听不清老婆的讲话，牛乡长开始捂着电话不停地向僻静处转移。等他转回来时，却神色大变，见沙滩上两头种牛依然在你死我活地顶斗着，便一把夺过马立虎手中的牛角号，捂在口中变了腔调地大吹起来。

牛角号音一变，下面的"黑旋风"仿佛像听出了什么指令，开始撒腿后撤，而已经斗红了眼的大花牛哪里肯放过敌手，紧紧咬住"黑旋风"后撤的时机，向前一阵狂顶，瞬间将"黑旋风"顶退出了数丈开外。众人一见，开始狂呼"'黑旋风'不行了！""'黑旋风'要输喽！"

马立虎一见，急了，大叫一声："牛乡长，你吹错啦！"边说边一把夺过牛乡长手中的号角，握在手里一阵紧吹。

"黑旋风"听得主人进攻号角声再起，当即站稳阵脚，全力反击。刚才，这"黑旋风"让大花牛逼得想顺利败下来都不行，正憋了一肚子气没地方撒，忽听主人强攻号令再起，当即一声嘶鸣，身如开弓张弩，稳住四蹄，继而瞪着血红的牛眼，一路向前

猛顶、狂推。赛场上的形势再次逆转，大花牛蹄下大乱，开始急速向后败退。

牛乡长一见不好，又从马立虎手里再次抢过牛角号，可慌乱之中却错吹出了急怒狂杀之音。

"黑旋风"已经发狂了，猛然又听见主人吹出了急急的催命号令，它双目如血，杀气陡生，一个斜冲向大花牛腹下的致命穴顶去。大花牛闪避不及，腹下被撕出了一个血红的大口子。

牛乡长被眼前的场面惊呆了，他扔掉手中的牛角号，吹响了紧急控制场面的口哨声，然而还是迟了一步，还未等两个手持火把的小伙子冲到跟前，大花牛的肚子上又多出了一道血痕，再接着，"黑旋风"将头一低一摆，"哧啦"一声，大花牛的肚子被彻底撕开了。它疼得一声惨叫，四蹄朝天倒在了沙滩上，白花花的肠子也向外翻露了出来。

手持火把的小伙子急速上前，驱赶已经发狂的"黑旋风"。那"黑旋风"避开火把，打着响鼻，向上昂起高傲的牛头，边跑边仰天发出一串胜利后的长长嘶鸣声。

这场惊心动魄的斗牛比赛最终还是以"黑旋风"三连冠而告终。

马立虎兴奋不已，牵着"黑旋风"来到牛乡长面前，洋洋自得地说："牛乡长，咱的'黑旋风'还真争气啊！"不料牛乡长牛眼一瞪，面色铁青地说："你懂个屁！刚才你为什么不听我的号令？我看你这个村主任是当到头了！"

马立虎一头雾水，忙问："牛乡长，这到底是怎么啦？你说过一旦遇上厉害的种牛，就吹号让'黑旋风'给往死里整，再说了，那关键的号令声，不是乡长你亲自吹出来的吗？"

牛乡长一听，更加火了："你知道个屁！刚才你嫂子突然接了一个匿名电话，说牛尾村的黄大山是王县长的亲外甥！那大花牛，是王县长亲自打招呼，从外地花了5万块钱的高价买回来的，可你……"

"天哪！"马立虎一听，如霜打的茄子般，一下子蔫了。

（本篇月月评短信代码：1106）

（题图、插图：黄全昌）

□赵再年

抢劫计划没有变

八年前，佛格和同伙在抢劫一家珠宝店时，不小心把面罩弄脱落了，他的相貌立刻被一个叫比尔的人看在眼里。本来佛格可以一枪打死比尔的，可他却没忍心下手。三天后，佛格被抓获了，而为警方提供线索的正是比尔。结果，佛格被判了八年刑。等他从监狱出来，老婆早已跟着别的男人跑了，女儿也下落不明，他成了一个无家可归的流浪汉。佛格把所有的这一切统统归罪于比尔，他决定找比尔报仇雪恨。

经过打听，佛格得知比尔早在两年前已经迁居到北方的一个城市，他

便千里迢迢赶到那里。一晃三个月过去了，佛格身上所有的钱都花光了，可还是没有打听到任何关于比尔的消息，他只好沿街乞讨。

这天，一股寒流袭击了这座城市，气温骤降十几度，天空中大雪纷飞，寒风呼啸。佛格又饿又困，蜷缩在一户人家的门廊下睡着了。等他醒来时，发现自己躺在一个温暖的被窝里，旁边是熊熊的炉火，有一个不到十岁的小女孩正微笑地望着他。佛格揉揉眼睛，疑惑地问："我，我这是在哪儿？"小女孩回答说："你在我的家里，你叫什么名字？""我叫佛格，你

呢?"女孩说:"你叫我安妮好了,我妈妈发现你在外面都冻僵了,就把你扶进来了。你放心,医生已经给你看过了,说你得了急性肺炎,得在床上休息几天,不过很快就会好的。"

佛格感动极了,他摸了摸安妮的头,情不自禁地打心里喜欢上了这个小女孩。唉,如果自己女儿还在的话,也该有她这么大了。佛格记得,那年他被捕的时候,女儿还不满一岁。要不是那个叫比尔的家伙,自己能弄得妻离子散、流落街头吗?想起这一切,佛格就恨得咬牙切齿。忽然,他发现床头柜上,立着一张男人的相片。他仔细一瞧,竟然呆住了,这人不正是他千辛万苦要寻找的比尔吗?真是"踏破铁鞋无觅处,得来全不费工夫"!可高兴了没多久,佛格发现,此时家里除了安妮外,并不见比尔和他的妻子,难道他们已经认出自己,害怕报复找警察去了?

想到这里,佛格心里一阵紧张,又昏了过去。等他再次醒来时,发现一位三十多岁、长相和善的妇女正十分关切地望着他,这一定是比尔的妻子了!她的身旁既没有警察也不见比尔,可佛格还是激动地叫道:"你别以为这样假惺惺地救了我,我就会放过你丈夫,你还是快叫警察来抓我吧!"妇女微微一愣,十分不解地说:"先生,我为什么要找警察抓您呢?我不知道我丈夫什么地方得罪了您,

可他一年前已经出车祸死了……""啊?"佛格不相信他的仇人居然已经死了一年多了!也就是说自己半年来所受的罪一点意义也没有!看到佛格激动的样子,妇女温和地说:"先生,您还在发高烧,需要休息,就安心在我这儿住下吧。我叫朱迪。"佛格无奈地点了点头。

几天后,佛格的身体恢复了健康,他想既然比尔已经死了,留在这里也没有了意义,于是便打算离开。朱迪关切地问:"你今后有什么打算?"佛格茫然地摇摇头。朱迪诚恳地说:"如果你愿意,我就把旁边的储藏室收拾一下,让你暂时住下来。我有个朋友,是一家餐馆的老板,如果你愿意,可以去他那里打工。"佛格喜出望外,平心而论,他是不愿离开这个家的,在这里,他感受到了从未有过的温暖,更何况他也不知道离开这里后该到什么地方去。

于是,佛格便留了下来,白天到餐馆打工,晚上回到这里。他感到非常满足,对比尔的仇恨也完全消失了,他从心里感激这个"家"。然而没多久,安妮突然病了,到医院一检查,是尿毒症,只有换一个健康的肾脏才能康复,可这需要一大笔钱啊!对朱迪母女来说,那无异于一个天文数字。看到朱迪整天愁眉不展的样子,佛格心里也不是滋味,况且他也是那样喜欢安妮。

这天，佛格在餐馆里吃饭，无意间看到对面一家银行的营业所，突然一个念头蹦了出来：如果自己把这家银行抢一下，安妮的医疗费不就有了吗？佛格是个恩怨分明，又十分注重情义的人，虽说比尔让他蹲了八年的大牢，可比尔现在已经死了，那么所有的仇恨就应当一笔勾销。再说朱迪救过他的命，又给了他一个安稳的生活，安妮又是一个多么讨人喜欢的孩子，他应该报答她们！可抢银行毕竟不是一件小事，得好好谋划谋划。从此后，佛格就开始注意上了那里。

通过几天细致的观察和研究，佛格发现这家营业所在安全保卫方面存在着许多漏洞，他把这些都暗暗记了下来，晚上回到住处又把它们一一列

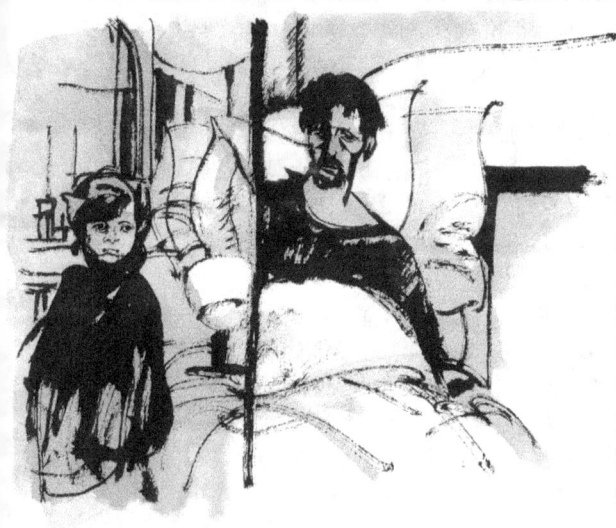

在纸上，开始策划抢劫方案，当然这一切都不能让朱迪知道。经过精心筛选，他终于制定出了一整套很有把握取得成功的抢劫方案。他决定在下午五点半到六点钟行动，因为这段时间正是银行工作接近尾声的时候，几乎没有什么客户，工作人员又都忙碌了一天，正是神形疲惫之际，更重要的是他们还会把一整天的营业款装在两个大皮箱内，等着运钞车运走。这绝对是个最佳抢劫时间！

于是，佛格特意向老板请了几天假，开始着手准备工作。面罩和枪是必不可少的，此外他还弄了辆破汽车，一切准备就绪。

这天早上，朱迪临出门时对他说："佛格，晚上早点回来，会有件让你意想不到的事情等着你。"佛格正要问是什么事，可朱迪只是神秘地笑了笑就走了。

上午，佛格没有出门，而是呆在屋里养精蓄锐。五点钟一到，他便开着那辆破车向银行营业所驶去。到那里时，夜幕刚刚拉开，一看表是五点四十分，时间把握得恰到好处。佛格定了定神，把面罩戴上，拿起枪正要下车，忽然看见前方不远处的一辆汽车

上一下子冲下来四五个人，他们都手拿枪械，头戴面罩，向营业所冲去。佛格一见，心说：糟糕！怎么偏偏在这个时候有人也打这儿的主意？他直后悔为什么不把计划提前一天，眼睁睁着到嘴的肥肉被别人抢了去，虽然心有不甘，却又无计可施。事到如今，只得赶快离开，这些家伙目标太大，很快就会招来警察，到那时可就麻烦了！想到这儿，佛格赶紧驾车到了一个安全地带。

他停下车后，不住地责备自己。他知道一旦这次机会丧失，今后各家银行都会加强警戒，相当长的一段时间内不会再有空子可钻了。可现在后悔为时已晚，他只得找了个地方把枪藏好，然后无精打采地回到住处。到了门前，他发现朱迪的房内还是黑漆漆的，看来她还没有回来，也不知道她究竟有什么要紧的事告诉自己，总不会这房子要卖了吧？佛格正要回自己的房间，忽然看见朱迪的房子里亮了一下灯，但很快又熄灭了。这是怎么一回事？佛格转身来到朱迪房门前，一推门，立时屋内灯火通明，只见桌子上放着一个大大的生日蛋糕，朱迪和安妮正微笑着望着他。安妮兴奋地大喊："爸爸，今天是我的生日，你送我什么礼物？"

佛格一愣，问道："安妮，你刚才叫我什么？"朱迪笑着说："今天是你亲生女儿的生日，你怎么忘了？"佛格猛地想起，自己女儿的生日不正是今天吗，难道安妮是自己的女儿？他颤声问道："朱迪，这究竟是怎么一回事？"朱迪叹了口气，说道："那年，你被判入狱后，比尔对你没有伤害他一直心存感激，就和我商量，决定帮助你的妻子度过生活上的难关。可一打听才知道，你妻子扔下安妮后和情人私奔了，有好心人把安妮送进了孤儿院，于是我们就领养了安妮。因为安妮的物品中有一张你们的全家福，所以那天我把你救回家时就认出了你。本来我不打算这么早就把事情的真相告诉你，主要是担心你和安妮接受不了这个事实。安妮生病后，我觉得该把真相说出来了，否则万一安妮有个三长两短，你们父女就再也没有相认的机会了……"

佛格听完事情的经过，上前抱住安妮失声痛哭："安妮，我不是个好爸爸，原想送你一个很大的生日礼物，可我没有做到……"他刚说到这儿，只听身后有人说："不，佛格先生，您做到了，您给您女儿送了一个非常大的礼物。我现在宣布，安妮治病需要的所有费用都由我们银行来支付。"佛格一惊，忙回头看，只见一位面容慈祥的老人走了过来，上前握住他的手说："佛格先生，我非常感谢您对我们银行安全方面所给予的建议。"说着，老人拿出了一封信，佛格接过来

同在一个

屋檐下

□ 时英友

我初中没念完就在一家酒店当了一名小厨工。这天，酒店新招进一名叫王元的打工仔。一见王元，我就憋不住想笑，为什么呢？这王元啊，不但身材矮小，一条腿还有点跛，走起路来一蹦一跳的。我忍不住在背后学王元走路的样子，引得大家哈哈大笑。

中午，厨师长把我和王元一同叫进了办公室，说暂时没有空的单间宿舍了，让王元在我的宿舍里临时搭一张床，暂时挤挤。我心里当然是一百二十个不愿意：原来自己一个人睡一

一看，立刻傻了。这是一封用佛格的名义写的信，上面列举的正是他要抢银行前所收集的信息。佛格向朱迪望过去，她给了他一个微笑。佛格全明白了，这信是朱迪以他的名义写的，原来佛格制定抢劫方案时写的那张纸早就被朱迪看到了……

佛格结结巴巴地说："可是先生，就在两个小时前，您的银行还是被人抢了！"老人哈哈大笑："你放心，那是我们在做一次反抢劫模拟演习。"佛格不由得惊出一身冷汗，心说：幸亏抢劫计划没有变，要不然就不是这样的结果了！

（本篇月月评短信代码：1107）

（题图、插图：箭 中）

人并不是因为美丽才可爱，而是因为可爱才美丽。 ——托尔斯泰

间房，多爽啊！可现在偏偏要跟一个瘸子挤在一起……当然，在厨师长面前我不敢说不同意，只好快快地点头答应了。

下班回到宿舍后，我见王元已经用门板搭好了简易小床，可怎么看怎么不顺眼。我耷拉着脑袋，对王元不理不睬。王元关切地问我："怎么了，你不舒服吗？""没有，累了！"我没好气地回答，越看这房间越心烦：屋子实在太小，摆一张床、一个衣柜、一张小桌子和一把椅子，几乎就没有什么空间了，现在，还要加这么一个倒霉的破床……尽管我知道这只是暂时的安排，可心里还是怨气重重！

晚上我们睡下后，王元很快就发出了鼾声。夜深人静时，我忽然有了主意：何不装梦游，把他吓走？于是我冷不丁从床上坐了起来，声音很响。王元惊醒了，轻声问："你要干吗？"

我并不答腔，在床上呆了一会儿，也不开灯，接着在黑暗中摸索着穿上衣服，踏上鞋，踢踢踏踏地走出了宿舍。王元心中奇怪，慌忙套上衣服跟了出来。我出门后拐了个弯，往一条深巷里走去，巷道两边都是高墙，我行动迟缓，像幽灵一样，"踢——踏——"，缓慢沉重的脚步声在寂静的夜里传得很远，让人毛骨悚然。当空一轮弯月把我的身影拖得老长……

王元惊恐不安地远远跟在我身后。巷道的尽头有一棵树，走到树前，我突然从身上掏出一把明晃晃的水果刀往树身上猛刺，仿佛和树有着深仇大恨似的。刺完后，木呆呆地转身往回走，与王元相遇时，我好像根本就没有看见他似的，目光空洞洞的，与他擦肩而过……

第二天一早，我刚醒来，王元立刻向我诉说了昨晚的事情，我摇摇头，一副茫然的样子。王元焦急地问："你不会是在梦游吧？"我一听，装着像想起了什么似的，歉意地说："哦，对了，我忘记告诉你了，我是有梦游症的，小时候就这样，是不是吓着你了？"王元心有余悸地说："是够吓人的，好在你起来游荡了一圈后，又回来接着睡了。"我听罢暗自得意，心想：哈哈，这人真好骗，我再吓你两次，准把你吓跑喽，那时我还是一个人睡一间屋！

当天晚上，我临睡前发现床头的水果刀、锤子之类的工具都不见了，显然是被王元藏了起来，看来他是真害怕了，我想到这里，心中高兴极了。

接下来的几天夜里，我又变着花样起床"表演"了几次，可王元并没有被吓跑，我自己反而被折腾得够呛。无奈之下，我只好旁敲侧击地说："兄弟，我看你还是跟别人一块儿睡吧！我这病……有一次我哥哥都被我

·我的故事·

刺伤了，哪天我若是再伤着你……"没想到王元却无所谓地说："没事，没事，我睡觉警醒着呢！你伤不着我的。其实，你每次梦游，我都跟在你身后。你真应该去医院看看，依我说，这毛病能医好的。"听了这话，我心里那个气呀：你才是我的病呢，我就不信赶不走你！

从此以后，我不再兄弟长兄弟短地称呼王元了，开始颐指气使地吩咐他扫地、烧水、搞卫生，把他当佣人似的使唤。王元呢，却一点脾气也没有，低眉顺眼，从不对我发火，弄得

我想找茬都难。

一个星期后，厨师长通知说已经腾出了一间空的单身宿舍，我喜出望外，心想这下王元你总该走了吧！没想到王元却不肯搬，偏要和我挤在一起。我气得说不出话来，本想自己搬走，再一寻思：不行！自己的这间宿舍虽小，可却是朝南的，而且在走廊尽头，非常安静；而那间刚腾出来的宿舍不仅是朝北的，而且正对着楼梯口，每天人来人往的，很少有清净的时候。看来王元这小子不肯搬走，一定是想先逼我走；然后好占下这间宿舍。不行，不能上当！还是要坚决把王元赶走！

这天晚上回到宿舍，我故意将自己的钱包偷偷装进王元工作服的口袋里，然后大声嚷嚷说自己的钱包不见了。王元忙说："别急，我来帮你一起找找看。"当他拿起工作服时，"啪"地一声，钱包从他的衣袋里掉了出来。我一把抢回钱包，大声责问："我的钱包怎么会在你的口袋里？"王元刚想辩解，我却不听他的，继续恼怒地说："手脚不干净的人，离我远一点！"说着，从床上撸起王元的被子就往门外扔去。王元眼疾手快，一个斜里穿刺，稳稳地抱住被我扔出去的被褥，慢慢地放回床上，又捡起被我丢在地上的装着小本本的塑料袋，掸了掸灰，放回枕边，最后对我说了句："你的钱包是怎么到我的口袋里的？"说完，

感情有着极大的鼓舞力量，因此，它是一切道德行为的重要前提。——凯洛夫

上班去了。我见王元说这话的时候，不但没有气势汹汹，而且脸上似乎还带着一丝笑容，他的动作，他的表情，他的语言，这一切，弄得我有些丈二和尚摸不着头脑：这小瘪三到底是个什么角色？我百思不得其解。

一晃又是一个星期过去了，这天正好赶上我值班，晚上下班前我吃了一些冰冻的东西，不料睡到半夜，肚子竟咕咕响个不停。不好，要上厕所！我一骨碌爬起来就往外面河边的公厕跑。由于跑得急，快要到公厕的时候，我一不小心，被石头绊了一下，差点摔倒，正在这时，突然从我背后伸出一双手，紧紧地把我抱住了。我吓得"妈呀"一声，双腿直打哆嗦，回头一看，抱住自己的竟是王元，我顿时火冒三丈："你，你想干吗？"

"不，不，你误会了。见你往河边跑，我以为你又梦游了，怕你出事，这才从后面抱住你的。"王元赶紧解释道。

一听这话，我不由得愣住了，张着嘴竟说不出话来：敢情王元不愿搬出去，是在保护我啊！

从厕所出来返回宿舍，王元已经又安然入睡了，可我却翻来覆去睡不着了。第二天早上我醒来时，王元已经上班去了。我躺在床上，又在想王元究竟是怎么样的一个人。突然间，我想起王元枕边的那个塑料袋：从那天王元掸灰的动作看，王元对那个塑料袋似乎很看重。于是我翻身下床，抽出那个塑料袋一看，原来里面装着一些红本本：一本是一家武术学校的毕业证书，上面端端正正贴着王元的照片；另外几本是王元参加各种武术比赛的获奖证书；还有一张是他们地区出的报纸，上面有一篇报道，标题为《拳坛奇葩——记地区运动会武术冠军王元》，这让我大吃一惊。

我匆忙赶到酒店，一把拉住王元问："王元，你会武功？"王元笑笑说"嗯。我从小身子单薄，又有残疾，爸爸怕我长大受人欺负，念完小学，就把我送进武术学校了。后来老师又把我介绍给了武林名家道一禅师，师父根据我左腿有些残疾的情况，专门编了一套拳术教我。我已经联系好了几所学校，打算过些日子一边打工，一边教教中小学生武术。"

"可我以前那样对你，你为啥不反抗？"我忍不住问道。

王元淡淡地一笑，说"我的老师经常告诫我们，习武之人，决不能以强欺弱，你我都是打工的兄弟，我怎么能在你身上动武呢？再说了，你有梦游的毛病，我得保护你才对呀。"

我一听，双眼湿润了，脸也红到了耳朵根。我紧紧地抓住王元的手，哽咽着说："对，我们是好兄弟！"

（本篇月月评短信代码：1108）

（题图、插图：安玉民）

初二(5)班的

□ 徐 洋

怪事

初二(5)班要改选班长了，班主任苗老师提议同学们搞一次自由竞选，她的提议得到了同学们的赞同，没几天，全班就有十几个同学报名参与竞争。

每个班长候选人都为这次竞选做了充分的准备，拿出"竞选纲领"为自己拉票。就在竞选开展得如火如荼的时候，有个候选人别出心裁，买来一大盒巧克力，分发给同学们，笼络人心。这盒巧克力的威力真不小，根据班里的"民意调查"显示，这个候选人的支持率直线上升。这个头一开，效法者一拥而上，十几个候选人，有的请大家吃饭，有的给同学们买礼物，把个班里都快搞翻了天。苗老师看了直摇头，心想现在的学生真不得了，把社会上的歪风邪气都学来啦。

可接下来发生了一件怪事，让班长竞选变得扑朔迷离起来。

班上有个学生叫李彬，因为长得又白又胖，所以大家从不喊他的名字，都叫他"李胖子"。这李胖子的爸爸是省里出了名的民营企业家，有上亿元的资产，学校的实验大楼就是李胖子的爸爸出钱盖的。

李胖子也报名参加了班长的竞选。这一下其他候选人的心都凉了，你想啊，现在竞选者都用小恩小惠拉选票，可李胖子一上阵，就算是请全班同学去海南岛玩一次都办得到，别人谁比得了？那还不全票当选？

出乎大家意料的是，李胖子报名竞选班长以后，一没有竞选纲领，二没有请客送礼，该干嘛还干嘛。照这么下去，那谁还会投他的票？有同学就悄悄跟他讲："我说胖子，这个班长你到底是真想当还是假想当？"李胖子把眼一瞪，说："真想当呀！"那同学就说："你真想当就得有行动呀，你没看别人又是吹又是送的。你平时不是挺大方的吗？怎么到了关键时刻就没动静了？"

李胖子笑笑说："让我花钱？那容易！不过，我当这个班长不用花钱，要是当不上了呀，我才花钱呢！"咦？人家都是为了当上班长花钱，他怎么当不上班长才花钱？你说这事怪不怪？

转眼间，投票的这一天到了，同学们都在准备画票。这时，就见李胖子不慌不忙地从教室前头走到后头，挨个儿来到每个同学面前，附在他们耳边小声说了句什么，一直把全班同学说了个遍。苗老师看在眼里，心里不免也觉得奇怪：这个李彬，在捣什么鬼，靠选举前给每个同学说句话，就想当选班长？

投票开始了，过程非常顺利，可唱票的结果却让人大吃一惊，竞选中最"活跃"的那几个候选人最多的只得了两三票，而不哼不哈、一分钱也没花的李胖子却以30多票的绝对优势当选了！

这下苗老师真是百思不得其解了，她觉得问题就出在李胖子最后的那句耳语上，一定是李胖子给大家许了什么优厚的条件，才如愿当选班长的。要是那样的话，一定要严肃处理！可苗老师问了好多同学，却没一个人和她说实话。而且一连几天，也没见李胖子有什么行动来"犒赏"大家。

没办法，苗老师只好找来李胖子本人问个究竟。李胖子开始支支吾吾不想说，后来苗老师火了，一拍桌子，严厉地说："你到底答应给大家送什么东西？要是不说，就是不正当竞选，我要取消你的当选资格！"李胖子看实在藏不住了，才低着头，吞吞吐吐地说："苗……苗老师，我真的没给大家送东西……我知道，同学们现在最怕的就是补课、辅导了，我……我对他们说，要是这次……我当不上班长，我就给苗老师建议，叫我爸花好多好多的钱，请来市重点中学的老师，一年三百六十五天，天天晚上给咱们班补课！"

苗老师听到这里，愣住了。她当了二十几年老师，第一次遇到这样的怪事，问题到底出在哪里呢？苗老师陷入了沉思……

（本篇月月评短信代码：1109）

（题图：安玉民）

小泉玄冬，日本现代作家，主要作品有《发明》、《恐怖故事》、《生死抉择》等。他的作品想像力丰富，情节构思严密。

□徐永辉 编译

戒烟同盟

有个男子，原来是个烟鬼，见到烟就没命。后来一次体检时，医生说他肺部有阴影，必须戒烟。老婆也整天吵着要他戒烟，说抽烟会影响儿子的发育。男子没办法，决定戒烟。

这天，男子坐在一家咖啡店的角落里看小说，旁边的客人们喝着香浓的咖啡，或是细声聊天，或是沉浸在书本的世界里。男子眉头紧锁，神色非常不安。他所在的地方是里屋的禁烟区，看着那些烟民在外屋吞云吐雾，他心里愈加烦躁。空气中飘来一股香烟的味道，他狠狠地吸了一口，但是烟味实在太淡，他觉得非常不过

瘾，心想：戒烟真是太痛苦了！

正在这时，一个端着咖啡杯的老头笑眯眯地向他走来。

"小伙子，在戒烟吗？不容易啊！"

男子一惊："你怎么知道的？"

老头善解人意地笑道："呵呵，我很明白你的感受，因为我也正在戒烟。不过幸亏我加入了戒烟同盟！"

听到"戒烟同盟"四个字，男子脑子里就浮现出一堆戒烟者互相激励、互相痛斥吸烟害处的情景。可是他转念一想，要是加入这种组织就能戒烟的话，早就满大街都是了……

老头好像看穿了男子的疑虑，乐呵呵地接着说："这个同盟非常特殊，限定只能有10个人加入，如果破了戒会马上被除名。上周我们刚开除了一个人，现在只剩下4个了，所以我来找人加入。"

"是吗？那怎么加入呢？"男子问。

老头神秘地一笑，用手比划了一下说："加入同盟前必须先交10万元押金。能坚持戒烟到最后的人，就可以拿走所有人的押金。"

"所有人的押金？"男子惊叫起来，"那中途吸了烟会怎样？"

"不会怎样，只是会被除名，而且押金也会被没收。我们的同盟已经发展有段时间了，不断有人进出，现在押金总额已经超过500万元了。"

"500万！"男子激动得声音都有点走调了。

老头平静地说："怎么样？加不加入随你便。或者你可以先去我们戒烟同盟的总部看看，就在附近。"

"好！"男子把剩下的咖啡一饮而尽，然后随老头出了咖啡店。

老头带着男子来到戒烟同盟总部。房间里空荡荡的，只是房中央摆着一张桌子，桌子四周围着10张椅子，桌子上面则放着一个大保险箱。桌子和保险箱看起来都非常牢固。

房间里已经有3个人了，全部都是60岁以上的老人，他们围着桌子坐着，微笑着欢迎男子的到来。

老头介绍说"今天是检查的日子。我们每周检查一次。现在我们要检查大家有没有认真地戒烟。"

说着，老头打开抽屉，拿出一张白色的小纸条："这是用来测试嘴里尼古丁含量的试纸，虽然试纸有很多种类，但这一种是世界上最精确的。一周内吸过烟的人，把它含在嘴里，它马上就会变成褐色。"老头说着，把纸含在嘴里，过了几秒钟取出来，纸还是白色的。

其他几个人也试了，纸都呈白色。男子也半信半疑地拿过来测了一下。他戒烟才第二天，试纸果然变色了。这下他完全相信老头说的话是真的了。

"怎么样？你也加入同盟吗？如果你戒烟成功，你就可以拿走保险箱里的所有钱了。"说着，老头打开了保险箱。看着保险箱里一捆一捆的钱，男子眼都直了，那确实有500万啊！

"只是我有个问题，"男子边看巨款边说，"如果全部人都能坚持戒烟，一直都没有人退出，那这些钱怎么办呢？"

"哦，这个嘛，如果全部人都能坚持戒烟十年，那谁活得最久钱就是谁的啦。"

男子咽了一口口水，心里暗喜：这些老家伙都是半只脚踏进棺材的人了，就算全部人戒烟成功，活得最久

的人还是我嘛！于是他迫不及待地问："那怎么增加新成员呢？"

"这个嘛，"老头边点头边说，"劝别人加入是比较麻烦，所以都交给新人去做。我是最新加入的成员，所以我负责把你带来了。当然，你若加盟的话，就轮到你去找新人了，找到新人后你就不用再去找了。"

男子高兴极了，心说：我才不去找呢！只要坚持不吸烟，一直活下去，这些钱迟早都是我的！于是，他毫不犹豫地跟老头签下了加盟书。

加入戒烟同盟后，男子戒烟戒得很顺利。即使是憋得实在难受的时候，想想保险箱里的巨款，男子的所有烦躁和不安都一扫而光。

一周后，他去戒烟同盟做检查，刚开始的时候，他怕那些老家伙在试纸上做手脚，不过很快他就放下心来，因为检查的时候大家都用同一张试纸，根本没人可以做手脚。男子把试纸含在嘴里，试纸果然没有变色。老头却显得有些不耐烦，催着他去找新人加入，男子嘴上答应，可暗地里心想：我才没那么傻呢。

第九天，男子和同事们去酒吧喝酒。酒过三巡，大家纷纷掏出香烟，顿时包厢里烟雾缭绕。男子集中精力想着保险箱里的钱，以此抵抗此情此景的诱惑。陪他们的一位小姐很快发现就这个男子一个人没抽烟，便问道："你怎么了？不舒服吗？"

男子笑笑，说："没什么，只是想抽烟而已。"

"那就抽啊，来，我这里有。"小姐说着把自己的香烟盒递给男子。男子仔细看了那小姐一下，小姐笑得很诡异。男子心里猛地一凉：啊！明白了，这女的一定是那些老家伙的手下，她要诱惑我吸烟，骗掉我的十万块钱。哼，想骗我，没门！反正合同已经签了，只要我能坚持下去，那些老家伙死了之后，钱就是我的了。

想到这里，男子带着胜利的微笑拒绝道："不好意思，我在戒烟。"看着小姐惘怅的样子，男子得意极了。

又过了两天，男子跟上司和同事一起吃午饭。正所谓"饭后一支烟，快乐似神仙"，大家吃完饭后都各自点燃了一支烟。男子心里也痒痒的，但是想到那些钱，他立刻连神仙也不想当了。为了分散注意力，男子拿着餐牌乱翻。

上司早就注意到他最近有些魂不守舍，于是关心地问道："嘿，最近是不是遇到什么麻烦了？""啊，没有，只是想抽烟而已。"男子有些不自然地说。"哦，刚抽完了是吧。来，先抽我的。"上司说着，递上了一支烟。"不用了。我没事，真的。"男子有点慌张。上司不高兴了，说道："客气什么？来，抽啊！喂，是不是嫌我的烟太低级了啊？"

天上不会掉下玫瑰来，如果想要更多的玫瑰，必须自己种植。 ——艾略特

要在平时，谁敢不抽上司的烟？可是现在，男子顾虑重重：上司该不会也是老家伙们的手下吧？这个很难说，他们的组织不知道有多大呢。不，我可不能认输！于是，男子龅出去了，故意大声地回答道："谢谢。我已经很久不抽烟了。我在戒烟！"

就这样，三周过去了。只要想着那些钱，男子工作上的压力也减轻了，做起事来总是精力充沛，部下出错他也不怎么责怪，一时间受到公司同事们的一致夸奖。当然，他每周还是坚持去戒烟同盟接受检查，老人们看上去愁眉苦脸，似乎已经完全被男子击败了。

第五周的一天，男子神采飞扬地和同事们一起去喝酒。可能因为心情实在太好了，所以有点喝多了。男子顺手拿起了包厢桌子上的一个盒子。习惯总是难以抗拒的，桌子上放的正是他同事的香烟盒。

男子点燃香烟，吸了一小口，突然"啊"地大叫一声，赶紧把香烟扔掉，但是已经晚了，从他嘴里吐出来的烟雾已经在他的肺部逛了一圈。男子怒吼道："是谁把香烟盒放这里的！"

同事们吓了一跳，心想：这人刚才还挺高兴的，怎么突然发这么大的火？不过他们马上明白过来，赶紧劝道："啊，对，忘了你在戒烟。不过，抽一点没关系吧。""一点也不行！"

男子吼道。"为什么？""混蛋！你们知道什么，我要赚那些老头们的一大笔钱呢！你们想陷害我吗？"男子怒不可遏，不顾同事们面面相觑，愤愤地离开了酒吧。

接下来的一周里，男子每天都拼命刷牙，想把嘴里的尼古丁全部清除掉。不过老家伙们准备的试纸质量果然过硬，男子去检查的时候，试纸还是变色了。看着已经变成褐色的试纸，带他加盟的老头平静地说道："非常遗憾得出这样的结果，我们只能没收你的押金，你被除名了。"

2005年首届"梅陇杯"法制故事大赛征文启事

为纪念全民普法开展20周年，迎接"五五"普法的到来，由司法部法宣司、上海市法制宣传教育联席会议办公室主办，上海市闵行区法宣办、上海市闵行区梅陇镇政府协办，《故事会》杂志社承办的2005年"梅陇杯"法制故事创作大赛，决定面向全国征文。

此次活动有关事项如下：

一. 征文内容：可从立法、司法、执法、公民学法、守法、依法维权，法律援助、法律服务，社会治安综合治理、社会公德、家庭美德、职业道德中的涉法内容，公民与违法犯罪行为作斗争以及中外历史上的涉法案例等各个角度展开。要求故事情节曲折生动，语言有口头文学特点，作品未在省地级报刊发表过，字数一般在15000字以内。

二. 奖项设置：本次活动将聘请有关专家组成评委会，设一等奖1名，奖金5000元；二等奖2名，奖金各3000元；三等奖10名，奖金各1000元；创作奖50名，奖金各500元。部分优秀作品将陆续在《故事会》上发表，并结集出版。

三. 征文时间：即日起至今年9月30日截止，10月底前评出获奖作品并专函通知获奖作者。

来稿方法：1. 从邮局寄发，请在信封上注明"法制故事征文"字样，本刊地址：上海市绍兴路74号《故事会》杂志社，邮编：200020。2. 从网上传递，本刊为大赛所设的信箱是：wulun54@163.com，请在主题上注明"法制征文大赛"字样。

男子带着哭腔央求道："求求你们，再给我一次机会，我这次肯定可以坚持住的。" 但是，他们都摇了摇头。男子一看一切都无济于事了，只好哭丧着脸走了。

男子走后，四个老人围坐在桌旁乐呵呵地笑了。那个带男子加盟的老头并没把那钱放入保险箱里，而是装进了自己的口袋。其他的人羡慕地问他："你这个月已经搞掂五个人了吧?"

老头得意地笑道："是啊，他是第五个。"

"真好啊，我才搞掂两个人。"另一个人摇摇头感叹道。

"那是你太懒了。"老头撇撇嘴说。

"还行啦，我也满足了，这种生意真是太好赚钱了。我们其实什么也没干，就满载而归了。"

老头点点头说："是啊，像那傻瓜一样的戒烟者多得是，这些贪婪的人看到我们保险箱里那么多的假钞，还不乖乖上钩?"

"嗯，对我们来说，戒烟同盟效果还是不错的，因为我们根本不吸烟! 哈哈……"四个老人齐声大笑起来。

(题图、插图：箭　中)

人只要奋斗就会犯错误。——歌德

□谭文春

谁气量小

周末，李大胜在商场为女朋友相中了一件漂亮的皮大衣，一掏口袋，才发现钱不够，他正犯愁呢，一抬头，刚好看见单位的同事小张。李大胜和小张不在同一个办公室，平时也没有什么来往，关系仅仅属于见面点头一类。此时李大胜也管不了那么多了，硬着头皮开了口。

小张相当爽快，掏出钱给了李大胜。

李大胜说："下周上班我就还你。"

小张连声说："不急不急。"

周一，李大胜刚上班，小张就走了进来。李大胜一愣，连忙站起来热情地让座，嘴里嚷着"稀客稀客"，接

着又抱歉地说："真对不起，我这几天手头有点紧，那钱只有等发了工资再还你了。"小张摆摆手说："不急不急。"说着，眼睛在办公室里扫了一圈，然后问"其他人呢？"李大胜说"小王倒垃圾去了，芳姐打开水去了，有什么事吗？"小张说："没事，随便看看。"说完，就走了出去。

周二，差不多同样的时间，李大胜打水回来，看见小张在办公室和芳姐说话，芳姐对小张说："你真是贵客呢，无事不登三宝殿啊。"小张微微一笑说："当然是有事才来，我来的目的是提醒某些人'跛子进医院——自觉(治脚)'！"李大胜听了这话，心里"咯噔"一下，待小张走后，就问芳姐

"小张来做什么？"

芳姐瞥了他一眼，说："你装什么大头葱嘛，这还不晓得？你想想看，小张平时从不来我们办公室串门的，为啥这两天连着来？你是个聪明人，应该一点就醒啊。"说完冲他意味深长地一笑。李大胜脸上的表情慢慢僵硬起来。

周三，小张再来时，李大胜脸上木板板的，根本不理人，只是低头看报。小张在办公室瞟了一眼，说声"都在呀"，就出去了。李大胜突然冲小张的背影狠狠地吐了一口唾沫。办公室的另外一位同事惊异地抬起头看看

他，说："对人家有意见当面提，这样子多没风度！"李大胜愤愤地说："对这种小人有什么好提的！想要我还钱就明说嘛，天天到我面前晃一竿子，让人心烦，摆明了是要暗损我。这种人，心眼儿比针尖还小，比狼心狗肺还坏……"那人听了，摇摇头，没再开腔，低下头做自己的事了。

接下来的两天，小张依然天天早上来李大胜办公室看一眼，李大胜依然对他不理不睬的。

转眼到了周末，下班时，小张又来了，在李大胜桌上放了一样东西……

本期有奖竞猜的题目是：

A. 小张在李大胜桌上放了一张照片（短信代码 GA）；B. 小张在李大胜桌上放了一个本子；（短信代码 GB）C. 小张在李大胜桌上放了一个杯子（短信代码 GC）。

（题图：王申生）

猜情节，赢大奖

开动脑筋，猜想正确的情节！请选择你认为正确的情节发展，将其短信代码发送到 200056（中国移动）或 900056（中国联通）。我们将在本月下半月的刊物上刊登这个故事的结尾，并从竞猜正确的读者中抽取优胜奖 20 名，赠送价值 100 元的纪念品；从参加竞猜的全部读者中抽取参与奖 500 名，赠送价值 10 元的纪念品。

参加全年情节 ABC 活动，并猜对全部情节的 3 名读者更将获得特等奖彩信手机一部！本期活动截止日期为 6 月 5 日。

得奖读者在评选结果揭晓后将得到短信通知。本活动每条短信收取 0.50 元。

□ 高文泉

铁笔先生

明末清初，豫北锦鸡庄出了个采花大盗，此贼来去无踪，轻功甚是了得。他专拣未出阁的绝色女子下手。一时间，闹得全庄未出阁的闺女和她们的父母个个提心吊胆，户户不得安宁。

庄主严清风有个年方二八、如花似玉的闺女，叫严如凤，已经与文举人订下婚约。

为防遭花贼玷污，严庄主一方面让女儿待在闺房，不许迈出大门半步，并加派庄丁护院，日夜巡逻；另一方面，四处张贴告示，有擒采花贼者，赏银千两。

重赏之下，先后来了两个武功高强、轻功了得的壮士，声称定能擒拿采花大盗。可是，就在他们来的当晚，采花贼又神不知、鬼不觉地糟蹋了庄上的两个少女。两壮士自觉羞愧，先后悻悻而去。

自从两名壮士离去后，再也没了上门揽瓷器活的人。严庄主下令再加赏银一千两，盼望能有降伏采花贼的高人出现。

果然，告示贴出不久，一位自称"铁笔先生"的老者来见庄主。只见他年约七十，个子不高，脸颊清瘦，长须飘胸，腋下夹着一支斗大的狼毫，

一副教书先生的模样。

严庄主一看，顿时凉了半截，心说：前面两位壮士都奈何不了采花贼，这瘦老头有何能耐来混赏钱？

一个庄客打趣道："老先生，我们这儿不是开学堂请先生，您走错门了吧？"

铁笔先生微微一笑，声音洪亮、口齿清楚地答道："老朽没走错门，不就是擒拿区区一个采花贼吗？来！笔墨伺候！"

严庄主不知他是何意，就命人在桌上铺开一张宣纸，铁笔先生上前大笔一挥，纸上立刻出现了十个大字：

一物降一主，卤水点豆腐

众庄客一见，这算什么本领？不由笑出了声。

一名庄客上前去揭纸，没想到揭起来的却是一张没字的破纸，而铁笔先生写的十个字像生了根似的钉在了桌上。严庄主一见，大为惊奇，虽然看不出他有无轻功根底，但这样的奇人已属少见，于是便把他留在府上，盼他擒贼除害。

话说这位铁笔先生，确是一奇人，人家捉贼是昼伏夜出，他却正好相反，夜伏昼出，夜里呼呼大睡，白天除了到受害人家中串门聊天，就是街上走走，店铺里串串，庄里庄外逛逛，像个没事人一样，悠闲自在。

转悠了几天，他索性搬了一张桌子，放在街上繁华地段卖起画来。他铺好宣纸，挥毫泼墨，不一会儿，一个含情脉脉、风情万种的女子跃然纸上，落款是：花中君子。

这花中君子在当地可了不得，他原是江湖上一位专画美人的画怪，因画的美人惟妙惟肖而出名，但人们一向只见其画，未见其人。今天见画怪露出了庐山真面目，都争相抢购，奔走相告。

临近中午时分，一位白发银须、精神矍铄的老头从人群中挤到铁笔先生面前，满脸怒气地大声呵斥道："哪儿来的狂徒，竟敢假冒我花中君子的名号，再不滚蛋，休怪我将你报官问罪！"

铁笔先生朗声一笑："休得口出狂言，有能耐的不妨当场作画一幅，你若真是花中君子，老朽立马让位走人！"

"此话当真？"

"岂能有假！"

白发老头袖子一挽，大笔一挥，顷刻间，一位眉是眉、眼是眼、桃红唇、胭脂脸的绝世美女栩栩如生地浮现在纸上，宛若仙女下凡，落款也是花中君子。

人们想不到眨眼间冒出来两个花中君子，一时也分辨不清哪个是真，哪个是假。

就在众人惊疑之际，铁笔先生突然一声断喝："畜生，哪里走！"说完，"嚓"的一声，甩出了手中的狼毫。与此同时，那个白发老头已掠上人头，如脱弦之箭，蹿出了一丈多远，但他还是慢了一步，被狼毫击中，应声跌倒在地。

人们一阵惊呼："这人莫不是采花大盗吧！"于是大家一拥而上，把白发老头捆了个结结实实，扭送到县衙大堂。

白发老头被众人押到县衙，一见到县太爷，就跪地磕头，连喊冤枉："大人！小人私察暗访，发现了采花大盗，可恨此贼武艺高强，小人遭其暗算，反被诬陷，求大人为小的作主！"

县太爷往下一看，喊冤之人乃一老头，于是一拍惊堂木，喝道："大胆！下跪者何人？竟敢在本官面前胡言乱语！"

"大人，我是文举人咧！"

闻讯赶来的严庄主，一听白发老头自称是他的乘龙快婿文举人，忙走上前，指着老头骂道："大胆狂徒，竟敢胡言乱语，我家姑爷岂是你这等败类！"

老头见严庄主和县太爷不信，头抵着地好一阵磨蹭，脱下了假发套，摘去了假胡须，露出了年轻俊秀的面容。

县太爷一看真是文举人，顿时傻眼了，这文举人怎么可能是采花大盗呢，定是受人诬陷，于是一拍惊堂木，冲押来文举人的铁笔先生吼道："大胆淫贼，竟敢嫁祸于人，还不从实招来！"

铁笔先生不惊不慌，面无惧色，当堂道出了一个令人不敢相信的事实。

其实这些天，铁笔先生通过走访受害女子和此地百姓，发现采花贼乃

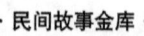

是一名美色狂，采花前必先燃亮一支小小红烛，端详女子美色，若女子容貌欠佳，他毫发不损，怅然离去。若是绝色女子，他便淫心大起，任意糟蹋。

一天，铁笔先生路过一家字画店时，偶然发现一幅落款"花中君子"的美人画，凭他几十年磨炼丹青的独特眼光，很快就从画中捕捉到了受害女子张家小姐的眼睛、李家小姐的小嘴、刘家小姐的脸蛋，而这些女子平日里都是大门不出、小门不迈的大家闺秀。

由此可见此花中君子分明就是采花大盗！

因此，铁笔先生便向字画店老板打听此美人画的来路，老板说是一位不肯透露姓名的美人画怪托人送来的。为了引出美人画怪花中君子，铁笔先生决定在街头冒他的名卖画。

这花中君子打娘胎出来，左腿侧就有一块飞鹰样胎记，胎记上长有一簇黄毛，从小就能飞檐走壁，来去无影无踪。

虽然花中君子知道铁笔先生是来擒采花贼的，但他自恃天生飞毛腿，并未把铁笔先生放在眼里，因此稍加乔装打扮，就上街来兴师问罪。

当铁笔先生喊出"畜生"二字时，他心头惊慌，想借助飞毛腿逃之夭夭，没想到铁笔先生早就从受害女子那里得知他左腿侧有一簇奇异的黄毛，于是甩出手中饱蘸胶水的狼毫粘住了他的胎毛，花中君子这才束手就擒。

飞毛腿，那只是民间传说中的事，没想到这世上还真有飞毛腿，堂上堂下所有的人听完铁笔先生的话，都不敢相信自己的耳朵。

县太爷忙命差役检验，结果文举人的左腿侧果然有一块飞鹰样胎记，只是飞毛已被胶水粘没了。

文举人还想狡辩，这时，被铁笔先生派往文举人家搜查的庄丁，已把搜查到的九十九件受害女子的内衣呈上堂来。

原来，这个采花贼有一个怪癖，就是每糟蹋一名女子，都要把这个女子最贴身的内衣带走，私藏于家中。这下，文举人终于像霜打的茄子一般蔫了下来……

严庄主万万没想到温文尔雅、名闻乡里的文举人竟是千夫指、万人骂的采花大盗，痛心之余又有几分庆幸，自己差点亲自把女儿送入虎口！于是命家丁取来赏银，外加黄金五十两，重重酬谢铁笔先生，可一回头，才发现铁笔先生早已不见了踪影。

（本篇月月评短信代码：1110）

（题图、插图：黄全昌）

（本栏目欢迎来稿。来稿可从邮局寄发，也可从网上传递。如为电子邮件，请发以下信箱：maxia@vip.sohu.net）

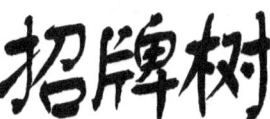

□ 芙　韬

小王村原本有三亩集体果园，因为修路，被占去了二亩半，只剩下半亩，总共才十多棵桃树。由于这些桃树已经过了盛果期，而且紧靠马路，管理起来很麻烦，村里广播了好几天也没人承包，没办法，村委会打算刨掉它们改种庄稼。

正在这时，外出打工刚回到家的王大胜知道了这事，也没跟老婆商量，就到了村主任王得利家，说这几棵桃树我包了，按最高价承包！并当场签了合同交了钱。

回到家，王大胜老婆立马和他翻了脸："你是不是马尿喝多了犯糊涂呀，人家谁都不想要的这么几棵破

树，村里都想刨了，你偏偏出高价！再说咱自己有四亩大桃园，还得分开精力单独伺候这么几棵树，划得来吗！"王大胜不理这茬，一脸神秘地摆摆手说："你就瞧好吧！"村里人不知道王大胜这葫芦里卖的什么药，都准备看他的笑话。

这王大胜啊，自从承包了那半亩果园，对那几棵老态龙钟的桃树伺候得十分周到，施肥，浇水，丝毫不敢怠慢。转眼间，麦秋已过，桃子慢慢成熟了，虽然说不上硕果累累，但那红白相间的大桃子从马路上看去特别招眼。为了防止娃娃们偷吃，王大胜还特意盖了两间茅屋日夜看护着，同时又在茅屋前挂了个大牌子，用红漆歪歪扭扭地在上面写着：

大鲜桃，先尝后买，绝对新鲜无污染！

村里人这才恍然大悟，王大胜的

算盘原来打在这里!

还别说,马路上南来北往的赶路人,来到这前不着村后不着店的地方,不少口渴难耐的,见了这树上红白相间的桃子,立刻就动心了。再说了,这"先尝后买"的招牌也的确诱人。

果然,王大胜的生意火得不得了,赶脚的、骑车的纷纷驻足购买,甚至不少光鲜的小轿车,都在茅屋前先后停下。买桃的人络绎不绝,王大胜热情地招呼大家:"先尝后买,先尝后买!"买桃人尝了以后,都不住地点头说:"来五斤!""来十斤!"王大胜乐得合不拢嘴。

不过有一点让大家奇怪,这几棵老桃树产量满打满算也不到二百斤,可王大胜愣是卖了整整一个大夏天!从桃子刚能吃开始,直到熟透,王大胜这"现摘现卖"的牌子一直挂着,他摊子上的桃总是摆得满满当当的。

细心人很快发现,这里的桃子没见少,而他家村东那四亩桃园里的桃却迅速减少了,东问也明白,王大胜把自家桃园里的桃摘到了这里!现如今这几棵老桃树简直成了他的"招牌树"!

因为这茬桃,王大胜实实在在地赚了一笔。往年桃子往外批发,价格要低不少,可摆在这里零卖,不但价格高,而且卖得快。这么一来,不少人开始对王大胜另眼相看了。

有人羡慕就有人嫉妒。这年秋后,村主任王得利告诉王大胜,这半亩果园不让他承包了。王大胜说:"咱们可是有合同在先的!"

王得利两眼一瞪"屁,小王村我说了算!你要是愿意再包,承包费涨三倍,否则免谈!"王大胜没办法,只得忍痛割爱。

说来也奇,自从王得利收回了果园的承包权之后,这十多棵桃树似乎故意与他作对。第二年,树上的桃子寥寥无几,而且都小得可怜巴巴的。王得利顾不得这许多了,也像王大胜那样,撑了个摊儿,挂了个牌子。不用说,他也把自己家里的桃子弄到了这里,但效果很不理想,卖得不多,烂掉不少。时间一长,王得利撑不住了,只好撤了摊子,改做批发,因为照现在这销量,他家那五亩桃子非全烂掉不可。

于是有人就问王大胜:"难道这招牌树也认人不成?"王大胜笑着摇摇头说:"这树过了盛果期,容易出现'大小年',第一年丰,第二年歉,所以结的果才这么埋汰,不过这不是主要原因,关键是王得利为了赚钱,往桃子上猛打催熟剂,那颜色看上去就不对,尝起来一点甜味也没有,谁愿意买?"

看来,这招牌树只是招牌,招牌硬不硬关键还得看人心正不正!

(题图:安玉民)

瀑布里的倩影

□ 沈 玲

1. 黑云压城

水门县报社，有个青年记者叫阿泰。他才思敏捷，文笔犀利，在当地小有名气。他的女友小颖面容清秀，性格温和，也在这家报社的娱乐版做编辑。他俩相恋两年，正准备年底共结连理。

就在阿泰踌躇满志，事业爱情两得意之时，却发生了一件意想不到的事。

这天，阿泰正在写稿，报社小车司机小黄突然急慌慌冲进来说："阿泰，阿泰！快回家，你爸出事了！"接着小黄说，他刚才开车送总编外出，回来时路过县府大院，看见检察院的人正要把阿泰的父亲带走。

阿泰一听，大惊失色，慌忙放下笔，冲出办公室，直朝县府大院奔去。

阿泰的父亲叫董春林，是水门县的教育局局长。他是"文革"结束恢复高考后的第一批大学生，在阿泰眼中，父亲是一个勤奋、谦逊、有才干的人。他知道父亲从一名农家子弟慢慢升到县教育局长，是经过了多么艰辛的努力！所以，在他心目中，父亲是他的榜样，是他和家人的骄傲。可是，这样的父亲，怎么会被检察院的人带走呢？

阿泰一口气奔到县府大院门口，只见父亲手里提个包，正从楼梯口出来，朝停在一旁的一辆警车走去。

阿泰上前一步，急切地问道："爸，怎么回事？"

父亲神态平静，只淡淡地说："没事，他们要我协助调查，我过两天就回来。"但阿泰还是看出了父亲目光中难以察觉的忧郁与茫然，这让他有种不祥的预感。父亲最后说了句："安慰你妈，叫她别担心。"随即，警车呼啸而去。

阿泰望着渐渐远去的警车，一时心乱如麻，嘴里喃喃喊着："爸……"

这时，有个人走到他身旁，轻声说："阿泰，不要太担心，我会照顾好你爸的。"阿泰回头一看，是他的准岳父蔡志。阿泰忙问："蔡伯，我爸到底犯了什么事？为什么要带他走？"

蔡志拍拍阿泰的肩，说："放心吧，我相信你爸会没事的。"

听蔡志这么说，阿泰悬着的心才慢慢放松下来。他的这位准岳父可不是一般人，他是检察院的检察官，与父亲是大学同学，关系甚好，再加上马上要成为亲家，父亲有事，他一定会帮忙。于是阿泰相信父亲会很快回来的。

可是事情却向着相反的方向发展，一个月后，阿泰的父亲以收受贿赂，私自将希望中学二期工程非法承包给他人的罪名，被判处有期徒刑五年。

判决书下达的那一刻，阿泰的母亲晕倒在地，阿泰一手搀扶着母亲，一边望着满脸愧疚的父亲，他第一次尝到了痛彻心肺的滋味。他开始憎恨，憎恨那个把父亲送进牢房的小包工头，憎恨周围带着异样眼光看他们的人，甚至憎恨他未来的岳父蔡志。那个蔡志嘴上说父亲会没事，他会帮助父亲的，可是他帮了什么？口是心非，言而无信！

在报社里，阿泰的处境也发生了变化。同事们当面不说，背

未经思索的生活是不值得过的。——苏格拉底

地里却总在窃窃私语。领导呢，对他的态度也变了，一些重要的新闻不再让他去采访。而最让他受不了的是，女友小颖见了他，居然一副愧疚相，而且对他特别关心，特别殷勤。她越是对他这样，阿泰就越觉得她心里有鬼，就更加反感。那天中午，小颖给他送来了他最爱吃的红烧狮子头。阿泰竟然板着脸，手一挥，说"我不吃，你拿走！"

"为什么？这不是你最爱吃的红烧狮子头吗？"

"不吃就不吃，你为什么这么关心我？"

"我不应该关心你吗？你是我的未婚夫啊。"

"未婚夫"三个字深深刺痛了阿泰，他一下跳了起来："未婚夫？嘿嘿，如今你是检察官的女儿，我是罪犯的儿子，不敢高攀。"小颖急道："你，你怎么这么说话？""你说，我该怎么说话？"阿泰恨恨地说，"我想不通，我一向尊敬的长者，信誓旦旦地说会帮我爸的，可他帮了没有？怎么帮的？他说我爸不会有事，结果判了五年！你说我俩还有必要继续下去吗？"阿泰说罢，夺门而去，留下小颖哭得泪人似的站在那儿。

2. 瀑布倩影

自从阿泰拂袖而去后，就没再理过小颖。任凭小颖怎么声泪俱下地打电话给他解释道歉，他都不为所动。现在每天，他就知道上班下班，吃饭，写稿，睡觉，不主动与人交往，也不主动与任何人说话。他想帮父亲弄清事情的真相，可是陷害父亲的人手段太高明了，居然没有留下一丝破绽。他想：父亲为人稳重，当官十几年，向来小心谨慎，不可能树这么一个要把他置于死地的大敌呀。

阿泰越想越苦恼。在情绪最低落时，他会带上两瓶酒、一个睡袋，到附近的山上去露宿，试图在大自然的怀抱中，释放自己的痛苦。他几乎走遍了附近的山头，其中最喜欢去的是白马山，因为那里有个非常特别的瀑布——水布瀑。水布瀑高30米，宽15米，上半段水流湍急、气势磅礴，但在半山腰有一个陡坎，瀑布从这里被截断，而后再顺陡坎漫溢而下，如同一块平整的透明绸布，缓缓落下。远远望去，那如丝绸般的水幕特别美丽奇妙，水布瀑便以此得名。加上山底那一弯碧绿碧绿的湖水，使这白马山充满了灵秀之美。阿泰最喜欢这里，他常对人说，这里集天地之灵气，日月之精华，所以以前常带着女友小颖来这里尽情地享受二人世界。这里有着他太多美好的回忆。然而现在这儿却成了他躲避世人的避风港。

这天，阿泰又背着睡袋，带着手电，来到白马山，准备在这里过一夜。

吃过自带的干粮，天便慢慢暗了下来。望望晚雾飘忽的山景，阿泰叹了口气，便钻入睡袋。也许由于这些天想得太多，思绪太乱，他翻来覆去，直到月亮爬上半山头，才迷迷糊糊睡去。

"同志，同志……"在哗哗的瀑布声中，突然从远处传来一个女人的声音。迷糊中，阿泰想：这深更半夜，荒山野岭中谁在叫啊？他睁开睡意蒙眬的眼睛，一看，顿时吓得睡意全无。只见瀑布中央飘出来一个短头发、打扮怪异、脸色白里泛青的女人。阿泰紧张地问："你，你是谁？在这里做什么？""唉，别怕，别怕，我不会害你的，"女人轻轻叹了一口气说，"我住在这里，我想找个人。"阿泰心想：住在这里？这山上会有人住？这时，那女人又开口了："同志，可否帮我一个忙？"阿泰见她的身影时隐时现，好像是站在瀑布里边，又好像是站在瀑布外边，一时弄不清她是人，是怪，还是鬼！阿泰吓得抖抖索索地说："行，行，你说吧，让我帮你找什么人？"女人背过身去说道："他叫游志达，崔镇人，五三年生。"说完此话，她的身影就消失了。

阿泰从来不信世上有鬼怪，可是刚才的一幕，却这么真实地发生在眼前，使他感到困惑、茫然，他想：难道是自己白天想得太多了，产生了幻觉？这么一想，他心里倒觉得踏实了

一些，人也感到累了，就睡着了。

第二天回到报社，他也没把这事放在心上，时间一久，也就淡忘了。

不过，打这以后，阿泰越来越不想回家了，他害怕看到母亲那忧郁的眼神。因此，即使不是夜班，不写稿，他也叼支烟，在办公室里耗着。

这天下班后，他又留在办公室，打算耗到半夜，等母亲睡下再回家。当时钟"当当"敲了十下，办公室赶稿的人都走光了，只剩阿泰还在里面对着电脑东想西想，消磨时光。

突然"啪"地一下，灯灭了。阿泰不满地嘟囔了一句："谁呀，这里还有人呢，拉什么电闸呀！"说着，便摸索着出门去拉电闸。可是走到楼梯口才发现，电闸根本没有拉。他想八成是保险丝断了，唉，还是回家吧！可一摸口袋，钥匙忘记带了。他再摸索着回办公室，一推门，就吓了一大跳，上回白马山遇到的那个女人正站在他的办公桌前，两眼直直地盯着他，发出怪怪的声音："你好，阿泰同志！"阿泰吓得结结巴巴地说："你，你怎么知道我在这里？"

女人惨白的脸上露出了一丝笑容："上回在白马山遇到你后，第二天我又去了那里，发现你掉在地上的名片，我是照着地址找来的。"

"噢，是这样。"阿泰看了看她递过来的名片，心想敢情上回不是幻觉，是真遇到过这个女人。

女人见他愣着，走近一步问："你说帮我找人，找了没有？"阿泰这才看清女人穿着一件一字领的白衬衫、一条军绿色的直筒裤、一双绿色解放球鞋。这身穿戴，是标准的七十年代的打扮，怪不得觉得她怪别扭的。

"阿泰同志！"女人又叫了他一声。

阿泰这才回过神来："噢，你叫我怎么找呀？"

"你不是记者吗？只要帮我在你们的报上登个寻人启事就可以啦。"

"好吧，那你说，我记下来。"阿泰从腰间取出手机，借手机的亮光写字。

女人说："寻人：游志达，男，五三年生，崔镇人，身高1米73，方脸。请知情人速与阿泰记者联系。如若游志达本人见报，请于15天后的晚8点，在白马山水布瀑相见。"

阿泰记下这些内容后，问道："就这么多？"

"就这么多。"女人向阿泰鞠了一躬，说了声"谢谢"，就向大门外走去。

阿泰叫道："喂，你叫什么名字呀，住哪儿呀，怎么和你联系？"他边叫边朝门外追去，可那女人早已没了影子，只留下一阵淡淡的香味，阿泰觉得这香味儿似曾相识，可又记不起在哪儿闻到过。

阿泰虽然感到这件事十分怪异，可是第二天还是帮她登了这则寻人启事。

没想到，这寻人启事一登，就有很多人打电话来，净是些六七十岁的老人，可是没有一个人真正知道游志达的去向。不过从他们的叙述中，大致可以了解到一些情况：三十年前，也就是"文化大革命"期间，崔镇一个农民的儿子游志达，有个青梅竹马的女友叫小茵，小茵的父亲是县城一家丝绸厂的厂长，那时"文化大革命"正闹得疯狂，游志达的父亲是造反派头子。在一次武斗中，游志达的父亲把小茵的父亲打伤致残，因

此两家结下冤仇。小茵的父亲发誓从此与游家势不两立，并不许小茵与游志达来往。但两个青年男女，不顾父辈的阻挠，约定私奔。他们约好在水布瀑下见面，一同前往水门县，重新开始新的生活。那一晚两人私奔后，就再没了小茵与游志达的消息，不久小茵的父亲抑郁成疾，很快病逝。

阿泰了解了这些情况后，心想，这么说昨天遇到的女人就是小茵？难道那晚小茵没有遇到游志达？那她又为什么孤身留在白马山上而不直接去找游志达呢？不对，算来小茵已经是近五十的人了，可那女人不过二十来岁，难道说是小茵的女儿？可小茵的女儿找游志达做什么呢，而且还要我来帮助寻找？难道说仅仅因为我是记者？这一连串问题一起浮现在阿泰的脑海里，让他越想越糊涂了。

就在阿泰胡思乱想的时候，突然他母亲打电话来说，天气转凉了，叫他去看看爸爸，顺便给他带几件衣服去。

下午一点，阿泰赶到监狱探望他的父亲。父亲明显瘦了，见到阿泰时，还是面带一丝愧疚。阿泰看着曾经是个铮铮硬汉的父亲落到如此境地，心里一阵难受。父子见面，只互相简单地询问了情况后，就相对无言。

沉默了一会儿，阿泰忽然想起那个女人的事来，心想那游志达算来应该与父亲年纪差不多，父亲小时候也在崔镇呆过，会不会知道这个人呢？于是他开口问道："爸，你说我们祖上是崔镇人，你认不认识一个叫游志达的人？"

"游志达？"父亲的眼光突然一闪，略一愣怔，说，"不，不认识，你找这个人干吗？"

"噢，没什么，一个女人到报社来要我帮她找这个人，我想你也是崔镇人，兴许认识，就随便问问。""一个女人托你的？"父亲说了这话后，便不再言语了。

从父亲的表情看，阿泰料定他认识这个叫游志达的男人，可是为什么偏说不认识呢？难道他有什么难言之隐？想到这里阿泰坐不下去了。好吧，既然父亲不说，那么也许母亲会知道这事，还是回家问问母亲吧。这么想着，就起身告辞了。

3. 往事如烟

阿泰匆匆回到家，一进门，就大叫："妈，妈！"

阿泰的母亲从房中出来，紧张地问："怎么啦？是不是你爸出了什么事？"

"不，不，爸很好，我是想问你，认不认识一个叫游志达的男人，跟你差不多年纪。"

阿泰母亲答道："我不认识。你怎么从你爸那里跑回来就问这个问题，是不是与你爸的案子有什么关系？"

"没，没什么关系，只是有人要我帮着找这个人。"

阿泰见母亲不认识这个人，心想，母亲不认识的人，应该是父母结婚前父亲的熟人。那么，最了解这段历史的目前只有小颖的爸爸蔡志了。可是自从父亲判刑后，自己就跟他断绝来往了，现在怎能厚着脸皮去找他！可不找他，下一步咋办呢？

母亲见阿泰发愣，就说了一句："别愣着了，你看看你的房间，满屋子都摊满了书，还是去理理吧。"

对了，父亲的书房！阿泰灵机一动，父亲是最喜欢藏书的人，从小到现在，读过的书都没有扔掉，有时还在书上写一些杂感，记一些人的名字、通讯地址等等，也许能从中找到一些线索什么的。想到这里，阿泰立马就跑到父亲的书房，寻找起来。

他在父亲的书房整整找了一个晚上，终于在一本泛黄了的中学语文课本里找到了一张小纸片，上面写着："对你的思念就像是一只美丽的

蝴蝶，在眼前飞舞，怎么都挥之不去。"落款是"小茵"。

当看到这张纸条时，阿泰着实吓了一跳，小茵的情书怎么会在父亲手上？莫非父亲就是……他不敢再往下想。

过了些天，他拿着那纸条又来到监狱，见到父亲，开口就问："爸，你是不是真不认识游志达？"见父亲低头不响，他就掏出那张纸条来说："这张纸条怎么会在你的书里？"说着把它递给父亲。

父亲一看这张纸条，大惊失色地问阿泰："你，你，你，从什么地方找到的？"

"是从一本旧语文课本里找到的。爸，我是你儿子，你到现在还有什么隐情不可以对我说的？"

父亲对着纸条凝视了良久，终于

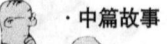

叹了一口气，说道："不
错，我就是游志达。"

原来，三十年前的那个夜晚父亲
并没有等到心爱的小茵，于是第二天
就随父母举家搬到了水门县。"文革"
结束后，阿泰的祖父感到自己以前做
过很多错事，怕有人寻仇上门，就改
名换姓，把父亲的名字也改成了董春
林。

阿泰问道："那你们后来就一直没
有小茵的消息？""没有，我一直没有
回过崔镇。你爷爷临终前说，最对不
起的人是我。可我觉得他对不起的人
不是我，而是小茵的父亲。"

阿泰不解地问："那个要找你的
女人究竟是谁？找你做什么？""我
也不清楚，可能是小茵的女儿吧。这
样吧，阿泰，如果再见到那个女人，你
就替我跟她说声对不起，说我现在不
能见她。"

阿泰告别了父亲，就驱车直奔白
马山。他希望能立刻见到那个女人，
知道她的真实身份，把这件事彻底搞
清楚。

白马山离董春林服刑的监狱大约
有50公里路程，阿泰到达水布瀑时天
已黑了。他抬头望着白马山，一片漆
黑，没有一丝灯火，哪有人家居住
呀？可是那女人到底是从哪里出来的
呢？阿泰站在水布瀑前大喊"喂，你
出来，我是阿泰，我帮你找到游志达
了！"可是喊了好一会，山谷里除了

他的回声，听不到一丝声响。

接下来的几天，为了等那女人出
现，阿泰每晚都在办公室呆到很晚。
可是一连三天，都没有等到。阿泰再
也没有耐心等了，便决定请两天假，
到邻县崔镇去查一下小茵的下落。

阿泰的报社在崔镇有个分社，他
的大学同学王强在里面任记者。王强
受阿泰所托，不到一天，就查清了小
茵的情况。原来，小茵于1974年8月
21日在水门县水布瀑失足落水身亡。
她的父亲悲痛交加，于半月后去世，
只留下小茵的母亲与十三岁的小弟相
依为命。阿泰一听，惊得直冒汗，当
即告别王强，赶回水门。

这天，阿泰早早地来到监狱，把
王强的调查结果告诉了父亲。父亲听
完阿泰的话，早已经是泪流满面。他
捶胸哭道："是我对不起她，是我对不
起她一家人呀！一定是她在怪我，做
鬼也不甘心，所以才来找我的啊！"

看见父亲这个样子，阿泰倒冷静
下来了。他在想，难道真是小茵的鬼
魂不甘心，来找父亲报仇了？不可
能的，世上根本不可能有鬼。那么是
谁呢？发生这样的事，谁应该最恨父
亲呢？当然是小茵的家人。小茵的母
亲算来也有七八十岁了吧，不太可
能。她弟弟？想到这里，他便问董春
林："爸，小茵还有个弟弟吧？""是
有个弟弟。""他叫什么名字？"父亲
想了好一会，说"好像，好像叫殷峰，

算来今年也有四十三四了吧。"

阿泰一听，忙起身说："好，爸，我先走了，你也别太自责了。"说罢，便出了监狱，决定去找殷峰。

4. 陈年积怨

怎么找殷峰？阿泰打算再找王强帮忙。不料王强要去西双版纳度假，十天后才能回来。心急火燎的阿泰等不及了，决定自己去找。他先到网上寻找，可是当他打开电脑，在搜索栏里查找时，发现叫殷峰这个名字的人实在太多了。他整整捣鼓了一个上午，没有任何收获。而那个女人这会儿也仿佛从大地上蒸发了一样，毫无动静。

唉，还是把这事放放，先想想父亲的事吧，阿泰心想。父亲的事最让他想不通的就是陷害父亲的人怎么会知道父亲的银行卡号？这卡号除了县府发工资的出纳恐怕连父亲自己都记不清。难道银行的工作人员违法违纪，把父亲的卡号告诉了别人？这么想着，他就不由自主地来到了父亲常取钱的银行里。也叫天从人愿，阿泰无意间从两个聊天的妇女口中，得知其中一个胖女人的丈夫姓殷，是崔镇一家建筑公司的老板。于是，阿泰便以做建材生意为由，和那女人套近乎，并了解到她家在崔镇的地址。阿泰大喜过望，当即赶到崔镇，又从当地人口中，知道那个姓殷的老板，正是他要找的殷峰。

如今殷峰是崔镇二建集团的董事长，他们的办公大楼位于崔镇的市中心。这座十八层的办公大楼犹如一把悬在半空的剑，在这弹丸大的小县城显得异常突兀，成了崔镇的标志性建筑。当然，在崔镇，殷峰的大名也是如雷贯耳。

阿泰谎称自己是省城一家建筑公司的总工程师，想与殷总谈合作事宜，秘书小姐这才让他进去。一进董事长办公室，只见一位高大的中年男子坐在一张高背沙发上，极帅气，锐眼，高鼻，一张薄薄的嘴轮廓分明。殷峰见了阿泰，淡淡地问道："你找我有什么事？"阿泰忙递上名片。殷峰看了名片后，稍稍有点意外，但马上就恢复了镇静，说："你想采访我？"

阿泰单刀直入地说："不，你知道我是谁？我是游志达的儿子。我今天来这里是想对你说你害错人啦！"

殷峰果然是久经商海、见过世面的人，他没有为阿泰的话所动，依然面无表情地说："我不知道你在说什么，我想你搞错了，如果你没有别的事，那么我想请保安送客。"

阿泰决定用话再激他一下，于是气冲冲地说："殷峰，不要再装了，你机关算尽就为了报仇。现在你得逞了，你开心了吧？可是你有没有想过，你九泉之下的姐姐与父亲，看见你这样做会觉得欣慰吗？"

　　殷峰听阿泰这么一说，不由得一怔，终于说到正题了："好吧，我是殷峰，我恨你父亲，他害死了我姐姐与我父亲，可是你反而说是我害了你父亲？你父亲自己贪污受贿，犯了罪，你怎么能赖到我头上来？"

　　"好吧，既然你不愿说，那就让我替你说吧，"阿泰激动地站了起来，"你当上了二建集团的董事长后，事业如日中天，名利双收，可是，你对你姐姐和你父亲的死，一直耿耿于怀。你总认为是我父亲害死了他们。当你听说我父亲当上了水门县教育局

长，一家人过着幸福的生活，你的心里就不平衡了。你发誓要让我父亲受到惩罚，于是你开始策划陷害我父亲的阴谋。当你听说水门县希望中学的校园二期工程要实行招标，而负责此事的正是我的父亲时，一条毒计便在你脑海里划过。你通过关系把你妻子由原来的银行调到了专为水门县府发工资的银行，并由此得到了我父亲的银行账号，然后又收买了那个小包工头，让他不计代价地投下了那个标，中标后又让他以自己的名义往我父亲的账户汇入十万元人民币。接着你又吩咐手下把这个消息散布开去，让因中不到标而愤愤不平的人去举报我父亲。最后当检察院查出我父亲受贿之事时，你又不惜重金买通小包工头心甘情愿地陪我父亲一起坐牢，让检察院的人确认这是一起证据确凿的受贿案。这就是你陷害我父亲的全部过程！"

　　"啪啪啪"，殷峰听完阿泰的话，竟然拍起手来，"高，实在高！对，你说的一点没错，是我做的，我原以为自己做得天衣无缝，可是竟然被你识破了，我到底是哪里算错了一步呢？"

　　阿泰大笑道："这可是天意呀，我无意之中在银行听到你妻子谈起你，这才让我恍然大悟。"

　　"原来如此，"殷峰突然话锋一转，"事虽然是我做的，可是你能拿我

如何？你有证据吗？"

"没有，"阿泰摇了摇头说，"我并不准备告你。"说着，阿泰忽然一下子跪倒在地，向殷峰磕了三个头。

殷峰愣住了，忙问："你，你这是做什么？"

阿泰抬头望着殷峰说："我知道是我爷爷对不起你们，可是这事已经过去多年了，况且我爷爷在死前也很后悔那时打伤了你父亲，而我父亲根本就不知道后来你们家发生的一切，包括你姐姐小茵的死。求你原谅我们吧。"

提到姐姐和父亲，殷峰的感情闸门被打开了，他忽然泪流满面，大声叫道："原谅，你叫我怎么原谅？姐姐死了，父亲死了，留下母亲和十三岁的我，受尽人家的白眼，被人家唾骂，母亲成天以泪洗面，把眼睛都哭瞎了。我十七岁就被迫去建筑工地打工。后来，总算苍天有眼，终于熬到我当上了厂长，可是我苦命的母亲，却没有过上一天好日子，终因长期过度劳累而病逝。而你们家呢？一家人团团圆圆，当官上大学，却从来没有为自己曾经伤害过别人而内疚过。"

阿泰依旧长跪不起，说："是，我知道你经受了极大的磨难，但你难道忍心看着另一个家毁在你手上？我母亲和我也是无辜的，你就忍心看着我妈像你妈那样成天以泪洗面吗？"

"你起来，你给我快走！回水门去！"殷峰指着阿泰，疯了一样地喊道。

阿泰不知道殷峰这样算是原谅了他们一家，还是不肯原谅。但他知道，他这时只能走。

5. 云消雾散

回到水门县，阿泰又去看了父亲董春林，并把整件事的经过同他讲了。

父亲连连叹气："唉！殷峰的确是吃了不少苦，他不能原谅我们，也是很正常的。算了，阿泰，不要再为我去求他了，坐这几年牢，就当是咱们家欠他们的。"

阿泰说"可是，这并不全是你的错呀！"

"阿泰！算了吧，你想为我翻案，可是我翻了案，殷峰最后又要入狱。他能有今天也不容易，难道你还要把这恩怨继续下去吗？俗话说，冤家宜解不宜结呀！"

阿泰这才点了点头，他为父亲宽广的胸怀所折服。

沉默了一会儿，父亲突然问道："对了，阿泰，你最近有没有再见到那个女人？"

"没有呀。"阿泰经父亲一提醒，才想起女人的事。这个女人到底是人是鬼？不会是殷峰叫人扮的吧？唉呀，上次忘记问他啦。

父亲接着说"阿泰呀，说起来还

幸亏这个女人，你才搞清楚了事情的真相呀。"

阿泰有些不解地问："怎么说？"

"你想，没有这个女人叫你找游志达，你怎么会知道我的这一段往事？我们又怎么会知道殷家的惨剧，你又如何能想到是殷峰设计陷害我呢？"

阿泰觉得父亲的话合情合理，真的多亏了这个女人，才让他找到了陷害父亲的人的线索。那她会是谁呢？

阿泰突然拍了一下脑袋，站起来说："爸，我知道这个女人是谁了。"

"谁呀？"

"哈哈，你等着我的好消息吧。"阿泰神秘地笑了一下，转身飞奔而去。

这天，阿泰带上两个睡袋，一副夜光望远镜，一个手电，三个三明治以及烧鸡和酒，再度上了白马山。原来这天是那个神秘女人与游志达约好在水布瀑见面的日子。阿泰睁大眼睛在水布瀑边等了足足有一个小时，当手表指针离八点还有一分钟的时候，突然，一道白光一晃而过，那个女人的身影又出现在水布瀑前。她一见阿泰，便开口问道："怎么是你？"

"游志达不能来，他要我转告你他对不起你。"

"为什么不能来？"

"他被人陷害入了狱。"

"什么人陷害他，为什么要陷害他？"

"陷害他的人正是你的弟弟——殷峰，他想为你报仇！"阿泰边说边慢慢地向女人走近。

女人突然默不作声了，眨眼之间，影子也不见了。山谷顿时静得让人毛骨悚然。

"小颖，小颖！你出来吧！"阿泰突然向着山谷大叫。可是山谷里除了他的回声，什么动静也没有。

阿泰又叫道："小颖，你出来吧，我早就猜到是你了。"

突然水布瀑百米远处传来一阵笑声，接着，一束手电光照到阿泰脸上，随即从树丛中钻出一个窈窕的身影。"阿泰！"这温柔的声音不是小颖是谁？

"小颖！"阿泰一把抱住了小颖。

小颖把头靠在阿泰肩上，不解地问："你怎么知道是我？"

阿泰呵呵一笑，说："你这出漏洞百出的戏能蒙得住谁？"

小颖着急地追问着："唉呀，你快说嘛！我漏在哪儿啦？"

"这么急做啥？慢慢听我说嘛。"阿泰把睡袋铺在地上，一屁股坐在上面，开始讲他的探案经过："第一次在水布瀑边看见那女人时，我正睡眼蒙眬，所以以为是梦。第二次在报社办公室遇见她时，我以为我遇到的是鬼。可是到后来当我得知小茵在与游志达准备私奔的夜晚落水身亡后，我

阴谋陷害别人的人，自己会首先遭到不幸。　——伊索

就断定，这不是梦，更不是鬼，而是有人在背后搞鬼。可这人是谁呢？我起先以为是殷峰。可是我爸的一句话提醒了我。殷峰怎么会干贼喊捉贼、自我暴露的事呢？于是我就在回想这两次遇"鬼"的经过。最后我想到，两次遇"鬼"都是在我一个人独处时。能掌握我的行踪，并能这么好地把握时机的人不多，而知道我父亲这段陈年往事的人更是少之又少。于是，我把怀疑的对象圈在了父亲的好友和同学身上，而你父亲当然是排在头号。后来我又反复地回想我遇"鬼"的经过，其中有一个细节让我断定这个女"鬼"就是你。你还记得在我办公室里你最后丢下一句话就走，而我忙追出去问你的联系方式时的情景吗？"

"噢，记得，可我好像没漏出什么马脚嘛？"

"哈，马脚就漏在这里，我追出去时，闻到了一阵香味，当时觉得十分熟悉，可一时没想到，事后我才想起来，正是你常抹的那种香水味。我仔细想

想，你有'作案'的一切条件，这才让我确定是你导演了这出戏。"

"真聪明！"小颖夸了阿泰一句。

阿泰两手抱拳，作了个揖："过奖，过奖！那小生可否洗耳恭听小颖姑娘的扮鬼经历呀？"

小颖站了起来，说道："好。"接着就说了起来。

原来，开始蔡志以为，那些未中标的人举报董春林受贿，不过是一时发泄发泄，出出气而已。凭他对老同学的了解，他认定董春林不会有问题。可是，事情发展下去，竟然证据确凿，令人百口莫辩，使他惊诧万分。由于董案不归蔡志所管，他虽怀疑老友蒙冤，却不好插手过问。董春林被

判刑后，阿泰怪小颖，怪蔡志，并和他们断绝往来，小颖很伤心，蔡志也极苦恼。他日思夜想，是谁与董春林有仇，要陷害他？于是，蔡志把董春林过去对他说过的往事，进行排队梳理，终于发现董春林在"文革"期间，曾有个恋人，因为父辈结怨而分开，而且不久，董春林的父亲改名换姓，全家迁到了水门。蔡志觉得其中必有隐情，也许是女方的某些人记仇报复。他曾想把自己的想法告诉阿泰，可阿泰连电话也不肯接。蔡志有心去私察暗访，但作为检察官，不方便这样做。无奈之下，小颖想出了一个计策。她知道阿泰郁闷时，常去水布瀑露宿。于是，她便向水上乐园借了架水幕电影投影机，运用高科技手段导演了瀑布倩影这一幕，趁阿泰睡着时，把他叫醒，引他去找游志达，终于促使阿泰顺藤摸瓜，找到了陷害董春林的幕后指使人。

阿泰听到这儿，激动得几乎不能自已。他含着眼泪，双手紧紧抓住小颖的双臂说："小颖，你辛苦了，谢谢你，谢谢蔡伯！"接着，他朝山谷树丛大声喊道："蔡伯，岳父大人，你也出来吧！"

"呵呵，你这小子，虽然犟，可还算聪明，蔡伯没看错你呀！"话音刚落，蔡志猫着腰，从树丛中探了出来。

"你怎么知道我也在？"

阿泰笑道："这还不简单呀？小颖是最怕黑的，没你在一旁壮胆，黑灯瞎火的，她一个人敢来这里装神弄鬼吗？"

"哈哈哈……"蔡志大笑，"看来知小颖者阿泰也！"

阿泰却没笑，他一脸愧疚地说："蔡伯，小颖，我错怪你们了，请你们原谅！"

蔡志叹了一口气，说道："过去的事，就让它过去吧，不说了，不说了，肚子饿了，把吃的东西拿出来吧。"

这一夜，三人在白马山头，水布瀑边，喝酒，吃三明治，大嚼烧鸡，畅谈到天明。

第二天一早，三人迎着冉冉升起的红日下山去了。他们觉得这时的白马山格外青翠，湖里的水看上去特别的绿，而水布瀑则流得从未有过的欢畅。

一个月后，殷峰竟出人意外地去检察院自首，道出了事情的真相。董春林无罪释放，当他得知殷峰自首时，急得一再去检察院为殷峰求情。然而，法不容情，不能不治殷峰的罪！只是鉴于历史原因，对殷峰从轻判处，并予以缓刑。

又一个阳光明媚的日子，董春林一家三口，登上了去崔镇的汽车，去拜访他们昔日的冤家——殷峰，去祭奠殷峰的父亲和小茵……

（题图、插图：杨宏富）

生活就像海洋，只有意志坚强的人，才能到达彼岸。 ——马克思

细米（青春系列小说）

　　少年细米生来就是一个爱脸红的男孩儿，他与表妹红藕两小无猜，一同长大，日子如清水一般自然流淌。然而，有那么一天，大河上飘来一叶巨大的白帆，白帆下飘来了一群仿佛来自天国的女孩儿。这些从苏州城里来这里插队的女知青，给平静的乡村带来了一股新鲜而迷人的气息，而其中的梅纹姑娘以她纯净而温柔的情感与精神力量，使细米这个桀骜不驯的乡野之子步入新的成长历程。他们初次相见时，彼此就有了一种奇异的感觉。在后来苦难而温馨的岁月中，细米一边在梅纹的引领下走向前方，一边开始暗恋着她的声音、她的举止以及她身上所有的一切，而她在那段孤独无助的时光里，似乎更深刻地陷入了一种对于细米的不可名状的眷恋。一种非恋情的恋情，在一个到处是河流与芦苇的水乡世界中令人感动地展开着，处处风采飘逸，处处诗意流动。

　　小说深谙人的情感的微妙，写就了一段天地之间可以与日月同在的情感故事，以优雅的笔调完成了一个少年的心灵雕塑。安宁的村落、寂静的麦田、旋转的风车、河里的小船、各色的鸽子、雪白的芦花、袅袅的炊烟，与四季优美的乡村风景一道，参加了这个东方少年的现实世界的加冕礼。

鸟　奴（青春小说系列）

　　这是一部故事精彩可读性很强的动物小说；这是一部蕴含深刻哲理让人掩卷沉思的动物小说。动物行为学家"我"与藏族向导强巴在滇北高原日曲卡雪山进行野外科学考察时，意外地发现一对蛇雕与一对鹩哥把自己的窝筑在同一棵大青树上。从动物分类学上说，蛇雕属于食肉猛禽，鹩哥属于普通鸣禽，蛇雕是各种雀鸟的天敌，鹩哥被列入蛇雕的食谱。在大自然的食物链上，二者是猎手与猎物的关系，怎么可能共栖共存呢？"我"决心揭开这个谜。"我"埋伏在离大青树不远的石坑里，亲眼目睹蛇雕一家子是如何飞扬跋扈欺凌可怜的鹩哥的，也清楚地看到鹩哥一家子是如何谨小慎微忍气吞声在夹缝中求生存的。经过半年的观察研究，"我"排除了这家子蛇雕与这家子鹩哥之间传统的"共生共栖"、"单惠共栖"和"假性共栖"这几种大自然常见的共栖关系，而是属于非常罕见的主子与奴隶的共栖关系。动物界特殊的"兽际关系"，折射人类社会复杂的"人际关系"，具有强烈的震撼力量。作品语言流畅生动，对大自然的描写惟妙惟肖，值得一读。

原创漫画系列《BRAVO东东》问世

《故事会》与《我为歌狂》携手进军原创漫画新领域

东东是谁？东东是一个普通的初中生，有一点调皮捣蛋，脑子里充满各种奇思怪想，常常有点稀里糊涂，渴望做一个大男人，向往朦胧甜蜜的爱情……他还有一个搞笑的妈妈，一个严肃的爸爸，一帮性格各异、趣味横生的同学！也许东东就在你的身边，也许东东就是你自己，也许东东的许多故事许多想法都曾经发生在你的身上，也许东东会成为中国的樱桃小丸子！

一套反应e世代中学生生活的漫画丛书《BRAVO东东》已由上海文艺出版社正式出版发行。该套书由曾经轰动一时的《我为歌狂》原班人马倾力打造，风格轻松活泼，风趣幽默，视觉效果和故事性俱佳，作为"故事会漫画丛书"向市场推出。

漂来的狗儿（青春系列小说）

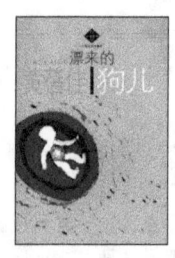

七十年代是一个奇特的年代，灰暗沉闷的生活禁锢了成年人的灵魂，却无法遏制孩子们自由奔放的性情。在"梧桐院"的小小天地里，一群中学教师的孩子和一个邻家女孩狗儿结成伴侣，玩得上天入地，花样百出，趣味无穷。聪明的小爱、博学的方明亮、高贵的小兔子、调皮的小山和小水、精灵般的小妹、心比天高命比纸薄的狗儿……这些可爱又可敬的孩子，是凡俗土地上开出来的摇曳的花朵，每一片花瓣都涂抹着温情和理想，闪耀出那个奇特年代的人性之光。因为他们"教师子女"的独特身份，每个人都在书香的氤氲中出生长大，相比于同时代的同龄孩子，他们的知识面更广，见识更多，胆子更大，脑子更灵，更能够创造乐趣，让童年的每一天都过得精彩纷呈。

这是一部讲述成长的小说，趣味盎然的小说，快乐而忧伤的小说。书中的背景和人物仿佛一段封存已久的电影，作者架起放映机，银幕亮起，胶带走片发出"沙沙"的响声，人物就动起来了，笑起来了，招手把你带进银幕中去了。你跟着他们一起捞小鱼，粘知了，去中学图书馆偷书，看连环画《红楼梦》，给伟大领袖写信，在漂亮的芭蕾舞演员面前自惭形秽，惶惑于身体的发育长大，被侮辱被伤害而后抗争，品尝少男少女的朦胧恋情……最后影像定格，灯光熄灭，银幕隐入黑暗，你会有一声轻轻的叹息，心里想：物质最贫困的童年其实是精神最自由的童年。

谁是变态狂

□ 陈世勇

爱丽丝小姐长得异常丑陋，满脸疙瘩不说，五官的组合也不对头，因此人到中年，还没谈过一次恋爱。

尽管爱丽丝的行为非常怪异，但她又是一个十分爱面子的女人，她常常对邻居说自己老是遭到一些男人的骚扰，有些男人不惜用一些下流的手段来追求、调戏她，她感到十分害怕。

一天晚上，爱丽丝惊恐万状地打电话到警察局。她在电话里尖声尖气地叫道："警官先生，我遇到了一个下流男子，他就住在我对面的楼里，这家伙是一个可怕的变态狂！他总是在我眼皮子底下脱得一丝不挂！你们得赶快来人，否则真不知他还会干出什

么可耻的事来！"

哈特警官接到报警，赶紧吩咐道："你千万别激怒他，一定要尽量稳住他的情绪，这一点非常重要，尽量拖延时间，我们将在五分钟之内赶到！"

放下电话，哈特警官立刻带领三名全副武装的警员，风驰电掣般飞速向爱丽丝所住的勃格大街赶去。

四分钟后，哈特警官他们来到爱丽丝小姐所住的四楼的房门口。"咚咚咚"，哈特警官气喘吁吁地用力敲了几下门，可里面似乎毫无动静。"不好，难道爱丽丝小姐已经……"哈特警官顾不得多想，急命最壮的一名警员猛然撞开房门，接着他和其他警员们旋风般冲进了房间。大家如临大敌地在各个房间仔细搜寻了半天，可屋里除了爱丽丝小姐外，别无他人。

饮料真好喝

□ 喻 亮

夏天的一个中午，天气最热的时候，有一个饮料摊子前围了一堆人，人群中央有两个十七八岁的漂亮女孩正互相对骂着。其中一个女孩捏着粉嫩的小拳头在对方面前晃来晃去，动作犹如"泰森"一般，嘴里还喊道："你这不要脸的货，你以为我不敢打你啊！"

另一个女孩双手叉腰，两腿叉开，活像一个"圆规"，嘴里也不依不饶地说道："你打啊，你打啊，有种的你打老娘一下……"

旁边那些好事者听了半天，终于听出一些门道来了，原来是"泰森"的男朋友被"圆规"抢走了，今天她们是狭路相逢，"事情要说说清楚"。

毒辣的太阳下，人们正等着看免费武打片，不料，半路上杀出个程咬金。谁啊？原来是卖饮料的老太婆。她颤巍巍地走过来，朝"泰森"和"圆

哈特警官一边擦着满头大汗，一边不解地问："爱丽丝小姐，那个一丝不挂的男子在哪里？"

"你是说那个可耻的变态狂？"爱丽丝小姐神情怪异地站在落地玻璃窗前，一边弓着身子凑到一架支好的高倍望远镜前贪婪地看着什么，一边说道："那个男人就在对面楼里！看吧，看吧，他还没有穿上衣服，还躺在浴缸里呢！"

"啊？"哈特警官和警员们差点晕倒……

任何问题都有解决的办法，无法可想的事是没有的。——爱迪生

规"的中间一站，说："两个女娃啊，你们要抢男人到别处抢去，这里是我的饮料摊子，你们这么一吵，我都没生意了！""泰森"正吵得香汗淋漓，听到这话，才似乎意识到三伏天吵了半天也口干舌燥了，于是说："来，我买你一杯可乐，喝完再揍她！""圆规"显然也不是个软柿子，大声吼道："我也来一杯可乐，今天姑奶奶奉陪到底！"

人们"轰"地又全笑了，好么，今天有好戏看。也就是这时，人们都发现口渴了，一个个掏出钱来买饮料。他们一边喝着饮料一边盯着两个女孩子，都想看看谁先打出争夺男友的第一拳。一个大肚子男人在一旁坏笑："嘿嘿要是把衣服撕破了才好玩呢……嗯，是渴了，这可乐不错，再来一杯。"

卖饮料的老太婆这下可笑开了花："天热，你们慢慢喝。"

饮料喝好了，人群再次骚动起来"打啊！夺夫之仇啊！""是啊，爱情是世界上最宝贵的，怎么能相让呢……决斗啊！""妹妹你大胆地向前走啊……"

众人的起哄无异于火上浇油。对峙了老半天的两个女孩终于忍不住了，只见"泰森"突然抬起脚要朝"圆规"苗条的腰肢踢去，"圆规"的纤纤小手抬起来，就要扇向"泰森"漂亮的脸蛋……两个人的动作都无比优美，赏心悦目！

"哇！"人群就像热油锅里滴了一滴水——炸开了锅，大家期待的高潮就要开始了！

"住手！"突然一声很有威信的断喝响起了，两个女孩仿佛被施了"定身法"一般，手脚都僵在了半空中。这时，一个很帅的男孩子从人群外挤了进来，一直走到两个女孩中间。两个女孩立刻都小鸟依人般挽着他的手，千娇百媚，成了乖乖女。人们一时间醋意大发，刚才喝进去的饮料全部都变成了山西老醋。

男孩子开始说话了，声音很有磁性："阿雯、阿莲，其实，其实你们都误会了，我一直都把你们当作我的好妹妹的……并不是那种男女的感情……我们找个地方，好好和解吧……"说完，拉住两个女孩的手，挤出了圈子，消失在人海中。

"怎么搞的，不打了？"围观的人群好不失望，不无遗憾地散伙回家了。

当天晚上，饮料摊旁的小饭店里坐着四个人：卖饮料的老太婆、两个准备打架的小女孩，还有就是那位帅哥。他们谈笑风生，频频举杯，只听那位帅哥有些遗憾地说："奶奶，今天你饮料备得太少了，不然还可以卖掉更多。"

"是呀，是呀，饮料真好喝……"两个小女孩一起附和道。

大昌遇贼

□ 天宗健

大昌骑自行车去镇上赶集,骑到半路,忽然觉得内急,看看四下没人,就把车一停,急匆匆进了旁边的庄稼地。

等大昌方便完返回路旁时,却发现自行车不见了。大昌明白遇到偷车贼了,气得大骂:"哪个没屁眼儿的儿子把老子的车偷跑了?一定不得好死!"骂归骂,大昌知道那自行车不值几个钱,骂了几句,想到老婆吩咐过还要买点化妆品,大昌只好步行往镇上走。没走几步,忽然听到前面人声嘈杂。"抓贼啊!"大昌定睛细看,只见前面一个满脸横肉、目露凶光的壮汉正死命跑着,后面四五个人在追,边追边喊,显得十分英勇。

此时此刻,大昌心头怦怦乱跳:抓吧,自己身小体弱,不会武功,万一贼人腰里有一把杀猪刀可怎么办?不抓吧,后面追贼的人肯定会数落自己,骂自己胆小……怎么办呢?

突然,大昌眉头一皱,计上心来。"哎哟!"他忽然捂着自己的小肚子,弯下腰,脸上做出一副痛苦不堪的表情,并迅速闪开道来往庄稼地里躲去,跑了十几米后,"扑通"一声,脸朝下卧倒在地。大昌心想:呵呵,这下不是我不肯抓贼,是肚子疼哩!正想着,他忽然觉得身后传来"呼哧呼哧"的喘气声,于是就偷偷回头想看个究竟,这一回头不要紧,他"啊"地大叫一声,几乎魂飞魄散。

怎么啦?原来那个满脸横肉、目露凶光的壮汉正站在旁边死死地盯着自己。呀!看来躲是躲不掉了!大昌转念一想,老子一没偷二没抢,这一百零几斤的骨肉怕个啥?俗话说狗急跳墙,人急来精神。这大昌猛然站起身来,指着壮汉大骂:"咋,瞪老子干啥?老子不怕你,今儿非把你送到派出所不可。"说着便要来抓壮汉。

不应该追求一切种类的快乐,应该只追求高尚的快乐。 ——德漠克利特

出 气 （文：邢 燕；图：包丰一）

1. 丈夫一向软弱无能。这天，妻子在外受气后，回家让丈夫帮她去出气。丈夫浑身发抖不敢去。

2. 妻子炒了两个小菜，拿出酒来和丈夫对饮，心想：趁着酒劲，丈夫一定能为自己出一口恶气。

3. 几瓶酒见底，妻子说："这会儿该为我出气了吧。"

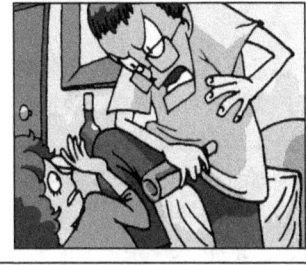

4. 丈夫猛地把桌子一拍，吼道："你要再提这话，我就跟你离婚！"

刚开始时，大昌还有些底气不足，但看到人们已经追过来了，他的胆子立刻又大了许多，于是一把扭住壮汉，厉声问道："说，为啥偷人家东西？"壮汉挣了两挣，显得非常吃惊，还没来得及说话，后面追上来的人说："哎，这位老哥，你别误会，他不是贼！""啥？"大昌几乎不敢相信自己的耳朵，不解地问："那你们为啥追他？"那几个人笑了："不是我们追他，那是他带着我们追贼哩！"

一听这话，大昌一下子泄了劲，又问壮汉："那你跟在我身后盯着我干啥？"壮汉这时也堆起了笑："误会，误会，我见你鬼鬼祟祟地往地里跑，还以为你是那贼的同伙哩！"

原来是一场虚惊！几个人刚返回路旁，就见那边有人扭着一个三角眼的年轻人回来了，还推着一把到处咯咯直响的破自行车。大昌一看，惊喜地叫了起来："这不是我的车子吗？谢谢你们，谢谢你们！"

那个"三角眼"一听是大昌的自行车，气急败坏地说："哼，穷鬼，要不是你这自行车没铃儿没刹车，我咋会撞到拖拉机上叫他们追上？"

大昌一听这话，神气了，劈头给了"三角眼"一巴掌："笨蛋，你也不想想，这车要是有铃有刹车，我会那么放心，锁也不锁就搁在路旁？"

"哄——"众人大笑，只有"三角眼"在一旁目瞪口呆。

先见之明

□ 徐　涛

花果镇是全县有名的穷镇，新接任的袁镇长立下誓言，要把贫困镇的帽子一脚踢进太平洋。

这天，经过一段时间的忙碌，镇上新办的伞厂就要挂牌投产了。

厂长在大酒楼设下丰盛的酒宴，邀请袁镇长光临。席间，众人向袁镇长轮番敬酒，夸赞袁镇长劳苦功高。散席后，厂长让人拿过一块制作好的空白招牌，要求袁镇长亲自书写厂名。醉眼蒙眬的袁镇长推让了一会儿，拿起毛笔，龙飞凤舞，七个大字一气呵成。

厂长接过招牌，暗暗皱了皱眉：这个袁镇长，大概是喝多了，竟把主要的一个字写错了……这可怎么办呢？当众提醒，袁镇长脸上肯定挂不住，突然，他急中生智，大声说道"我有个建议，我看咱们来个闷头鸡啄白米，先不挂牌，待伞厂产值过百万时，再举行挂牌双庆大典，这叫不鸣则已，一鸣就惊天动地！"这话说得体面，也中听，袁镇长想想有道理，便点头答应了。

伞厂是镇里的重点企业，当然人、财、物等重要部门都由袁镇长的三亲六党们把守着，厂子里天天车水马龙，日日宾客盈门，热闹非凡。折腾了一段时间，产品终于面世了，人们买回去一撑，那些伞顿时就散了架，就像纸糊的一般。

原来啊，做伞的原材料全是劣质的，产品当然全都不合格。几十万元一下子都打了水漂，工资也发不出了，厂里的人员纷纷下岗，最后，只剩下两个守厂的工人。

这天，两个守厂的工人闲着无

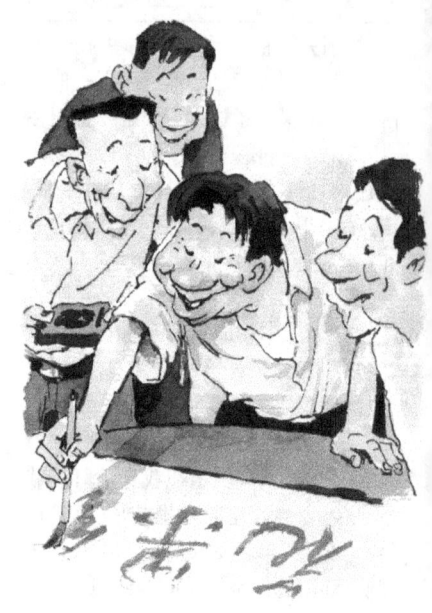

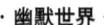

哭笑不得

□ 宫 畅

这天上班，办公室的老吴垂头丧气地呆坐在椅子上一言不发，大伙儿看了都觉得纳闷儿：平时爱说爱笑的老吴今天怎么了？邻桌的小潘忍不住关切地说："老吴，今天你的情绪可有点儿不对头啊！"

"唉，别提了！"小潘一句话，牵出了老吴满腹怨恨。他咬牙切齿地说："新买的手机，还没稀罕够呢，今早坐公共汽车，就让哪个挨刀的给'借'去了！"

原来如此！两千多块钱的手机丢了，这对老吴来说可非同小可啊，谁不知道他在家里是标准的"床头跪"？"唉！"大伙不约而同地叹着气，表现出非常同情的样子。

小潘看着老吴，担忧地说："那嫂子还不得犒劳你一顿'棒子炒肉'啊？"

事，其中一个对另一个说："这厂散得也太快了吧，到现在连招牌都没挂上呢！"另一个说："咱们不妨把招牌挂上，散厂也散得名正言顺哪。"

于是两人找来那块还裹着红布的厂牌，把它挂在伞厂的大门口，肃立了一会儿，揭开红布，袁镇长的七字真迹赫然出现了：

　　花果镇自动散厂

两人看了许久，不禁由衷地发出感慨"到底是一镇之长，多有先见之明啊！"

"怕就怕这个！"老吴脸上浮现出一丝惶恐，"所以当初买手机的时候，我根本就没敢告诉她。等买到手，木已成舟，再以后见联系起来方便，她也就认可了。可现在……"

这可怎么办？满屋子的人立刻开动脑筋，最后一致给他出了个主意：干脆再买一部一模一样的，瞒天过海。

"买？"老吴哭丧着脸说，"你们又不是不知道我，两袖清风，哪来钱再买啊？"

小潘平时最看不惯他这副穷酸相，抢白道："老吴，说起来你也是咱科里工资最高的，又能时常混点稿费，这么多年下来，还能不留下几个私房钱？"

老吴摊开双手，一副无可奈何的样子："钱我倒是偷偷攒过几个。可兄弟们有难处的时候，我不都拿出来助人为乐了吗？到头来自己落得个猫咬泡泡——空欢喜啊！"

听了这话，小潘一下子想起了什么似的，拍拍脑袋，恍然大悟地说："哎哟老吴，你不说我早忘干净了。那次和女朋友约会，我从你那儿借了200块，一直没还呢。真不好意思！"说着，赶紧从口袋里掏出200元塞给老吴。

小潘这么一说，大伙也都如梦初醒：同在一个办公室工作，大家关系处得不错，今朝有酒今朝醉，等遇上谈对象、朋友聚餐这类事儿，就免不了囊中羞涩，常从老吴那儿领取"救济金"三两百的，以解燃眉之急。说起来，科里谁没有借过老吴的钱啊？可是因为一般数目不太大，就常常忘了还。这时，见小潘还钱，在场的七八个人也纷纷掏钱还老吴。末了，小潘还特意问了老吴一句："钱够不够？"

老吴点完钱，挺感动地说："差一点儿，不多，我自己堵上这点儿窟窿就是。"

"别别别！"小潘说，"平时弟兄们揭不开锅时，都是你无私奉献，眼下你走投无路，大伙也不能坐视不管啊！不够的话，弟兄们捐助定了。"说着又掏出100元。

其他同事也不甘示弱，大家侠肝义胆，**慷慨解囊**。很快，老吴就凑齐了买手机的钱。

闹哄哄的办公室终于恢复了平静。过了一会儿，楼下打来电话，让小潘到下面取特快专递。

下楼时，小潘听到楼梯拐弯处一个十分熟悉的声音，他悄悄探头往里一看，啊，是老吴！老吴正拿着"丢失"的手机，眉飞色舞地说："老婆，你这法子妙极了！他们不但还清了欠我的钱，还捐给我好几百呢！这次答应给你买手机的资金，可一次就到位了！"

良心是由人的知识和全部生活方式来决定的。——马克思

一只老鼠之死

某日，路边有死鼠一只。八方人等，皆来观之。

- 诗人：诗云，羌笛何须怨杨柳，春风不度玉门关。啊！它去了，它去了，它去了……
- 小说家：这只老鼠的生平一定有着不为人知的故事，它一定有着辛酸的过去。
- 经济学家：从这只老鼠的死，我们可以发现一个严重的问题，那就是我们国家的农业经济还不够发达，粮食产量供应不足，导致这起因饥饿而死亡的事件。
- 数学家：从此刻算起，世界上的老鼠数量为 N-1 只。
- 警察：很明显，这是一起谋杀案。我们要立即成立专案组。
- 演员：它的表演是多么逼真，就好像真的死去了一样。
- 律师：谁是它的家属啊？我可以帮你们胜诉。
- 老师：同学们，你们谁能告诉我从这件事上学到了什么？
- 学生：从这只老鼠的死上，我们学到了很多方面的知识，有文学的、经济学的、物理学的、化学的、环保的……
- 商人：不要看了，要收费的。
- 小孩：妈妈，那里为什么有那么多人啊？
- 母亲：不要看！里面是只大灰狼！

比窦娥还冤

□ 何如平

双休日,小李陪刚认识才一星期的女友逛商场。女友明眸皓齿,长得楚楚动人,性格活泼开朗,小李对她是一百个满意。

小李正在为女友挑选服装,忽然听见后面有人喊他的名字,回头一看,原来是同事大胜的老婆阿梅。说起大胜啊,在单位是出了名的"妻管炎",每月工资、奖金全部被阿梅没收不说,还一天到晚蹭大家的烟抽,背地里大家常取笑他怕老婆,没出息。

小李和阿梅打了个招呼,女友也礼貌地冲她点点头。阿梅却不知怎么的,也不答腔,把女友从头到脚打量了好半天,这才羡慕地对小李说:"这就是小蕾吧!你小子还真有艳福,娶了个如花似玉的老婆。听我家大胜说,你结婚那天被幸福冲昏了头,平时滴酒不沾,那天居然喝了半斤酒。"

一听这话,小李可糊涂了,正准备问个究竟,阿梅就被她的同伴叫走了。

小李正愁着如何向女友解释,这时,女友冷冷地问:"小蕾是谁?""我以前的女朋友,我打算过些日子再告诉你。"小李诚惶诚恐地回答。"还是把钱留着给你的小蕾买衣服吧!"女友气愤地说。"你误会了——"平时能说会道的小李不知怎么的连话都不会说了。"别骗我了,家里有老婆,还到外面哄女孩子玩,无耻!"女友说完,头也不回地走了,弄得小李这个窝囊啊!

其实,小李以前的确有个女友叫

"掌上灵通杯"《故事会》优秀作品月月评

2005年，《故事会》继续与上海掌上灵通咨询有限公司联合举办"掌上灵通杯"《故事会》优秀作品月月评活动，形式更新，奖品更丰厚，全年共设价值48万元的奖金和奖品，等你来赢取！

今年的评选方式和奖品设置如下：

1. 本期初评委推荐以下10篇故事为候选作品，读者可挑选出你最喜欢的一篇，将其月月评短信代码（如1108，没有短信代码的作品不参加评选）发送到200056（移动用户）或900056（联通用户）。每次限选一篇，可多次投票。

篇名与短信代码

代码	篇名	代码	篇名
1101	相约五十年 (P8)	1106	牛仗人势 (P39)
1102	咱们就要胜利了 (P26)	1107	抢劫计划没有变 (P44)
1103	只要装得像 (P30)	1108	同在一个屋檐下 (P48)
1104	哭吧笑吧 (P33)	1109	初二(5)班的怪事 (P52)
1105	捡个手机不想给 (P35)	1110	铁笔先生 (P61)

2. 作者奖：每期设"最受欢迎的故事"三篇，由得票最高的前三名作品获得。这三篇作品均将列入本刊今年举办的"中国最有影响力的故事"征文大赛候选名单。第一名的作者还将获赠上海文艺出版总社出版的大型历史图书《话说中国》一套（价值1000元）。

3. 读者奖：参加评选并选对当期"最受欢迎的故事"的读者均有机会获得现金奖，每期20人，各获现金500元；所有参加评选的读者均有机会获得参与奖，每期200人，各获精美礼品一份；参加全年24期评选的读者更有机会获得年终大奖，共12人，各获价值5000元的数码摄像机一台。

4. 本期活动截止期为：6月5日。得奖读者在评选结果揭晓后将得到短信通知，用户接收每条短信收费0.50元。

小蕾，可他们早在几个月前就分手了。小李实在想不通怎么一下子自己居然"结婚"了，这不是比窦娥还冤吗？他足足发了几分钟的呆，这才想起去找大胜问个明白，这家伙怎么能凭空诬人"清白"？小李连忙拨通大胜的手机，找他兴师问罪。大胜尴尬地说："兄弟，实在对不住啊，上个月老婆给的烟钱用完了，我就找人写了张请帖，说是你和小蕾结婚了，要送人情，不然老婆怎么会给我'发粮'

呢？"小李一听，火气"腾"地蹿上来了："那单位里又不是只有我没结婚，小马不也是单身吗？干吗专搅我的好事！"大胜听了，非但不道歉，反而松了口气："上帝保佑！幸亏我老婆今天遇到的不是小马，小马二婚的请帖我昨天已经递给她了，现在我老婆还以为我在参加小马的婚礼呢！唉，谁叫咱们单位的人少呢？"大胜越说越得意，小李却彻底蔫了。

（本栏题图：李加史琦）

青春读本 1、2

——感动中学生的 100 个故事

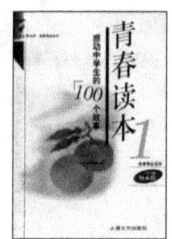

这是我国第一种由中学生全选、推选和评选而成的作品集。它来自全国各地的中学生之手，是从数万件推荐作品中大浪淘沙，筛选出一千来份，然后又特邀上海市的几所重点中学的同学们组成"读书会"，依其多数同学的公认，最后才集镌了这二册共 200 个故事。

据先睹为快的同学们坦言，读了这些作品，才知道什么叫轻松阅读，体会到愉快教育的真正魅力；因为它不但使人学会了感动，而且还让人在感动中留下生命的暗记；用不着逐字逐句地诵读，这些故事已完全潜入了意识领地，在需要的时候喷薄而出。

当然对于其他读者来说，看这些作品，一方面，可以了解我们中学生到底喜欢什么样的作品，另一方面，也可以从中探究他们的心理世界和价值取向。

。

* * * * * * * * * * * * * * * * * * *

滴水藏海

—— 300 个 3 分钟典藏故事

我们常有这样的生活经验 有时，想说出一番道理容易，而想让人接受这番道理则难，但如果你借助一个精彩的故事来述说道理，借事寓理，托事言志，情况则完全改观。

这就是故事的魅力。

本书收录的 300 则作品正是这样魅力洋溢的精彩故事。这些故事内容精深，构思精巧，篇幅精短，形式精致。学者撰文，教师授课，干部讲话，家长训导，学生作文，都可从中得心应手地广征博引，如同置一架书橱于身边。

本书会是你的良师益友。

。

345

2005
SEMIMONTHLY
下半月刊

6月
STORIES

故事会
2005 年 6 月
下半月刊·绿版

主编：何承伟
副主编：吴 伦

社务委员会
何承伟 吴 伦 姚自豪
夏一鸣 冯 杰 张 凯
本期责任编辑：鲍 放
美术编辑：李宝强
发稿编辑：
姚自豪 蔓 石
夏一鸣 梁宁宁
马 峡

主管：上海市新闻出版局
主办：上海文艺出版总社
（上海市绍兴路 74 号）
邮政编码：200020
电话：021-64375030

督印 发行：张 凯
（上海市建国西路 384 弄 11 号甲）
邮政编码：200031
电话：021-64313938
广告总代理：上海文艺广告传播中心
上海市绍兴路 74 号（邮编：200020）
广告总监：张 淮
广告业务：021-34010383
广告投诉：021-64333738
广告经营许可证
沪工商广字 3101034000029 号
发行：中国图书进出口上海公司

搜狐文化
CULTURE.SOHU.COM
本刊与搜狐文化
合作推出电子版

本刊各栏目欢迎来稿。来稿寄上海市绍兴路 74 号《故事会》杂志社，邮编：200020；请在信封上注明"×
×栏目"收；本期责任编辑 E-mail 地址：baofang@vip.sohu.net

择偶标准

阿乐对女朋友的职业要求很高，第一是医生，第二是教师，第三是军人，其他一律免谈。王大妈给他介绍了好几个女朋友，都是因为不符合这些要求，他连面都不愿见。

不过这个王大妈挺热心，过了几天又给阿乐介绍了一个女朋友，阿乐赶紧问女方是做什么工作的，王大妈说："这次包你满意，人家是军医大学的教师！"

（流　云）

（本栏插图：李 加 史 琦）

过不去

丈夫：亲爱的，这些天你怎么老是跟我过不去？我到底哪儿做错了，你倒是说呀！

妻子：哼，还不是因为你那个当局长的爸爸。

丈夫：可他一个月前就已经去世了呀！

妻子：原因就在这儿。难道你还想摆一辈子局长儿子的架子？　（黎嘉插）

比　较

眼看就要中考了，儿子依然沉浸在他自己的游戏机世界里，爸爸批评说："你这么大了，怎么还分不出轻重？不看看都到什么时候啦，下回考试，你非得给我拿个第一回来不可。"

儿子不服气，问爸爸："你老要我拿第一，那你在单位里拿的工资也是最高的吗？"

（白淑贤）

手机短信

有一天，中文系的小丹忽然收到同班同学大伟的手机短信，上面写着：风在刮，雨在下，我在等你回电话；为你生，为你死，为你等候一辈子。

这个大伟长得高大英俊，书也读得好，是中文系许多女同学心中的白马王子，现在他主动发短信给小丹，小丹高兴得都快要飞上天了。

小丹正要回复，手机铃又响了，小丹打开一看，傻眼了，原来上面写着：不好意思，刚才发错了。

（嵇升新）

临别赠言

有位太太脾气很坏，但由于她开出的工资高，所以尽管家里的保姆换了一个又一个，还是不断有人愿意上门来做。

有一次，这个太太怀孕了，快生产时又和保姆闹翻，保姆临走时揶揄地对太太说："希望你生一个又白又胖的男孩子。"

太太问："你怎么知道一定是男孩？"

保姆回答："那还用说，没有一个女孩子会和你在一起待9个月的。"

（舒 闲）

· 笑口常开 轻松一刻 ·

实话实说

丈夫拿到年终奖只上交了三千元，妻子怀疑他留私房钱，吃晚饭的时候就问他，可是丈夫不承认。

五岁的儿子一听，把妈妈拉到一边，悄悄说："我有办法！"

妈妈笑着问："你能有什么办法？"

儿子得意地回答："让爸爸到电视台去参加《实话实说》不就行了！"

（李 敏）

举例说明

上语文课时，老师问学生："谁能举例说明'比较'这个词的确切意思？"小敏抢先回答："一个人的头上只有3根头发是比较少的，一碗汤里有3根头发就比较多了。"

(俞元浩)

老实说

王主任刚上任，马上就有人来送礼，还包了个大红包。王主任把来人挡在门口，说："老实跟你说，我不吃这一套。"

来人着急地问："那你也老实跟我说，你到底吃哪一套啊？"

(肥　冰)

如此减肥

吃过饭不久，丈夫取东西经过厨房，看到妻子正慌慌张张地在那里吃一块蛋糕，便提醒道"你不是正在减肥吗？怎么又吃了？"妻子尴尬地说："亲爱的，我……我在吃明天的早餐，你要不要一起来吃点？"

(李　家)

喜欢什么

妈问儿子："你女朋友喜欢你什么呀？"

儿子说："她喜欢我聪明能干，又幽默风趣。"

"那你喜欢她什么呢？"

"我就是喜欢她这么评价我呀！"

(陈　晶)

不 是 人

老婆从外面回来，发现门反锁了，就喊丈夫开门，可是喊了很久没人应声。她正想发火，丈夫从门缝里递出一张纸条，上面写着：对不起，里面没人。

老婆非常生气："那你是什么？"

过一会，纸条又出来了：我不是人，这是你昨天说的。

(潘金宗)

幽默不是一种心情，而是一种观察世界的方式。——维特根斯坦

没喝酒

老赵要去走亲戚，出门前老婆叮嘱他不许再喝酒了，那样对身体不好，老赵满口答应，可是回来的时候，依然一副醉醺醺的样子。老婆责备说："不是叫你不要喝酒了吗，怎么还不听？"

老赵嬉皮笑脸地说："啊，我只喝了半个小时，这时间哪能算久啊？"

（王孝杰）

抱　怨

母鸡对奶牛抱怨道"人们总喜欢吃我的蛋，可他们从来没有对我说过一句感谢的话。"

"这有什么？"奶牛不以为然地说，"你看我，人们每天都要喝我的奶，可你听他们什么时候喊过我一声'妈'呀？"

（张莉超）

从容处理

一对夫妻赶到机场办理登机手续的时候，因为到得比较晚，没有换到排号连在一起的座位。男的再三要求说"我们是夫妻，能不能照顾一下？"

小姐从容答道"先生，我们处理的是机位，而不是床位呀，非常抱歉！"

（武俊浩）

球迷的袜子

一天早晨，大球迷起床没找到袜子，就对二球迷说："你帮我把阳台上的袜子拿过来。"

二球迷到阳台上一看，茫然地问："哎，这里怎么是三只袜子呀？"

大球迷不以为然地说："这有什么奇怪的，两个主力一个替补呗！"

（明　喜）

（本栏目欢迎来稿。来稿可从邮局寄发，也可从网上传递。如为电子邮件，请发以下信箱：baofang@vip.sohu.net）

□李学民

没见过的东家

我和老家的王木匠、张木匠搭班，进城搞装修已经有五年多了，在当地也算做出了名气，找我们干活的人家接连不断。

这天上午，我们正在给一户人家干活，一个戴着眼镜的白面书生找上门来。"眼镜"问我："有个180平米的装修想请你们干，怎么样？干好了，可以付比市场高一倍的工钱。"

我一听有这么好的事，心里挺高兴，和王师傅、张师傅一商量，就应了下来。随后，我们三个人加班加点把这户人家的活做完，到下星期一，就正式接了眼镜的活。

那是一套两层半的复式房，我们刚进门，眼镜就一本正经地向我们宣布"三大纪律"：第一，不该看的不看；第二，不该问的不问；第三，不该说的不说。我和两个师傅都是老实巴交的手艺人，平时东家就是不给我们规定什么纪律，我们也会本分地干活，可现在被眼镜这么一宣布，心里就有点被监督劳动的滋味。

眼镜说完后，又从包里拿出一张设计图给我们看，随后领着我们楼上楼下转，对着设计图不断讲明要求。最后，他让我给开一个装修用料清单，搞一个预算。我和两个师傅认认真真地计算了一下，又对照他的设计图仔细商量了之后，把清单开了出来。他一看，问我："这材料价格你们是按什么算的？"我猜想他是怕我们在里面做手脚，就解释说："我们开的都是正规厂家合格产品的平均价，市场价可能会上下有点距离，但差价不会太大。"他听我这么解释，喉咙立刻响起来："材料怎么能用大路货呢？哪怕一颗螺丝一根钉子，都要用市场上最好的！"

原来他是嫌我们把价格做低了，我还真没见过这么大方的东家。不过此刻我最担心的倒是他以后怎么付我们工钱的事，经验告诉我，越是有钱的东家有时候会越小气，到时候，不要也给我们玩什么名堂啊？

可能是眼镜看出了我的顾虑，拍拍我的肩说："工钱的事你们尽管放心，只要做的活让老板满意，一切都好商量。房子在，你们还怕我们走人？"听这口气，敢情这眼镜还不是东家！不过他既然这么说，也算是给我们吃定心丸了。

为了能拿到双倍的工钱，我和两个师傅把浑身的手艺都使了出来。工程进展十分顺利，眼镜每天来看一次，虽然没说什么，但看得出对我们做的活儿很满意。

到了第十天，晚上快要收工的时候，眼镜又来了，并且带来了一个五十多岁的胖男人。只见这胖男人楼上楼下四处瞧，嘴里不断地说"好"，看完就走了。瞧眼镜陪在旁边毕恭毕敬的样子，我猜想这胖男人一定是东家了。果然第二天眼镜来的时候，给我们带了一沓子钱来："老板说了，你们活儿干得不错，这些天的工钱先付给你们，每人另外再加100元伙食补贴。"我们接过钱一点，果真比市场一般装修价多了一倍。

拿钱的时候心里自然高兴，可细一想，我们不就是和平时一样干的吗，为什么东家会对我们这么大方？我把心里的顾虑和两个师傅一说，他们都有同感。可如果放着这么丰厚的待遇不要，说实话我们又舍不得，大家一商量，决定还是手里抓紧些，赶早把活结了走人。于是，我们又开始了没白天没黑夜的日子，死命地干了起来，结果一个月不到，我们就把活儿基本抢下来了。

那天，眼镜带了两个人来，我认出一个就是上次来的胖男人，还有一个是打扮得花枝招展的年轻女人，看上去不过就是二十来岁的样子。三个人楼上楼下转了一圈，好像眼镜和胖男人都在看那个年轻女人的脸色。这女人是谁？看上去不像是胖男人的老婆嘛！当然，我只是在心里这样猜测着。他们仨看了不到半个小时就走了，随后不到十分钟，眼镜就匆匆回来，要请我们出去吃饭，一定是我们

做的活在女人那里也通过了。

我们以往给东家干活，从来不蹭人家的饭，哪怕东家递来一碗白开水，我们都要连声道谢，今天眼镜要请我们吃饭，我思前想后迟疑不决，怕吃了人家嘴短，以后有些话就不好说，有些账就不好算了。可眼镜一个劲儿地给我们解释："请你们吃饭是老板的老板的意思，老板的老板对你们干的活满意，他心里高兴，一高兴就请吃饭，天天高兴就天天请。"老板的老板？是那个年轻的女人？好像又不像！

看我和两个师傅还在犹豫，眼镜说："你们天天吃馒头夹大葱，啥劲呀？出去开开荤吧，别害怕，又不要你们付钱，吃完了抹嘴走路就是了。你们要真不去，我在老板的老板面前也不好交待呀！"眼镜把话说到这个份上，看来我们不去也不成，我朝两个师傅点点头，于是我们就跟着他出了门。

说实话，进城打工五年多，下馆子吃饭还是第一遭，又是这么气派的地方，真把我们镇住了，这阵势哪儿见过呀！眼镜点的那些菜，尽是从来没听说过的山珍海味，盘子里的那些虾子，一个个还都是活蹦乱跳的；一小瓶啤酒，倒出来才一杯，就要12元；一盒香烟，比我们那儿小店里卖的要贵五倍！啧啧，有钱人平时就这么吃，那他们过年还吃啥？我真觉得后半辈子的吃福今儿个都享尽了。

直到吃得肚子溜圆的时候，眼镜站起来说："咱们撤吧，好菜还在明天呢！明儿晚上还是这个时间，咱们还在这里吃。"我和两个师傅愣住了：明天还吃？莫不是眼镜吃糊涂了吧？我对眼镜说："东家和你这么客气，我们实在消受不起，我们活也干得差不多了，如果没什么事的话，再有个两三天就可以结束了，不如把工钱结了，我们……"

"哎，你们急什么？"眼镜推了推架在鼻梁上的眼镜，说，"你们放心，东家的脾气就是这样，你们不吃白不吃，为什么不吃？明天我去接你们。"果然第二天晚上，眼镜真的开了辆小车来接我们了。王师傅头一挺说："去！不去人家会说我们不识抬举，我就不信东家会把我们吃了？"张师傅也点头说："去就去，一顿是吃，两顿也是吃。"

两个师傅边说边就出了门，我只好也跟了出去。就这样，吃了一顿又吃一顿，真的吃了三天。

最后那顿吃完，眼镜把余下的工钱全部给了我们，还特意给每人加了500元的奖金。走出饭馆的时候，眼镜已经晃晃悠悠有些站不住了，他没敢自己开车，叫了辆车回家。临走的时候，突然回头对我说了一句："有句话我要告诉你们，'三大纪律'可别忘了！"

牢记"三大纪律"有什么难的，我们本来就是替人打工拿人工钱的，活干完走人不就是了！倒是这次打工居然有这么好的待遇，这是我们怎么也没想到的，我们还多去说人家什么？

一晃三个月过去了，真巧，这个住宅小区的另一户人家阳台漏水，要我们帮忙去整一下。干活时，主人和我们说着话，说是以前见过我们在这里装修房子。我心里一紧，立刻记起眼镜宣布的"三大纪律"，于是便推说客户多记不清了，没敢多说什么。主人立刻快言快语地告诉我们，那家180平米大房子的老板出事了，那房子装修完不久，就有个发疯似的婆娘跑到这儿大闹了一场，说是老板在这儿养小情人，结果事情越弄越大，最后老板给关进去了。其实那老板是一个什么集团的董事长，每天花天酒地，拿成捆的钞票给小情人当菜上，买房和装修用的都是公家的钱。那家伙现在正被隔离审查呢，听说犯下的罪判死刑都够！

果然有名堂，这不，出事儿了！我和两个师傅对望了一眼，才明白当初老板的老板为什么放着高级的装修公司不请，要请我们这样的散工来接这活，而且这么客气地对我们，其实就是怕败露了他们的事情啊！我暗暗吐着舌头，庆幸我们当初及时收工，要不万一被卷进去，那麻烦可就大了。

晚上干完活出来，我和两个师傅特地悄悄绕到那座180平米房子的楼里去看，果然那防盗门上贴着又长又宽的大封条。我心里扑腾开了：我们替这种人做事，算不算也拿了黑钱吃了黑饭？想起进城那会儿，我娘拉着我的手千叮咛万嘱咐："凭真本事干真活，千万别去做黑人的事。"我简直不敢再往下想了……

（本篇月月评短信代码：G120）

（**题图**、插图：安玉民）

只收两元钱

□张 萍

出租车司机李二在东郊公园门口等了大半天，也没拉上一个客，看来这种守株待兔的办法不行，他决定改变战术，到市里去找生意。

正要发动车子，突然有个壮壮实实的中年男人奔过来，问他："师傅，去市里多少钱？"

李二故意抬高价格："三十元。"

"怎么这么贵？"男人挺惊讶，可还是把三十元钱递过来，"三十就三十，不过你得帮我一个忙。"

李二心里嘀咕：别的乘客都是先坐车后给钱的，这人怎么还没上车就给钱了？看他膀大腰圆的模样，会不会是个凶犯？李二不敢接钱，问要他帮什么忙。

男人说"我爹就在前面走哩，等会你帮我骗骗他，就说到市里只收两元钱。我爹在乡下节约惯了，刚才陪他打的来，他说五十个鸡蛋飞了；进公园要买门票，他又说一担稻谷没了；现在他死活不肯再坐车了，非走回去不可。唉，我真拿他没办法。"

原来是这么回事，李二松了口气，收下钱，就赶紧先让这男人上车。

一会儿，就赶上了男人他爹，李二把车停在老人身边，男人打开车门，叫他爹上车。老人果然拉开大嗓门嚷嚷起来："走走路算什么，能省下二三十元钱，比种地强多了。你小子赶快给我下来!"

李二赶紧说:"大叔,快上来吧,我只收你们两元钱。"

老人一愣:"怎么只收两元钱?"

李二说"我回市里去,顺路捎上你们,两元钱,意思意思嘛!"

老人乐了:"难得碰上你这么个好心的小伙子啊!"这才挺不好意思地上了车。

一路上,李二非常热情地和老人聊着,问他在乡下种什么地,收成怎么样,问他城里好不好。老人叹了口气,说:"你们城里啊,好是好,就是花钱多,怪心疼的,还不如回乡下去的好!"说话间,车子就开进了市里,男人对李二说要陪他爹去百货大楼买点东西,于是李二就把车一直开到百货大楼门口。

下车的时候,老人乐呵呵地掏出两元钱,递给李二。

男人说:"爹,钱我已经付了。"

老人笑着说:"那就再给两元吧,给四元钱,还是我们占了人家师傅的便宜。"

老人又转头对李二说:"哎,师傅,你不知道,早上我们去的时候,那开车的才叫黑心呢,硬是收了我们二十八元,后来听人家说,从市里过来,顶多也就是个二十四五元的。"

李二的脸"刷"地红了,自己刚才收了人家三十元,现在怎么好意思再收老人这两元钱呢?

老人见李二死活不肯拿,就把两元钱往他驾驶台上一放,这才下了车。

李二心里真不是滋味,赶紧摇下车窗喊他们:"哎,你们回来一下。"

老人还以为自己有什么东西忘在车上了,李二说:"大叔,其实你儿子上车前就给了我三十元。"

"什么?"老人的脸一下子就"晴转阴"了,数落儿子说:"你这小子……你可真会败家呀,二十五元都贵上天了,你还给他三十块,值上百个鸡蛋哪!"

男人没料到李二还是把实话说了出来,立刻沉下脸责怪李二不讲信用。他气哼哼地一面伸手去拿他爹放在驾驶台上李二的那两元钱,一面对李二说:"我爹说了,走一趟二十五元都贵上天了,我已经给了你三十元,你还得再找我五元。"

李二拿出三十元,对男人说"你就是不开口,这钱我也想还给你。看得出,你是个大孝子,这钱你就拿去买瓶酒给大叔喝吧!"

男人愣住了:"你……是你开的价,为什么又不要了?"

李二说:"因为……因为我有一个和你一样的父亲。"说完,他把钱往男人手里一塞,"咻溜"一声开着车走了。

(本篇月月评短信代码:G121)

(题图、插图:安玉民)

过去和现在

- 过去的阿福剃头店，现在叫"夜来香发廊"。
- 过去的王五茶馆，现在叫"卡萨布兰卡茶吧"。
- 过去的人民浴室，现在叫"白天鹅桑拿中心"。
- 过去的丽华照相馆，现在叫"楚妮莎人体摄影艺术沙龙"。
- 过去的五洲商场，现在叫"国际购物大厦"。
- 过去叫厂长，现在叫"总裁"。
- 过去叫会场，现在叫"会展中心"。
- 过去叫研究会，现在叫"论坛"。
- 过去叫点子，现在叫"创意"。
- 过去叫造谣，现在叫"炒作"。
- 过去叫削价销售，现在叫"甩卖"。
- 过去叫减肥，现在叫"瘦身"。
- 过去叫明星跑龙套，现在叫"友情客串"。
- 过去叫紧密无间，现在叫"零距离接触"。

（推荐者：周宜冬、卢俊艳）

街头广告语

- 某音响公司广告：一呼四应。
- 某饺子铺广告：无所不包。
- 某石灰厂广告：白手起家。
- 某当铺广告：当之无愧。
- 某帽子公司广告：以"帽"取人。
- 某理发店广告：一毛不拔。
- 某药店广告：自讨苦吃。
- 某眼镜店广告：眼睛是心灵的窗户，为了保护您的心灵，请为您的窗户安上玻璃。
- 某香水公司广告：我们的产品极其吸引异性，因此随瓶奉送自卫教材一份。
- 某汽车陈列室广告：永远要让驾驶执照比你自己先到期。
- 某交通安全广告：请记住，上帝并不是十全十美的，它给汽车准备了配件，而人没有。
- 某化妆品广告：趁早下"斑"，请勿"痘"留。
- 某印刷公司广告：除钞票外，承印一切。
- 某鲜花店广告：今日本店的玫瑰售价最为低廉，甚至可以买几朵送给太太。

（推荐者：曲　磊）

（欢迎读者为本栏目推荐新鲜有趣的幽默格言、俏皮话和顺口溜。来稿请寄：上海市绍兴路74号《故事会》杂志社，邮编：200020。请写明姓名和联系方法，并请在信封上注明"快乐辞典"字样。电子邮件请发 baofang@vip.sohu.net）

八哥 (文: 依军华; 图: 包丰一)

1. 大傻养了只八哥，宝贝得不得了，去某国旅游时带着一起同行。

2. 海关人员要他付税金，大傻一听吓坏了，急着问："多少？"

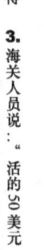

3. 海关人员说："活的50美元，如果是标本就只要15美元。"大傻只肯出15美元。

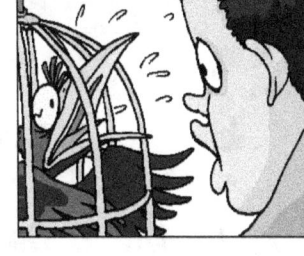

4. 八哥急了，嘶哑着喉咙叫起来："大傻，千万别答茬啊！"

· 本刊信息传真 ·

2005年《中国最有影响力的故事》征文启事

6大措施奖励优秀作品

《故事会》杂志社决定，2005年举行《中国最有影响力的故事》征文大赛，并对优秀作品实行6大奖励措施：

1. 入选作品除在杂志上发表外，还将收入《中国最有影响力的故事》（2005年年底出版）一书。2. 入选作品可得两笔稿酬：在《故事会》杂志发表的作品，首发稿酬每千字400元；入选《中国最有影响力的故事》一书，再追加每千字1000元。3. 入选作品的作者每人可得价值超1000元的《话说中国》一套（"月月评"的第一名获奖作者不重复这一奖励）。4. 入选作品均颁发奖励证书。5. 本刊将委托有关专家对入选作品进行精彩点评。6. 本刊将邀请有关作者参加优秀作品研讨活动，所有费用均由编辑部承担。

征稿范围：具有现实感、新鲜感且可读性强的中短篇原创作品，超短篇（如幽默故事）的字数一般在1500字以内，短篇（如中国新传说）的字数一般在5000字以内，中篇故事的字数一般在15000字以内。

第二次截稿日期：2005年6月30日。

来稿方法：1. 从邮局寄发，请在信封上注明"征文大赛"字样，本刊地址：上海市绍兴路74号《故事会》杂志社，邮编：200020。2. 从网上传递，可寄以下信箱：wulun@vip.sohu.net，在主题上注明"征文大赛"字样，也可直接与本期责任编辑联系，信箱：baofang@vip.sohu.net。

《话说中国》走进千家万户

《话说中国》七大看点

● 享誉海内外的史学界顶尖学者李学勤教授担任本书总顾问，并由他精心组织了一批著名断代史专家出任本书各卷的顾问。

● 中国韬奋出版奖获得者、《故事会》主编何承伟任本书总策划，全书集中了其从事编辑出版工作30年的能量与智慧。

● 著名学者、断代史专家孟世凯、许倬云、葛剑雄、陈高华、熊月之等任顾问，全力参与本书的策划、编撰与审定。

● 杨善群、刘精诚、程念祺等30余位来自全国各地的第一线历史学者撰写全书文字，将个人长年学术精华融于书中，倾力奉献经典而又精彩的篇章。

● 全书10幅4开地图，由著名史学家、复旦大学历史地理研究中心主任葛剑雄教授精心阐释、审定，系统展现从秦王汉武直到近代各历史时期疆域变迁、民族融合、对外交往、名人胜迹等生动内容。

● 《清明上河图》《兰亭序》《韩熙载夜宴图》等名作巨幅拉页，原图引进，仿真印制，展现原作的惊世风采，配以名家精心点评，让你轻松拥有国宝，读懂国宝。

● 优秀装帧设计家、莱比锡装帧设计大奖获得者袁银昌领衔设计本书的整体包装。装帧版式设计独具匠心，完美体现出本书的现代性创意与百科全书的特征，体现出为读者着想的良苦用心；美妙的图与文组合，提供一程赏心悦目的中国文化之旅。

家庭收藏　　馈赠亲友　　学生阅读　　手选大作

想　象

□武　浩

那年夏天，小黄到大王乡去执行采购任务，先坐车后步行，等走到大王乡已经热得汗流浃背，嗓子眼里都冒烟了，他看到桥下的河里有人在玩水，心想反正这里地偏人少，就脱光了衣服跳下河去，一来歇歇脚，二来可以在水里凉快凉快。

正在这时候，忽听有人一声喊："来人了！"不用说，这"人"当然是指女人了。

小黄赶紧学着水里其他人的样子，把身子没入水中，只露一个头在外面。他抬头一看，果然有个穿花褂子的中年女人，胳膊上挎着一个竹篮子，正朝桥这边走过来。

如果是别的女人，看到小黄他们这副样子在水里，早吓跑了。可这个女人厉害，看到水里人都只露着个头盯着她，先是一愣，突然就生起气来，说："你们这些人怎么一点规矩也没有，竟然敢在这里耍流氓？你们没看到过女人是不是？那好，我今天让你们看个够……"说着，竟大模大样地在桥头上坐下来，喉咙还越来越响。

小黄心里急了：自己有任务在身哪，得想办法把她支走，好赶快上岸。他想给女人说几句好话，还没张口，水里有个光头已经抢先朝那女人喊起来："大姐，你说也说了，骂也骂了，算我们不对还不行吗？你就高抬贵手饶了我们吧！"

"饶了你们？"那女人鼻子里哼了一声，不依不饶地说，"你们这些流

氓，都该抓起来去蹲大牢
才是……"

看女人这副缠到底的气势，小黄真不明白她到底想干什么，让她这么缠下去，自己什么时候上得了岸呢？他直起嗓子对女人说："大姐啊，其实你来的时候我们已经都蹲在水里了，我们可没对你不规矩啊！"

"你们还想怎么样？"女人蛮横地说，"难道你们这副赤身裸体的样子，还怕别人想象不出来吗？"

小黄一听，真是哭笑不得。

光头在水里嘀嘀咕咕着："这个泼妇，简直就是个神经病！我们索性就这样光着身子上去，看她能把我们怎么样。"说着，他站起身子就要上岸。

谁知那女人一点不怕，"嚯"地也站了起来，从竹篮子里拿出一把镰刀，朝光头挥舞着说："你想上来？上来我就阉了你。"

光头看女人这副凶巴巴的样子，只好赶紧缩回水里。其他人一时都没了声息，蹲在那里谁也不敢上岸。

这时候，有个人骑着自行车正朝这边飞驰而来，女人看到了，一迭声地朝他招呼着："来人呀，快来人呀！"

那人不知是咋回事，过来之后急忙跳下车，问："怎么，出事儿了？"

女人说："水里这帮人欺负我。"随即又附在他耳边说了几句悄悄话。

只听那人嗓门响得很，对女人说："不会吧？要欺负早欺负上了，还轮得到你现在这么和我说话？别是你自己玩什么花样吧？"说着，他摇摇头就要走。

水里一伙人见那人这么帮他们说话，就"大哥、大哥"地喊起来，要他帮忙把这个女人撵走。光头的喉咙最响："大哥，只要你能把这疯女人弄走，我给你二百元钱，怎么样？"

谁知这人理也不理他："我急着赶路呢，可不敢管你们这些闲事儿。"说完，头也不回地骑上自行车，蹬得跟飞了似的。

女人瞧着他的背影乐得哈哈大笑，随后就把小黄他们放在岸上的衣服全都拾掇到一块儿，嘴里还不停地数叨，不过说来说去就是那几句话。小黄心里再急，这时候也没了辙，心里连连懊恼自己干吗要贪图凉快，现在惹下了这等缠不清的事儿。

正在这时候，一辆面包车从远处疾驶而来，车子还没停稳，突然就从车上跳下十几个公安来，个个手里端着枪，冲到桥边就立刻一字儿排开，枪口都对着河里，小黄一看，领路的竟是刚才那个骑车人。

岸上的女人激动地指着水里那个光头，对公安说："就是他，快，快抓住他，别让他跑了！"

光头在水里傻眼了，一动不动地愣在那里。是呀，还跑什么，他根本

倒霉的

□ 宾炜

打劫

（题图：魏忠善）

省城有个偷儿，江湖上排行老七，人送外号"鬼眼七"。

这天，鬼眼七在车站瞄上了一个民工汉子，三十来岁，一只手提着个破麻袋，另一只手不时地捂着左胸。鬼眼七猜想他身上准有肥水可捞，就赶紧跟着买票上车，挨着他坐下。可汉子的警惕性很高，车上三个多小时连个盹也不打，鬼眼七手段再高明也无法下手。

车子开到县城，汉子马不停蹄又坐上一辆开往乡里的班车，鬼眼七不甘心，也跟着坐了上去。汽车颠颠簸簸开了两个小时，那汉子依然头不晕眼不闭，连呵欠也不打一个，鬼眼七始终找不到下手的机会。

下了车，汉子迈开大步就走，鬼眼七已经跟到此地，不说别的，光车是跑不了啦！这光头是公安局正在通缉的杀人犯，因为样子长得非常像女人的一个亲戚，加上又剃了光头，所以女人反而一眼就把他从玩水的那帮人中认了出来，刚才就是她让骑车人去报的案。

小黄心里感慨：这样的事情，要不是亲身经历，说啥也想象不出来。

（本篇月月评短信代码：G122）

费就花了几十元，他哪能干赔钱的买卖？于是一不做二不休，咬咬牙又跟了上去。

不一会，天就黑下来了，前面的路越走越窄，四周看不到一个人影。鬼眼七心想：此时不抢更待何时？就甩开大步赶上汉子，气急败坏地骂道："他妈的，你想把老子累死啊？快，自己把钱拿出来。"

汉子说："我知道你老人家从省城跟到这里很辛苦，可是大哥，我真的没钱啊！"

"没钱？"鬼眼七鼻子里"哼"了一声，"你蒙谁哪？"他指指汉子的左胸，"这是什么？你瞒不过我！"

汉子哭丧着脸，解开胸前的衣服扣子，让鬼眼七看："大哥，这回你真的走眼了。你看，我这儿长了一个脓疮，城里治不好，我这是回乡下用草药来治啊！"

鬼眼七亮起打火机一照，汉子的左胸口果然贴着一张狗皮膏药，他扫兴至极，大骂晦气，又不甘心地在汉子身上反反复复搜了好几遍，结果只找到了几毛零钱。

鬼眼七气得破口大骂："你奶奶的，从城里回家就带这几毛钱？"

汉子哆嗦着说："大哥息怒啊，我在城里打工不假，可老板拖着不给工钱，这一路的车费我还是向别人借的呢！"

这下可怎么好，自己剩下的那点钱都不够回去的路费，落在这荒山野岭，真正是两头不着岸啊！

汉子见鬼眼七半晌不语，小心翼翼地说："大哥，害你白跑一趟，我心里也过意不去，事到如今，你不如到我家去住一晚，明天再作打算？"

鬼眼七左思右想，也只有这么办了，他气呼呼地关照汉子："你明天去给我弄一千元钱来，老子可没有空手回去的习惯。"

汉子连连点头："行啊，我老婆在家里养了两头猪，明天我就去集上把它卖了，给大哥做车费。"说完，便领着鬼眼七继续上路。

不知走了多远，终于进了一个村子，鬼眼七吩咐那汉子："到家你别想玩花样，就说我是你朋友……"

没想他话音还没落地，那汉子突然一闪身消失在黑暗之中，只留下一串拼命的喊叫声："来人啊，抢劫啦！"

鬼眼七还没回过神来，村里那些开夜工还没睡觉的人就拿刀捏棍地纷纷跑了出来。鬼眼七吓坏了，慌不择路一头撞进路边的一个小棚子，身子还没站稳忽然脚下一滑，"扑通"一声掉了下去。他不知道，这棚子其实是个茅厕，这下惨了，鬼眼七满头满脸都是屎，他跌进了粪池里。

村民们一看鬼眼七这副狼狈样子，乐得哈哈大笑。有个人把他拉上来，用水给他冲了十几遍，把身上的屎冲洗干净，然后把他扔进一个空屋子，从外面上了锁。鬼眼七想想自己竟落得如此下场，心里头那个恼呀！这深山野岭本来就是天高皇帝远的地方，这些村民可都是惹不起的人，万一要治自己个死罪，那可真是太不值了。

他担惊受怕地好不容易挨到天亮，左等右盼，终于有人来给他开门了，一看，就是昨天那个汉子。鬼眼七"扑通"一声跪在汉子面前，告饶说："大哥，你大人不记小人过，就放我一马吧！"

汉子笑了："快起来吧，我来，就是想放你走的。"

"当真？"鬼眼七不相信汉子就这么轻易放走自己，看他真没再说什么，于是就千恩万谢地出了门，撒开脚丫子没命地跑。

跑了一阵，鬼眼七忽然发觉有点不对劲 怎么走来走去都是这段路呢？掉转头又往回走，结果没多久又绕回了老地方。鬼眼七心里一沉：要是走不出去，被困在这山里活活饿死，怎么办？

鬼眼七像只没头苍蝇，在山里转了大半天，愣是见不到一个人。山里蚊子多，鬼眼七全身上下被咬得没

有一处是好的；遇上野猪他还以为是老虎，吓得尿都出来了。转眼天色就暗了下来，幸亏这时候他遇上了一个放羊的小孩，那小孩把他带回了村里。

汉子见他又回来了，不明白是怎么回事。鬼眼七苦着脸说："大哥，你好人做到底，送我到镇上吧，我不认路，走不出去呀！"

汉子皱起了眉头，对他说"不是我为难你，我送你出去一趟至少要四个小时，来回就是一天，这两个星期正是农活紧当口，气象预报说马上就要下暴雨了，时间实在太紧。这样

吧，你干脆在我家住下来，等忙过了这一阵，我保证送你走。"

鬼眼七一听这话，差点就掉了眼泪：古往今来，哪见过像自己这么倒霉的打劫啊！可现在是虎落平阳，只能听任人家摆布了。

于是就这么着，鬼眼七在汉子家住下了，每天早早起床上山下地，顶着烈日玩起了泥巴。他在城里什么时候干过这种脏活累活啊，没几天，手上就全是血泡，脸晒得墨黑。而且这样累死累活干一天，喝的是稀饭，嚼的是咸菜，这日子真是苦不堪言。这还不算，村里人还常常指东指西地要他去帮自己家干活，鬼眼七敢怒不敢言，只能逆来顺受，给村里人当牛当马使。

苦熬了两个星期，汉子家里的活儿差不多都搞掂了，鬼眼七终于盼来了回城的这一天。然而此时此刻的他，已经和当初完全换了个样子，光体重就减了十多斤，穿着打扮完全像个山里人了。

临行前一天的晚上，汉子和他老婆特意买酒杀鸡为鬼眼七送行，这些原本在城里吃腻了的东西，今天在鬼眼七的嘴里变得味道特别香。待鬼眼七吃饱喝足之后，汉子小心翼翼地从口袋里摸出五十元钱来，说是给他做路费。鬼眼七连连摆手说："我不能要你的钱，我知道你家也不富裕，你

今天这么待我，我已经感激不尽了。你放心，只要你送我上了车，车费就不会成问题。"

汉子听鬼眼七这么说，叹口气道："老兄，不是我说你，你怎么还要去干那事儿？你想过没有，那些被你偷走了钱的人回去怎么办？就像我们出去打工的，哪一分钱不是辛辛苦苦挣来的？都是血汗钱，不易哪！至于这五十元，你倒是真应该拿去的，这是你这些天的劳动所得。只是我们这地方穷，工价太低，我只能给你这么多，不好意思啊！"

汉子一边说着，一边就把五十元钱重新又递给了鬼眼七。不知为什么，鬼眼七接过钱来的时候，两只手竟微微颤抖起来。

第二天，汉子送鬼眼七到镇上，搭上了回城里的班车。终于可以脱离苦海了，可鬼眼七却怎么也高兴不起来，老想着在汉子家的那些日子。这时候，一个人拍拍他的肩膀说："同志，请买票。"

鬼眼七往怀里一摸：咦，钱呢？他大吃一惊，里里外外掏遍了口袋，明明上车时那五十元钱还在身上的，怎么忽然就不见了呢？鬼眼七瞪着眼睛好半天说不出话来，突然大哭起来："天啊，谁偷走了我的钱？那可是我辛辛苦苦挣来的血汗钱啊！"

（本篇月月评短信代码：G123）

（题图、插图：魏忠善）

想不到的

□ 路一歌

殿前村有个人名叫于大，打小没进过一天学堂，眼瞅着自己这辈子没什么指望了，于是就下决心要把儿子培养出来。他给儿子起了个响当当的名字，叫啥？"大学"！于大说，得从名字上就给人一种有文化的感觉。

但遗憾的是大学念完小学念完中学，就是没能再念上大学。不过看着儿子回来在乡办厂里干统计，整天提着个公文包跑来跑去，一副也挺有出息的样子，于大心里也知足了：每年落榜的考生那么多，村里有几个能干上

咱大学的工作？

大学工作没多久，就有媒婆上门提亲，托媒的是村长。村长的闺女也有个好听的名字，叫"立春"。要说那立春呀，真是要模样有模样，要身份有身份，于是于大就觉得自己很有脸面：村长的闺女看中了自家的儿子，这说明什么？说明咱大学不一般啊！

于大心里美滋滋的，正想应了这门亲事，可突然想到了一个十分重要的问题：咱大学虽说大学没念上，可也是正儿八经的高中毕业生啊！立春是什么生？一问，初中毕业，当初考试差几分就进高中了。

媒婆笑嘻嘻地劝于大说："你也

别死心眼儿，人家立春是村长的闺女，你于大和村长结成亲家，那就等于你们于家祖坟上冒了青烟，往后你就和村长平起平坐啦！"

谁知于大一听可不高兴了："那不成，我于大看重的就是学问，她立春初中毕业就是和咱大学不一样。再说了，往后她要仗着她当村长的爹使性儿，不更委屈咱大学一辈子了？"

一桩姻缘就这样搁了浅。

其实于大不知道，大学早已和立春好上了，只不过在农村，就是自己对上的象也得按套路走，提亲订亲送彩礼什么的，立春怕大学家里来提亲有顾虑，人家会说他们攀村长的高枝，就抢先让爹托了媒婆，没想到会是这个结果。

事情过后立春就去城里了，把原先村里幼儿教师的工作也辞了。倒是大学挺沉得住气，就像什么事也没发生过一样，照样在厂里干他的统计，每天提着个公文包出出进进的。只是有一件事让于大心里搁不住：立春走了之后，就不断有人来给大学提亲，可大学一概回绝，根本没有商量的余地。于大看在眼里急在心里，嘴上没有多说什么，心里总觉得好像亏欠了儿子。

一晃两年过去了。这天，于大发现村头路边突然新开了一家药房，领头的竟然就是立春，药房里虽说卖的

都是头疼感冒一类的普通药，但新奇的是除此之外还专门设了一个给人看小毛小病和包扎注射的专位。听人说，立春进城就是读书去的，学医药护理这一套，药房里和营业执照高高挂在一起的，是她的毕业证书。这样的药房对乡下老百姓来说，真比办个大医院还受欢迎，于大心里不免感慨起来：那城里的学校就是名堂多，立春居然还学了这一手。

药房里人头济济，热热闹闹的，于大忍不住也想进去看看，可又怕碰上立春，只得装作路过的样子，悄悄在门口张望。咦，这一望居然被他发现了一个秘密：立春正在里面忙着什么，大学在旁边比比画画，两个人一副亲亲热热的样子。还有人在一旁打趣说："立春这回不走了，你们俩什么时候给我们吃喜糖啊？"于大心里一愣：难怪大学一直不愿谈朋友，也不知什么时候真恋上这丫头了，现在人家都要糖吃了，自己却还蒙在鼓里。可转而一想：这不是好事嘛，他们现在才真叫一对儿哩！他别转身就往回走，心里对自己说：是到提亲的时候啦！

于大找到媒婆，把这意思说了，谁知媒婆却朝他撇撇嘴："你现在看上人家闺女啦？你也不想想，人家现在是省城学校毕的业，能不能看上你家大学那还不一定哩！这么有出息的闺女，咱乡下怕是留不住她啦！"

于大脖子一犟"你别唬人，乡下

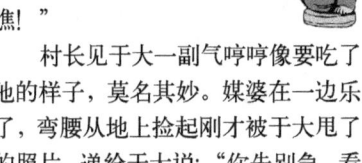

留不住她，她怎么还张罗着回来开药房？再说了，你还别不信，她就算是个天仙，可偏偏看中我家大学了。我让你做媒，是给你长脸，你不去我就找别人了，你别后悔。"

媒婆其实也就是给于大开个玩笑，所以很快就去了村长家。回来的时候，见于大还等在门口，就撂给他一句话："迟了，人家立春早在省城读书的时候就订下一门亲了！"说着，从兜里掏出一张小伙子的彩照，递给于大。

于大急了，把照片一甩，冲着媒婆说："不会吧？我明明看到他们亲亲热热在一起，人家都要他们发糖吃了，莫非那丫头在做戏，涮我们家大学不成？她凭什么这么干？就凭她爹是村长？哼，得找她说理去，可不能委屈了咱家大学。"

于大一边气呼呼地嘀咕着，一边转身就要走，正和一个人撞了个满怀，抬眼一看，是村长。于大拉开嗓门朝村长嚷起来："你那丫头是七仙女下凡？就是七仙女也不能脚踩两只船哪！赶明儿我也把大学送到省城去读书，念个比立春还好的学校，找个

比立春还俊的媳妇，让你瞧瞧！"

村长见于大一副气哼哼像要吃了他的样子，莫名其妙。媒婆在一边乐了，弯腰从地上捡起刚才被于大甩了的照片，递给于大说："你先别急，看看这照片再说。"

于大抢过照片就要撕，一瞥眼，惊叫起来："这不是我家大学吗？你……你这是……"

媒婆说："你呀你，就是要先让你受受打击，不要老把人家看成豆腐渣。"

于大不好意思了，摸着脑袋说："我……我什么时候说人家豆腐渣了？我早看出来了，立春和大学，就……就是应了咱乡下那句话，叫'金花配银花'！"

村长一听，笑着说："哪有你这么夸自家孩子的，不让人笑话？你应该说，不是金花配银花，是'西葫芦配南瓜'！"

媒婆在一边乐得直拍手："什么西葫芦配南瓜，就是金花配银花嘛！"

（题图：魏忠善）

淘汰
评比法

□ 李奕明

在西部高原的一座雪山上，设有解放军的一个哨所。哨所里一共才五个兵，但在部队里名气却很响，因为他们工作搞得好，年年都是先进。没想到的是，最近却出了一件事。

那天，因为部队要搞优秀士兵评比，除小刘正在哨位上站岗，哨长郭大柱就把其余三个人召集起来开会。每年评比，郭大柱都犯难：自己是哨长，应该发扬风格，不评不要紧，可哨所其余四位个个都优秀，评哪一位都舍不下另外三位啊！所以今年郭大柱想出一个招，叫"淘汰评比法"，就是谁找出自己的问题多，并被大家一致公认是事实的，谁就先淘汰出局；谁排在最后，谁就作为候选人上报。按上级下达的指标，哨所只有一个优秀士兵的名额。

没想郭大柱把这意思一说，副哨长魏荣国就表示不同意："我提个建议，咱复杂事情简单化。郭哨长平时担子最重，责任最大，吃苦最多，这几年我们都先后被评过优秀士兵，今年就是轮也该轮到他了。"这话一出口，哨所的另外两个人小王和小张立刻拍手叫好。

郭大柱摇头说："评优秀士兵怎

么能轮着来？我是哨长，这样的机会理应让给你们。"

郭大柱的态度其实是大家意料之中的，所以魏荣国朝小王点点头，说："去，你到哨位上去把小刘换下来，咱们再听听他什么意见。""是！"小王立刻站起来去换哨，不一会儿就把小刘换回来了。

小刘张着大口直喘粗气，郭大柱问他："你咋喘得这么厉害？"小刘说："我一急，跑了几步。"郭大柱批评说："基本常识你怎么都忘了，高原上能跑步吗？"小刘挺不好意思，"嘿嘿"笑了两声，说："哨长，没事，你放心。"他端过一个小马扎，刚坐下想说什么，还没开口，突然就一头栽了下去。郭大柱猜他一定是缺氧，一面把他扶起来，一面叫小张赶紧去拿氧气包。

事情就出在这时候！小张去了一会，回来结结巴巴地说："报告哨长，氧……氧气包没有气了。""没有气了？"郭大柱大吃一惊，"怎么没气了？"他把小刘交给魏荣国扶着，自己过去一看，果然，平时专门放储备氧气包的橱柜里，只有一只瘪瘪的空氧气包躺在那儿。

三天前因为得知下山的道路被雪崩埋住，运送给养的汽车有可能十天半月都上不来，郭大柱就特意留了这包氧气以防万一，并且把柜门钥匙交给小张保管，宣布不到万不得已谁也

不许吸氧，没想到居然会有人把他的话当耳旁风。一个连年先进的哨所竟然发生这样的事，这是郭大柱万万想不到的。

幸好这时候小刘缓过气来，对郭大柱说："哨长，别怪大家，我没事的！"郭大柱黑着脸沉默不语，好半晌，语气沉重地对大家说："你们都应该知道我为什么要留下这包氧气，高原上，氧气对人来说甚至比粮食和蔬菜还重要，今天小刘缺氧是顶过来了，要是万一出点事怎么办？我们都是革命军人，应该忠诚老实，襟怀坦白，这事儿是谁干的，有种的给我站出来！"

郭大柱锐利的目光在每个人的脸上扫过，大家都把头低了下去，不敢用眼睛看他。犯了错还不敢承认？郭大柱最看不起这种熊包，他当即宣布散会，把小张叫了出去："钥匙是你保管的，你应该知道这事是谁干的。"小张看看瞒不下去了，低着头喃喃道："哨长，我对不起你，这事……是我干的，你处分我吧！"

郭大柱真不敢相信小张怎么会干出这种事来，会不会这其中有什么隐情？他让小张把经过详细说说。小张说："前天上午十点钟的时候，你在哨位上，魏副哨长领着我们挖菜窖，我干了没多久就觉得气憋得慌，想吸氧，可哨所的纪律明摆在那里，我思想上斗争来斗争去，最后想想钥匙在

我手里，吸上一小口没人知道，于是就借口喝水，偷偷溜进屋里去吸了一小口。""那剩下的氧气呢？"郭大柱不得不追问道。小张抓抓头皮，为难地说："我当时很紧张，见门口有人闪了一下，就赶紧离开了屋子，结果把钥匙挂在柜门上忘了拿，等我后来再悄悄回去拿的时候，看到氧气包已经瘪了。"

问题似乎挺严重，郭大柱的脸越来越黑。他接着又找小刘谈，正好小王换哨回来，于是把小王也一起喊了

来。郭大柱说："咱们打开天窗说亮话，小张承认氧气是他吸的，但他只吸了一小口，他在屋里吸的时候有人在门口看见了，是不是你们两个？你们进去吸过没有？"只见小刘和小王都低下了头。小刘倒undefined很爽快，说："我吸了。我想小张能吸，我也就吸了，不过我也只吸了一小口。"小王的脸涨得通红，说："我……我也吸了，当时只想吸一点点，没想一下子就吸完了。哨长，我错了。"

问题总算是基本上搞清楚了，郭大柱气得脸色铁青！晚上魏荣国下哨回来，郭大柱就把情况一股脑儿说给他听，商量这事怎么处理。魏荣国说："咱们是不是开个哨务会，就这件事举一反三，全面查找哨所和每个人存在的问题？"郭大柱点点头："好，就照你说的办，明天我们就把哨务会开了。可这次优秀士兵的评比怎么搞？现在就你一个人还符合条件，你就不要推了吧？"谁知魏荣国却一脸沉痛地对郭大柱说："老兄，你千万不能把我报上去，我在这件事情上是有责任的，其实他们吸氧我是看到的，却没有及时加以制止，后来也没有向你汇报，明天的哨务会上我要带头做深刻检查啊！"

郭大柱惊得半天都合不拢嘴，他点着魏荣国的鼻子，好半天才喊道："你……你这个魏荣国啊，我没想到，你也……"他一甩手说，"我们哨所一

个优秀士兵也没有，今年的评比不搞了！"魏荣国急了："怎么一个也没有呢，不是还有你吗？"郭大柱理也不理他。

半个月过去了。这天，哨所的电话铃声响得特别急，郭大柱拿起来一听，是山下连指导员打来的："小郭啊，通知你两个好消息：第一个，你今年被评上优秀士兵了！"郭大柱觉得奇怪："指导员，你是不是弄错了？我们哨所今年一个也没上报啊！"指导员说："是魏荣国报的，但你不许批评他。那天我打电话，你在哨位上，是魏荣国接的，他如实向我汇报了你们哨所评选的情况，连里根据你的一贯表现，同意把你作为优秀士兵上报，现在团里已经批下来了。还有一个好消息是，团里通知你明天下山，参加报考军校的文化复习班，军校招生马上就要开始了。明天有送给养的车上山。你把工作交给魏荣国，随给养车下山报到。"

电话通知的内容一传开，大家都为哨长高兴。第二天大家早早就起来了，准备送送郭大柱，可就是不见他的影子。"哨长，郭哨长！"大家在哨所里里外外喊，才见郭大柱从伙房的储藏室里晃晃悠悠地钻出来。郭大柱喘着气说："夜里睡不着，今天要走了，就再去挖了了一会菜窖……"话才说了一半，魏荣国就发现他脸白发嘴发青，忙命令："快去拿氧气包！"眨

眼工夫，氧气包就递了过来。

郭大柱慢慢清醒过来，一看自己正在吸氧，连忙把吸嘴拔了，疑惑地问道："怎么回事，这氧气是哪里来的？"

没有人说话，面对他的是一张张得意而又诡秘的笑脸。郭大柱这才发现准是自己被蒙在了鼓里，就说："你们不把事儿说清楚，我今天就不下山！"魏荣国乐得哈哈大笑："郭哨长，你别生气，今天我们可以把事情真相告诉你了！"

原来每年评优秀士兵，郭大柱都把机会让给别人。其实他参军的时候已经考上了大学，但当年选择了投笔从戎保卫祖国，现在只要给他机会去考军校，一定能考上，但考军校有一个重要条件，就是你必须获得过优秀士兵的称号，所以大家就在一起商量，这回一定要把郭大柱评上去，让他好好到军校去深造。可郭大柱的脾气大家都知道，硬来他是不肯接受的，于是大家就故意联手制造了这么个氧气包事件。其实，那氧气谁也没吸，是藏起来了。

事情的真相令郭大柱十分感动，随给养车下山的时候，司机几次催他，他却拥抱着一个个战友舍不得松手，泪流满面地说："你们等着我啊，我一定还要回到哨所来！"

（本篇月月评短信代码：G124）

（题图、插图：安玉民）

中国新传说·

黑车和黑狗

□张长公

钱富富买了辆外地牌照的黑车，在城郊结合部跑客运，一天下来，上千元收入。钱富富大喜，这年头，撑死胆大的，饿死胆小的，只要一年半载不让警察捉住，这财发定了。

钱富富洋洋得意，这天，车子开得飞快，猛地，路旁窜出一个黑影，"吱——"钱富富紧急刹车，可是已经来不及了，"汪哩哩……"车子下面传来一阵凄厉的惨叫声，钱富富跳下车一看，是一条黑狗，撞断了腿，血淋淋的，正在那里挣扎。

"断命狗，送死呀！"钱富富骂了一句，正要继续开车上路，忽见一个汉子奔过来，不由分说一把揪住钱富富，气急败坏地吼着："你赔我的狗，赔我的狗！"

钱富富火冒三丈："是你的狗自己窜出来的，赔你个屁！"

车里的乘客都帮着钱富富说话，怪这汉子没有看好自家的狗，让它在公路上乱窜，居然还要无理取闹。

那汉子一看这情势，干脆撒起泼来，抱起那条黑狗坐在路中央的地上，哭爹喊娘般大叫大嚷："我的黑黑

30 有时候一个人为不花钱得到的东西付出的代价最高。——爱因斯坦

呀，我两千元钱把你买了来，儿子似的待你，村里人谁不叫我黑狗洪生？把我的名字都和你连在一起了呀！哼，他们不赔我两千元，今天就休想走路哇……"

那个叫黑狗洪生的汉子哭着叫着，黑狗在他的怀里惊恐地颤抖着，突然猛一口对准他的手腕咬了下去，黑狗洪生痛得龇牙咧嘴，叫声就更响了："我可怜的黑黑呀，你怎么就给撞得六亲不认，连我都咬了呀？不行，他们除了赔我两千元，还要再加我一千元精神损失费哪！"

啧啧，今天算是碰上无赖了！车里的乘客都急了：这样纠缠下去，车子什么时候才能再开啊？于是就有不少人劝钱富富给点钱算了，花钱买个太平。

可钱富富哪里肯忍得下这口气，出这个冤枉钱？他猛跳上车，拼命按喇叭，又把车子发动起来，想借势吓吓黑狗洪生。可黑狗洪生就是不买账，抱住黑狗索性躺倒在车子前面，说："你开，你开，你就把我和黑黑一起轧死算了，我也不想活了！"

这时候，过路的车辆越来越多，在后面排成了长队，他们被钱富富的客车挡了道，喇叭声响成一片。那些司机下车跑到前面一看，黑狗已奄奄一息，狗血染红了黑狗洪生的衣裤，黑狗洪生的手腕上淌着血，他还不住地把血往脸上抹，所以全身就像挂了

彩似的。这么大的车祸，要出人命了呀，有人就叫着："快打110报警！"

钱富富一听这话就紧张。为啥？他开的这车是人家快报废的黑车，便宜货买来的，弄了个假牌照，属于非法营运，如果警察一来，不但扣车，还要加重处罚，这损失可就远远不止三千元了。

他脑子一转，说："别报警了，这里前不着村后不着店，等警察来不知要到什么时候，我们还要赶路呢。算了，我吃亏就吃亏点吧！"他边说边摸出一叠钱，甩给了黑狗洪生。

黑狗洪生拿了钱，一数："不行，还有一千元精神损失费，你不能赖了！"

真正要死呀！钱富富想：我前世欠了这泼皮无赖什么债？他恨得咬牙切齿，可回头一看，堵在路上的车辆越来越多，随时随地都会惊动警察，他急得双脚跳，却又没办法，只好再摸出一千元钱，甩给黑狗洪生。黑狗洪生拿了钱，拎了黑狗，爬起来就跑。

钱富富重新开车上路，可自此以后，他的车子一直开得不顺利，不是差点和迎面来的车子撞鼻子，就是磕磕碰碰地差点开到路沟沟里去。后来好不容易总算开进城了，却被警察扣了下来，那警察是厉害，一眼就看出他开的是黑车。

钱富富心里恨透了这个可恶的黑

狗洪生，他心里发誓：不和他算账，自己就不是娘养的！从警察那里出来，没过了几天，钱富富就急着往黑狗洪生的村子赶：这个黑狗洪生，不叫他把三千元钱吐出来，决不给他好日子过。

跑进村里，他正要打听黑狗洪生住在什么地方，一眼就看见村东靠路边的一家，门口挂着一张狗皮，皮毛黑黑的，那不就是被撞的那只黑狗的皮？肯定就是黑狗洪生的家了！钱富富走过去就敲门，"砰砰砰"敲得手也

疼了，里面却一点儿声音也没有。

难道家里没人？钱富富又狠狠地朝门上踢了两脚，"呸"吐了口唾沫，还是任何反应都没有。这该死的家伙！钱富富心里愤愤地想：我今天寻到你门上了，还怕等不到你回来？他伸手把挂在门口的黑狗皮一扯，朝地上一摔，一屁股就坐了上去：哼，我看你今天不回来！

刚坐下来，只听"突突突——"一辆拖拉机开过来了，拖斗里，一个女人凄厉的哭声，听得钱富富汗毛一凛一凛的："洪生啊，你实在不该去的呀，明明是条野狗，你偏要认作家狗，为了敲三千元钱，你命也不要了呀！你知道不知道那是条疯狗啊，呜嘿嘿嘿……"

不得了，女人最后那句话，把钱富富吓得一下从黑狗皮上蹦了起来，这黑狗是只疯狗啊！他奔到拖斗前一看，只见黑狗洪生躺在拖斗里，全身抽搐，满口流涎，那样子人不人鬼不鬼的。女人说，黑狗洪生这病医院是没法治了，只能回家里等死。

几个人七手八脚把黑狗洪生朝家里抬，钱富富吓得拔腿就跑。一路上，他不住地拍着脑袋对自己说：看来黑心事真是做不得啊！自己买的黑车，万一出了车祸，家破人亡，不是和黑狗洪生一样死路一条了？还算好，被警察扣住了。

（题图、插图：安玉民）

不要把手伸到缩不回来的地步。——史考特

贵妃石

□ 叶　强

早年间，有个叫"和宝斋"的铺子，专门经营古玩字画。这天，老板陈柏涛到城郊清水河畔踏青，偶然捡到一块石头，看上去像只葫芦，滑溜溜透着青光，非常可爱，他想这东西虽不是什么稀奇宝贝，做个镇纸还可以，于是就揣在兜里带了回来。

陈柏涛和妻子花春红两口子为人厚道，平时做生意很讲信誉，尤其是花春红，眼力好，头脑灵，人也长得俊俏，里里外外都操持得井井有条，附近人家有什么值钱的东西都愿意寄放在他们这儿代卖，他们只收少许费

用，决不赚昧良心的黑钱，所以和宝斋在城里渐渐有了名气。花春红能干，陈柏涛就落得个逍遥自在，闲时无事就下下棋，吟吟诗。

夜晚，花春红早早地睡了，陈柏涛独自在油灯下看书，灯光摇曳，忽明忽暗。这年头，洋油既贵又差劲，他轻叹一声，顺手拿起桌上的石葫芦，用葫芦上的尖蒂去拨灯芯，想把灯拨亮一点。没想这石葫芦里突然泛出柔绿的光来，随即就有个人影在葫芦里晃动起来。陈柏涛吃了一惊，凑近细看，是一个女人的身影，容貌端庄，体态婀娜。他简直看呆了，又试着把石葫芦放回到桌子上，人影立刻就消失了，试了几次，回回如此。他发现这真是一块奇妙的石头，看似一个普通的石葫芦，可只要葫芦尖蒂一受热，就会立即现出女人的身影来，而且还会不断变换身姿，神情沉醉，腰肢款

摆，煞是迷人。

这是捡到宝贝了啊！陈柏涛忍不住把老婆花春红推醒，两人在灯下把玩了大半夜，知是无价之宝，非常兴奋，因人影颇像唐代的杨贵妃，他们就把这块石头取名为"贵妃石"。两人说好了，无论如何都要保护好这件宝物，绝对不能让第三者知道。

和宝斋的对面，新开张了一家古书铺，老板姓姚名重，写得一手好字，会画几笔水墨写意花鸟，还有一个大爱好，就是下围棋，这正对了陈柏涛的味口。陈柏涛的棋，这几年在城里几乎没有对手，正郁闷着呢，现在来了旗鼓相当的对手，两个人一盘棋能下大半天，开饭时封了棋，饭后再接着下。他们下棋的地点也不讲究，有时在陈柏涛的和宝斋，有时在姚重的古书铺，有时就在铺子门口街边上。后来，就是不下棋的时候，两人也喜欢在一起，一人一杯碧螺春对饮，谈谈诗书，谈谈城里各家字号的镇店之宝。花春红经常劝陈柏涛悠着点，人家姚老板还要做生意哩！

也该有事。那天花春红回娘家去了，夜晚陈柏涛就招呼姚重过来饮酒下棋。酒至半酣，两人摆开了棋局，一阵黑白缠斗，姚重连输三盘，陈柏涛兴致大作，便从里屋拿出一瓶珍藏的陈酿老烧来，又是一阵浅斟慢饮，姚重醉了，陈柏涛也醉了。姚重拿起桌上的画笔，"刷刷刷"眨眼工夫就画了一丛娇艳欲滴的红牡丹；陈柏涛也拿起笔，"刷刷刷"在上面题了四句诗：一笑贬谪苦，武皇奈若何？洛阳灵秀地，岁岁春风多！随后两人掷了笔，相视一眼，哈哈大笑。

陈柏涛一阵耳鸣脑热，还嫌不过瘾，就说："姚弟，人生得一知己足矣，为兄要让你见识一件宝物，养养眼！"他拉上窗幔，小心翼翼地取出一方锦盒，锦盒里自然就是那块贵妃石了。姚重一看，连连称奇，翻来覆去地摆弄，爱不释手地说："小弟今天真是开了眼界啊！"花春红回来后，陈柏涛自知自己酒后糊涂，不敢把给姚重看石头的事告诉她，好在姚老板是个极明事理的人，从此没有再提及此事，大家一时相安甚好。后来姚重要回老家上海去了，陈柏涛还在醉仙楼置办了一桌酒菜，为他饯行。

一晃六年过去了，日本的侵略战火燃遍了大半个中国，很快就占领了这座城市。和宝斋的生意一天不如一天，小伙计们都散了，陈柏涛和花春红两口子决定把和宝斋关了，收拾收拾到花春红的娘家去，花春红的娘家在山里，比城里安全。但他们还没出门，就被一群日本兵捉去了。

被日本兵捉去的人陈柏涛都认识，都是城里古玩店的老板，他们面面相觑，一时弄不懂是怎么回事。一个日本兵出来发话说："各位不必惊慌，现在中日亲善，我们太君摆弄古玩大大的，今天把各位请来，就是要让你们把自己的宝贝拿出来，我们太君玩玩的。"他特别点了几家字号的镇店之宝，要求限时送到。

大家又害怕又吃惊。害怕的是，日本兵歹毒，如果不拿出来，就别想再过安生的日子；吃惊的是，他们怎么把大家的底子摸得这么清楚？场上的空气顿时紧张起来，陆续就有人颤颤惊惊地回去拿来了镇店之宝，交了之后便可走人，也有些个断然拒绝的，当场就被狼狗撕了，那情景真是惨不忍睹。

日本兵却没有点名让陈柏涛夫妇交出什么，只是把他们带到另一个房间。房内装点得极其雅致，中堂挂一纸扇，上画一枝牡丹，附诗一首，正是当年陈柏涛所作。陈柏涛惊讶万分，正自猜疑，屏风后踱出一人，竟是姚重："兄嫂别来无恙？"

"姚弟？"陈柏涛一惊，"什么时候来的？"

"哈哈！"姚重大笑，"我不姓姚，也不是上海人，我本名

山口一郎，东京人氏，现任大日本帝国皇军大佐。"

"你……"陈柏涛夫妇大惊。

"念二位是旧交，只要交出贵妃石，我保证不为难你们。"

花春红回头瞪了陈柏涛一眼，陈柏涛又羞又恨，脸憋得通红。

"你们好好想想，交还是不交？"姚重，也就是山口一郎，口气里明显藏着杀气。

"呸！"陈柏涛狠狠地朝地上吐了一口唾沫。

"交！"花春红说，"命都在人家手里了，为什么不交？"

"你？"陈柏涛气得朝花春红一跺脚，花春红却装作没看见，两只眼睛顾自盯着墙上的牡丹图。

山口一郎大喜过望："好，嫂子是个明白人！"于是他把陈柏涛留下来

作人质，自己迫不及待地跟着花春红回去拿贵妃石。约莫过了一个时辰，山口一郎喜不自禁地回来了，一面扬着手里的贵妃石，一面对陈柏涛说："嫂子果然守信用，陈兄请便吧！"

"强盗！"陈柏涛气狠狠地在心里骂了一句，摇头叹气地走出了日本人的兵营。花春红在外面等着他，一看他出来，拉着他就七拐八拐扎进一条老弄子里躲了起来。陈柏涛一个劲地埋怨自己："没想到这家伙竟是个日本人，我真是瞎了眼了！"花春红说："身外之物，生不带来，死不带去，你何必为这个事自责？"陈柏涛说："只是便宜了那家伙，我怎么咽得下这口气？""未必，"花春红笑道，"石头是有灵性的，如果有缘，我们还会遇到它。"陈柏涛问："此话怎讲？"花春红对他悄悄一阵耳语，陈柏涛看着老婆，连连点头。

再说山口一郎得了贵妃石之后兴奋至极，晚上就紧闭房门，焚一炷檀香，沏一壶浓茶，独自在灯下细细赏玩起来。第二天中午，侍卫见他迟迟没有起床，就去敲门，敲了半天也不见动静，赶紧报告上司，众人破门而入，吓了一跳，只见山口一郎直挺挺地躺在床上，身体已冰冷多时。

日本人查来查去，查不出山口一郎的死因，这件事只好不了了之。而且他们压根就不知道贵妃石是件宝物，只当是块寻常石头，根本没放在眼里……

后来，陈柏涛和花春红在朋友的帮助下几经辗转，跑到外地做起了小买卖，勉强糊口度日，直到日本人投降，才重新回到老家。陈柏涛来到当年山口一郎的住所，翻遍了大大小小的角落，就是不见贵妃石的影子，没了镇店之宝，他茶喝不香，觉也睡不稳，虽然和宝斋重新开了张，可陈柏涛总觉得少了点什么。

一天，陈柏涛在一老友处下棋，适逢厢房起火，众人四散而逃，老友的儿子却被困在火中，急得哇哇大哭。陈柏涛一看，顾不得多想，闯进浓烟烈火里冒死把孩子救了出来。就在他要转身离去的当儿，突然愣住了，他发现那孩子手中握着一块葫芦状的石头，不正是贵妃石吗？老友说："这是夫人前几天在地摊上花二十块钱买的，陈先生若是不嫌弃的话就送给你吧！"陈柏涛大喜过望，接过石头称谢而去。

回到家里，陈柏涛拿起石头细瞧，葫芦蒂上果然有一天然小孔，当年，花春红为防万一，从这小孔里灌进一种她娘家人猎狼用的剧毒药物，然后用蜡封上，那晚封蜡遇热即溶，山口一郎就是闻了气化了的毒药之后一命归西的。贵妃石如此失而复得，陈柏涛和花春红百感交集。

(题图、插图：黄全昌)

□郭东晓

教授的发明

教授带着助手秘密地在地下实验室里待了半年，没有回家一次，不是他不想回，而是没有时间。有时候实在需要什么，他也是让助手帮他回家拿。因为他和助手正致力于一项"脑电波转换仪"的发明，这种仪器能够把一个人的思维从他头脑中抽取出来，通过电波的形式转换成特殊的程序，然后加载到另一个人的头脑中去。这种转换仪的好处是能够让一个衰老或病危者的思维，有可能通过仪器来得到永生；残酷的是，被加载思维的那个人会因此而死去，对方将通过他的躯体获得重生。

试验的过程非常艰辛，所以当成功来临的那一刻，教授激动得泪流满面。他的助手斟上满满一杯酒，对教授说："尊敬的教授先生，为了庆祝这项发明的成功，我敬你一杯！"教授接过酒杯刚要喝，突然耸耸肩道："啊，我差点给忘了，医生嘱咐过，我不能再喝酒了。"

失望的神色立即闪过助手的脸庞，但教授正沉醉于新发明的兴奋之中，所以根本没有注意到助手神情的变化。教授兴致勃勃地对助手说："不喝酒我们也可以好好庆祝。亲爱的，从现在起，你我恐怕都要在人类医学

科学发明史上留下英名了啊！"

助手阴冷地笑了笑，说："没错，教授先生！不过，能在发明史上留下英名的不是你，只能是我啊！"

"你说什么？"教授惊诧地望着自己的助手，一种不祥的预感突然袭上了他的心头。但是已经晚了，一把锋利的匕首就在这个时候深深地插进了教授的胸部，鲜血立刻喷射出来，"你……"教授只吐出一个字，就倒在了地上。

助手面目狰狞地看着教授，说："我本来给你准备的是毒酒，可以让你死个痛快，可你却突然说戒酒了，我只能出此下策。这可是你逼的，不能怪……"谁知他话还没说完，突然全身一阵颤栗，也倒在了地上。原来是已经倒在地上的教授拼着最后的力气，按动了他身旁的一个应急按钮，这个按钮直接连着脑电波转换仪的开关，于是教授的思维立刻通过转换仪加载到助手身上。助手死了，而教授却通过助手的躯体获得了重生。

教授从地上站起来，精神抖擞地走出实验室，往回家的路上走去。已经半年没回去了，他想给妻子一个惊喜，所以走到家门口时他没有用钥匙开门，而是按响了门铃，他要好好享受一下妻子在突然见到自己回家时的那种感觉。

果然，妻子一看是他回来了，立

刻张开双臂扑了上来。教授一把把妻子拥进怀里，可马上又懵了：不对呀，我是通过那个该死的助手的躯体来获得重生的，在妻子眼里，我现在应该是助手的外貌，她怎么会一下子认出我来？

教授正在迟疑之际，妻子抢先开了口："你这个死鬼，是我那糟老头子叫你来的？可想死我了！"妻子一边说一边抱住教授就狂吻起来。

"等等，我看这不大合适吧！"教授猛地一把推开了妻子。

妻子惊疑地望着教授。在妻子的眼里，此刻站在面前的当然就是教授的助手，她和助手相好已经不是一天两天了，所以奇怪地问："你今天是怎么啦？"

教授强压住心头的怒火，冲口回了一句："不舒服。"

妻子的眼睛里闪过一丝忧郁："难道事情不成功吗？"

"什么事情？"教授听不懂。

妻子喊了起来"亲爱的，你今天到底怎么啦？你不是说要用毒酒毒死那个糟老头子，然后带着我远走高飞吗？难道计划落空了？"

教授一听，浑身的血液都往头上涌"没错，你们的计划是落空了！我就是你的那个所谓的糟老头子。"教授没想到自己一直深爱着的妻子，竟是这么一个丧心病狂的人，盛怒之下，举起拳头就雨点般向妻子身上砸

2005年首届"梅陇杯"法制故事大赛征文启事

为纪念全民普法开展20周年，迎接"五五"普法的到来，由司法部法宣司、上海市法制宣传教育联席会议办公室主办，上海市闵行区法宣办、上海市闵行区梅陇镇政府协办，《故事会》杂志社承办的2005年"梅陇杯"法制故事创作大赛，决定面向全国征文。

此次活动有关事项如下：

一、征文内容：可从立法、司法、执法，公民学法、守法、依法维权，法律援助、法律服务、援助，社会治安综合治理、社会公德、家庭美德、职业道德中的涉法内容，公民与违法犯罪行为作斗争以及中外历史上的涉法案例等各个角度展开。要求故事情节曲折生动，语言有口头文学特点，作品未在省地级报刊发表过，字数一般在15000以内。

二、奖项设置：本次活动将聘请有关专家组成评委会，设一等奖1名，奖金5000元；二等奖2名，奖金各3000元；三等奖10名，奖金各1000元；创作奖50名，奖金各500元。部分优秀作品将陆续在《故事会》上发表，并结集出版。

三、征文时间：即日起至今年9月30日截止，10月底前评出获奖作品并专函通知获奖作者。

来稿方法：1. 从邮局寄发，请在信封上注明"法制故事征文"字样，本刊地址：上海市绍兴路74号《故事会》杂志社，邮编：200020。2. 从网上传递，本刊为大赛所设的信箱是：wulun54@163.com，请在主题上注明"法制征文大赛"字样。

去。

就在这时，只听得身后有人大声喊道："住手吧，助手先生，请你跟我们去警局一趟，我们怀疑你与教授的死有关，而且现在你竟又对他妻子如此行凶。"

教授愣住了："哦，不，我想你们一定弄错了！"他极力辩解道，"我就是教授本人。"

"是吗？嘿嘿！"警察冷笑道，"助手先生，看来我们不得不告诉你一个对你不利的消息，我们在实验室里发现了一盘录影带，上面记录了你用刀子捅死教授的全过程，你是赖不掉的。"

教授急得汗都出来了："没错，是我的助手杀死了我。可是你们现在看到的我，其实就是我呀，我……"教授说得语无伦次，连他自己都分不清谁是谁了。

警察当然不会明白教授在说些什么，他们都怀疑他是不是疯了，决定先把他带回警局。呼叫的警车声中，只听到教授在痛苦地喊着："你们搞错了呀，我就是教授，你们快放了我吧！"

可是除了他自己，又有谁能看懂眼前这怪事儿呢？

（本篇月月评短信代码：G125）

（题图：魏忠善）

君子协定

□赵 颖 孙洪鹏 改编

卡特和妻子雪莉自己开车去海滨度假,因为路上汽车出了故障,所以到旅店时已经是半夜时分了。

第二天一早,卡特看雪莉睡得正香,自己就悄悄起了床,把车子送到附近的修车点去,打算好好修整一下,免得开起来再出什么麻烦,扫了玩兴。

尽管卡特想得周到,但麻烦还是找上门来了。

什么麻烦?卡特从修车点返回旅店,发现雪莉不见了踪影。开始,他还以为雪莉是去楼下餐厅用早餐了,可是等啊等啊总不见她回来。卡特猜想她可能是自个儿出去玩了,雪莉平时主意就大得很,什么事都非得听她的,常常闹得卡特很没趣。这次度假也是,本来卡特是不想来的,公司里正忙，可雪莉非要来，而且还不能耽误一天的行期。卡特心里嘀咕着，为了消磨时间等她，就拿起桌上的报纸浏览起来。

一叠报纸翻完，还是不见雪莉的人影，卡特不禁有点奇怪，她会到什么地方去了呢？朝房间角角落落一看，发现放在床头柜旁边的衣箱不见了。卡特知道衣箱里有雪莉平时最喜欢佩戴的首饰，其中光一个胸针就花去了卡特将近一年的工资。雪莉平时特别把这些首饰当回事儿，昨天服务生帮她提行李的时候，她走在旁边寸步不离。现在衣箱没有了，难道是出了什么事儿？

可再想想，也没有这种可能啊，一路上他们从没在外人面前打开过箱子。看样子一定还是雪莉自己到什么地方去玩了。想到这里，卡特又拿起报纸继续浏览起来，还让服务生送了一份咖啡和点心，在房间里继续等着雪莉回来。

可是不对啊，一直等到中午时候，卡特还是没有把雪莉等来，他下楼到餐厅转了一圈，也没见雪莉的影子，于是便径直来到底楼大堂总服务台。

当班服务生就是昨夜接待他们入住的那位，从他挂着的胸牌上，卡特知道他的名字叫亚克。卡特就上去问："对不起，亚克先生，你可曾见过我太太？"

亚克十分惊讶："你太太？"他翻开登记簿一查，"你不就是昨夜登记入住的卡特先生吗？当时明明只登记了你一个人呀！"

卡特不由感到好笑："我是只登记了一个人，可明明是我太太和我一块儿来的呀，奇怪的是她现在不见了。"

"卡特先生，你有没有搞错？"亚克一脸正色道，"我清清楚楚地记得，你就是一个人来的呀！"

卡特发现亚克说这话的时候不像是开玩笑，就有点生气了："你这不是成心在对我说瞎话吗？"

亚克看卡特气呼呼的样子，也不和他争，回头招呼一声："里森，来一下！"

立即，过来一个小伙子，问："什么事？"卡特一看，正是昨夜帮他们提行李去房间的那个服务生。

亚克指着卡特说："这位先生说他是和太太一起来的，当时是你帮他提行李上楼的，你说，他太太到底来了没有？"

谁知里森的表情也显得十分惊讶"没错，是我帮他拿了行李带他上的楼，我记得来的就他一个人呀，没有什么夫人。怎么啦，难道出什么事啦？"

卡特一听这个服务生也这么说，就觉得事情有点蹊跷，心里不由紧张

外国文学故事鉴赏·

起来：看来，雪莉是遇到麻烦了。他不得不急切地对里森说："对不起，你再仔细想想，我太太戴着一顶红帽子，个子不高，瘦瘦的……"

可是里森仍然十分肯定地回答他说："我绝对不会记错，先生，来的就你一个人！"

咦，事情怎么会是这样？卡特决定立即回客房，打电话报警。

就在卡特前脚刚踏进客房门的时候，有个小伙子悄悄跟在他后面走了进来，进门就向卡特自我介绍说："卡特先生，我叫博尔，是这家旅店的服务生，你们刚才在服务台的对话我都听到了，也许我能帮你点什么。不过，你说的都是实话吗？"

卡特两手一摊，委屈地说："你看我像是不正常的人？博尔先生，你能告诉我这到底是怎么回事吗？"

博尔转动着眼珠子，说："我也觉得这事有点蹊跷。不瞒你说，卡特先生，其实大堂总服务台的亚克和帮你们提行李的里森，他们是兄弟俩，这个旅店时常发生顾客失窃的事，大家背地里都怀疑是这兄弟俩干的，可就是没有到手的证据。"

博尔一边说着话，一边就像个侦探似的在客房里仔细搜寻起来。他转了一圈，还真发现了一个疑点：房间里大床两边的两个床头柜上，应该各放一只烟灰缸，而现在右边床头柜上

的那只还在，而左边的却没有了。

博尔问："卡特先生，昨晚你太太是睡在床左边的吗？"

卡特点点头。

"你太太抽烟吗？"

"从来不抽。"

"你太太有没有随手带走别人东西的习惯呢？"

"没有啊！"卡特回答说，"她绝对没有随便拿走别人东西的习惯。再说了，这种烟灰缸又不是女人喜欢的东西，她拿了有什么用？"

"说的也是。"博尔点点头，沉思着说，"卡特先生，你想过没有，会不会是图财害命，他们已经对你太太下了手？"

这当然是卡特最不愿想的事，可现在他不得不作这样的思想准备了。看来，只有报警！卡特随手拿起了电话。

谁知博尔抢先一步上来按住了他的手："容我冒昧地问一句，卡特先生，你爱你的太太吗？"

卡特一时有点语塞："我们……我们不错啊……"

其实卡特和雪莉的夫妻关系并不好，或者说是很一般，就是因为雪莉太要强，卡特觉得和这种女人过日子很没滋味，卡特喜欢那种温柔听话的女人，只是碍于雪莉父亲曾经是自己老师的关系，才勉强维持着这段婚姻。

42 本性流露永远胜过豪言壮语。——伊索

博尔狡黠地笑了，说："看得出来，你和你太太的关系很一般，一个突然发现丢失了太太的丈夫，应该早不知急成什么样子了。不过既然是这样，就是警察来了，抓到了真正的凶手，又能怎么样？你能得到什么呢？在这个世界上，我们最需要的不就是这个吗？"博尔说着，做了一个捻钱的动作。

卡特有些不解："你的意思是……"

"我们来个君子协定如何？你想，假如你太太真的被他们谋财害死的话，那么现在一定被藏在旅店的某个角落里，因为他们不会在白天把你太太的尸体运出去。当然，我们找是很难找到的，因为他们会藏得很隐蔽，我们只有趁他们夜里行动的时候出手，这样人赃俱获，他们就不得不花钱来消灾。你说是不是？"

博尔的这番话让卡特听得心惊肉跳，不过冷静下来想想，反正人也死了，她父亲又能把

自己怎么样？

他问博尔："你打算要多少？"

"最少也得要它二十万，咱们两个二一添作五，一人拿十万，怎么样？"

卡特尽管心里觉得博尔心狠手辣，可这种人得罪不得，只好点头："那就听你的吧。"

这天夜深人静时，卡特按博尔的吩咐，躲进了旅店里一个放清扫工具的小房间，这是博尔认为亚克和里森最可能藏赃物的地方，而博尔自己则悄悄藏在大厅的一个隐蔽处，如果亚克和里森直接从这里把卡特太太的尸体运出去的话，逃不过他的眼睛。

博尔的判断确实有道理，卡特悄悄藏进工具间没多久，果然里森就推

着一辆手推车进来了,手推车上放着一只大箱子,大箱子上面还有一只衣箱,卡特一看,正是雪莉的衣箱。"啊!"卡特再怎么有思想准备,还是忍不住惊叫起来。

里森吓了一跳,转身就要逃,被卡特一把拉了回来。得问他们要钱呀!卡特十分肯定地对里森说"如果我没猜错的话,你这箱子里放着一个人。"

里森一听,立刻惊慌失措起来:"你……你已经猜到了?那我也不瞒你。我叫我哥来!"

卡特这个工具间坐不能坐,站不能站的,就让里森把车推到自己的客房,打电话叫亚克上来。在等亚克上来的时候,卡特也没让里森闲着,让他老老实实先把他们干下的事情说出来。

原来里森昨夜帮他们提行李上楼到客房的一路上,就发现雪莉对那个衣箱特别在意,他当时就断定这里面一定有十分贵重的东西。下楼后,他把这个信息悄悄跟亚克一说,他们就准备对这夫妇俩下手。谁料还没想出个动手方案来,卡特一早就出门修车去了,他们觉得事不宜迟,是个下手的好机会,便由里森悄悄潜入客房,用床头柜上的烟灰缸砸死了雪莉,而后把雪莉的尸体连同那个衣箱一起劫走了。正如博尔预料的那样,他们白天自然不敢轻举妄动,于是就准备在晚

上再进一步行动……

里森正说到这里,这时候亚克进来了,朝房间里四下一扫,眨眨眼睛说:"你们这是怎么回事?对了,事情一定是这样的:你,卡特先生,打电话到服务台,是我接的电话,说是要让里森送一口大箱子到你房间去,可是里森按你的要求把箱子送来之后不久,你又打电话要他把箱子拿走。就在这当儿,里森看到了箱子上的血迹。"亚克说到这里,把雪莉的那只衣箱翻过来,上面果然有一片发黑的血迹。

亚克继续煞有介事地说:"里森想起你曾无理取闹过,明明是一个人来的,却硬要说太太一起来的却又失踪了,于是就打电话叫我上来处理这事,我现在就上来了。怎么样,卡特先生,我说得没错吧?你为什么一会儿要箱子,一会儿又不要了呢?是不是这箱子里有名堂?要不要让我们现在把箱子打开看看,还是直接叫警察来?"

卡特没想到亚克竟会玩出这种花样,不由得火冒三丈"你怎么能这样诬陷我,要知道里森把什么都告诉我了。"

"什么?"亚克狠狠瞪了里森一眼,对卡特说:"告诉你了又怎么样?卡特先生,你能拿出什么证据来呢?要知道你只有一张嘴,我们可有两张啊!"

卡特气得不知该说什么，这时他想起博尔来了，这个该死的家伙，如果他现在在这儿有多好，现在只好自己一个人来对付他们两个了。卡特大声对亚克说："警察不会光凭你们嘴说，这里到处都有里森的指纹，相信这箱子上也一定会有你的指纹，这你怎么向警方解释？"

亚克怔了一下，说："啊，多谢你的提醒，这指纹倒的确是个问题。不过如果里森和我确实需要坐牢的话，我们会让你陪着我们，因为我们可以说是你雇用我们杀死你太太的。从你们进行登记的那一刻，我就看出你们夫妻之间并不恩爱。关于你们并不恩爱的旁证，我想平时一定很多。"

卡特几乎要被亚克的这些话击倒了，但他还想作最后的努力："我想找一个人。"

"谁？"

"博尔。你们旅店里不是有个叫博尔的服务生吗？"

"哈哈哈哈！"亚克和里森忽然都放声大笑起来。里森突然把那口大箱子打了开来："卡特先生，你可以看一看这是谁？"

大箱子里装着的是博尔，他已经死了。

这是卡特万万没有想到的，他原先一直以为这个箱子里装的是他的太太雪莉，不由脱口问道："那我的太太呢？"

"你太太还在我们原先藏着的那个地方。"亚克说，"刚才，我正要把她放进箱子里让里森先推到工具间去，没想到博尔这家伙突然跳出来想勒索我，开口就是一百万。这家伙心也太黑了，我只好又砸破了一个烟灰缸。"亚克说到这里叹了口气，"看来，我得费些脑筋，为博尔的死编个堂皇的理由了。卡特先生，我们都是明智的人，为什么非要给自己找麻烦呢？我们何不能彼此达成一个君子协定呢？"

又是一个君子协定！卡特睁大了眼睛："你这话是什么意思？"

"如果你不报案，你可以得到五十万，而且你明天就可以拿到这笔钱。怎么样？"

没想到事情会这样结束！毕竟夫妻一场，卡特对雪莉的死总还是有点悲伤，但一想到明天将会得到的那笔巨款，卡特又不禁有些兴奋，折了夫人但赚了钱，不算亏。

可是，卡特的如意算盘没打好，亚克、里森和他的君子协定也落了空。因为没等到天亮，旅店就被警方包围了，是住在隔壁客房的旅客报的案，他们在房间里的对话都被他听到了。

（题图、插图：箭　中）

（本栏目欢迎来稿。来稿可从邮局寄发，也可从网上传递。如为电子邮件，请发以下信箱：baofang@vip.sohu.net）

道德多少钱

□ 徐国泰

傍晚亮灯的时候，马老汉卖瓜回来，刚拐进村口，冷不防被迎面开来的摩托车撞了一下，马老汉一时站立不稳，摔倒在地上，腿破血流。那摩托车上的人见撞了人，不但不下来，反而一溜烟不见了踪影，后来还是村里人把马老汉送去了医院。

幸好没有伤着骨头，医生做了缝合小手术之后，马老汉就回家了。左邻右舍都来看他，有人问："没看清是谁撞的你？"

马老汉说："怎么没看清，三苟呗，碰上这家伙，算我倒霉。"

三苟是村里一个游手好闲的小痞子，整天和一帮哥儿们搅在一起打架斗殴，村里人提到他都摇头，马老汉碰上这样的主儿，为了省心，只好忍气吞声。可万万没有想到的是，第二天，三苟反而找上门来了，说满村子的人都骂他缺德，说他撞了马老汉还不承认。三苟冲着马老汉劈头就问："你凭啥说是我撞的你？"

马老汉原本想息事宁人不找他说理了，可现在看他这副盛气凌人的样子，气就不打一处来，扯着喉咙说："怎么不是你，你以为我没看清楚？"

三苟的喉咙却比他更响："你说是我，那你交个证人出来！"

马老汉顿时傻了眼：被撞的时候旁边根本就没有一个人，找谁来作证？马老汉实在气不过："你撞了人你还有理了？你不觉得自己欺人太甚吗？你还讲不讲做人的道德啊？"

马老汉气得手脚冰凉，三苟却

"嘿嘿"冷笑一声："道德？道德多少钱一斤？"

马婶在里屋实在听不下去了，也知道跟三苟这种人争不出理来，只好走出来劝道："三苟，既然你说不是你撞的，那我们也认了。我们又没去找你麻烦，这事儿就到此算了吧？"

三苟鼻子一哼："你们说得倒轻巧，现在村里人都在骂我，你们要赔偿我的名誉损失。"

马婶糊涂了："咋个赔法？"

三苟伸出一个手指头说："一个星期之内，你们赔我一千元，这事儿就算扯平了。要不，哼，我跟你们没完！"他一边嘀嘀咕咕着，一边出了门。

老两口都听傻了：这不明明是敲诈吗？可这号无赖他们哪里得罪得起呀，跟他闹翻了，今后栏里的牲畜养不了，地里的瓜也别想卖出去。思来想去，马老汉只得把牙一咬，对马婶说："咱斗不过他。得，给就给吧，给他买药治癌症去！"

马老汉说是这么说，可一时哪拿得出这么多钱呀，所以从那天开始，马婶每天把马老汉安顿好了，就四处去借钱。

这天她刚要出门，来了一个白白净净城里人打扮的姑娘，进门一看马老汉腿上缠着纱布，靠在躺椅上，就彬彬有礼地问："请问，您老是马金贵马大伯吗？"

"是啊，你是……"马老汉一脸疑惑。

姑娘快言快语地说："马大伯，我今天是特意来向您道歉的。"

"向我道歉？道什么歉？"马老汉丈二和尚摸不着头脑。

姑娘说"前天晚上，我哥哥骑摩托车到你们村里来办事，回去的时候不小心在路口撞了你，因为当时急着赶路，他身上又没带钱，所以就没敢停下来照顾您。今天他一定要我赶来向您道歉，这两千元是给您老的医药费和营养费。"说着，姑娘把钱放在了桌子上。

马老汉愣住了：明明是三苟撞的自己，怎么突然变成了另外一个人？马老汉脑子里涌出一连串的问号："你哥是谁？他认识我？他怎么知道撞的是我呢？"

姑娘说："马大伯，请原谅，我哥哥在我来之前再三关照过，不让我告诉您他是谁。他做下了错事，不好意思让您知道，反正他认识您，就请您好好养身子吧！我回去了，我的任务完成了。"姑娘说着，就和老两口道别，"以后二老进城的话，来我们家玩，我们家姓杨，就住在电影院隔壁，一问杨家就知道。"

姑娘走了半晌，老两口还没回过神来。马老汉不相信自己会看走眼，可人家都上门认错来了，还有什么可说的？马老汉不由为自己错怪了三苟

而不安起来：三苟虽说不是块好料，可不管怎么说，真不是他做的也不能赖在他身上啊！

马老汉对马婶说："不如你把这钱送三苟那里去，就算我们向他赔礼道歉了。"

马婶想想也是，于是赶紧就把这钱给三苟送了过去，回来时对马老汉说："这痞子，今天也知道认个理了，我把姑娘来家的事儿一说，他半晌没吱声。"

故事到这里本该结束了，没料精彩的还在后头。这天晚上，老两口正吃着饭，突然从门外闯进一个人来，进门就"扑通"一声跪在地上。老两口吓了一跳，一看原来是三苟。三苟说："大伯，我不是人，我对不起你，

我是来向你赔罪的。"一边说，一边不住地扇自己耳光。

老两口慌了神：这算怎么回事？马老汉问："三苟，出啥事儿了？你起来说。"

三苟从地上爬起来，痛哭流涕地说："大伯，我不是人，那晚确实是我撞的你，我太混蛋了，我把钱退给你。另外，这两百元钱给你买点营养品，补补身子吧！"

马老汉惊得差点从凳子上跌下来："三苟，你……你葫芦里卖的什么药？"

三苟见马老汉不相信他的话，急得双脚直跳："大伯，真是我，那天确确实实是我撞的你。"为了证实自己这回说的是大实话，他还把当时撞的一些细节说了一遍。

马老汉不能不信了，自言自语道："我是说我不会看错人啊！可也奇怪了，那姑娘的哥哥又是怎么回事呢，总没人愿意平白无故把事儿往自己身上揽吧？"

马老汉不知道，三苟这么做，也实在是出于无奈。原来他撞了马老汉的那会儿，县城里正巧发生了一起凶杀案，被杀的姑娘曾经和三苟打过交道，公安部门排查缉拿凶手，三苟成了排查对象。为了摆脱嫌疑，三苟只好老老实实到马老汉这儿来认账，

谁气量小 (结尾部分)

(6月上半月刊说到转眼到了周末，下班时，小张又来了，在李大胜桌上放了一样东西……)

小张笑着说："我的任务完成了，下周该你了。"李大胜一愣，低头一看，是一个本子，也就是单位的花名册。他猛然想起来，单位里从今年开始，每周有一个"值勤主任"，负责早上考勤，小张就是这周的值勤主任，难怪天天早上来办公室查看。这事谁都知道，自己怎么就忘了呢？

哎！说来说去，还是自己心眼小啊！

所以，正确的答案是：B. 一个本子。

他求马老汉去公安局为自己作证。

事关重大，该作证马老汉自然会去作证。但那姑娘的哥哥是怎么回事，总得弄明白吧？

马老汉腿伤好了之后，就坐上大客车进了城，在电影院旁边，他果然找到了杨家，但让他大大吃惊的是，他竟在这里意外地碰到了三苟。

原来，杨家兄妹都在深圳打工，哥哥和三苟是老同学，三苟今天是特地来看同学的，可不巧哥哥昨天临时被单位喊了回去。三苟也吃惊怎么会在同学家里碰到马老汉。

马老汉顾不上和三苟说话，立刻问姑娘给他送钱的事儿，这才知道世界上的巧事如今都堆在他一个人身上了。原来当年读书的时候，有一回暑假，姑娘的哥哥到三苟家玩，曾经在马老汉的瓜地里偷摘过西瓜，不料被毒蛇咬了一口，是马老汉一路跑着把他送到了医院，医生说再晚来一步，

哥哥的性命就难保了。哥哥是个记情的人，许多年过去了，他一直把这事记在心上。这次回来探亲，原本想用自己打工挣来的第一笔钱买点东西去看看马老汉，可又怕他不肯收，正巧无意中得知马老汉被人家摩托撞了又找不到主的事，便让妹妹专程送去那笔钱，而且自己故意认下错，目的就是好让马老汉心安理得地把钱收下。

马老汉被深深地感动了，对姑娘说："都十多年过去了，你哥哥还这么记得我，我很知足了，可这钱不能收啊！"马老汉硬是把钱塞回给姑娘。

三苟站在一边，羞得无地自容。

回去的路上，马老汉看三苟一副后悔的样子，语重心长地对他说："三苟啊，你老同学这样的人那才叫有良心有道德呢！你不是问我'道德多少钱一斤'吗，现在你知道了吧？"

(本篇月月评短信代码：G126)

(题图、插图：魏忠善)

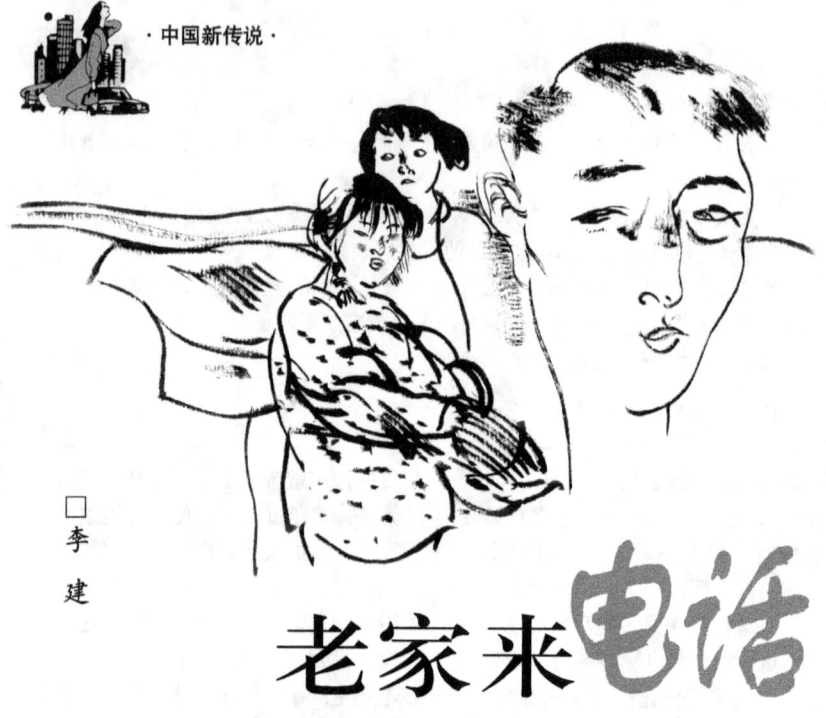

□ 李 建

老家来电话

一包方便面

伟军和小兰是高中时的同班同学，因为都没有考上大学，就选择了进城打工这条路，小兰在服装厂当缝纫工，伟军在一个超市里给老板打杂。

超市的店面虽然不大，但位处城中心黄金地段，生意特别红火，伟军每天从早干到晚，几乎没有停歇的时候。老板看伟军干活挺卖力，对他也就比较客气，老板一家住在超市楼上，老板就把楼顶堆放东西的小阁楼

腾出来给伟军住。只是老板娘有时看伟军的眼神有点让伟军受不了，总好像在防范什么似的。

这天下了班，伟军像往常一样刚要到超市对面的大排档去吃 3 元钱一盒的快餐，就接到他爹从老家打来的电话，说他弟弟明年上高中的学费还差两千多元钱，爹让伟军想想办法，如果再凑不齐的话，弟弟也只好出去打工了。爹在电话里的声音显得非常苍老和无奈，每一句话都像一把刀，剜在伟军的心头，伟军在电话里大声对爹说："爹，千万不要让弟弟辍学，

学费我会想办法的。"放下电话，伟军就去服装厂找小兰想办法，可偏偏小兰这晚要加班，一刻也停不得，伟军只好一个人愁眉苦脸地回来。

天很快黑了下来，伟军的肚子"咕噜噜"叫起来，他这才想起自己还没吃晚饭，决定就在超市里买包方便面打发自己算了。他刚要伸手到口袋里去掏钱，突然想到街拐口那家小店里，同样牌子的方便面要比这儿便宜一角钱，一顿饭能省下一角也是好的呀，于是就朝那家小店走去。

回来的时候，伟军突然发现不对：明明自己超市里有的东西，要跑到人家店里去买，万一被老板看到了，老板肯定会不高兴。于是他把方便面朝怀里一揣，悄悄朝阁楼走去。可世界上的事情偏偏就是"哪壶不开提哪壶"！走过二楼楼道的时候，老板一家正准备吃晚饭，老板看到伟军，招呼说："吃饭了吗？要不过来一起吃！"伟军赶紧说："不用了，老板，我……我刚刚在外面吃过。"说着，他下意识地抬手给老板打了个招呼，只听"啪"一声，方便面从他怀里滑落到地板上。

伟军尴尬极了，赶紧把方便面拿起来，正要再揣进怀中，老板娘奇怪地看着他问："什么好东西？"伟军拿着方便面，揣也不是不揣也不是，只好吞吞吐吐地说："没什么……一包……一包方便面。""方便面也要这

么藏藏掖掖的？付钱了吗？"老板娘问这话的时候，那眼光就像两把刀，直直地插在伟军的心头。伟军看瞒不过去了，只好明说："付了，我付给那个阿姨的，那里比我们超市便宜一毛钱。"

老板娘显然没有听明白伟军在说什么，一听钱付给阿姨，就大叫大嚷起来："阿姨？我们超市哪有收钱的阿姨？"老板看伟军一脸紧张的样子，有点于心不忍，便在一旁劝道："算了算了，不就是一包方便面嘛，月底从他工钱里扣好了，这孩子平时还挺老实的！""不行，"老板娘不依不饶地说，"就是不能这么便宜了他，我说最近超市里怎么老少东西呢，原来是出了内贼。"

伟军一听老板娘骂他内贼，脸涨得通红："不就一包方便面嘛，值得你这么骂人？我实话告诉你，我这是从街拐口那家小店买来的，我用它当晚饭，不信你可以去问。""嘿嘿！"老板娘冷笑一声，"你这话是骗谁呢，刚才叫你一起吃饭，你不是说已经在外面吃过了吗？你以为我耳朵聋了？"被老板娘这么一提，伟军噎住了：刚才自己不就是这么说来着的，现在反倒不知该怎么解释才好。这时候，超市里陆续下班的员工听到吵嚷声都上来了，看伟军这副尴尬样，就有人悄声嘀咕："真看不出，这么老实的人，也会干偷鸡摸狗的事。"

眼看事情越来越糟糕，伟军又着急又憋气，哭着喊道："我真没偷，我不是这种人，我要怎么说你们才相信我啊？"他一跺脚，非拉着老板娘去那家小店问个明白。可到那里一看，小店已经打烊了，门板上贴着一张临时告示：店主有急事，今日提早关门，请来客多多包涵。

没办法，事情只能到第二天再说了。这一夜，伟军又气又急，翻来覆去没睡着，那包比自己超市便宜了一毛钱的方便面他也不敢吃，怕吃了更说不清楚。第二天，他一大早就爬起来，拿着这包面去敲开那家小店的门，向店主讲明事情的来龙去脉，求店主给自己作个证。店主笑着说："我

还以为是什么大不了的事情哩，你放心，待会儿你们超市开门了，我就去帮你证明。"伟军这才稍稍放下了心。

没偷就是没偷

按理伟军回来这时候，老板和老板娘早就应该起来做开市准备了，可今天不对呀，怎么不见他们有任何动静。一个上年纪的老员工疑惑地说："会不会出什么事了？"当即就去敲老板家的门，可依然什么声音都没有，他当机立断让一个小伙计翻窗进去，一看，老板和老板娘连同他们五岁的儿子超超，都倒在地上没了气息。

警车、救护车呼啸而来，老板一家被救走后，现场立刻被封锁起来。后来很快有消息传来，说老板一家是食物中毒死的，警察果然在老板家的厨房里发现了半包没用完的老鼠药。谁干的？有人向警方检举：一个星期前，伟军曾经买回来过一包老鼠药，

说他阁楼里老鼠特别多。况且伟军昨晚刚刚和老板娘吵过架，于是大家不约而同地把疑点都集中到了伟军身上。

街拐口那家小店的店主这时候正巧过来，他原本是来给伟军作证的，一看这情势就有点吃不准了：这打工仔看上去怪老实的，怎么会干下这等恶事？警察一追问，于是就改了口："我只能证明这人昨天的确在我们小店买过一包方便面，可我没法证明他没有偷自己超市里的东西啊。再说了，这种方便面在哪个店里都是一样的包装……"

伟军没料到店主会这么说，气得差点晕倒，只好拉着警察反反复复地辩白："你们要相信我，我没偷就是没偷，我真的是被冤枉的啊！"一个年长的老警察问伟军："那一个星期前你买的老鼠药，你说还没来得及拆开，这包东西现在在哪儿？你好好想想。"伟军傻傻地愣在那里："我……我也不知道到哪儿去了，我明明买来后把它放在桌子上的，可现在就是没有了。"

"你这个傻小子啊！"老警察叹了口气，根据多年的破案经验，他觉得伟军不像是作案的人。他对伟军说："现在不是追究你偷没偷方便面的时候，而是要证实你到底有没有对老板一家下了毒，你得拿出你没有作案的证据来啊！这样吧，你收拾一下

东西先跟我们走一趟，如果真不是你干的，我们一定会还你一个清白。""你们要抓我？"伟军惊恐地问。"不是抓你。"老警察说，"是请你去协助我们破案，在事情还没有调查清楚之前，你暂时不能随便离开。"

老警察吩咐一个年轻的警察带伟军到阁楼上去拿几件换洗衣服，准备带他走。谁知伟军上了阁楼以后，竟趁小警察不注意，突然抱起一床被子裹在身上，从后窗户跳了出去，落地之后就疯一般地跑，三转两转便消失在人群之中。人们一片哗然，警方决定暂时收案，进一步再作调查。

伟军在这个城里是没法待了，他当夜就跳上一列开往南方的火车，来到天涯海角一个不知名的小镇，在一家工厂里找到一份管理仓库的工作，临时安顿下来。吃饭是没有问题了，睡觉就在仓库边上的一个小棚子里，条件虽差点，可总算有了安身之地，只是他常常在夜半时喊着"小兰"的名字，醒来发现自己泪湿了大半个枕巾；或者就是被恶梦惊醒，老觉得有警察来抓自己。所以不管休息天还是节假日，伟军从来不上街，他害怕警察。

就这样过了一段看似风平浪静实则胆战心惊的日子以后，伟军觉得应该给爹打一个电话：警察肯定不会放过自己，他们会不会到老家去找呢？

那天夜里，他特地跑了两站路，在一个街头电话亭拨通了老家的电话。爹一听伟军的声音就哭了："儿子，你在哪儿呢……别，你现在千万别说话，警察正到处找你呢！为什么人家都说你偷了东西又害人呢？爹不信，爹知道你一定是受冤枉的……"

"爹——"伟军难受得真想大哭一场，可他知道现在不是哭的时候，只得压低声音悄悄在电话里对爹说，"爹，我真的没干坏事，可没人相信我，我不想坐牢，我只有跑。爹，你放心，你一定要叫弟弟好好读书，我赚了钱会给你们寄回去的。""儿啊，"爹的声音特别凄凉，"你就别再想着你弟弟了，只要能保住自己就行。以后，你别再打电话回来了，警察很厉害的，通过电话就能查出你在哪里。赶快挂了吧！"只听"吧嗒"一声，爹就抢先在那一头把电话挂断了。

无尽的怨恨

就此之后，伟军再也没敢给家里打一个电话，再怎么念想，也只好晚上自己一个人悄悄抹眼泪。每个月赚来的钱，除了留下必需的生活费，剩下的他全部都把它寄回家。为了防止警察通过汇款单查到自己的行踪，伟军每次寄钱总是坐车到周边地方去，汇款单上的署名也换成了"胡阳"。

可是这种躲躲藏藏的日子毕竟劳心伤神啊，没多久伟军就病倒在了床上，他舍不得去医院，也不敢去医院，这个时候，他心里特别特别想小兰，这天天黑尽了的时候，他终于忍不住挣扎着跑到街头电话亭，给小兰打了一个电话："小兰，我是伟军，你……警察来找过你吗？"

其实小兰早已从伟军同事那里得知了伟军的事情，她深信伟军绝对不会干出这种残忍的事情来，所以警察找她的时候，她直截了当地谈过自己的看法，过后她就一直等伟军的电话，总觉得伟军不会就这么与自己不告而别。此刻当她真的听到伟军的声音，心里真是百感交集，握着话筒的手抖个不停："伟军，是你吗？你好吗？"

伟军的声音非常细弱："小兰，我……我病了，我特别特别想你……""伟军，你等着我，"小兰一边说一边泪水就流了下来，"伟军，你告诉我你在哪里，我马上来看你！""你……你那里有没有警察？""你放心，警察来找过我一次，后来再也没有来过。"伟军立刻把地址告诉了小兰，小兰连夜就请假上路。

好不容易找到那里一看，小兰惊呆了：伟军蜷缩在小棚里，脸烧得通红。小兰心痛得泪如雨下，可想而知伟军平时过的是什么样的日子，她坚持非要伟军去看医生不可。也幸亏小兰来得及时，伟军这次是因为支气管炎而引发的高烧，医生说如果晚来一天，转成肺炎就麻烦了。

经过几天的打针吃药，伟军的病情明显有了好转。小兰不能请太多的假，要赶回去上班了，她依依不舍地对伟军说："我明天得回去了，过一阵再来看你。"伟军哪里舍得："难得有这样的机会能和你在一起，再陪陪我吧？"话是这么说，可伟军心里明白，在外打工的人能找到一份工作不容易，小兰必须回去了啊！他想了想，似乎下了很大决心似的，对小兰说："走，反正天也快黑了，我们到海边转转，听人家说那里风景挺不错，我也没去过，我们今天一块儿去看看。"

就这样，伟军和小兰手拉手走上了街头，直往海边走去，累了，他们坐在街头石凳上休息一会儿，饿了，就买两块烧饼，你掰一口我掰一口地吃着。走过一家婚纱店的时候，小兰看着

新娘模特身上那洁白的婚纱出了神，站在一旁的伟军显然知道她在想什么，不由红了眼睛：就眼下自己这个样子，能给小兰一生的幸福吗？"我到前面去买两个烤山芋，你等我。"伟军故意借题跑开了。

突然，猛地响起一声吆喝："别动，我们是警察！"小兰转身一看，有两个警察正追着伟军的身影而去，小兰惊恐地大叫："伟军！"只见伟军回头望了小兰一眼，猛地朝街对面跑去。两个警察在后面一面追一面警告："站住，再跑我们就开枪了！"可伟军就像没听见一样，慌不择路地拼命跑，跑过路口时，一辆小车突然急驰而来，"吱——"的一声，随着小车刹车的尖叫，伟军被撞飞了起来，又

重重地落在地上。

"伟军!"看着倒在血泊中的伟军,小兰呼叫着扑了过去。奇怪的是那两个警察并没有追过来,事后才知道,他们当时是在抓一个在公交车上拎包的惯偷。

小兰抱着浑身上下沾满了鲜血的伟军失声痛哭:"都怪我,伟军,你是为了我才上街的呀!"此刻,伟军在小兰的怀里已经气若游丝,他用尽最后的力气,断断续续地对小兰说:"你别……别这么说,要怪得怪我自己……我死后,你一定……一定要替我去……去告诉警察,我没有偷方便面,更没有杀人,我……我不想死后还东躲西藏,不得安宁。"

这时候,已经有热心人喊来了救护车,伟军被抱上车的那一刻,小兰突然觉得他的身体轻了许多:是因为他终于放下了心中的包袱?还是因为他把他自己的心也一块带走了?

伟军的骨灰由小兰送回老家。满头白发的爹欲哭无泪:"是我害死了他,要不是我的话,他不会在外面这么多时候连一个电话也不敢打回家。"爹给小兰讲述了伟军出逃后的一段故事。

原来,超市老板五岁的儿子超超在案发当时其实是假死,被抢救过来后因为看不到爸爸妈妈,始终哭个不停,多日之后才终于向警察讲明白事情的经过。其实伟军买的那包老鼠药是被超超拿走的,正巧那天妈妈因为他不听话狠狠打了他,他逃到伟军的阁楼里,看到桌上的老鼠药还以为是什么好吃的东西,拆开来一尝是苦的,就趁妈妈和伟军吵架的时候,把它倒进了菜盆子里,想要让妈妈也吃点苦头,没想这一倒,竟把爸爸妈妈的命都送走了。后来,**警察**又去找小店店主,求证了伟军买方便面的真相,在多方取证确认伟军无罪后,正式通知了伟军的爹。然而这一切,逃亡在外的伟军却全不知晓。

伟军的父亲为此懊恼不已,每一次收到伟军的汇款,都要赶紧按汇款单上的地址回一封信,以求那个叫胡阳的人转告伟军,案子已真相大白,可以放心回家了,可他发出的每一封信都石沉大海。

伟军骨灰入土仪式的举行,相隔他弟弟接到大学入学通知书并没有多少日子,伟军一家人在蒙受了这么长时间的不白之冤后,又可以扬眉吐气地过日子了,然而这一切伟军却再也无法知道,年轻的他带着无尽的怨恨离开了人世。在小兰的心里,每当想起伟军,脑子里出现的,总是他蜷缩在小棚子里脸烧得通红的样子……

(本篇月月评短信代码:G127)

(题图、插图:箭 中)

(本栏目欢迎来稿。来稿可从邮局寄发,也可从网上传递。如为电子邮件,请发以下信箱:baofang@vip.sohu.net)

独臂拉面王

□于长华

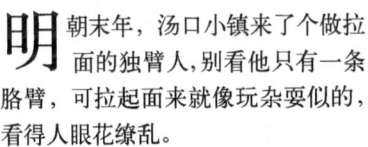

明朝末年，汤口小镇来了个做拉面的独臂人，别看他只有一条胳臂，可拉起面来就像玩杂耍似的，看得人眼花缭乱。

他先将面和好，把面团在案板上"啪啪啪"地来回摔打，待锅里的水烧得"咕嘟咕嘟"上下翻滚时，就从和好的面团上揪下一块，"啪啪啪"不停地往案板上摔，摔成长条后，他从案板下拎出一块七八十斤重乌黑发亮的玄铁，压住长条面团的一头，一只手

就拉着面团的另一头轻轻用力，不一会儿，长面团就被拉成了拇指粗细的粗面条，足有五尺长。然后，独臂人又把这粗面条的一头再压到玄铁下面，随后又拉着另一头轻轻用力，还没等你回过神来，他那只手的五个指头上已经全部挂上了粉丝样的面条，只轻轻一用力，那粉丝面条便齐刷刷地从压着的玄铁处断开，再将手一扬，那长长的粉丝面条便不偏不倚飞入滚烫的锅中。说来也奇，他的拉面铺开张后，生意出奇的好，人们不但来吃面，光他那手独臂拉面的绝活，就让人百看不厌。

独臂人在汤口镇拉面的第三个年头，当地闹起了土匪，打家劫舍，无恶不作，可奇怪的是，唯独独臂人家

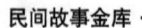

里未被劫过。开始大家还没在意，时间一长，多少看出了点门道，于是镇上便有了独臂人与土匪勾结的传闻，拉面铺的生意顿时冷清下来。

夜深人静之时，独臂人站在自家院子里不住地长吁短叹。其实，这事情说来话长。独臂人原籍陕西，祖祖辈辈以拉面为生，到了祖爷爷那一辈，更是悟出了世上独一无二的拉面神功。那块玄铁，据说还是当年铁器时代的镇水之宝，到独臂人的祖爷爷手上，他们专门用它来甩压面团。有一年，知府派人到他家借去玄铁一观，可这一借从此便没了消息，独臂人几次去讨要，都没能要回。独臂人看出知府想黑了自家的传家宝，心里哪能容得下这口气，便在一个月黑风高之夜潜入知府家，不得已杀了知府，拿回玄铁。

独臂人知道自己杀了朝廷命官已无容身之处，于是只得投奔这一带人称"小白脸"的青龙山匪帮。独臂人的拉面神功，内行人一看就知道是一种神奇的拉绳武功，所以他一上山，小白脸立刻推举他为青龙山二当家。可独臂人在山上目睹小白脸他们的种种劣迹之后，为自己当初的决定懊悔不已，又萌生了下山的念头。这事儿让小白脸知道了，那天独臂人刚睡下，就被小白脸手下的心腹绑了起来。小白脸问他："是我对你不好？"

独臂人摇摇头："我知道你待我不薄，可你们做的事我实在不敢苟同。如今我去意已定，还望大当家放我一条生路。"小白脸脑子一转，说："这样吧，你若是能自断一臂，我便放你下山。"他心里说：你就是真走，我也非要你断了臂再走，看你往后还要什么神功。独臂人一眼就看穿了小白脸的蛇蝎之心，但他丝毫也不犹豫，大喝一声："拿刀来！"

匪徒们吓得都愣在那儿，小白脸也变了神色："好，天堂有路你不走，地狱无门你自来。我……我成全你。来人哪，给他松绑！拿刀来！"众目睽睽之下，独臂人眼睛都没眨一下，手起刀落，一条手臂齐根落地，鲜血随之喷涌而出。小白脸和众喽罗虽然杀人无数，可像这样自断手臂的场面还从来没有见过，一个个吓得腿肚子直哆嗦。

独臂人手捂着伤口回到自己的住处，抓起桌上做剩下的面团往伤口上一按，说来也怪，那血立刻就止住了，他找出布条将伤口包扎好，背起玄铁就下了青龙山。走了整整三个月，最后在这个汤口小镇落了脚。可谁知刚刚过了三年安稳日子，小白脸居然就找到了他。独臂人实在想不通，为什么小白脸不肯放过自己？

正在思忖之时，忽见院墙上飞进来一个人，独臂人丝毫没有怯意，站着一动不动。来人双手抱拳，对独臂

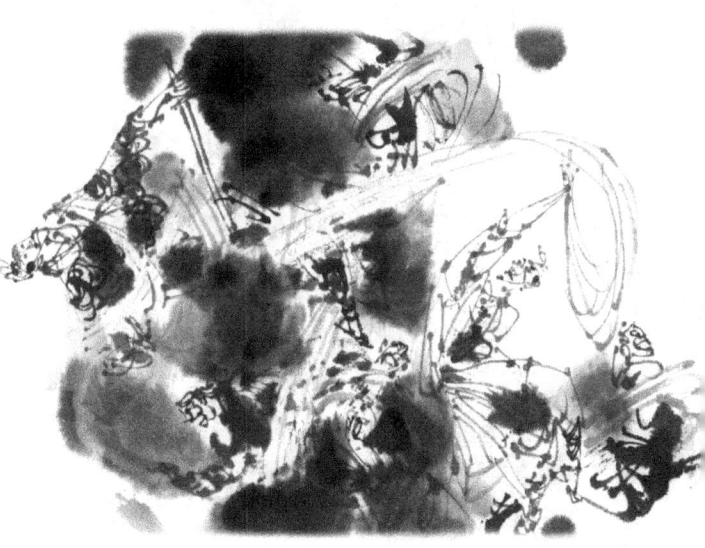

人说："二当家好！大当家已经来到汤口，就在小镇背后的牛头山上，他派我来请你上山！"独臂人厉声回道"什么二当家！回去告诉他，我已经给了他一条胳臂，我什么都不欠他了！"来人见独臂人回话斩钉截铁，丝毫没有回旋的余地，只好悻悻地纵身跃出院墙，回去禀告。

这以后一连几天，小白脸并没有再派人来找独臂人，可他们对镇上人的骚扰却更加变本加厉起来，甚至还把劫来的东西堆在独臂人的院门前，这样一来，人们对独臂人勾结土匪的传言更加深信不疑。独臂人气得一怒之下就上牛头山找小白脸算账："你为何对我苦苦相逼？我不是已经将一条手臂给了你吗？"小白脸"呵呵"奸笑两声，说："要我走也容易，你把那块玄铁拿出来。""你……"独臂人怒视着小白脸，知道他这是醉翁之意不在酒，悲愤地喊道："你……你还给不给人活路了？"喊罢，只见他将手往怀里一揣，又

伸手一扬，眨眼之间，五根拉面从他的五个手指间飞出来，带着"呼呼"风声直向小白脸身上罩去。

小白脸见状立刻惊呼起来："来人啊！"门外立刻拥进百十来号人，个个持刀拿剑。可独臂人毫不慌张，单手一扬，根根拉面飞出去，就像绳索一般把众喽罗捆得个结结实实。小白脸本以为独臂人断臂之后无法再施神功，谁知他的功夫竟然更加了得，没办法，只好"俯首称臣"，说了实话。原来清兵入关后，一路攻城掠地势如破竹，小白脸见大明大势已去，便想趁乱寻一宝贝献给清廷，好给自己弄个一官半职。他想起独臂人手里的那块玄铁，都说是当年大禹爷的镇水之

"掌上灵通杯"《故事会》优秀作品月月评

1. 本期由初评委推荐以下10篇故事为候选作品,读者可挑选出你最喜欢的一篇,将其月月评短信代码(如G120,没有短信代码的作品不参加评选)发送到200056(移动用户)或900056(联通用户)。每次限选一篇,可多次投票。

2. 作者奖:每期设"最受欢迎的故事"三篇,由得票最高的前三名作品获得。这三篇作品均将列入本刊今年举办的《中国最有影响力的故事》征文大赛候选名单(该征文活动详见本期第15页)。第一名的作者还将获赠上海文艺出版总社出版的大型历史图书《话说中国》一套(价值1000元)。

篇名与短信代码

代码	篇名	代码	篇名
G120	没见过的东家 (P8)	G125	教授的发明 (P37)
G121	只收两元钱 (P12)	G126	道德多少钱一斤 (P46)
G122	想象 (P17)	G127	老家来电话 (P50)
G123	倒霉的打劫 (P19)	G128	记忆深处 (P83)
G124	淘汰评比法 (P26)	G129	老爹送钱 (P92)

3. 读者奖:参加评选并选对当期"最受欢迎的故事"的读者均有机会获得现金奖,每期20人,各获现金500元;所有参加评选的读者均有机会获得参与奖,每期200人,各获价值30元的礼品一份;参加全年24期评选的读者更有机会获得年终大奖,共12人,各获价值5000元的数码摄像机一台。

4. 本期活动截止期为: 6月20日。得奖读者在评选结果揭晓后将得到短信通知,用户接收每条短信收费0.50元。

"掌上灵通杯优秀作品月月评" 2005年4月评选揭晓

2005年4月上获得选票前三名的作品分别为:《周全的火车》、《一路同行》、《血染的木匣子》。

2005年4月下获得选票前三名的作品分别为:《爱的缺憾》、《心中有个梦》、《别伤了亲人的心》。

宝,于是便派手下到处寻找独臂人,就这样一路来到了汤口。

眼下,从独臂人手里飞出的蛛丝般的拉面,已经把小白脸的身子紧紧地裹了起来。独臂人只将五个手指轻轻一拢,小白脸顿时就被勒得面色青紫,片刻间气绝身亡。

众喽罗吓得面色惨白,纷纷跪地求饶。独臂人扫了他们一眼,厉声说"看着,你们以后再敢胡作非为,也是一样的下场!"说完,背起玄铁就下了山。

传说后来独臂人在甄山禅林皈依了佛门,那上古玄铁便成了镇山之宝。独臂人在这一带被传成了神话,但他的拉面神功后来一直没有在江湖上出现过。

(题图、插图: 黄全昌)

天堂散

□张晓峰

林子是山里的猎户，靠爹娘传给他腌制鹿肉的手艺，这些年赚了不少钞票。不过最近他很头疼，因为做腌制生意的人越来越多，野鹿本来就少，这么一来，狩猎就更难了，而那些城里的老客户又非盯着他的鹿肉不可，不管林子怎么跟他们解释，用其他兽肉来代替甚至可以做得味道更好，可老客户们就是不答应，说鹿肉的营养价值绝对是其他兽肉不可替代的。

三天前，城里来了一个姓吴的老客户，愿意出比平时高出十倍的价钱，要林子专门帮他腌制一头野鹿肉。这个出价实在太诱人了，林子立刻就应了下来。整整一个星期，林子一直在山里转悠，总算老天帮忙，他猎到了一只野鹿。新鲜的鹿肉隔夜就要变味儿，于是林子当晚就动手腌制起来。

林子干得挺欢，想到腌好的鹿肉马上就能换回那么多现钱，就更兴奋了。松油灯微弱的灯火在屋子里闪闪烁烁地跳跃着，橘黄色的灯光把林子

的身影映照在墙壁上，拉扯得形同鬼魅。但不知为什么，林子总感觉暗夜里有一双眼睛在窗外窥视着他，让他感到心神不安。

突然，门"吱呀"开了一条缝，阴冷的山风从门缝里吹进来，灯火忽悠一暗，林子在抬头的瞬间，看见真的有一双眼睛从门缝里看着他。谁？林子不由打了个激灵，他揉了揉眼睛，再看时，那双眼睛却没有了，漆黑的夜色中，只有山风吹动着木门，发出刺耳的"吱呀"声。远处，不时传来母兽的哀号和幼子的啼鸣，林子突然觉得屋子里充满了一种从未有过的孤单和恐惧。

林子从墙上拿下那支用了多年的老猎枪，走出门去，在屋的四周遛了一圈，什么也没发现。

难道是自己看错了？也是啊，这几天林子一直在山里转悠，没有好好睡过一个囫囵觉，身子疲惫不说，连神思也有些恍惚起来，他真想倒在床上美美地睡上三天三夜，可那个姓吴的老客户说好明天早上要来看货的，林子不敢怠慢，他关紧了屋门，定了定神，心里对自己说："最后的关头，一定得格外上心，不能坏了自己的信誉。"

当窗外开始放白，屋内的松油灯火渐渐熄灭的时候，林子终于封好了最后一坛鹿肉。他直起腰，长长地舒了口气，随后就拿出一瓶酒，准备好好犒劳犒劳自己。

他打开盖子，浓郁的酒香立刻就散发开来，压住了满屋的腥味儿，"果然是好酒！"林子不由赞叹了一声，从墙上割下一块鹿肉干，就盘腿上炕自斟自饮起来。

酒是姓吴的那个老客户来订鹿肉时特意送的，说是从省城带回的陈年老窖。林子心里明白，老客户这么拉拢巴结，无非是为了自己这手绝活。想到这一层，他真想跪在地上给爹娘好好磕三个响头。

半瓶酒下肚，林子渐渐感到头有点晕起来，眼皮也沉了下来。恍惚间，他听见"吱呀"一声响，好像木门被推开了，一双眼睛正幽幽地在门口看着自己。林子一惊：谁？再看时，那双眼睛却又没有了。

林子想：老客户不会这么早就上山来的，莫非是野鹿撞上门来了？对了，这眼睛有点像自己昨晚腌制的那只野鹿的眼睛！可现在能猎到一只野鹿已经很不容易了，怎么会又自己撞上来一只？林子不信，再想仔细看时，那眼睛却突然飘逝而去。啊，难道真是野鹿撞上门来了？林子如同被注射了一支兴奋剂，他使劲儿一翻身，摇摇晃晃地从炕上爬起来，拿起放在炕头的老猎枪，跌跌冲冲地追了出去。

清晨，山里的空气湿漉漉的，飞鸟的叫声显得空灵而又悠远，林子觉得那只野鹿就在不远的地方看着他，于是端起猎枪就想扣动扳机。

突然，一只飞鸟"呼啦"一声从他身边扑过，把他吓了一跳，待重又端起枪时，野鹿已经顺着弯弯曲曲的山径往葫芦岭上跑去，林子拔腿就追了上去。

葫芦岭三面都是悬崖陡壁，只有葫芦嘴这个地方才有一条羊肠小路可以上下。林子对这里的地形非常熟悉，过去捕野鹿的时候，他就是经常把野鹿赶上葫芦岭，然后堵死路口捕获成功的。所以现在一看野鹿上了葫芦岭，林子连连叫好，就追了上去。可是奇怪呀，怎么老是觉得眼前模模糊糊的，而且越往前追林子心里越觉得慌，端枪的手也颤抖起来，他只觉得自己的身子越来越轻，越来越轻，轻得如同一片羽毛……

当姓吴的老客户出现在林子小屋门前的时候，林子刚刚死去，他倒在通向葫芦岭的路上，眼睛瞪得大大的。

老客户把林子背进小屋，放在炕上，拿过炕桌上林子喝剩下的那半瓶酒，往林子身上一浇，叹一声："可惜了我的好酒哇！当初要答应把腌鹿肉的秘密告诉我，何苦现在搭上一条命呢！"

老客户在林子身上里里外外地搜寻起来，终于在他贴身的衣袋里找到一个封好了的兽皮囊，用尖刀挑开，里面是一张已经发黄了的纸，展开一

看，果然是林子爹娘留下的腌制鹿肉的用料配方。

老客户喜不自胜，把黄纸贴在嘴巴上亲了又亲，这才小心地揣入自己怀里。

然后，他从屋外的柴草棚里拖进几捆干树枝，往炕上一放，"啪"的一声就按下了打火机。

火苗立刻"呼呼"窜了上来，老客户得意地哈哈大笑起来："林子啊，我昨晚在窗子外面看了一夜，你这一手活儿怎么做，都没逃过我的眼睛。你就放心吧，以后你的生意就由我来替你做了，赚来的钱也就由我来替你花了吧！"说完，他转身要走，猛觉得一阵头晕，身子轻飘飘的像要飞起来。他心里一惊：莫非这黄纸上洒了毒？

是的，老客户没猜错！林子为防万一，确实在黄纸上洒了毒，这种毒药叫"天堂散"，它是山里人自制的一种用来对付野兽的毒药，无色无味，但只要丁点入口，开始恍恍惚惚，接着飘飘欲仙，最后在毫无痛苦中死去。老客户拼命挪动脚步，想走出小屋，企盼外面的新鲜空气能够冲散自己嘴里的毒气，可是已经来不及了，此时的他已经浑身瘫软得像没了骨头一样，恍惚中"扑通"一声就倒在了地上。

大火瞬间就把小屋吞没了！

（题图：箭　中）

梳理烦恼

有个歌唱演员到里昂去参加演唱会，为保证演出质量，他就在音乐厅旁边的小旅馆里租了个房间，前一天早早地入睡了。可是没过多久，隔壁房间小孩的哭声把他吵醒了，他拼命用被子蒙住头，可孩子一直大哭不止，没办法，他只好出去散步。谁知半个多小时之后回来，那孩子还在哭，而且越哭声音越响。

歌唱演员十分苦恼，无奈之下，脑子里突然闪过一个念头：如果我连续唱一个小时的歌，嗓子就哑了，这孩子为什么哭到现在声音依然洪亮？如此一想，他立刻兴奋起来，将耳朵贴到墙上仔细倾听，还忍不住研究模仿起来，整整一个晚上，没有睡觉。第二天的演唱会上，歌唱演员以高亢饱满的声音征服了观众。后来他又不断努力，终于成了人们熟悉和喜爱的歌唱家。

其实生活中的许多烦恼，并没有你想象的那么可怕，如果能够耐心地去化解，烦恼也会成为帮助你成长的营养和动力。

（推荐者：秦加善）（插图：箭　中）

细节的力量

市场上水果多得卖不掉，丰收反倒成了果农的负担。赵大种的是桃子，比一般水果烂得快，所以更是急得揪心。

这天，赵大灵机一动，带着老婆和两个儿子，将桃子连同整条树枝截下来，放在三轮车上，一人踏一辆进城，沿街叫卖。市场上的水果都是论斤或者论袋出售的，而赵大他们将桃子连枝叶论个卖。城里人觉得这样的桃子一定很新鲜，而且没吃完的时候放在房间里也好看，所以纷纷来买，没多少时候，这四车桃子就被一抢而空。别的果农这一年蚀本不少，但

赵大却因此大大赚了一笔。

大智慧固然能成就一个人的辉煌，但细节的力量不可小视，有时候它能改变你的命运。

（作者：张小失；推荐者：率　然）

等待反省的砖头

年轻人开着新车在街上疾驰，突然一块砖头扔过来，砸中了车的边门。他愤怒地停了车，跳下来一看，一个小男孩呆呆地站在那里，正惊恐地看着他。年轻人冲过去，一把抓住小男孩的衣领，说："你知道你刚才做了什么吗？"

小男孩怯怯地说："对不起，先生，除了这样做我不知道我还能做什么。"眼泪顺着孩子的脸颊滚落下来，他指着路边一个倒在地上的小伙子说，"那是我哥哥，他从轮椅车上摔下来，而我却不能把他扶上去。我拦了很多辆车，可他们都不肯停下来。您能帮帮我吗？"年轻人的眼圈红了，立即跑过去，把小男孩的哥哥抱上轮椅。

看着小男孩推了轮椅车渐渐远去的背影，年轻人心里不由一动：是啊，当你生活中用常规思维无法解决问题的时候，不妨可以换个角度试试，或许效果更好。

（推荐者：侯创业）

人生三愿

儿子回家对父亲说："老师要每个同学都回家采访自己的爸爸，了解他最大的愿望是什么，写下来，明天交给她。"

父亲就对儿子说："好啊，那我现在就可以告诉你。我的愿望有三个：第一吃得下饭，第二睡得着觉，第三笑得出来。"儿子一听，脸憋得通红："别的同学爸爸都想当大官发大财出大名，而你的愿望却这么小。不行，得重说！"

父亲坚持不改口，对儿子说："如果你实在觉得爸爸的愿望可笑，可以在旁边注明它完全不代表你啊！"

第二天儿子放学回家，父亲问："怎么样，作业交上去了吧？"儿子有点不好意思地回答说："交上去了，老师夸你了呢，把你的三个愿望说给大家听。"父亲笑了："老师没说为什么吗？""说了，"儿子说，"老师说，她有一个朋友，最近很不开心，别说笑得出来，已经好多天睡不着觉吃不下饭了。她说，你的三个愿望很有意思。"

父亲抚着儿子的头，意味深长地说："也许你以后长大了才能真正明白你们老师的话，明白爸爸说的这三个愿望是什么意思。要知道，人的一生要实现这三个愿望，是最不容易的啦！"

（推荐者：邓伟明）

也许，读完故事，你才能真正理解作者煞费心思构思此作的良苦用心……

夜幕下的垃圾场

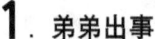□阿 辞

1．弟弟出事

王乐天是一家民营精神病诊所的医生，小伙子今年28岁，别看长得高大威武，性格却属于四平八稳的那种。他的女友文雯正好和他相反，虽然长得娇小玲珑，脾气却很生猛，王乐天常说她是自己的"野蛮女友"。文雯也是医生，在妇幼保健院工作，和王乐天谈了三年恋爱，两个人目前已经进入谈婚论嫁的阶段。

这天是文雯母亲的生日，下班后，王乐天拎了一大袋礼物直奔文雯家。文雯母亲正在厨房里忙着，王乐天就在外面客厅里帮文雯整理房间，铺桌布摆碗筷。到七点钟的时候，饭菜都准备好了，只等文雯的弟弟回来。

文雯的弟弟是环卫所的驾驶员，每天的工作就是开车把垃圾中转站的垃圾运到郊外大青山去，大青山山脚下有个露天垃圾场。平时这个时候他早就下班了，奇怪今天是母亲的生日，为什么还不回来？

文雯打了好几个电话，弟弟的手机都是关机。她又把电话打到环卫所去，值班的大爷说，她弟弟的车子还

没回单位。运垃圾的车不可能开出去玩的，天都黑了，弟弟会去哪儿呢？

一家人等得望眼欲穿，直到快9点的时候，弟弟才回来。大家着急地迎上去一看，弟弟的衣服脏得不成样子。

母亲关切地问："儿子，你这是怎么啦？"

弟弟笑着说："没什么，车子在大青山坏了，找不到人，只好自己修。本来想先打个电话给你们，偏偏手机没电了。"

母亲这才放心，说"那就快去洗个澡吧，都等着你呢！"

等弟弟洗完澡，母亲已经把凉了的菜又重新热过了，一家人坐在一起，开开心心地吃了起来。

不知怎么，才吃了几口，文雯突然想起来，弟弟上个星期不是刚说过自己的车去大修了，怎么才过了几天，这么快又坏了呢？弟弟平时做事挺粗，文雯于是提醒弟弟说："你明天上班最好先让师傅帮你把车子检查检查，你那车不是刚大修过吗，怎么才几天就坏了？"

弟弟说："是啊，我也搞不懂，今天就跟中了邪一样，去的时候还好好的，垃圾倒掉之后，车子就突然熄火，发动不了，我捣鼓了半天，好不容易才对付着回来。你不知道，大青山到了晚上真吓人，城西那个化工厂三天前倒掉好多废渣在那里，堆成一座小山，看上去阴森森的，好恐怖哇！"

文雯看弟弟一副心有余悸的样子，笑他说："啧啧，亏你还是个大男人，胆子这么小！"

母亲心疼地对文雯说："你做姐姐的就别笑他了，你这个弟弟呀，从小就胆小，要不怎么说你们俩性格生反了嘛！"

弟弟不服气，瞪了母亲一眼，对文雯说："姐，别看你胆子大，让你一个人晚上呆在那种鬼地方，你也会害怕的。"

"有什么好怕的？"文雯不屑地说，"要是真遇上鬼，那也是鬼怕我，我才不怕鬼呢！"

母亲一听他们争论什么鬼不鬼的，马上打断话头说："别争啦，要不菜又要凉啦！"

文雯意识到今天是母亲的生日，不该多说什么鬼不鬼的，于是朝母亲吐了吐舌头，收住了嘴。弟弟也不说话了，只是脸上突然出现了一种像哭不哭、像笑不笑的神情。

王乐天首先发现弟弟神情的变化，捅捅坐在身边的文雯，小声说："快看你弟弟！"

"怎么啦？"文雯疑惑地朝坐在桌子对面的弟弟看去，"啊？"她心里猛地"咯噔"了一下：弟弟脸上的肌肉在抽搐，眼睛里的目光显得非常呆滞。

"小弟！"她喊了起来，"你怎么啦，一定是太累了吧？要不早点儿歇着去？"

只见弟弟突然站起来，两只眼睛定定地看着前方，大叫一声："鬼呀，好多鬼呀！"然后步履踉跄地离开桌子，一步窜进了他自己的房间，"砰"把房门关上了。

"儿子，你怎么啦？"母亲惊叫起来，立刻追了过去，文雯和王乐天也几乎是同时放下了碗筷，三个人追到弟弟房门口，叫了半天，弟弟就是不肯开门。

还是王乐天脑子清醒，说："不是有钥匙吗？快去拿钥匙来！"

很快，文雯拿来了弟弟房间的钥匙，可是打开房门进去一看，根本不见弟弟的影子。

母亲急得都快要哭了，文雯和王乐天赶紧床底下、橱柜里的找起来，很快就发现弟弟缩在房间角落的一个大衣柜里，浑身发抖。王乐天想拉他出来，他却惊恐地叫着："我没有杀你，你不要拉我！"

王乐天慌忙松手，回头对母亲和文雯说："他现在太紧张了，我们还是先不要去碰他……"

王乐天话还没有说完，弟弟突然又从柜子里钻出来，窜出房门，转眼间从厨房里拿了一把菜刀冲过来，对着离他最近的母亲就要砍下去，嘴里还念念有词道："我很厉害，我不怕鬼，我很厉害，我不怕鬼……"大家费了好一番力气，才把他手里的菜刀夺下来。

王乐天对文雯和母亲说："弟弟今天肯定有什么事受了刺激，好像精神有点问题，我看先让他安静下来再说。"他一边说着一边就赶紧给弟弟做脑部按摩，过了好一会儿，弟弟才渐渐安静下来。

母亲又着急又害怕，拉着文雯的手直哭："这怎么办，难道他真的撞上鬼了？"

文雯是医生，自然不相信鬼魂之

说，可她也弄不明白这到底是怎么回事，怔怔地看着王乐天。

王乐天说："弟弟刚才在饭桌上不是说，大青山的夜晚很吓人吗？也许是惊吓过度的原因，但目前不好下结论。这样，我看不如赶早把他送到我们诊所去。"

也只有这样了，于是一家人把弟弟送到王乐天的诊所里。当班的周医生和王乐天是好朋友，两个人一起给弟弟做检查，可是检查下来，弟弟的其他状况都正常。这真是一件奇怪的事，王乐天征求母亲的意见，决定让弟弟住院观察。

王乐天对母亲说："妈，都说'心病须得心药治'，现在对弟弟来说，弄清他得病的原因很重要。你和文雯好好想想，这几天弟弟有没有碰到过其他的事？"

文雯和母亲仔细回忆弟弟发病前的表现，可是什么反常的地方都找不到。于是第二天，王乐天又陪文雯去弟弟工作的环卫所，询问弟弟在单位的情况。

单位里的人都说弟弟为人老实，平时人缘挺好，从来没有什么不愉快的事情发生过，更谈不上受刺激了。至于在大青山车坏了的事，他们是事后才知道的，车坏了之后有没有发生过其他的事，就不得而知了。

不过，在和弟弟同事的交谈中，文雯总觉得大家的神色有点不对，再三追问之下，才有人吞吞吐吐地说："其实，我们都怀疑他是不是撞上了鬼，只是你们俩都是医生，肯定不信鬼，所以我们才没好意思说。"

文雯皱了一下眉："你们怎么会想到是撞上鬼了呢？"

那个人说："你知道吗？前不久，就在大青山垃圾场那里，死了两个人，是一男一女，是一对谈恋爱的，男的把女的杀了，然后自己跳水塘自杀。"

事后，文雯专门去了解，才知道这个事情说起来有点玄。自杀的那个男的生前是个胆小鬼，那天，他朋友当着他恋人的面嘲笑他胆小如鼠，他觉得很没面子，为了证明自己不是个胆小鬼，他就和朋友打赌，说自己敢晚上一个人去大青山。恋人知道他其实胆子很小，为了顾全他的面子，就说："我也很想去，不如咱们两个人一起去吧，在山上过夜，肯定很浪漫。"于是，这对年轻人当夜就去了大青山，谁知第二天就有人在那里发现了女的尸体，赶紧报案。警方发现女的身上被水果刀捅了二十多刀，刀上有那个男的指纹；四周再一勘察，发现那个男的就淹死在垃圾场旁边的一个水塘里。警方初步推断，是男的杀了女的，然后跳塘自杀。但是，死者双方的亲朋好友都说，这两个人的感情非常好，男的不可能做出这样的事来，而且男的平时是个连蚂蚁都不会踩死的人，根本不可能会去杀人。因为证据不足，这个案子至今仍悬在那里。

王乐天听了这件事，对文雯说："很有可能你弟弟是受了惊吓，他知道那里死过人，晚上一个人在那里修车，胆子又小，想起这件事就越想越怕，吓坏了，精神才出了问题。你不会也相信你弟弟真是撞上鬼了吧？"

文雯说："我当然不相信。不过凭直觉，我觉得我弟弟突然精神失常，和这个凶杀事件或许会有某种联系。"

王乐天摇摇头："你们女人动不动就是凭直觉。你是医生，你应该相信科学，而不是直觉。"

文雯也不生气，沉思着说："女人的直觉往往是很准的。我想去一趟大青山，你陪不陪我去？"

王乐天说："当然要陪，我怎么放心让你一个人去呀？再说了，你这么厉害，我倒要看看你是怎么把那里的鬼吓跑的啊！"

2. 夜探惊魂

王乐天当即借了一辆车，一个小时后，他们就来到了大青山的山脚下。

走进垃圾场，文雯发现这里的地形四面环山，垃圾场就像个盆地，从各处运来的垃圾已经在这个盆地上堆起了一座座小山，由于堆积时间过长，这些垃圾山上已经长满了小草，开了很多野花。远远望去，那些小草颜色很翠，野花骨朵很鲜，除了城西化工厂新堆起的废渣山有些触目，不知道的人真以为这里的风景还不错。

文雯一脸的不可思议："真奇怪，这里的土地被污染得这么厉害，为什么长出来的植物会这么好看呢？"

王乐天感叹着说："你想嘛，如果植物的生命力都像人一样娇气，那地球恐怕早就光秃秃的了。"

文雯皱了皱眉，自言自语地嘀咕道："风景这么美，一点也不吓人啊？"

王乐天笑了："我的大小姐，你别忘了，现在是白天，你弟弟是说这里的晚上很吓人。"

"晚上能有多吓人呢，不就是天黑吗？"说到这里，文雯突然拍拍自己脑袋说，"哎呀，我怎么没想到呢，我们应该晚上来！"她对王乐天说："怎么样，我们晚上再来一趟？"

王乐天自然点头了，一则他绝对不会让文雯一个人来冒险，再则他也想自己亲身体会一下大青山的夜晚，也许对弟弟今后的治疗会有帮助。

听说文雯和王乐天要夜探大青山，母亲也非要去，儿子的病牵着母亲的心，母亲一个人在家里怎么待得住？

出发前，母亲拿出三套从邻居那里弄来的道袍和面具，说是一起带去，到时候一人一套，去吓吓鬼。文雯哭笑不得地对母亲说："妈，你真当我们去捉鬼呀？"

母亲撇撇嘴，一本正经地说"这都是避邪的东西，别小看它。你们有车，带着又不费事。你弟弟已经那样了，如果你和乐天再有什么闪失，叫我怎么活？"

王乐天理解母亲的心情，悄悄推了推文雯，让她就顺着母亲的意思，别再多说了。

晚饭后，天完全黑了下来，三个人正要动身，周医生急匆匆打来电话，说他也要一起去。周医生也是个年轻人，平时好奇心特别重，有这样的探险机会，他自然想参加。不一会儿他就打车赶到了，于是他们四个人一起出发。

晚上车开得快，一个小时不到，车子就到了大青山山脚下，在垃圾场门口停了下来。下车后，母亲非要女儿女婿穿上她准备好的道袍，戴上面具，还把给自己准备的那套让给周医生。

周医生一看这种稀奇古怪的东西，乐得哈哈大笑，说自己根本不信这个，坚持不穿，母亲不好太勉强他，只好自己套上了。周医生看着他们三个人的打扮直想笑，可当着文雯母亲的面，又不好意思笑出声来。

夜幕下的大青山果然和白天大不一样，黑幽幽的显得神秘而又诡异，月光还算亮，但给人的感觉依然很阴冷，风在山凹里"呜呜"吹过，留下一阵阵莫名的声音，水塘里青蛙的叫声也变了，不是那种响亮的"呱呱"声，而像是被人掐住了喉咙一样，"咕咕咕"地叫得很低沉，很多小飞虫在月光下无声无息地漫天飞舞。

四个人慢慢地围着垃圾场转了一圈，没发现什么异样，又围着小水塘

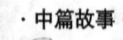

转了一圈，也没发现什么情况，无奈之下，只好上车回家。

回到市里已经快11点了，大家都觉得肚子有点饿，王乐天提议去吃点夜宵，于是就去了附近一家特色水饺店。

水饺上得很慢，好一会儿才端上来，大家正准备吃，周医生突然站起来，怪着声调大叫："不能吃！这饺子有毒。"三个人吓得惊讶地抬起头来看他，王乐天发现周医生的脸上突然出现了一种和文雯弟弟当初发病时一样的怪异神情，心里一沉。

只见周医生拿起筷子在自己碗里拨拉几下，盯着文雯吼道："说，是不是你下的毒？你这个狠毒的女人，我不爱你了，你就想毒死我，是不是？"说着他就扬起手，一巴掌朝文雯的脸上打过来，幸好隔着桌子，文雯向后一闪，躲过了。

周医生的神情突然又变得温和起来，笑着对王乐天说："妈，我听你的话，我不要这个坏女人，我这就把她杀了。真的，我不骗你，这次我真的杀了她。"他一面说一面却又大哭起来，边哭边往外跑，大叫着："我杀人啦！我杀人啦！"

店里所有的顾客都不知道出了什么事，紧张地看着他们，三个人也顾不上解释，赶紧追出去扭住周医生，也把他送到了王乐天的诊所。

诊所领导被惊动了，连夜召集专家对周医生的病情进行会诊，大家都觉得这事有点邪门，决定暂时不向外界宣布，特别是新闻媒体。

经历了这个变故，母亲更加认定大青山有鬼，文雯和王乐天心里也很迷惑：鬼自然是不会有的，可周医生的突然发病是亲眼所见，当时就他一个人没穿道袍没戴面具，偏偏他就出了问题，这到底该怎么解释呢？

文雯和王乐天决定背着母亲再去大青山，在没有弄清楚事情真相之前，王乐天坚持把母亲借来的道袍和面具带去。这次两个人在垃圾场里待了没多久，文雯突然扔了面具，脱了道袍。王乐天一愣："你要干什么？"

文雯说："我要试一试，道袍和面具是不是真的有作用。"

王乐天急了："要试也让我来试嘛！"

文雯说："怎么能让你试？万一这里真的有情况，如果你中了邪，我哪有力气制服你？"她故作轻松地笑着说，"别担心，我没事的，你不是说过要相信科学吗，我就不相信世上真的会有鬼。"

王乐天拗不过文雯，最后只好随她。他们围着垃圾场转了一圈，还是没有发现什么可疑的情况。抬头看天，满天的繁星闪闪烁烁，夜色真的很美，他们在水塘边坐了一会儿，才回家。

一路上，文雯明显没有来的时候话多，王乐天知道，找不出弟弟的病因，她心里不好受，就轻言细语地劝慰说："别着急，事情总有办法解决，不是还有我嘛！"

他把车开得很慢很慢，快开到市区时，文雯突然伸出一只手来，轻轻地抚着王乐天的脸，妩媚地问他："你说我温柔吗？"

王乐天愣住了，平时他经常说文雯不像女孩子，很希望她能够温柔一点，但文雯现在这个样子，却让他浑身起鸡皮疙瘩。借着月光，王乐天从反光镜里猛然看到文雯的脸上也出现了那种可怕的怪异神情，他的心抽紧了，握着方向盘的手一抖，车子差一点儿撞上了路边的一棵大树。

王乐天眼疾手快一个刹车，车子"吱——"的一声停了下来。此时，文雯突然像蛇一样死命缠住王乐天的脖子，疯狂地吻着。王乐天只感到一阵阵的心痛和恐惧，他挣扎着想反抗，可文雯的力气似乎比平常要大得多，她一只手拉开自己的上衣，另一只手又一把扯掉王乐天衬衣上的扣子，直往他身上钻。王乐天想推开她，不料文雯却突然一口咬住了他的脖子，王乐天痛得惨叫一声，使劲儿用力，才挣脱出来。

王乐天飞快地跳下车，跑到车后打开后备厢，拿出一根绳子回到车上，把文雯的两只手捆了起来。看到

文雯两只眼睛里透出来的怪异目光，王乐天感到了一种从未有过的无能为力。为什么会这样？为什么会这样呢？

这诡异的大青山啊！直到把文雯送进诊所，王乐天还沉浸在恐惧和无奈之中。

3. 病人失踪

文雯的病和她弟弟以及周医生一样，发作的时候暴躁不安，力气也变大了，要折腾大约半个小时，然后突然安静下来，像木头人一样呆滞，不说话，不认人，连叫他们的名字都没有反应。

王乐天坚持在他们安静下来之后陪他们说话，他相信总有一天能唤回他们的感觉。这天文雯刚睡醒过来，王乐天便给她讲他们过去恋爱时种种有趣的事，讲着讲着，面对文雯毫无表情的脸，想到她过去是一个多么可爱的姑娘，王乐天忍不住哭了起来。

突然，他听见文雯叫了一声："乐天！"王乐天惊喜地抬起头，可文雯的脸上依然是一副目光呆滞的样子。王乐天抓住文雯的肩膀，拼命地问她："文雯，是你在叫我？是不是？你说话呀！"可是文雯像木头人一样，没有任何反应。

王乐天失望极了，难道刚才是幻觉吗？王乐天不死心，又给她讲过去的事情，两只眼睛不敢离开文雯的

脸。果然没过多少时候，王乐天就听到文雯非常清晰地从嘴里吐出两个字："乐天！"几秒钟之后，又喊了一声："乐天！"

文雯能喊自己的名字了！这天晚上，王乐天高兴得很晚都睡不着，直到天快亮时才有点迷迷糊糊起来，可他又一个连着一个地做恶梦：一会儿是文雯被魔鬼抓走了，自己去救她；一会儿是自己反而被魔鬼捆了起来，这时候电话铃响了，自己想去接却动不了身，拼命挣扎，可手还是抽不出来……这一着急，王乐天就醒了，发现真是电话铃在响，是诊所打来的，说文雯和她弟弟突然找不到了。

王乐天几乎是从床上跳起来的，用最快的速度赶到诊所。他想来想去不对头：文雯和她弟弟住在两个相邻的病房，他们目前都是有暴力倾向的病人，所以那两个房间的设施都是有防护措施的，一般情况下病人不可能跑得出去。他们是怎么出去的，又会到哪里去了呢？

整个诊所都动员起来了，大家四下寻找却没有结果。文雯和她弟弟的病每天都要发作，可附近也没听说有什么精神病人逃出来抑或伤人的事情。这真是奇了怪了，王乐天不敢把这个消息告诉文雯母亲，怕她更加受不了打击，只好和大家一起继续拼命寻找。

整整找了三天，王乐天找得又渴又累。这天傍黑，他经过茶坊时，进去要了一杯啤酒，想解解乏。这家茶坊王乐天以前常和文雯一起来，睹屋思人，令他伤感不已。

王乐天端起酒杯一仰脖，满满一大杯啤酒就倒进了肚子，他长叹了一口气，正要起身出去继续寻找，突然一个熟悉的背影从他眼前一晃而过。文雯！不会吧？他跳起来冲过去，猛一把拉住她，一看，竟然真的是文雯，看她的眼神，似乎比失踪以前要正常多了。王乐天惊喜地叫道："文雯，你怎么会在这儿？"

文雯睁大眼睛看着他，不说话。

王乐天急切地说"文雯，这几天你到哪里去了，你怎么会在这里？"

文雯看着他，一脸惊讶的表情。

王乐天愣住了："你能听懂我的话吗？"

文雯点点头。

"那你为什么不回答我？"

文雯指指自己的嘴巴，又摆摆手。

王乐天心里一惊："你不会说话？"

文雯点点头。

"那你认识我吗？"

文雯摇摇头。

王乐天不甘心地说："我是乐天，王乐天！文雯，你怎么能不认识我了呢？你再好好想想，这个地方我们过去不是经常一起来的吗？"

文雯迷茫地看着他。

王乐天知道再说下去也没什么用，于是试探着问："我带你回家好不好？去找你妈妈。"

文雯点点头，于是王乐天赶紧拉起她的手，两个人一块儿出了茶坊。

文雯的家在茶坊的右首，所以王乐天从茶坊出来后就带着文雯径直往右走，但文雯却非要他往左走。王乐天想看看文雯到底要做什么，就顺从地跟着她走了。

文雯带着王乐天穿进一条老街，在小巷深处的一个院门前停了下来，她轻轻地敲门，不一会儿院门就开了，让王乐天万没想到的是，来开门的竟然是文雯的母亲。

文雯的母亲显然也很吃惊，她看了看王乐天，又看了看文雯，突然惊喜地问："文雯，原来你是找乐天去了？真把我急死了，我还以为你丢了呢！"

文雯看看她母亲，摇了摇头。

王乐天把他遇到文雯的经过说了一遍，母亲这才明白原来是这么回事。王乐天不明白地问："妈，这是什么地方？文雯怎么会把我领到这个地方来？"

母亲有点不好意思，说"我还是先给你介绍个人吧。"正说着，文雯的弟弟和一个老头儿从里面出来，看神情，文雯弟弟的神智也正常了不少。这老头看上去精瘦瘦的，头发秃得只

剩下头顶上稀稀拉拉一圈，母亲指着他对王乐天说："这位是徐先生，我正请他在给文雯姐弟俩治病哩！"

"啊，你好！"王乐天礼貌地和徐先生打过招呼，不由对这个精瘦老头发生了兴趣，他正想请教他是怎么给文雯姐弟俩治病的，不巧正好有电话来找，徐先生接完电话后就出去了。

母亲指着徐先生的背影，很神秘地对王乐天说："这个人可厉害了！"

原来，母亲见姐弟俩在王乐天的诊所里治疗，效果非常慢，心里很着急，两个孩子从小就没了爹，娘仁一

直相依为命，她不能眼睁睁地看着孩子们就这么毁了，于是就四处打听民间有什么秘方可以治这种怪病。邻居就给她介绍徐先生，说这个老头如何如何有办法，当初道袍和面具就是从他那儿借的，于是文雯母亲就找上门来了。徐先生听文雯母亲把情况一说，当即给了她两个香囊，让她回医院后挂在文雯姐弟俩的脖子上试试，果然没几天，文雯姐弟俩发病的间隔时间就拉长了一点，后来文雯还能喊出"乐天"的名字。这下母亲对徐先生更信服了，想把文雯姐弟俩索性交给徐先生来治，可又怕王乐天反对，又要说自己迷信，于是就瞒着他把姐弟俩从医院里接出来，送到徐先生这儿。这几天，文雯姐弟俩的精神确实正常了不少，所以母亲对他们看得不是很严，没想到今天中午吃了饭，文雯就不见了，找了一下午都没找到，母亲又不敢声张，急都急死了。

那么，徐先生究竟用什么办法来医治文雯姐弟俩的病呢？王乐天心中充满了好奇，他决定留下来等徐先生，也可帮着母亲一起看护文雯姐弟俩。

4. 芸香之谜

徐先生很晚才回来，王乐天不好意思打扰，只好到第二天早上才迫不及待地去问，可徐先生却支支吾吾地说不出个道道来。

是徐先生故作谦虚，还是他另有隐情？

王乐天决定调查徐先生的底细。这一查，才发现这个人根本就不懂医术，只是会一些所谓的"巫术"。可文雯姐弟俩的病确实好了不少，这也是事实啊！为了弄清究竟，王乐天和诊所领导商量，想把周医生也送到徐先生这里来，王乐天做他的监护人，这样可以进一步观察徐先生到底用了什么办法来对他们进行治疗的。

王乐天把周医生送来了，可是通过几天的观察，好像徐先生也没对病人做什么特别的治疗，但奇怪的是没几天，周医生的精神就正常了不少，只是也和文雯姐弟俩一样，没了过去的记忆，也不会说话。徐先生到底有什么本事把这三个人治疗到现在这个样子呢？王乐天下定决心，一定要弄个水落石出。

经过一段时间的接触，王乐天发现徐先生这个人比较贪财，也好喝酒，他就特地去弄来一瓶上好的白酒，然后和徐先生对饮。徐先生在喝了七八分醉后，总算开了金口，说其实当初他也不知道该怎么医治文雯姐弟俩的怪病，让文雯母亲带两个香囊回去，这纯粹是瞎掰。可那天文雯母亲发现文雯把挂在脖子上的香囊咬坏了，要徐先生给换一个，还随口说了一句："文雯今天好像发病的间隔时间长了点儿。"徐先生就上了心，连忙追问道："那她弟弟呢？好点了没有？"文雯母亲叹了口气，摇摇头。徐先生心里就想：姐弟俩身上都挂香囊，为什么姐姐今天会好一点了呢？会不会和她吃了香囊里的草灰有关？反正那种草灰没毒，于是他灵机一动，就动手煎草灰水给姐弟俩喝，没想到他们喝了几次之后，精神真的好多了。

王乐天急着问："那是什么草灰？"

徐先生说："是芸香草燃烧后的灰。"

王乐天想了想，疑惑地说"芸香草？没听说过这种草啊。"

徐先生得意了："你有没有闻到我家里有一种淡淡的香味？那就是干的芸香草燃烧后散发的味道。"徐先生告诉王乐天，芸香草是他师傅不知从哪儿弄来的，后来他们人工栽培成功了，每年都要种一些，

晒干后捆成一束束的长条，拿来当香用。这种草很奇特，燃烧后香味不是很明显，表面上闻不出什么味道，但蚊子苍蝇都怕，所以他家夏天从来不用纱门纱窗，也不用点蚊香。

莫非是这种草的作用？王乐天要了一些芸香草和草灰回去，找专家论证。他们通过实验发现，草灰中有十几种能解毒的生物碱，新鲜的芸香草解毒功能更强。

难道文雯他们是中毒而致病的吗？那么中的是什么毒，他们又是怎么会中毒的呢？

王乐天仔细回想着他们后来两次去大青山的经过，那个面具并没有防毒功能，所以不可能是通过呼吸中

毒；既然不可能通过呼吸中毒，那么很可能是通过身体的接触中毒的。对，一定是这样的，那邻居不是说文雯母亲给他们用的道袍和面具都是徐先生的吗？既然徐先生在家里经常把芸香草当香来薰点，那么他借给文雯妈妈的道袍和面具十有八九都被芸香草薰过，芸香草又能解毒，所以穿了道袍的人就会没事——事情很可能是这样的。

但是，究竟是什么毒会对人的神经产生这么大的杀伤力呢？他想起第一次去大青山时，在垃圾场那里看到的特别绿的小草，特别艳的花骨朵，难道就是它们作的孽？为此，王乐天和诊所的几个医生特地去了一趟大青山，专门采集植物标本，带回来反复检测，可是都没有发现有什么特殊的问题。

这一天，王乐天看徐先生又在家里薰芸香草，他猛然想到，他们采集标本是白天去的，而出问题的时候都在晚上，会不会是某种植物白天没有毒，只在晚上才散发毒素呢？

对于王乐天的分析，徐先生也来了兴趣，如果真是因为芸香草在起作用，那真是可以好好告慰地下躺着的师傅了。于是他们约定，当天晚上再一起去大青山垃圾场一次，去那里采集晚上的植物标本。

5. 祸根毕现

为了以防万一，去之前，徐先生特地又把道袍和面具好好让芸香草薰了一下。可王乐天这回却坚持要穿诊所的医用防护服，连传染病都能隔离，他相信这身防护服也一定能隔离这种病毒。

不过，在没有彻底弄清真相之前，总还是谨慎一点的好。所以他们到大青山采集完标本，就立刻开车回来了。

快要进入市区的时候，徐先生笑着对王乐天说："先去我家吧，万一你中了邪，我可以及时救你。"

王乐天笑了："还是先去我们诊所吧，这些植物标本要赶快送去化验。"

徐先生想想也是，就和王乐天一起去了他的诊所。诊所一听说他们去了大青山，立即如临大敌，把他们守护起来，留待观察。

虽然王乐天知道要相信科学，虽然他去的时候百分之百地相信这套医用防护服的作用，可这会儿被同事们采取的这种措施一限制，就弄得心里没了底。而且徐先生事先叫王乐天的同事帮忙，把他准备好了的一把芸香草煎了放那儿搁着，如果王乐天回来发作了就给他喝。

诊所里的空气有点紧张，大家都默不作声地看着他们俩，好像在等待着什么。这似乎有点残酷，弄得王乐天的心里越来越紧张。

好不容易过去半个小时，突然，徐先生一步跳到王乐天面前，声音颤抖地说："我看见了，我看见了，你身上有两个鬼。"

王乐天吓了一跳"徐先生，别开这种玩笑，老实对你说，我现在很脆弱呀，你就别吓我了。"

徐先生脸上的神情突然变得非常怪异，指着王乐天和其他几个医生，嘴里喃喃地数着："一个，两个，三个，四个……好多鬼呀。"然后，他飞快地从他的手提包里掏出很多冥钞来，每人发一叠，讨好地说："给你们钱，你们别害我啊，我是好人，我从来没做过坏事啊！"

大家拿着冥钞，一时还没回过神来，你看看我，我看看你，都不知道徐先生在搞什么鬼。突然，徐先生发疯似的把大家手里的冥钞又都夺回去，哈哈大笑着在房间里转圈子，一边转一边说："我发财啦！我有钱了！"

王乐天一把拉住他问："徐先生，你怎么了？"

徐先生恶狠狠地推开王乐天，大叫着："你敢抢我的钱？我跟你拼了！"

大家很快明白过来，是徐先生疯了，于是一齐动手把徐先生按住。徐先生显得非常狂躁不安，目光凶狠，发病的情形就和文雯他们当初一样。于是大家就把原先给王乐天准备的那

碗芸香草水给徐先生灌了下去，之后徐先生才安静下来，目光呆滞地躺在床上。

这种结果，倒是王乐天没有想到过的，明明徐先生穿了道袍戴了面具，怎么还会出问题呢？不是以前只要穿了道袍戴了面具，就都没事了吗？王乐天成天苦思冥想这个问题，走路想，吃饭想，连睡觉都想，可还是想不出问题究竟出在哪里。

第二天，王乐天给徐先生做例行检查，看着他那光光的秃顶脑袋，突然眼前一亮：徐先生出事会不会和他

的秃脑袋有关系呢？面具只是遮住了脸庞，可遮不住他的整个脑袋啊！而且由此推断，自己曾经推测中毒是通过体表接触，看来是有一定道理的。

为了验证自己的想法，王乐天找来八只实验用的白鼠，把它们分装在两个笼子里，随后他把其中一个连笼子带鼠用芸香草薰了一天，又把其中两只背上的鼠毛剃了。晚上，他穿好防护服，带着这两笼白鼠去了大青山垃圾场。他特地戴上一副红外线夜视镜，所以就非常清楚地看到，有很多小飞虫飞进了那个没有薰过芸香草的白鼠笼子，而薰过芸香草的笼子，就很少有小飞虫进去，即使进去了，过不了一会也飞了出来。

回来没多久，那笼没有被芸香草薰过和另一笼里那两只被剃了背毛的小白鼠，行为就非常反常。王乐天很激动，马上把这个发现向诊所领导汇报，诊所专门组织人员展开调查，多次实验证明了，小飞虫就是罪魁祸首，被它叮咬过的小白鼠，光凭肉眼看不出皮肤上有什么痕迹，但通过显微镜可以看到被刺破的小点，并且从被叮咬后的小白鼠血液里，能够检测出一种目前尚未被命名的未知毒素。同时，通过对小白鼠的治疗，证明新鲜的芸香草防毒效果更好，把这个经验运用到文雯他们身上，果然一个星期以后，就都恢复了正常。

文雯和周医生好了之后，也加入到研究小飞虫的队伍。大家暂且把这种小飞虫称为毒蚊子，因为这种小飞虫有点像蚊子，它的外形和蚊子一样，雌的吸血，雄的吸植物的液汁，幼虫在水里生活。和蚊子不同的是，它们吸血的时候会释放出一种剧毒素，这种剧毒素有麻醉作用，进入人体时不痛不痒，但一旦在大脑里安家，正常的血液检测就测不出来了，而且立刻让人产生被害妄想，精神失常。

如果让这种毒蚊子继续繁衍下去，后果实在太可怕了，诊所马上向有关部门作了汇报，一个由各方人员组成的灭蚊领导小组立刻成立起来，王乐天、文雯和周医生他们都志愿加入了灭蚊行动。

但是，原有的那些杀虫剂对这种毒蚊子根本没反应。看着这些顽强的小生命，文雯感叹道："太可怕了，这么厉害的杀虫剂，竟然还杀不死它们。"

王乐天望着那一座座垃圾山，沉思着说："其实毒蚊子倒不可怕，总会有新的杀虫剂来对付它们；真正可怕的是怎么来彻底铲除产生这种毒蚊子的垃圾，怎么来加强我们的环保，这才是个令人担心的大问题啊！"

（题图、插图：杨宏富）

（本栏目欢迎来稿。来稿可从邮局寄发，也可从网上传递。如为电子邮件，请发以下信箱：baofang@vip.sohu.net）

0—6岁 **影响一生**——幼儿教养锦囊

（超级爸妈养育秘笈）

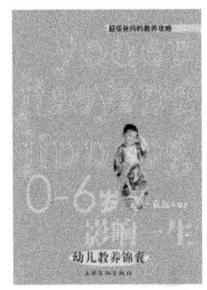

这是一本以学龄前儿童家长为主要读者对象的自助性儿童教养读物，全书分为"快乐"、"勇气"、"爱心"、"自信"和"宽容"等五个部分，具有很强的知识性、可读性、操作性和指导性。

本书由长期从事儿童心理教育的儿科医院医生主编，作者针对幼儿家教中普遍存在的问题，通过对大量中外儿童教育成功或失误事例的系统分析和阐述，向年轻的家长们传授行之有效的家教方法，读来颇有启发。

0—6岁 **决定一生**——幼儿身体宝典

这是一本以学龄前儿童家长为主要读者对象的自助性儿童教养读物，全书分为"健康从娃娃抓起"、"四季健康宝宝"、"孩子的护身符"、"容易忽视的现象"、"家有马大哈妈妈"和"爸妈的小招术"等六个部分，具有很强的知识性、可读性、操作性和指导性。

本书由长期从事儿童心理教育的儿科医院医生主编，作者针对幼儿家教中普遍存在的问题，通过对大量中外儿童教育成功或失误事例的系统分析和阐述，向年轻的家长们传授行之有效的家教方法，读来颇有启发。

《小方寸大财富——珍邮奇闻录》

方昭海　方　晓著

讲述集邮故事—曲曲折折，悲悲喜喜，扣人心弦，令人扼腕。

介绍珍邮知识—历史跨度大，涉及品类多，使人开眼界。

传授投资秘诀—细分邮品收藏价值，指点迷津，操作性强。

内有五十余枚珍邮彩图，附最新各类邮品参考价。邮票是小市民的股票，上世纪八九十年代，邮市上曾产生过不少快速致富的神话。今天只要你掌握了这方面的知识和信息，拿出眼光和胆略，照样能在邮票—小方寸中觅得大财富。

·本刊信息传真·

欢迎投稿：为了我们的故事更精彩

您手中有没有得意之作？新的，奇的，巧的，趣的，险的，情感的，悬念的，智慧的……欢迎您投寄本刊。本刊辟有二十多个原创性栏目，如中国新传说、中篇故事、悬念故事、我的故事、幽默世界、16岁故事等，可谓丰富多彩，必有一款适合您。

读到或听到什么有趣事可以和大家一起分享吗？3分钟典藏故事、情节聚焦、外国文学故事鉴赏、快乐辞典等，是本刊的推荐性栏目，一旦采用，您将获得相应的"推荐费"。如果您有何心得体会或建议，也不妨写下来寄给本刊，我们将择优选登。

来稿可从邮局寄发，也可从网上传递，但必须注明您的真实姓名、固定地址及一般联系方式（如电话、手机等）。若没有采用，恕不奉还。

邮寄地址：上海绍兴路74号《故事会》杂志社，邮编：200020；请在信封上注明"××"栏目收。本期责任编辑电子信箱为：baofang@vip.sohu.net。

记忆深处

□ 汪静慧

高三毕业班的教室里静悄悄的，虽说最后一个学期才刚刚开学，可临战的气氛已经非常浓了！这是一堂自修课，同学们都埋头在做作业，忽然有人敲门，老师轻轻走了出去，一会儿进来说："毛小凡，外面有人找！"

毛小凡是个从农村来的女同学，一看就是那种贫苦人家的孩子，这么冷的天，窗外下着大雪呢，她校服里面只套着两件单衣。此刻听老师喊，她就站起身来，不住地搓着两只手，缩着脖子走出了教室。

来人是她老家的对门邻居齐叔。齐叔对毛小凡说："我进城办点事儿，你娘托我捎话给你，让你这星期回趟

家。"说罢，他拉过毛小凡的手轻轻拍了拍，又捏了捏她单薄的衣服，叹了口气，走了。

毛小凡人挺聪明，就是学习不太用功，上星期的模拟考，竟落了个全班倒数第六，老师说，这样的成绩，大学难上。毛小凡知道这样的成绩没法回去面对父母，加上家里穷，回家一趟的车费能顶在学校里三天的伙食，所以她不敢也不能回家。可现在娘叫人来叫她回家，是娘的老毛病犯了，还是家里出了别的什么事儿？毛小凡心里很紧张，又觉得很烦。

好不容易到了星期五放学，毛小凡急急忙忙往家赶，进门一看，爹还那样在炕上"吧嗒吧嗒"地抽着旱烟，

娘还那样在烟雾缭绕的暖炕旁做饭。毛小凡怯怯地问:"爹,娘,家里出啥事儿了?"

爹一看是她回来了,问:"丫,最近书读得咋样?"这是毛小凡最不想回答的问题,她迟疑了一会,嗫嚅着说:"我……我……"

娘把脸凑过来,问:"丫,最近考试了没?"毛小凡说话就更结巴了:"考了,考了……"她拼命想着词儿,该怎么说才能不伤父母的心。

谁知爹没等她回答就说:"丫,要不,咱就学退了吧?"毛小凡吓了一跳,眼泪立刻大滴大滴地掉了下来。为了供她读书,家里差不多把能卖的东西都卖了,父母从来就没有因为她是女孩子而舍不得花这笔钱,可今天怎么态度全变了呢?

"唉——"娘叹了口气,"丫啊!实在是因为家里穷,你万一考不上大学,这钱不就白白扔水里了?"顿了顿,娘又说,"丫,不瞒你说,娘……娘又怀了一个,前村的赵半仙说是个男娃,我和你爹担心将来你连自己的肚子都吃不饱,没人给我们养老,想把这男娃留下。"

毛小凡这才惊讶地发现娘突然隆起的肚子,自己长时间住校,家里发生这么大的事情竟然一点都不知道,她心里直觉得愧疚。可是娘今年都快四十出头了,身体也不好,到时候……毛小凡脱口道:"娘,你能行吗?"

爹一听,突然重重地把手里正抽着的烟杆子往炕桌上一扔,说:"不行也得行,谁让你不争气呢!"爹还从来没有对毛小凡发过这么大的脾气,毛小凡愣住了,眼泪顿时像决堤的洪水,"哗哗哗"地直往下流。

娘的眼圈红了,扯了扯爹的衣袖,爹迟疑了一下,说:"哭也没用。

这样吧,你要是有把握考上大学,爹娘就是砸锅卖铁也供你读下去,但如果明知道考不上,那你还是趁早嫁人算了,再试一个月看看,听见没?"毛小凡拼命点头。虽然她平时不太用功,可真不让她

读书，她突然就觉得天要塌了一样，所以一听爹说再让她试试，这才稍稍安下心来。

回到学校，毛小凡拿出比原先多十倍的努力一心扑在功课上，成绩是提高了，可还是不太理想。毛小凡的同桌成绩始终排在班上前五名，看毛小凡现在这么用功，就好心提醒她说："小凡，我看你不改变一下学习方法，就是学得吐血也没用！"毛小凡问他："那怎么办，我都急死了，你教教我吧？"同桌说："好吧，谁让我们是同桌呢！"从此，只要有时间，同桌便教毛小凡怎样灵活地解数学题，怎样快速地记英语单词，怎样有的放矢地写考场作文。同桌这一着真是比老师还奇了，在他的帮助指点下，毛小凡的学习成绩直线上升，最后一次模拟考试，居然进了全班前十名。公布成绩那天，毛小凡拉着同桌激动得"呜呜"直哭。

高考如期而至，那几天，毛小凡考得特别自信，果然一个月后她就如愿以偿地拿到了大学录取通知书。毛小凡兴冲冲地回家，家里只有爹一个人，毛小凡问娘去哪儿了，爹的脸色变得灰白，好半晌，才哆哆嗦嗦地转过身去，打开柜子，从里面拿出一封信，递给毛小凡。

一种不祥之兆掠过毛小凡的心头，她颤抖着手打开信纸，上面是密密麻麻的字迹：

丫：

这封信是我请齐叔代写的，看到这封信的时候，娘已经走了。可娘还是要问，你考上大学了么？爹娘就希望你能考上个好大学，将来不用再像我们这么遭罪。

娘没怀娃，娘是肝腹水晚期。反正这病也没治了，又怕你哪一天突然回来知道，影响你考试，我和你爹就商量索性用这法子来激你。娘没文化，只能用这傻办法来骗你，别怪娘好么？娘真想能等到你进大学的那一天，可不行啊，娘连说话的力气也没有了。你就把学校的录取通知书再印一张，到娘的坟前烧给娘看看，娘会在那里笑的。

娘 绝笔

在娘的坟前，毛小凡抱着冰凉的墓碑放声大哭。春风微微吹过，那烧过的纸灰像黑蝴蝶般漫天飞舞，泪眼婆娑中，毛小凡忽然看到，野牵牛花已经在墓地开成了一片。她心里不禁感慨起来：是啊，开败了的花可以在来年春天里开得更加灿烂，消逝的风也会在来年春天吹得更加和煦，可是有娘陪伴的那些经历了艰难跋涉却又温暖如春的日子，却永远永远地刻在记忆深处，不会再来了！

（本篇月月评短信代码：G128）

（题图、插图：箭 中）

天上掉下个林美眉

□ 翟德军

邱大年近四十还没找着对象。也难怪，软件不硬，硬件太软，家处穷乡僻壤，人长得又差，虽说有人替他在电台里征婚，可哪个女人也看不上他。

这天，却突然有个俊俏的城里姑娘找上门，自我介绍说她姓林叫美眉，从收音机里听到邱大征婚的消息，觉得山里人朴实可靠，年龄大点没关系，穷了富了无所谓，长得好坏她更不挑，只要一心过日子就成。邱大摇着头怎么也不信，城里姑娘怎么会看上自己呢？可他爹却乐得搓着两只大手掌直笑，劝儿子说："就算她是骗子，咱家有啥能被她骗了去的？"邱大想想爹的话也在理，于是就决定先和这个林美眉处处再说。

处了几天，邱大觉得林美眉除了

太漂亮之外，确实没别的毛病，于是就问她："要是没啥意见，咱们就商量结婚吧，你说说有什么条件？"林美眉摇摇头："我娘家没什么人了，我什么东西都不要，婚礼怎么办，听你的。"邱大把林美眉这话对他爹一说，他爹乐得夜里做梦都在笑，马上就选了个良辰吉日，替他们把婚事办了。

不久，林美眉怀孕了，分娩的时候因为难产，被紧急送去了县医院。邱大爹在家里左等右等，都一个星期了，就是没有从县里传来的消息。那天，他好不容易才把邱大等回了家，谁知邱大进门就哭，邱老伯吓了一

生意经

□ 王安沛

立秋了，仓库里积压了几百条夏装男裤，占了资金不说，以后款式一过时，明摆着是要卖不掉的，老板为此愁眉不展。

业务员小张觉得这是个可以显示自己聪明才智的机会，绞尽脑汁想了一夜，第二天找到老板说："我有办法处理这批货。"老板急着问："什么办法？"小张说："咱们公司在乡下不是有很多客户吗？把货批给他们去。"

老板摇摇头："你以为现在乡下人还像从前一样光图便宜啊？"小张眨眨眼说："我们把这裤子每十条一包包起来，但在发货单上只写八条，假装是发错了，那些乡下人以为占了便宜，肯定会买下来的。"老板明白了小张的意思，哈哈笑道："这倒是个不错的主意！那事儿就交给你去办，货脱手了，我就用这每包两条裤子的利润给你奖励！"

不久，小张就被老板叫了去，还以为是给自己奖励了呢，谁知他乐滋滋地走进老板的办公室，却见老板脸拉得老长，见了他开口就骂："都是你出的傻主意，这批裤子被他们退回来不说，每包还都少了两条！"

跳"孩子怎么了？""孩子挺好。""是美眉出事了？"邱大抹一把眼泪说："美眉被抓起来了，她是被通缉的杀人犯，为了活命才嫁给我的。"邱大爹听糊涂了："这话怎么说？"邱大叹了口气："爹，你不知道哇，她就是看中咱们这里消息闭塞，没人能认出她来，才嫁给我的，一来可以有地方躲，二来她结婚怀孕了，就是被抓也不会判死刑，孩子哺育期不用进监狱。"

邱老伯听得连连跺脚："怪不得叫美眉，才美了一下，就没了！"

学抽烟

□ 孔丙己

老张自上任以来就不断有人给他送礼，送得最多的就是香烟。可惜老张不抽烟，他老婆心里舍不下，就半价把它们卖给楼下的小店。

偏偏第二天一早老张在小区里晨练的时候，无意中听说现在送礼的手法越来越高明，最多的时候一盒烟里能卷进两千元钱。老张心里一惊：人家送我的烟里会不会也卷着钱呢？他马上赶回家，让老婆去楼下小店把那些烟再买回来。老婆觉得挺为难，卖出去了的东西怎么又能再买回来呢？可不去又不甘心，想来想去给老板说了很多好话，又另外在店里多买了两条烟，才算把事儿摆平。

老婆把十多条烟捧回家，堆在床上，随后就和老张两个人兴冲冲地拆了起来。他们拆了一条又一条，十多条烟没多会儿就散了一床，可连一分钱都没看到。老张安慰老婆说"这次没有，或许下次会有，以后咱这烟可不能再拿出去卖了。"老婆埋怨他说："不拿出去怎么办？你看这拆的香烟，现在连送人都没法送。""别急，"老张说，"反正都是送来的，又不用我们自己花钱，就我来抽吧，不抽白不抽呗！"于是老张就学起抽烟来。

人家见老张抽烟，烟就送得更多；烟送得更多，老张的烟瘾也就越来越大。过了几年，老张因为抽烟过度得了肺癌，而且到了晚期，眼看就不行了，弥留之际，老张的一张脸白里透着青，青里透着黑。老婆孩子都围在他跟前，老张瞪大眼睛张大嘴，老婆知道他有话要说，就把耳朵凑了过去。

只听老张费了半天劲，从喉咙里挤出一句话"我闭不上眼啊，我都抽了几年的烟了，怎么连一分钱也没抽出来啊？"

与其做愚蠢的智人，不如做聪明的愚人。——莎士比亚

漂亮玫瑰

□ 何如平

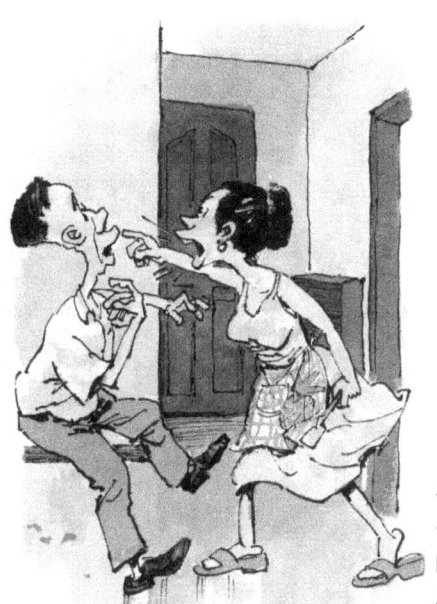

大老乐刚上班，礼仪公司就给他办公室的一个女孩送来一束包装精致的玫瑰，说是昨晚一个客户特地关照的。但奇怪的是，那女孩脸上却毫无表情，送玫瑰的一走，她抬手就要把玫瑰扔进废纸篓里。

大老乐一看这么好的玫瑰要扔掉，心疼极了，若是放在花店里，五十元钱也买不下来。想想自己和老婆结婚后过的都是柴米油盐的琐碎日子，从来也没有在花前月下浪漫过，今天正好是老婆的生日，不如把这玫瑰拿回去，也和老婆浪漫一回。他如此这般一说，女孩就把玫瑰给了他。

当天下班，大老乐小心翼翼地把玫瑰拿回家，老婆正在厨房里忙着，

也没在意他怎么进的屋，大老乐脑子一转，就悄悄把玫瑰藏进柜子，打算晚饭之后再拿出来，给老婆一个惊喜。正在这时候，老婆在厨房里喊他"你正好回来了，快给我买包盐去！"大老乐喜滋滋地拔腿就朝门外跑，一路上又想起前两天因为临时断电，还买过几根蜡烛，不如今晚来个烛光晚餐，那味道一定不错。他越想兴致越高，买了盐回头就朝家跑。

才进门，坏了，大老乐看到那束玫瑰已经被从柜子里拿出来，甩在桌上。老婆见他回来，怒目圆睁，张口就骂："姓乐的，你居然敢把这东西拿回家来？要不是我到柜子里拿东西，还发现不了你的秘密。你给我老实坦白，是哪个狐狸精送的？"

大老乐心里暗暗叫苦，结结巴巴地辩解说："这……这哪是别人送的，我……"

"你还不承认？看看这上面写的

情人节短信

□ 王小玲

情人节这天，徐佳做梦也没有想到，上班的时候会在地铁站里巧遇自己的初恋情人韩冬，一交谈，才知当年分手实在是个误会。

韩冬约徐佳晚上一起吃顿饭。可自从结婚生孩子之后，徐佳还从来没有晚上单独出去过，何况今天又是情人节，如果对老公实话实说，他肯定会起疑心。怎么办？徐佳正犹豫不决的时候，手机响了，是好友发来的短信，祝她过一个快乐的情人节。呵呵，徐佳心里突然有了主意，便应了下来。

下班之后，徐佳先回家换衣服，把自己打扮得光光亮亮的。老公疑惑地看着她，问："出去？"徐佳"嗯"

了一声。"那孩子谁带？"徐佳说"你就不能带吗？"也不管老公什么脸色，徐佳就大模大样地出了家门。

这个晚上，她和韩冬开开心心地吃了饭，又开开心心地去飙歌，直到深夜两点，韩冬才把徐佳送回家。分手的时候，韩冬看徐佳手里还拿着自己送给她的玫瑰，体贴地说："扔了吧，免得回去吵架。"徐佳说："不，我舍不得，这是你送给我的，第一支，也

什么！"老婆气得身子都抖了起来，把插在玫瑰里的一张卡片抽出来，甩在大老乐面前。

大老乐一看，卡片上写着：曾经爱你，依然爱你，永远爱你！还记得那一个个浪漫的夜晚吗？只为有你一

次真爱的回应，我痴痴地等，等上一万年！

大老乐肠子都悔青了，怪自己把花带回家的时候，怎么不先看看有没有什么东西夹在里面。唉，转手货真是要不得啊！

是最后一支。"

徐佳就这么拿着韩冬送的玫瑰进了家门。老公还没睡,一脸阴沉地坐在客厅沙发上看电视,徐佳故意不睬老公,找个花瓶把玫瑰插好,把手机往桌上一放,然后就进了卫生间。出来的时候,老公脸上阴云已散,一副极力要忍住笑的样子。老公问她:"干什么去了,这么晚才回来?"徐佳故意用挑衅的口气说:"当然是过情人节去了,每年都是你出去,今年也该轮到我出去一回了。我和他玩得可开心了,看,他还送我最好的玫瑰。"徐佳说着,拿起插在瓶子里的玫瑰,故意放在自己鼻子底下拼命闻。

老公终于忍不住笑出声来:"算了吧,别以为我不知道,这花是你自己买的。你要是真有情人,瞒都来不及呢,哪还敢把花带回家来!"说着,他拿起徐佳放在桌上的手机,按出一条短信,凑到徐佳跟前,大笑着说:"你就这点小聪明,还想骗我?"

这条短信,就是徐佳早上在地铁站里收到的好友的那条:去街上给自己买一支玫瑰,今晚回去骗骗老公,让他知道他的"黄脸婆"在外面也有魅力!

徐佳知道,老公有偷看自己手机短信的嗜好。

《红色天网》

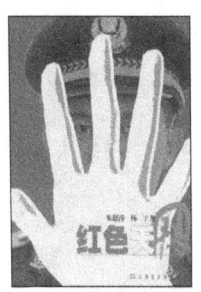

本书是作家朱恩涛、杨子继长篇小说《公安局长》之后精心打造的又一部反腐力作,也是内地第一部正面描述中国国际刑警跨国追捕金融诈骗逃犯、淋漓尽致地展现年轻的中国国际刑警英姿风采的长篇小说。

故事大意是,一个专门针对金融界人士的雇佣杀手已潜入国内,而此时东海市发展银行副行长又突然离奇自杀,某贸易公司老总曾假这个副行长之手将巨额美金转移境外,此时也匆忙携情人外逃。高层领导下令限期破案,国际刑警总部也对该老总下达了红色通缉令。受命处理此案的国际刑警联络处高级警官李鑫立即率女警官郭璐等奔赴南美洲某国抓捕逃犯,他们在异国他乡依靠同行的鼎力支持与配合,以及华人社团的全力协助,历经艰险,不怕磨难,最终胜利完成了任务。然而在这场尖锐复杂的斗争中,女警官郭璐却永远躺在了异国他乡……故事情深意切,又不乏峰回路转的悬念惊奇,作品内容时刻牵动着你的心。

老爹送钱

□ 崔志刚

冀华浩是山里的孩子，上大学后看着班里有的同学穿名牌，进歌厅，请女朋友吃饭，花钱如流水，羡慕得不得了，自己上哪儿去弄这么多钱啊？

这天他在校园里望着天空发呆，突然有了主意，拍着大腿连叫三声"好"，赶紧跑回宿舍，拿出信纸给爹娘写信。

他先说了一通感谢爹娘养育之恩的话，接着就说学校的蚊子特别大，和家乡的蚂蚱差不多，叮人一口能起栗子那么大的包，三天也下不去，所以要买一顶很好的蚊帐；又说因为没有运动鞋，上体育课难看不说，关键是创不出好成绩，影响全班的荣誉；对了，宿舍里有个电热暖水瓶，一不留神被自己打破了，得赔一个；冬天特别冷，没有羽绒服简直就过不去，怎么也读不进书……

他充分展开想象的翅膀，洋洋洒洒地写了三大张信纸，最后说，这些东西若买全了，怎么也得2000块钱，他知道家里困难，可实在没办法，不得已才开了口。

信发出去之后，冀华浩的心里一直有点忐忑不安，一是良心上怎么也有点儿过不去，二是怕爹娘弄不来钱，那自己可就翻不了身了，所以他天天掰着指头算日子，等爹的回信来，真是尝到了度日如年的滋味。

总算一个星期后，爹的回信到了，冀华浩哆嗦了半天才把信撕开。爹在信里说，家里会千方百计给他凑钱，让他别太着急。

冀华浩读着信心里不免愧疚起来，暗暗对自己说："瞎话就说这么一回，等以后毕业有了工作，一定加倍报答他们。"然后，他就克制不住地开始给自己计划起来，买什么牌子的衣服，去哪个歌厅潇洒，上哪家饭店请客。

这天，他正躺在宿舍的床上胡思乱想，忽听外面有人喊："冀华浩，你爹来了！"

他心里一乐：爹把钱送来了！赶紧爬起来迎出去，一看，傻眼了！只

见爹一头汗水地站在宿舍门口，肩上前后搭着两个鼓鼓的旅行包，手上提着网兜、洗脸盆，还有暖水瓶，网兜里塞着牙刷、牙膏、毛巾一大堆东西。

冀华浩结结巴巴地说："爹，你这是……"

他爹憨厚地一笑："嘿嘿……你娘怕你读书忙，没时间去买，就都替你买齐了，你信里说的东西，一样也不缺，一年也用不完。这下，你可以安心读书了吧？"

（本篇月月评短信代码：G129）

·本刊信息传真·

《滴水藏海》 再次面向全社会征稿

《滴水藏海——300个3分钟典藏故事》第一、第二、第三辑出版后，在社会上引起了巨大的反响。

根据读者的建议，编辑部决定继续编辑《滴水藏海——300个3分钟典藏故事》第四辑，为此，再次面向全社会广泛征稿，希望广大读者将你们在各类报刊杂志上读到的以及各种场合听到的这类"3分钟典藏故事"推荐给我们。

推荐稿要求：1、立意清新隽永，富含真情至理；2、以叙事为主，一篇作品中要有一个精彩的情节或细节；3、篇幅：一般在500字左右。

推荐稿务必注明原作者、发表日期和出版单位以及推荐者的真实姓名、联系方式。所荐作品一旦入选，每篇即付推荐费50元。推荐稿请寄：上海市绍兴路74号《故事会》编辑部(邮编：200020)，在信封上注明"典藏故事"。网上来稿，请发以下信箱：wulun54@163.som，征稿截止日期为2005年12月31日。推荐稿一律不退，请自留底稿。

搞笑餐馆

□ 丹 丹

四个朋友到一家不起眼的小餐馆吃宵夜，却没料到经历了一次"大欢喜"。

他们刚走到门口，一男一女两个服务员就扯起嗓门大吼："英雄四位，雅座伺候！"四个朋友刚坐下，服务员就过来了。一个朋友说："先来一个'卤汁猪脑壳'。"只见那服务员转身就对着厨房喊："来一个'帅哥'！"四个朋友听得一头雾水："猪脑壳"怎么成了"帅哥"？

另一个朋友对服务员说："再给我们来半斤'猪拱嘴'。"服务员又立即转身朝厨房喊起来："来半斤'相亲相爱'！"

服务员喊声刚落，满堂人都轰笑起来。在这家餐馆里，不但菜肴有搞笑名称，就连那些佐料酒类，都有另类叫法。醋是"忘情水"，啤酒等于"梦醒时分"，白酒就是"留一半清醒一半醉"。

服务员见客人对这些很感兴趣，便起劲地介绍说："这些名称都是我们老板给取的，他说取名字要有文化。"

于是，朋友们便提出要见见这位"文化老板"。服务员四下里一瞧，冲着一位中年汉子喊道："首长！请首长面见四位英雄！"

"哈哈哈……"又是一阵满堂轰笑。

文化老板应声跑过来，满脸堆着笑，听服务员如此这般一说，干脆把全部菜名都抖了出来："辣椒炒猪嘴"成了"火辣辣的吻"；"凉拌西红柿"再撒上些许白糖，就变成了"火山下大雪"；"清炒莴笋丁"俨然是"星星点灯"；至于"海带炖猪蹄"，居然被文化老板想出一个充满了诗意的名字："穿过你的黑发的我的手"……文化老板每介绍一个菜名，都会引来众顾客一阵开怀大笑。

文化老板见顾客兴致这么高，心里可得意了，一开心，便吩咐服务员："免费给每桌英雄送一份'迟来的爱'。"大家都好奇地等着这"迟来的爱"是什么东西，结果当服务员端上来一看，笑得更厉害了——原来就是一碟普通的泡菜！

最后，四个朋友吃完，让服务员拿几根牙签来。文化老板听到了，随口就溜出了声："给英雄上几根'拗门'。"众人一听，又是一阵捧腹大笑。 **(本栏题图、插图：李 加 史 琦)**